La Confrérie des Âmes

Villeminot

La Confrérie des Âmes

PLON
JEUNESSE HEROÏC

ISBN : 978-2-259-20891-8
www.plon.fr

Pour Théophile al-Masri, l'Égyptien, le Victorieux.
Pour Madeleine, la seule Céridwen-Sloane que je connaisse.

L'Alta
(Guerre du Neuvième Tome)
Échine du Dragon
Landes franches
Mer d'Arjun
Source d'Elfrea
Maroine
Forêt des Âmes
Plaine d'Alaine
Fern
Oihan des Mornes-de-Burak
Arman-du
Oihan de Vahan
Glacier de Burak
Oihan du col du Dragon
Limes
Almeria
Marche livide
Plaine d'Alsander
Passe de Kyrian
Shaelynn
Derrig Argan
Ibar-Os-Hodei
Odran-shad
Lexie
Forêt elfique
Oihan des Hodei
Cirque de Donon
Waltraud
Otilia

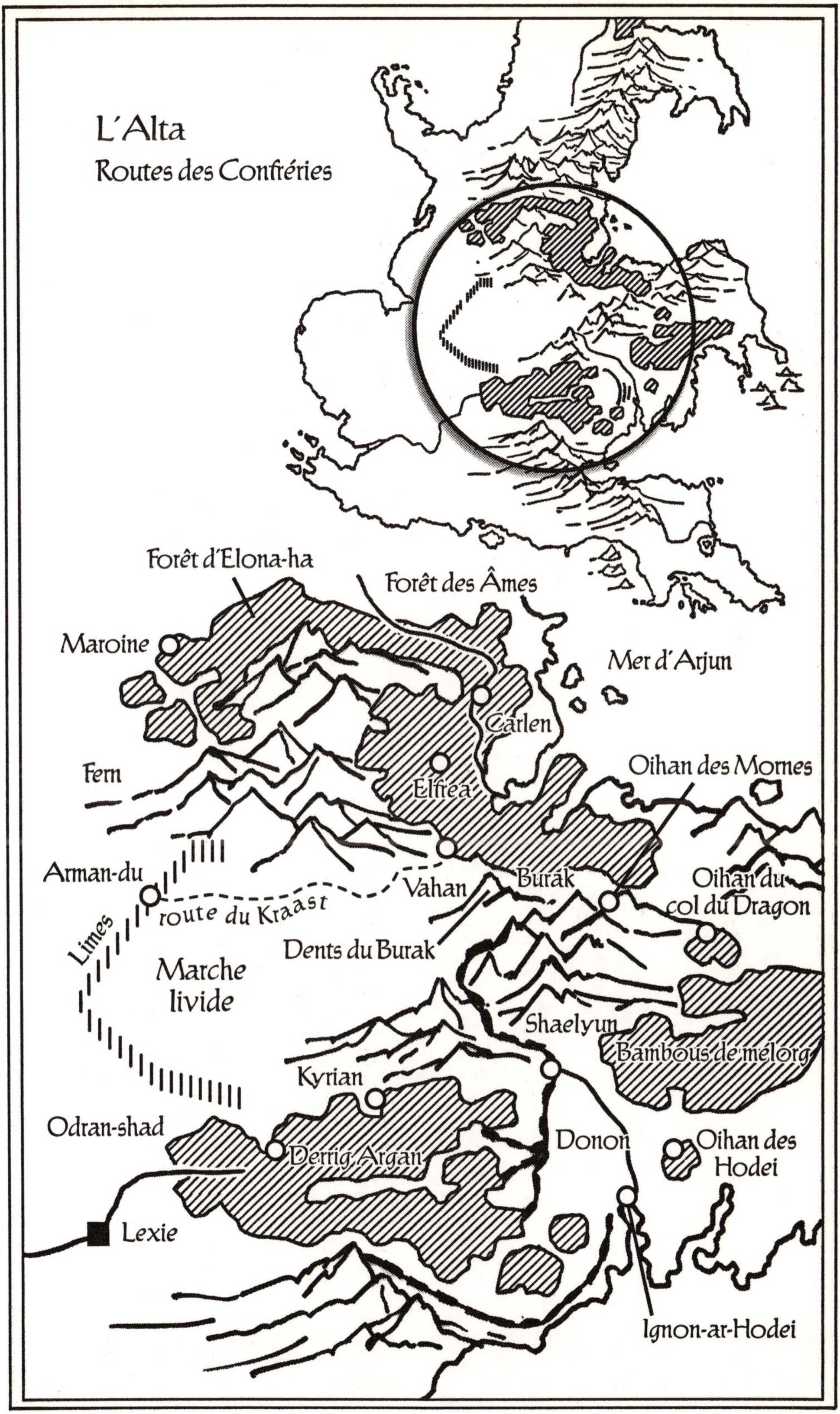

L'Alta
Routes des Confréries
Forêt d'Elona-ha
Forêt des Âmes
Maroine
Mer d'Arjun
Carlen
Fern
Elfrea
Oihan des Mornes
Arman-du
Vahan
Burak
Oihan du col du Dragon
route du Kraast
Limes
Dents du Burak
Marche livide
Shaelyun
Bambous de melorg
Kyrian
Odran-shad
Derrig Argan
Donon
Oihan des Hodei
Lexie
Ignon-ar-Hodei

Prologue

La clairière vibrait d'un étrange silence ; solennel, recueilli, presque religieux. À travers les futaies des immenses séquoias et des chênes antiques, quelques rais de soleil automnal trouvaient le chemin jusqu'au sol, épais tapis de mousses et de fougères géantes qui évoquaient une forêt jurassique. Rien ne semblait bouger.

À qui aurait tendu l'oreille, cependant, des dizaines de bruissements rappelaient que la forêt était vivante, peuplée, et en guerre perpétuelle - des chants d'oiseaux se dispersèrent soudain et se turent quand retentit le sifflet d'un faucon des plaines ; un gros gibier, en chasse ou en fuite, fit craquer les halliers d'épineux ; les frondaisons des *ivors** (les ifs forestiers qui servent aux Elfes pour fabriquer leurs arcs courts) frissonnaient sous la caresse du vent froid.

Celui qui se serait approché encore aurait perçu un autre son, étrange. Rauque, puis cristallin l'instant d'après ; envoûtant et habité, d'une légèreté et d'une tessiture argentée inconnue des Humains : presque au centre de la clairière, sous le bosquet des *daras*, les chênes sacrés, la Céridwen accomplissait le chant pour lequel elle était venue. Prêtresse parmi les Elfes de sa nation, elle savait depuis l'enfance les dizaines d'incantations qui scandent et enchantent la vie et la mort de sa Race. Elle les connaissait toutes. Mais celle qu'elle accomplissait aujourd'hui,

* Si le lecteur souhaite en savoir davantage sur les êtres, les espèces, les races et les plantes qui peuplent l'Alta, il peut se reporter au lexique en page 397.

nul ne l'avait plus célébrée depuis plusieurs siècles. Nulle Céridwen des Connor n'avait eu la charge de l'entonner, depuis trois générations de prêtresses ; et dans aucune autre clairière de l'Alta, nul ne l'avait jamais entendue.

La Céridwen à la peau pâle accomplissait le rite. Visage impénétrable sous ses paupières closes. Sa voix semblait couler continûment, comme une eau, de sa bouche qu'elle ne fermait jamais ; modulée mystérieusement, sans respiration audible. Ses deux longues mains s'ouvraient et se refermaient en d'infiniment lentes arabesques, dont chaque mouvement ténu des phalanges, mystérieusement maîtrisé, semblait scander le chant.

À huit pas derrière elle, son protecteur dévoué, l'Elfe madoc aux avant-bras mutilés, se tenait un genou en terre, derrière une grande fougère pourpre. Il attendait depuis des heures que le chant soit dit jusqu'à la dernière phrase, puis que la plante soit cueillie.

*

Brutalement, le Madoc se redressa, aux aguets. Il fit deux pas vers la Céridwen, dans une attitude protectrice et inquiète.

Quelques longues minutes plus tard, la raison de son inquiétude se manifesta – même des oreilles humaines auraient entendu, maintenant, les grognements et glapissements. Le Madoc les avait perçus depuis longtemps : le bruit des lourdes déambulations, l'entrechoc des armes dans les fourrés, indiquaient que ceux qui s'approchaient n'étaient pas issus du peuple des Arbres. Un groupe de Barbans armés, aux rugissements gutturaux, arrivaient depuis la lisière de la grande forêt elfique. Et les règles des Elfes sont simples, concernant les Barbans : ou bien il s'agit d'hôtes, à accueillir selon les règles et les honneurs de l'hospitalité ; ou bien ils n'ont pas été invités, et il convient de les tuer, vite et bien si possible.

Soudain, crevant le rideau des arbres qui ceignaient la clairière, l'un des intrus déboula dans l'espace libre de mousses et de fougères. La silhouette était puissante mais lourde, les épaules tombantes et le cou épais entraînaient tout le corps vers l'avant. Les bras énormes, simiesques, traînaient presque jusqu'à terre. La créature velue était nue jusqu'à la ceinture, le torse simplement bardé de deux larges bandes de cuir fauve et clouté ; les jambes gainées dans des bandes de peau de mouton, où restait un peu de laine. Son croc de guerre se balançait à un lacet de cuir, passé sur une épaule. Le faciès, groin brutal, petits yeux rouges, poignées de cheveux clairsemés sur un crâne carré, aurait paru cruel si la moindre lueur d'intelligence y avait brillé. Mais on n'y lisait qu'une animale avidité, et un intellect de palourde.

Le Madoc, sans en avoir jamais vu, sut qu'il s'agissait d'un Urod.

L'Elfe protecteur aux mains coupées fit deux pas en arrière, vers sa Céridwen apparemment insensible à l'apparition et au danger. Elle continuait son chant, sans rien voir. Il eut quelques secondes d'hésitation : fallait-il combattre ? Fallait-il emporter la prêtresse vers le cœur de la forêt, sur son épaule, interrompant l'enchantement ?

Ce bref atermoiement fut fatal.

Le grognement de l'Urod indiqua qu'il avait vu les deux Elfes. Alors, en dépit de sa lourdeur, la créature énorme fut sur le Madoc en trois foulées félines, exécutées à quatre pattes - puis l'Urod se redressa de toute sa hauteur, le croc de guerre brandi. L'Elfe aux moignons avait tiré de son carquois le bâton de guerre, seule arme que son infirmité lui permettait de manier. Le bâton vola trois ou quatre fois d'un avant-bras sectionné à l'autre, exécutant des moulinets savants, puis frappa. Des coups secs, rapides, répétés. Mais le poing de l'Urod écarta le bâton. Déjà, profitant de sa stature et de son allonge supérieures, la créature barbane faisait tournoyer le croc au bout de son lacet, au-dessus de leur tête. L'arme s'abattit, se planta dans le dos du Madoc. L'Urod tira sur le lacet, le crochet remonta en labourant les chairs de son adversaire le long de son échine, trouva la moelle épinière. L'Elfe tressauta, ses membres se mirent à trembler - il fut finalement soulevé comme un simple poisson hameçonné, palpitant.

L'Urod le saisit par le cou, dégagea le crochet, balança au loin sa victime, comme un fétu, par-dessus son épaule. Elle atterrit dans la mousse qu'elle ensanglanta, dos ouvert jusqu'en haut de la nuque.

L'Urod tourna dans un grognement ses yeux rouges vers l'autre Elfe : la Céridwen qui poursuivait son chant, impassible, au pied des chênes sacrés. Il s'approcha, à pas lents, intrigué par cette proie qui ne semblait vouloir fuir ni combattre.

S'il s'était jeté sur elle, obéissant à son instinct premier, peut-être aurait-il atteint la prêtresse elfique avant de succomber. L'hésitation de son attaque préserva l'intégrité du chant sacré. Trois traits sifflèrent dans le silence de la clairière, venus de deux points opposés. Avant qu'il comprenne (mais cela demande quelque temps pour un Urod), trois flèches se fichèrent dans son crâne étroit, l'une entrant par le front, deux autres derrière l'oreille droite, le traversant toutes trois de part en part. Il fit encore un pas, les nerfs continuant d'agiter les deux jambes du monstre quelques secondes, quand son minuscule cerveau avait déjà cessé de vivre. Puis, l'Urod s'effondra.

*

Les deux auteurs de ces tirs simultanés glissèrent des branches desquelles ils guettaient, aux deux extrémités de la clairière. Les fourrés alentour s'agitaient maintenant des bruits, des hurlements et des râles de la bataille qui s'y livrait – la horde de Barbans dont l'Urod était une avant-garde avait manifestement rencontré une résistance. Et elle était tombée sur un os : les grognements des monstres, menaçants quelques secondes avant, devenaient gargouillis d'agonie.

Apparemment sans se soucier (ni douter) de l'issue du combat dans les bosquets, les deux archers se saluèrent d'une inclination de la tête, le sourire aux lèvres. Ils se ressemblaient étonnamment, même pour deux Elfes de la même nation : même stature nerveuse, même visage, étiré par les yeux immenses et en amande, soulignés d'un trait de khôl, et par les oreilles élancées ; même façon caractéristique de porter la natte longue teintée de henné, enroulée autour du front pour qu'elle ne se prenne pas dans l'arme au moment de tirer les flèches du carquois. Même sourire aussi, mêmes yeux dorés ; semblables comme deux rus d'une même chute d'eau, comme deux heures différentes de la même cascade. C'étaient des Connor, « Ceux-de-la-dixième-cataracte », et manifestement un frère et une sœur dans cette nation.

Ils se penchèrent sur leur victime, l'Urod – le plus grand des deux Elfes retira sa flèche de la tête, l'essuya dans l'herbe, et dit en souriant :

— Tu as eu le temps de tirer deux flèches, moi une seule.

— Mais je n'ai rien pu faire pour sauver le Madoc, dit l'archère, plus jeune apparemment, qui retirait ses traits, à son tour, dans un bruit de succion.

— Nos lois l'interdisaient, Louane. Tu n'aurais pu sauver que sa vie, pas son honneur.

Louane regarda Elouan, désigna la Céridwen dont la psalmodie continuait.

— Que fait-elle ? Elle chante le chant de mort de son Madoc ?

— Pas encore. Pour l'heure, elle ne sait même pas qu'il est parti. Elle accomplit le chant de la plante jusqu'au bout, inconsciente d'autre chose que du seul enchantement. Écartons-nous.

— Voilà Iwan !

Elouan regarda sa sœur avec sévérité. Elle avait crié avec un peu trop d'enthousiasme. Et elle courait maintenant avec un peu trop d'empressement vers la haute silhouette du capitaine des Elfes qui venait d'apparaître, à l'autre bout de la clairière. Amoureuse, comme une fille des Clans libres... Cela aussi, les runes l'interdisaient. Mais sa sœur était jeune, elle apprendrait les lois de sa nation et celles de La Race.

*

Dans le couchant, la brigade d'Iwan et Ioena se tenait à l'orée de la clairière, suffisamment loin de la Céridwen pour qu'elle achève son chant. Les guerriers connor qui avaient combattu la horde des Urods chuchotaient entre eux, accroupis, commentant la gravité de la situation. Si les Barbans osaient entrer si loin dans la forêt, jusqu'à Derrig Argan, ce n'étaient plus de simples escarmouches. Ce qu'on disait était donc vrai : la guerre du Neuvième Tome allait bien commencer.

À l'exemple d'Elouan et Louane, ceux qui parlaient allaient tous par deux, un frère et une sœur – Artan et Arzu, Maé et Maëlenn... Le plus jeune, mâle ou femelle, écoutait respectueusement les explications du plus âgé : « Un Ocre-Blême de Rolf accompagnait les Barbans », « Si Rolf envoie des Urods jusqu'ici, c'est qu'il est prêt à livrer une guerre contre toutes les nations elfiques », « Seul le Sang-Noir peut le rendre si confiant », « On dit que ses légions marchent vers Odran-Shad... »

Soudain, tous les Elfes se relevèrent, tournèrent la tête dans la même direction. Il y eut de nouveau du bruit dans les fourrés, mais cette fois venant du cœur de la Forêt elfique. Louane banda son arc dans cette direction, son frère lui fit un signe d'apaisement : celle qui arrivait était une Barbane, elle aussi, mais le feulement de sa monture avait résonné souvent, ici ; et les Elfes de la nation des Connor la connaissaient de longue date comme une alliée et une amie.

Elle apparut à contre-jour, dans le soleil couchant, chevauchant à cru son lion-cervier. C'était une femme jeune, d'une trentaine d'années. Sa chevelure était nattée de laines écrues, elle portait une tunique de peau qui dégageait ses jambes, ses épaules et ses bras, nus et tatoués, ainsi qu'il est d'usage chez les Humaines combattantes du clan des Cervières.

Elle se redressa sur son lion, tira sur les rênes en arrivant devant le groupe d'Elfes.

— As-tu perdu des archers, Iwan ?

— Aucun. Mais le Madoc est mort.

— Vous lui rendrez hommage, comme il le mérite.

La voix de la femme se durcit :

— Combien étaient-ils ?

— Une trentaine. Tous des Urods, menés par un Ocre-Blême qui venait de Waltraud. Crois-tu que c'est la faim qui les pousse ?

— Non. Ce sont des avant-gardes, envoyées pour tester vos défenses. Rolf prépare son attaque. Certaines de ses légions sont partis vers le nord et les Landes, mais d'autres arriveront bientôt à l'orée de la Forêt des Elfes. La guerre a commencé.

La femme tatouée se tourna sur sa monture pour regarder la Céridwen qui continuait de chanter, à cinquante coudées, au centre de la clairière ; elle tira encore sur les rênes de son lion-cervier, que l'odeur des cadavres énervait.

— Le chant de votre prêtresse durera-t-il encore longtemps ?

— Il s'achève, Aliya.

— Très bien, capitaine. Dès que la Céridwen aura cueilli les feuilles, tu feras le nécessaire. Toi et ta brigade d'Egmonts, partez sur-le-champ vers la Porte. Les Cervières attendront ici, avec les Métigs d'Ioena, les futures Confréries que vous initierez. Nous vous espérerons le temps qu'il faudra.

Louane, la jeune archère qui décidément ne connaissait pas les usages elfiques, ou qui s'en accommodait très librement, osa poser une question :

— Aliya... Est-il vrai que Rolf va boire le Sang-Noir ?

La Cervière se tourna vers elle :

— Tous nos espions l'affirment, jeune Connor... Rolf va essayer d'entrer dans la Forêt des Âmes. Mais nous allons le prendre de vitesse, et nous finirons cette guerre avant qu'elle commence.

Elle donna des talons sur les flancs de son fauve. Le lion-cervier, enfin libéré par cet ordre, disparut en deux bonds derrière l'épais rideau des *ivors*. On entendit, longtemps, l'animal déchirer horriblement une ou deux des charognes d'Urods, hérissées de flèches comme des porcs-épics.

I

Piraterie
(Ce qui est connu sous le nom de Miracle)

Chapitre 1

— Oh oh, ça sent la flibuste à plein nez...

Hugo sourit, se gratta la tête, se tourna vers Charlie.

— Tu me laisses faire ?

Ils étaient tous les deux, ce soir de décembre-là, devant l'ordinateur de la jeune fille. Ils avaient prévu de commencer à préparer leur exposé d'histoire. Mais le cédérom que Charlie avait emprunté à Coralie B., la documentaliste, refusait de s'ouvrir. Impossible de le lire.

Hugo, bien sûr, connaissait par cœur ce genre de symptôme. Pour ainsi dire, c'est lui qui en était l'inventeur. Son amie lui laissa donc la place devant le clavier, sachant qu'il lui faudrait moins de trois minutes pour en obtenir le contenu numérique.

*

— De toute évidence, un Frère-de-la-côte a dû casser les sécurités du disque et rajouter quelque chose.

Hugo parlait tout en pianotant, le sourire aux lèvres.

— Un point pour lui dans le Concours de Flibuste, si je trouve sa signature...

Charlie soupira :

— Vous allez finir par avoir des sérieux problèmes. Sans parler du fait qu'il va falloir trouver autre chose pour faire notre exposé.

— Attends, on va voir ce que nous a laissé le Frère.

Le Grand Concours de Flibuste dont ils parlaient était un jeu que Hugo Holder avait lancé à la rentrée, au lycée, avec quelques amis de leur classe de première – les autoproclamés Frères-de-la-côte. Le principe était simple : chacun devait accomplir dans l'année ses « douze travaux » ; c'est-à-dire bidouiller douze cédéroms ou DVD du Centre de documentation, en ajoutant des créations numériques de son cru, en 3D, les plus étonnantes possibles. On ne marquait des points que si un autre « flibustier » tombait sur votre œuvre, « signée » pour être authentifiée. Le vainqueur serait désigné pour la meilleure création, parmi ceux qui n'auraient pas été renvoyés du lycée entre-temps, pour dégradation de matériel scolaire à répétition...

— C'est franchement instable... Mais voilà, on y est... Hugo s'écarta vers la droite, et laissa une place à son amie, tout à côté de lui.

*

Sur l'écran, il y eut la page de titre du cédérom « officiel » : *Un nouveau monde – Empires et États, 1815-1992*. Puis le menu-racine, dans lequel ils remarquèrent une rubrique étrange : « Le cinquième monde, traces de l'Alta ».

— Je crois que nous y voilà, commenta triomphalement Hugo. Le cinquième monde... L'Alta... Tu sais ce que ça veut dire ?

— Jamais entendu parler de ça... Ça doit être le truc qu'a bidouillé ton pirate.

— De toute évidence... Qu'est-ce que tu en penses ? On travaille d'abord, ou on va directement visiter le cinquième monde ?

— À ton avis ?

Hugo sourit, et ce sourire silencieux plissa ses yeux gris pâles, sous ses cheveux en broussaille. Il avait posé la question pour la forme : entre un exposé d'histoire et l'exploration d'un continent inventé par l'un des Frères, le choix était vite fait.

Le garçon dit à la jeune fille, d'un ton de grand seigneur :
– A toi l'honneur, miss...

*

Charlie Fuertès cliqua sur la rubrique « traces de l'Alta ». Un rideau noir tomba sur l'écran. Puis une sorte de neige électrostatique grésilla, et ils entendirent le disque cahoter dans l'unité centrale de l'ordi. Hugo s'apprêtait à recommencer son travail de « stabilisation ».

– Attends... Regarde !

Il leva les yeux. Le disque recommença de tourner souplement. Quelques phrases en lettres blanches, cursives, venaient d'apparaître sur l'écran. Elles tremblotaient, comme à la lumière incertaine d'une bougie.

Avertissement aux Confréries

Conservez le Savoir qui vous est donné... Conservez-le, car il est le prologue qui vous ouvrira le Neuvième Tome des guerres de l'Alta.

Le livre n'est pas encore écrit, mais déjà la guerre du Neuvième Tome a commencé. Les pages vont s'écrire, et ceux dont l'âme en sera l'encre, ceux qui par leur Sang versé enlumineront ses pages, ceux-là doivent en connaître le début, pour en écrire la fin.

Qu'ils reçoivent le Savoir, les Quatre et les autres ! Et qu'ils viennent au secours de l'Alta, sur les ailes de leurs âmes.

Car sans les Confréries, la guerre du Neuvième Tome cèlerait notre fin, et ce Tome de nos guerres serait le dernier Livre.

*

– Qu'est-ce que c'est que ce charabia ? Un jeu ? Une énigme ?

Charlie s'était tournée vers Hugo. Il lisait, concentré à l'extrême.

– Aucune idée, j'essaie de comprendre...

Mais la page qu'il parcourait de nouveau s'effaça ; un second rideau noir glissa sur l'écran. Un compte à rebours apparut, en cristaux digitaux verts, accompagné d'une icône explicite : une bombe. Une bombe à retardement.

— Sang et tripes !

Hugo se jeta sur le clavier. Ses doigts, frénétiques, entrèrent en action - commandant l'ouverture de nouvelles pages, sélectionnant des documents, pianotant l'ouverture de fichiers.

— Hugo ? Hugo, qu'est-ce qui se passe ?

Charlie s'était levée. Elle était penchée au-dessus de l'épaule du garçon. Mais il ne lui répondait pas, les yeux rivés sur l'écran.

— Ça va le faire ! Ça va...

Les doigts d'Hugo, au bord de la tétanie, semblaient cent animaux fous sur le clavier, projection directe de son cortex cérébral. L'imprimante se mit à rugir. Soudain, le garçon leva les mains, comme on jette l'éponge :

— Et triple merde !

Le compte à rebours venait de prendre fin. Il y eut un écran blanc, puis un message d'erreur apparut sur l'ordinateur : « Le contenu de ce disque est irrémédiablement dégradé. Veuillez le réinitialiser. La réinitialisation effacera toutes les données. »

*

Hugo secoua la tête.

— Apparemment, ce truc pourri n'attaque pas ton disque dur. Mais pour une raison que j'ignore, le Frère avait installé sur son œuvre un processus de désintégration. J'ai juste pu lancer une impression, avant la destruction du cédérom.

Une première page sortit de l'imprimante. C'était l'Avertissement aux Confréries, en blanc sur fond noir : Conservez le savoir qui vous est donné... Conservez-le, car il est le prologue qui vous ouvrira... Déjà lu.

Hugo, un œil dubitatif toujours vissé à l'écran noir, constatait les dégâts :

— Bon, va falloir expliquer à Coralie que son CD était déjà foutu avant que je le bidouille, et qu'on n'y est pour rien...

Il avait déjà été convoqué deux fois dans le bureau du proviseur, suite à des incidents provoqués par ses « travaux de flibuste » au CDI. La prochaine, il le savait, c'était le conseil de discipline.

— Bah, il suffira que j'explique que j'étais toute seule. Coralie sait bien que je suis incapable de...

Charlie s'interrompit dans sa phrase. Elle venait de prendre la deuxième page que venait de cracher l'imprimante.

— Attends... Qu'est-ce que c'est que ça ? Un portulan ?

Sur cette feuille, il y avait une carte, une carte ancienne, qui leur parut médiévale. Sur la troisième impression, une autre. Puis, encore une autre. Des reproductions aux contours tremblants, à la couleur jaune et brunâtre de peau parcheminée. L'imprimante en sortit une dizaine. Puis il y eut trois dessins, trois paysages en perspective : des cascades perdues au milieu des bois, cataractes au milieu d'arbres interminables, ombrageux - mais sans âme qui vive. Sans légende non plus, sans titre.

Charlie, finalement, prit la dernière page. C'était de nouveau un texte, dans la même police que l'Avertissement aux Confréries. Et dans le même « charabia », qu'elle lut à mi-voix :

Formez la Confrérie. Vous, les Quatre dont l'âme est noble et inquiète, préparez-vous pour la grande errance ; endurcissez vos cœurs pour la bataille. Car le temps est venu de mener le Combat contre les Légions golithes, les Ocre-Blêmes, et contre la meute des Urods ; l'heure vient de pénétrer au cœur de la Forêt des Âmes ; le Neuvième Tome commence de s'écrire.

Que tous Quatre, vous soyez là, au premier rayon du soleil, le premier jour du quatrième mois lunaire de l'Alta. Qu'aucun de vous ne se dérobe, que tous vous vous trouviez dans la Clairière de Teacht-chun-Céille et dans le Bois de Coinne, à ces premiers rayons ; pour que vos Egmonts accomplissent leur ouvrage, et puissent vous apparier.

Mais que nul ne parle, que nul ne révèle le secret du Savoir qui lui fut donné aujourd'hui. Car si l'un des Quatre parlait, un seul, c'est toute la Confrérie qui courrait un grand péril de mort et de tribulations.

Charlie dévisagea Hugo, lui tendit la page :
– Tu vois la signature de ton pirate, quelque part ?

Chapitre 2

Parmi tous ceux qui furent contactés durant ces jours de décembre, certains tombèrent sur la rubrique « traces de l'Alta », comme s'il s'agissait d'un niveau de leur nouveau jeu vidéo.

Ce fut le cas de Mansour al-Masri, qui venait d'acheter *Hunter in the heart of darkness*, un jeu *shoot'em up* en immersion barbare (et réservé aux adultes) dans l'univers des chasseurs d'Orques – il s'agissait, *grosso modo*, d'effectuer un massacre parmi ces créatures frustes mais lourdement armées, dans un labyrinthe de cavernes, tunnels et souterrains. Pour un guerrier virtuel aussi élevé en science du combat que Mansour le Victorieux, un tel jeu n'était intéressant qu'avec le chronomètre – la question n'était pas de savoir s'il parviendrait à l'emporter, mais en combien de temps. Une chose, cependant, lui importait davantage encore : dans ce type de jeu, s'il voulait aller vite, il devait rester attentif aux indices concernant les Orques, *tout en combattant*. Cela lui servait donc de simulateur, pour travailler ce qu'il appelait la « dissociation ». Tout pratiquant aiguisé d'un art martial sait que la curiosité et la disponibilité d'esprit sont les deux qualités les plus rares, et les plus précieuses, chez quelqu'un qui est en train de se battre pour sa vie : ce qu'il doit travailler avec la plus grande précision, c'est sa capacité à administrer la mort tout en pensant à autre chose.

Le reste – la boucherie d'Orques passés à l'équarrissage – n'était que chorégraphie sanglante, danse de mort, fureur calme...

Alors que Mansour atteignait le troisième niveau de chasse, au cœur de la nuit, seul comme toujours dans le salon de l'appartement paternel, une page noire s'afficha sur l'écran. Puis, il y eut les lignes tremblantes qu'avaient lues Hugo et Charlie, trois jours avant :

> Avertissement aux Confréries
>
> Conservez le Savoir qui vous est donné... Conservez-le, car il est le prologue qui vous ouvrira le Neuvième Tome des guerres de l'Alta.., etc.

Une voix *off*, différente, annonçait la suite alors que commençait la révélation ; il y eut trois pages manuscrites, en lettres d'or, trois pages extraites de la *Postface au Huitième Tome des guerres de l'Alta, par le Scribe Bersuire, Juge au Grand Tribunal de Paix*. Trois pages qui concernaient la guerre du baron Wulfran contre les Hybrides et les Elfes des Cinq Nations ouvertes, le récit d'une bataille rangée féroce et sans merci sur le tertre d'Hegoa-ar-Madalen ; et de la victoire de Wulfran, le « Suzerain des Âmes ».

Mansour lut les pages avec avidité, croyant pénétrer dans un arcane insoupçonné du jeu.

À la fin de cette lecture, il vit apparaître de nouveau une page noire, et en lettres blanches, les lignes s'affichèrent ; les mêmes lignes de conclusion que Charlie avait sorties de l'imprimante :

> Formez la Confrérie. Vous, les Quatre dont l'âme est noble et inquiète, préparez-vous pour la grande errance...

Il lut. Il mémorisa le rendez-vous dans la Clairière de Teacht-chun-Céille, aux premiers rayons du premier jour du quatrième mois lunaire de l'Alta. Il croyait encore qu'il s'agissait d'une indication essentielle pour la traque, le but de ce « niveau caché » du jeu. Mais, abruptement, l'écran vira au noir. Mansour le Victorieux eut beau essayer de le relancer dix fois, son jeu était irrémédiablement endommagé.

*

Plus d'une vingtaine des contactés reçut l'Avertissement aux Confréries dans le menu du DVD qu'ils venaient d'acheter.

C'est ainsi que Matthias Prandovsky fut contacté : parmi les langues proposées pour lire son film *Fire vs Ice* (une aventure gore interdite aux mineurs, mettant aux prises des *warlords* vikings et des dragons sous-marins sous la banquise arctique), il y avait une version en « langue des sauriens, et autres langues de l'Alta ». Matthias choisit cette configuration, celle qui le placerait, supposait-il, du côté des dragons.

Dès les premiers mots de la voix *off*, avant même le générique, le jeune homme sut d'où venait la « langue des sauriens ». Elle avait des racines scandinaves et saxonnes – il connaissait tout cela tellement par cœur, il avait tellement épluché les glossaires de ses romans d'*héroïc fantasy*, tellement voyagé sur les sites spécialisés... Pour ainsi dire, il parlait presque tous ces idiomes des autres mondes. Après le générique, lorsque la page d'Avertissement aux Confréries apparut pendant quarante secondes, il fut presque déçu qu'elle ne soit pas écrite en runes anciennes.

Il lut cependant :

> Conservez le Savoir qui vous est donné... Conservez-le, car il est le prologue...

Puis, le film commença – et une voix *off* féminine, parlant une langue purement elfique mais parfaitement sous-titrée, prit la parole. Elle couvrit les propos des personnages, s'imposa dans toute la chambre de Matthias. Et elle livra son message, un extrait de la *Postface au Huitième Tome des guerres de l'Alta*. La voix elfique raconta comment le baron Wulfran fut privé à jamais du Pouvoir du Sang-Noir, versé pour toujours dans la Source d'Elfrea par le mage Danaël. La page qui fixait le rendez-vous dans la Clairière de Teacht-chun-Céille remplaça ensuite les images du film.

Et tandis que Matthias, fasciné, lisait à voix haute les dernières lignes, le DVD cessa définitivement de fonctionner.

*

Matthias nota ce qu'il avait lu et entendu. Puis il se précipita vers la bibliothèque qui couvrait tout un pan de sa chambre universitaire. Il avait lu quelque chose à propos de ce « Pouvoir du Sang-Noir », naguère, dans une revue... Il fouilla, feuilleta, sortit finalement des rayonnages un fascicule d'aspect fané. C'était un récit bref, photocopié en 200 exemplaires, un de ces trésors réservés aux initiés qu'il avait déniché dans une librairie spécialisée. Il s'intitulait : *Comment j'ai rencontré les Elfes de Shaelynn*, et son auteur, Georges Mallaury, n'avait pas réussi à convaincre un éditeur de le publier – il l'avait photocopié à ses frais. Mais pour les quelques lecteurs qui étaient tombés dessus, vingt ans après sa « parution », c'était un *collector*.

Matthias ouvrit le petit livre. Il retrouva le passage qui mentionnait le Sang-Noir. Cela disait ceci :

Une légende elfique court dans les Cinq Nations ouvertes. Autrefois, un Humain maléfique, le Suzerain des Âmes, posséda le Pouvoir du Sang-Noir. Quiconque posait les yeux sur lui devait se soumettre à ses désirs, à sa volonté. Quiconque le voyait devenait son esclave, et abdiquait toute sa liberté. Selon les Elfes, le Sang-Noir repose désormais dans une clairière, à l'est de l'Alta, dans la « Forêt des Âmes ». Mais nul, homme, Elfe ou autre créature, ne peut le boire sans périr.

Matthias relut deux fois ces lignes, nota qu'elles évoquaient l'Alta, elles aussi ; puis il revint aux notes qu'il venait de prendre. Parmi les mots du message qu'il venait de recevoir, il y avait cette phrase : « L'heure vient, de pénétrer au cœur de la Forêt des Âmes. »

Seul dans la chambre, il dit, à voix haute : « Le Sang-Noir... Le Pouvoir du Sang-Noir... »

Chapitre 3

— Je crois qu'elle a fini par me croire... Mais j'ai eu du mal : le cédérom était neuf, elle l'avait descellé le matin même. C'était un de ceux pour étudiants achetés par Internet et qu'elle avait reçu chez elle... Donc, elle ne voit pas comment quelqu'un aurait pu le pirater. À part toi, puisqu'elle sait qu'on était ensemble quand je l'ai ouvert, même si j'ai juré le contraire.

Ils étaient dans leur bistrot favori. Hugo avait attendu Charlie pendant qu'elle s'expliquait avec Coralie B., la documentaliste. Et maintenant, elle lui répétait toutes les infos, mot pour mot...

— Attends... Quelqu'un a piraté le CD avant qu'il arrive au CDI, en le rescellant ensuite ?

— Non, je te dis. Elle l'a reçu chez elle, le matin même. Hier matin.

— In-croy-able...

Hugo se tut. Il touilla son café, rêveusement, s'isolant un instant dans ses réflexions : si un coup pareil était l'œuvre d'un des Frères, cela mettait en péril son propre chef-d'œuvre (« La danse du ventre des cochons tueurs venus de l'espace », une création en 3D insérée la veille d'une vidéo-projection réservée aux élèves de première, à l'auditorium du lycée - gros succès). Il était pour l'instant en tête du Concours de Flibuste, mais si quelqu'un avait réussi ça...

Mais non, c'était impossible. Il secoua deux fois la tête...

Charlie considérait son ami, étonnée - son visage long et pâle, songeur (il aurait préféré avoir l'air d'un aventurier), ses longues mains de pianiste (il s'échinait à jouer de la guitare électrique), sa manie de fourrager ses cheveux châtains en broussaille. Hugo « avait tout d'un poète maudit », disaient certaines des filles de la classe, avec dédain, parfois aussi avec envie ; car même s'il l'ignorait de toute évidence, il était fragile mais étrangement charismatique, mystérieux. Pas vraiment surfeur californien, pas non plus bodybuildé ni macho, moins encore gravure de mode. Mais il avait une « gueule », une vraie ; une sorte d'aura un peu distante, un peu ténébreuse mais réelle, sur ceux qui l'entouraient. Et s'il manquait de confiance en lui, il la compensait par une délicatesse exceptionnelle chez un garçon de seize ans.

Et c'est pourquoi, cette fois-ci, Charlie était surprise de son silence. Elle s'était attendue à des remerciements pour son mensonge, à des explications pour ce mystère... Mais il se taisait.

— Bon, écoute Hugo, il faut que tu arrêtes avec ces histoires de Flibuste... Tu vois, maintenant ça va te retomber sur le dos chaque fois qu'un truc cloche au CDI. Et moi, j'ai été obligée de mentir à Coralie, alors que j'aime bien cette fille...

— Attends, miss, tu sais que je n'ai rien fait... Et je ne t'aurais jamais grillée vis-à-vis de Coralie. Mais plus j'y pense, plus je me dis que ce truc n'a rien à voir avec nos histoires de Flibuste, comme tu dis. C'est forcément quelqu'un d'autre.

Il hocha la tête.

Évidemment... Si le CD était scellé, le pirate n'avait aucun moyen de savoir quelle copie recevrait Coralie.

— Et donc ?

Hugo prit soudain un air grave :

— Donc, on est tombés sur un truc qui n'a rien à voir avec le Concours des Frères-de-la-côte. Et qui aurait pu tomber n'importe où ailleurs, sous d'autres yeux.

— Comme une bouteille jetée à la mer ?

— Oui. Et cela signifie un autre truc : si on veut piger ce que c'est, rien ne sert de chercher à savoir *qui* nous a adressé ce disque. Il faut juste comprendre *pourquoi*, et ce qu'on essaye de nous dire. On va chez toi ?

*

— Les sauvages qu'on distingue de ce côté des Marches livides, ce sont sans doute les Urods. Du moins, si on en croit le fait qu'ils chassent en *meutes*, comme le dit le texte...

Charlie releva la tête. Elle était allongée à plat ventre sur le tapis de sa chambre ; l'œil collé depuis de longues minutes sur l'une des cartes. De temps en temps, elle relevait les jambes, tirait sur un pied pour éviter une crampe ; danseuse toujours, inconsciemment.

— Bon, d'après ce qu'on distingue avec la loupe, ils n'ont pas l'air très civilisés, ces mecs. Et franchement pas sympas non plus... Du moins l'auteur de la carte ne les a pas gâtés.

La jeune fille reposa la loupe qu'elle utilisait depuis deux heures.

— En tout cas, ça corrobore ce que dit l'Avertissement : ce monde s'apprête à la guerre, sur l'ensemble de son territoire connu. Une guerre de tous contre tous.

Elle précéda la phrase suivante d'un simulacre de sonnerie de trompettes :

— Tin tin tin... La « guerre du Neuvième Tome ».

— Mais tu as trouvé le Bois de Coinne, ou la Clairière de Teacht-chun-Céille ?

— Non. Sur aucune carte. Celui qui nous a envoyé le carton d'invitation a oublié d'y faire figurer le lieu du rendez-vous.

*

En sortant du bistrot, ils étaient venus directement ici, chez elle ; ils avaient installé toutes les impressions par terre, sur le tapis. Ils avaient passé la fin d'après-midi et la soirée à les examiner attentivement. Les unes après les autres. Et tout ce qui ne leur avait pas sauté aux yeux, la veille au soir, leur était cette fois apparu clairement.

Sur les dix cartes sorties de l'imprimante, le monde était le même, exactement, à une échelle identique. Une sorte d'île, traversée du nord au sud par un étrange massif montagneux, noir et dont les pics semblaient former des écailles.

Vers l'ouest, une large plaine traversée par un fleuve était découpée par des frontières compliquées. Trois cités-États semblaient dominer la côte, ce que le cartographe avait appelé le « Territoire des Trois Féodaux ». Ailleurs, il y avait les « Landes franches », la « Marche livide », le « Royaume nain de la Forêt de Kraast » ou la « Forêt des Dix Cataractes »... Mais ce qui les avait frappés tous les deux, ce n'était pas cette géographie imaginaire, aux noms évocateurs. Ce qui les avait frappés, c'étaient les personnages, les milliers de personnages qui bougeaient d'une carte à l'autre. Et qui se préparaient apparemment à la bataille.

Dès que Hugo et Charlie avaient sorti leurs loupes pour chercher Teacht-chun-Céille, tous les territoires s'étaient peuplés : ils grouillaient en fait, couverts de soldats, de colonnes en marche, de minuscules machines de guerre – ce qu'ils avaient pris pour des reliefs, des ombres, et qui se révela à la loupe être des créatures. Tous étaient dessinés avec une précision maladive, œuvre d'un miniaturiste fou : cette carte immense avait été réduite pour tenir sur le cédérom. Parfois, certaines des créatures étaient floues. Mais elles apparaissaient nettes sur la carte suivante. Et si on regardait ces documents dans l'ordre, on pouvait constater qu'elles étaient floues parce qu'elles avaient bougé.

C'est Hugo, encore une fois, qui trouva la clé de ce mystère :

— Je suis sûr que sur le cédérom, il ne s'agissait que d'un seul document – on a imprimé plusieurs images figées d'une animation en 2D, plusieurs étapes de la progression...

Dès lors, il leur suffit de remettre les dix cartes dans l'ordre, et ils surent ce qui se passait sur l'Alta. Du moins en eurent-ils une vague idée, submergés par la profusion des informations, sidérés par les mouvements qui venaient de partout.

La guerre se déroulait sur deux champs de bataille. Plusieurs colonnes ordonnées, cavaleries de chevaliers en armures et casqués chevauchant d'étranges montures caparaçonnées et lourdement cuirassées, remontaient de Waltraud vers le nord (« Légions golithes de Rolf ») ou partaient d'Almeria vers l'est (« Légions de Thierno »), tandis qu'une cavalerie tête nue, montée sur des chevaux classiques (« Division de la gouverneure »), dévalait de Fern. Leur point de rencontre semblait se situer quelque part sur le territoire des juges et des prêtres, dans la plaine d'Alsander, ou plus au nord, à Arman-du.

D'autres légions partaient de Waltraud vers l'est, en direction de la Forêt elfique et de Odran-Shad, tandis qu'un étrange et désordonné nuage de silhouettes à peine esquissées, comme une troupe dépenaillée et maigre, traversait la « Marche livide » - la main du cartographe avait écrit sur cette nuée les mots : « armée des Spectres ». Depuis la Marche livide, des personnages à l'aspect brutal et presque animal semblaient déferler, se précipiter sauvagement eux aussi vers le sud et la Forêt des Elfes.

C'est sur eux que venait de se concentrer Charlie, et elle avait conclu de leur aspect de « meutes » qu'il s'agissait des « Urods ».

*

Elle fit la moue.

— Enfin, moi, si j'avais piraté un truc pareil, je me serais arrangée pour que le disque ne se détruise pas tout seul. Histoire que mes lecteurs puissent en profiter...

Elle quitta ses baskets, alla s'asseoir sur son lit, très droite. Immédiatement, elle cambra son dos, s'étira - féline ou gymnaste yogi, au choix. Hugo détourna le regard, gêné : dans le mouvement, il avait aperçu le ventre de son amie - un ventre couleur caramel, dévoilé de la taille basse de son baggy jusqu'au-dessus du nombril.

— Bon, ben moi, je vais y aller... On réessaiera demain de trouver cette Clairière de Teacht-chun-Céille.

Charlie regarda sa montre : il était une heure du matin. Ils n'avaient pas quitté la chambre et les cartes depuis tout à l'heure, avalant des sandwichs à la va-vite. La mère de Charlie avait bien passé deux fois la tête par la porte, pour savoir « où ils en étaient de leur exposé ». Mais chaque fois, Charlie l'avait brutalement rembarrée :

— Ça avance, ça avance, maman... Mais y a du boulot. Et je suis dans ma chambre. Donc je ne risque rien.

Hugo ne s'étonnait plus de ces dialogues acides – il savait que la mère de Charlie était d'une tolérance infinie sur tout, pourvu que sa fille unique et chérie soit... sous son toit. Charlie pouvait ramener chez elle qui elle voulait, aussi longtemps qu'elle le désirait, et éventuellement ne pas sortir de sa chambre pendant tout un week-end, sa mère ne dirait rien. Mais qu'elle envisage de sortir le soir, d'aller dormir chez des amis, voire de s'attarder trop longtemps après le lycée, c'était en revanche inimaginable. Et ce à seize ans largement dépassés.

Ils s'en étaient accommodés depuis longtemps, se retrouvant toujours à passer de longues soirées ensemble chez Charlie. Jusqu'à n'importe quelle heure.

C'était d'autant plus simple que le système législatif parental était exactement inverse chez Hugo. Lui était l'aîné de quatre – et ce qui importait à ses parents, c'est que Hugo ne donne pas le mauvais exemple à ses trois jeunes sœurs. Du coup, plus âgé et seul garçon, il jouissait d'une liberté totale en ce qui concernait ses sorties et ce qu'il faisait dehors (pourvu qu'il les informe une fois par jour de l'endroit où il se trouvait, et ramène des bonnes moyennes trimestrielles du lycée). Mais il subissait en revanche une surveillance de tous les instants à domicile. Sa chambre de bonne, située dans les combles de son immeuble, deux étages au-dessus de l'appartement parental, était même régulièrement « visitée » pendant ses absences.

— Qu'est-ce que tu fais ? Tu dors dans le salon ? demanda Charlie en bâillant. Ça ne dérangera pas ma mère, et vu l'heure...

— Non, je n'ai pas mes affaires... Je repasse au bahut chercher mon scoot, et je rentre à la maison.

Hugo, les yeux baissés, enfila son blouson et prit son casque ; il semblait sur des charbons ardents. Charlie, de toute évidence, avait au contraire envie de prolonger la discussion. Elle avait fini ses mouvements de chat ; elle reposa finalement ses deux pieds nus dans sa position favorite - le lotus. Et réussit à attraper le regard fuyant d'Hugo :

— Qu'est-ce que tu crois qu'on a trouvé, là ? Un jeu, une pub, ou autre chose ?

— Une pub. Sans doute pour un jeu. Ne commence pas à t'imaginer qu'il existe vraiment un autre monde, où des Urods chasseraient en meutes...

Il la regarda franchement, sourit - Charlie était capable d'y croire.

— ... Mais je suis sûr qu'on a trouvé un truc qui promet. Une pub clandestine, c'est plutôt rare. Enfin, on en reparle demain. Je file, tu descendras fermer derrière moi.

Chapitre 4

Mansour al-Masri avait tourné tout cela dans sa tête pendant des jours. Il s'en était assuré auprès de tous les amis, plus ou moins proches, qui jouaient comme lui – et parfois avec lui – aux jeux vidéo : aucun autre *gamer* n'avait rencontré un « niveau complémentaire », après le niveau 3, sur le jeu *Hunter in the heart of darkness*. Mansour n'avait pas donné davantage de détails, et aucun joueur ne s'était étonné de ses questions. Il arrivait souvent que le Victorieux découvre dans un jeu des possibilités que tous les autres ignoraient, hormis son créateur. Ceux qui le voyaient combattre virtuellement, comme ceux qui pratiquaient avec lui dans la réalité les quatre arts martiaux au programme de la faculté d'éducation physique, savaient qu'il était un guerrier sans égal.

Cette fois, pourtant, le garçon était convaincu qu'il s'agissait d'autre chose que d'un « niveau caché ». Parce que le jeu s'était autodétruit. Parce qu'il n'avait jamais retrouvé le « niveau complémentaire », sur la nouvelle copie de *Hunter* que le vendeur lui avait fournie.

Chaque nuit, pendant des semaines, après les exercices de jiu-jitsu auxquels il s'astreignait quotidiennement, Mansour garda donc mémoire de son Savoir. Avant de s'endormir dans le grand appartement que son père laissait à sa disposition, il répétait toutes les phrases qu'il avait lues et entendues cette nuit-là ; pour ne rien oublier de ce qu'il avait découvert, et parce qu'il espérait que pendant la nuit, ses rêves lui ouvriraient l'esprit.

*

Matthias Prandovsky alla aussi loin qu'il le put pour savoir, sans rompre les consignes de silence.

Contrairement à Mansour, il ne connaissait de visu aucun des membres de sa propre « communauté », ne savait ni où ils vivaient sur cette planète (ou sur une autre), ni quels étaient leurs visages, leurs noms, leurs âges. Il ne connaissait que les pseudonymes que chacun s'était choisi pour jouer en ligne, ou discuter sur les forums d'*héroïc fantasy*. Ses « amis » s'appelaient « Sauron », « L'Elfe de Delphes » ou « The Incredible Truth ». Comme lui, ils passaient plus de la moitié de leurs journées, et surtout de leurs nuits, devant leurs écrans, à lire, regarder, jouer, puis à commenter leurs lectures, films ou jeux, souvent en anglais ; depuis les vingt-quatre fuseaux horaires. Les membres de sa « communauté » connaissaient Matthias sous le pseudonyme de « The Great Druide ».

Il leur posa d'abord la question abruptement, sur plusieurs forums : « Rien remarqué de bizarre sur votre version de *Ice vs fire* ? » Il reçut pas mal de commentaires en retour, plus ou moins élogieux ou ironiques, sur la qualité de l'œuvre cinématographique susnommée. Il précisa : « Je vous parle de la VOST en langue saurienne et autres langues de l'Alta... »

Deux ou trois de ceux qui avaient l'habitude de discuter avec The Great Druide lui firent alors la remarque qui confirma ce qu'il savait - cette VOST n'existait pas sur leurs propres DVD. Matthias répondit de la façon la plus explicite possible, sans rompre son vœu de silence : « Je sais que cette version n'existe pas. Je ne l'ai rencontrée que sur une seule copie mais je l'ai visionnée. Et j'ai été *visité*, en la regardant. »

Jusque-là, Matthias ne faisait pas partie des « croyants », ceux qui affirment que les autres mondes existent. Ses interlocuteurs habituels partageaient ce scepticisme ; ils étaient comme lui prêts à discuter des heures de l'exégèse d'un roman ou d'un film. Mais sans sombrer dans la superstition ou le délire.

C'était la première fois que Matthias utilisait ce mot, « visité », qui signifie qu'on est entré en contact avec un des mondes parallèles auxquels croient les « croyants ». Il reçut une dizaine de réponses de sa communauté, du genre : « The Great Druide, il est temps de prendre un peu de repos », ou « Qu'est-ce que tu avais pris comme drogue avant de regarder ton film ? » ; ou encore carrément : « Tu marches aussi dans ces conneries, toi ? »

Il décida de ne rien écrire de plus sur sa « visitation » – il risquait, s'il voulait les convaincre, de révéler les « fragments de Savoir » qu'il avait reçus, ou de se griller définitivement. Mais il posa sur ses forums habituels une autre question, apparemment anodine et sans rapport : « Connaissez-vous le bouquin de Georges Mallaury, *Comment j'ai rencontré les Elfes de Shaelynn* ? »

*

En dépit du silence de Google et des autres moteurs de recherche (qui ne connaissaient aucun des noms de lieu figurant dans l'Avertissement et dans l'Exhortation), Hugo et Charlie n'avaient pas renoncé, eux non plus. Enfermés dans la chambre de Charlie, ils travaillaient d'arrache-pied, consultaient encore et encore les cartes, interrogeaient les trois dessins. Ils cherchaient à percer le code, le chiffre, du mystérieux rendez-vous.

Personne, dans leur entourage, ne se posait la moindre question sur cette soudaine lubie secrète. Cela arrivait parfois, qu'ils « disparaissent » ensemble. Ils avaient leur monde à eux, cela avait toujours été ainsi.

Depuis qu'ils étaient en âge de parler, Hugo disait : « Je vais chez Charlie », et Charlie : « Je voudrais inviter Hugo. » Depuis l'enfance, ils étaient deux, indissociables. Voisins dans la même rue, ils avaient fréquenté les mêmes bacs à sable, les mêmes cours de récré, les mêmes chaises d'écoles. Très vite, ils étaient partis en vacances ensemble, dans les Alpes françaises ou italiennes, avec la mère de Charlie. Pour leurs familles, le quartier, leurs amis, leurs profs, ils étaient une seule entité : on disait « Hugo et Charlie », comme on aurait parlé d'un frère et d'une sœur...

Pourtant, à bien des égards, ils étaient différents. Autant Hugo avait l'air cérébral et distant, autant Charlie était une boule d'énergie, une matière fissible. Lui avait cette confection un peu fragile, un peu pâle et sombre à la fois, du beau gosse qui s'ignore encore ; elle, était brune comme une fille d'Espagnols, les cheveux coupés très court à la garçonne, la peau mate, une allure sportive, les yeux très noirs dans un visage hâlé, des lèvres pleines. Un piercing bleu brillait à l'aile gauche de son nez.

De même, leurs caractères étaient-ils trempés dans deux métaux différents. Elle impulsive, généreuse, exubérante, têtue ; lui presque trop calme, parfois un peu froid, réfléchi, silencieux. Mais têtu, également.

Au fil des années, la vie qu'ils se choisissaient l'un et l'autre accentuait leurs dissemblances. Charlie, quand elle ne voyait pas Hugo, pratiquait l'escalade en plein air, le yoga, lisait sur la terrasse des énormes romans, traduits du monde entier. Solaire. Hugo, quand Charlie n'était pas avec lui, passait des heures, enfermé, volets clos, à écouter des disques de rock en pianotant sur son ordi pour créer des « mondes virtuels » en 3D. Ils continuaient cependant de cultiver cette évidence : tout était plus beau, plus intense, plus vivant lorsqu'ils étaient ensemble.

Mais Hugo sentait bien que, désormais, quelque chose changeait, dans la façon dont leurs parents et leurs amis disaient Hugo *et* Charlie. Il se doutait qu'on ne peut pas continuer à vivre naturellement une amitié simple, fût-elle élective et exclusive, quand on a seize ans, et que votre amie est aussi une très, très jolie fille.

Deux semaines après le contact, Charlie approcha la vérité. Elle la frôla, elle l'énonça ; même si, évidemment, elle n'y crut sans doute pas plus qu'Hugo.

Ils étaient assis tous deux dans la chambre de Charlie, une fois de plus ; les dix cartes sous les yeux. Hugo vérifiait encore qu'un nom ne leur avait pas échappé. Et la jeune fille dit, presque rêveusement, mais avec un ton de conviction :

— Ce sont les Elfes.

Hugo la dévisagea.

Il connaissait par cœur ce visage - les yeux très noirs, étirés, presque bridés par les longs cils, dans un visage encore enfantin ; les lèvres d'un rose délicat, largement ourlées, sur la peau presque sombre. Il connaissait tout aussi bien la moue et l'attitude de son amie, à cette minute - à devoir choisir entre rêve et réalité, Charlie donnait souvent sa préférence au rêve. Elle répéta :

— Ce sont les Elfes, bien sûr, qui nous appellent au secours. Mais sans doute se sont-ils alliés avec les juges.

— Explique...

— Puisqu'on doit combattre les Golithes et les Urods, les messagers ne viennent ni des Baronnies, ni de la Marche livide. Par ailleurs, les deux territoires qui sont attaqués sont celui des Elfes, par les Urods ; et celui des juges et prêtres, par les Golithes...

— Et l'armée des Spectres, tu en fais quoi ? Ils attaquent la Marche... Ils sont alliés aux Elfes ? Et la cavalerie de Fern ?

— OK, OK, je n'ai pas encore tout pigé... Mais franchement, à part ça, mes conclusions, tu en dis quoi ?

— Je dis que tu as raison, sans doute. Tes conclusions sont justes, parfaitement.

Charlie eut un large sourire, qui illumina son visage jusque-là concentré.

— Sauf que tu oublies un truc, Charlie... Un détail.

Hugo voulait dire cela avec humour - il se trouva plus brutal qu'il ne l'aurait voulu.

— Ce qu'on cherche, ce ne sont pas nos futurs alliés dans le jeu, mais comment nous allons y participer. Alors, les Elfes, on en reparlera quand nous aurons pigé le lieu et la date du rendez-vous, miss.

– Et tu espères quoi, pour qu'on comprenne ? Un miracle ?

Charlie se leva brusquement, et sortit en claquant la porte. Hugo fourragea dans ses cheveux. Il avait gaffé, comme toujours. Et elle s'était emportée, comme souvent, convaincue par ses rêves de romans. Bah, ce serait oublié dans dix minutes...

Et il fallait bien ramener Charlie à la raison, si on espérait trouver une solution. Un « miracle », comme elle disait.

Chapitre 5

L'homme grâce à qui « le miracle » allait se produire s'appelait Mallaury. Georges Mallaury. C'est lui qui, voici vingt ans, avait écrit le petit ouvrage, photocopié à compte d'auteur, que détenaient Matthias et quelques autres « collectionneurs » ; le récit de sa rencontre avec l'Alta. Lui qui, depuis trois mois, avait aidé les Elfes noirs à contacter leurs recrues. Lui qui avait inséré tous les Fragments de Savoirs, en choisissant les supports qu'il fallait pirater, pour que les Elfes noirs touchent des hommes et des femmes jeunes, vaillants, et normalement majeurs.

Mallaury avait prévenu les Elfes de la brigade d'Iwan : dans ce monde, si les contactés tentaient de se reconnaître entre eux, ce serait par la voie d'Internet. Les Elfes noirs l'espéraient. Cela faisait partie du plan.

*

Pour le salut de leurs âmes, ni Hugo, ni Charlie, ni Mansour, ni Matthias ne prirent l'initiative de ce contact. Ils furent taraudés par l'idée, comme tous les contactés ; ils prièrent pour que d'autres le fassent. Ce fut Karen M., une bibliothécaire de vingt ans, qui fut la première à craquer.

Un jeudi, juste avant Noël, elle créa un espace de forum qu'elle intitula « Que-savez-vous-de-l'Alta ? ». Elle n'y mit pas un mot, pas une ligne d'information sur le contenu du Savoir qu'elle avait reçu ; elle laissa vide le contenu des pages du forum. Ainsi, elle espérait respecter la consigne de silence. Sur le Forum, elle n'écrivit que LA question, celle que tous les contactés se posaient : « Comment comprendre le rendez-vous ? »

Le lendemain de sa création, quelqu'un y déposa trois phrases anonymes : « Un calendrier lunaire commence toujours à la nouvelle lune ou à la pleine lune. Si nous trouvions la clairière en question, il suffirait donc de se rendre à cet endroit deux fois par mois, à l'aube. Jusqu'à ce que ça se produise. »

Plus tard, les Quatre et les autres apprendraient que cette réponse émanait de Simon V., un ingénieur en électronique de vingt-deux ans.

Au fil des jours, d'autres internautes rejoignirent Karen et Simon, sur le forum « Que-savez-vous-de-l'Alta ? ». Ils enrichissaient l'hypothèse de Simon, proposaient qu'on se relaie en différents endroits, différentes clairières, quatre par quatre, aux nouvelle et pleine lunes. Ils élaboraient des codes et des chiffres compliqués, peu convaincants, pour proposer des traductions aux toponymes « Clairière de Teacht-chun-Céille » et « Bois de Coinne ».

Il y eut bientôt une dizaine d'intervenants réguliers sur le forum - au moins une dizaine de jeunes hommes et femmes qui ne se cachaient pas de chercher à percer le mystère, mais gardaient secret leur « Fragment de Savoir ». Ceux qui avaient été conviés au mystérieux rendez-vous étaient donc plus de quatre.

*

Mallaury, bien entendu, avertit le capitaine des Elfes noirs dès que sa veille sur le Web lui permit de proposer quelque chose à propos de l'Alta.

— Ils ont commencé de parler, bien sûr. Mais pour l'instant, sur ce forum, ils n'ont pas l'air de trouver la solution... Voulez-vous que nous les aidions, capitaine ?

— Tous ceux qui ont reçu un message pourront découvrir alors en même temps le lieu et la date du rendez-vous ? demanda Iwan, en regardant l'ordinateur comme un objet hostile.

— Tous ceux qui auront la curiosité de visiter ce forum dans les semaines qui viennent, oui.

Le capitaine des Elfes noirs parut réfléchir un instant. Puis, il dit gravement à Mallaury :

— La veille du rendez-vous, tu en indiqueras le lieu et la date, de manière à ce que tous la connaissent. Tu l'indiqueras à l'heure où le soleil est au zénith. Et tu retireras cette réponse à l'heure où la lune est au zénith.

— La retirer, ce sera difficile.

— Trouve un moyen, s'il en existe un.

— Et pour ceux qui ne se connecteront pas, justement, cet après-midi-là ? Pour ceux qui ne pourront pas se libérer du jour au lendemain ? Publier la réponse la veille du rendez-vous, c'est un peu tard, capitaine...

— Ceux qui ne s'interrogent pas sur notre rendez-vous à chaque heure du jour et de la nuit, ceux qui ne sont pas prêts à partir dans l'heure, ne sont pas dignes de former les Confréries.

L'Elfe noir tourna les talons.

Mallaury hocha la tête, pensif, songeant déjà à son nouveau problème : comment retirer une réponse sur un forum, sinon en obligeant l'administrateur à le faire lui-même ? Ou en détruisant le site du forum « Que-savez-vous-de-l'Alta ? ».

Chapitre 6

— Charlie... C'est Hugo.

La jeune fille sourit à son téléphone portable, comme s'il pouvait la voir. Son ami continuait de parler, affectant son flegme habituel.

— Ça te dirait de faire un stage d'escalade, ce week-end ?

— Qu'est-ce que tu veux dire ?

Le pseudo-flegme d'Hugo explosa tout d'un coup.

— Je veux dire qu'il faut qu'on parte ce soir pour la campagne normande. Le miracle est arrivé. Je sais où et quand a lieu le rendez-vous des Confréries. C'est demain matin, dans la clairière des Petits Monts, dans la forêt des Andelys. En Normandie.

— Co... Comment tu... ?

— Sur le forum « Que-savez-vous-de-l'Alta ? ». La réponse est tombée à midi. Le type qui l'a envoyée a l'air sûr de lui. Et s'il dit vrai, le dernier train qui arrive à moins de vingt coudées du rendez-vous part ce soir, à 21 h 20, gare Saint-Lazare. Alors, je repose ma question : qu'est-ce que tu dirais de faire croire à ta mère que tu as oublié un week-end d'escalade qui commence ce soir ?

— Maintenant ? Trois heures avant ? T'es dingue, elle marchera jamais !

Charlie avait baissé la voix, chuchotant presque. Si sa mère passait dans le couloir... Hugo reprit :

— Bon, moi, j'ai dit à ma mère que je passais le week-end chez vous. Tu veux que je t'invite officiellement à la campagne ? Tu crois que ça passera mieux ?

— Non non, tu connais ma mère. Elle risque d'appeler la tienne, et là, elle nous grille tous les deux. Écoute, fabrique-moi vite fait un formulaire d'invitation du Club alpin et je tente le coup...

— Regarde ta boîte, miss.

Charlie recommença de sourire. En gardant son téléphone coincé contre l'épaule, elle ouvrit ses mails. Hugo lui avait envoyé en pièce jointe un vrai-faux formulaire du Club alpin, pour un week-end de varappe hivernale et camping dans la forêt de Fontainebleau. Départ le vendredi 18 janvier (ce même soir), à 20 heures. Il avait pensé à rajouter un programme, une autorisation parentale, quelques photos des rochers sous le givre.

— On dirait que j'ai bien fait de scanner ton dernier formulaire de stage, au cas où... Quelques petites transformations, et on y croirait, non ? Et comme ça, tu seras injoignable pendant deux jours.

— Hugo, tu es un champion.

— Rendez-vous à 20 heures, à la gare, avec un duvet, et de quoi camper, miss. Je m'occupe des vivres... Et si ta mère ne te laisse pas partir, tu fugues, en prétextant un immense chagrin d'amour. Tant pis si elle appelle chez moi, on sera deux fugueurs en fuite.

— Ça marche, je tente le coup.

La jeune fille claqua son portable. Elle se regarda dans la glace de sa chambre, respira trois fois profondément. Elle savait très bien que jamais elle n'oserait fuguer. Il fallait que le coup du Club alpin marche, il fallait que sa mère y croie !

Elle inspira encore, se composa un visage catastrophé. Et elle dégringola l'escalier, le formulaire imprimé à la main, en criant :

— Maman, maman, c'est la cata... J'ai complètement oublié... Mon week-end du Club alpin à Fontainebleau, tu sais... Ça commence ce soir...

II

Teacht-chun-Céille
(La clairière du rendez-vous)

Chapitre 7

Ils furent une cinquantaine à descendre du train. S'il y avait eu quelqu'un d'attentif dans la modeste gare, espion ou policier, il se serait sans doute inquiété de voir tant de jeunes hommes et femmes s'arrêter à Vernon, une station assez modeste. Mais il n'y avait qu'un chef de gare, trop pressé de rentrer se coucher pour se poser des questions.

Sur le quai, les contactés se dévisagèrent : la plupart d'entre eux semblaient avoir une vingtaine d'années. Presque tous portaient des vêtements de sport ou de marche, des sacs à dos légers. Quelques-uns s'étaient harnachés plus lourdement, prévoyant peut-être plusieurs jours d'autonomie.

– Apparemment, ça discute déjà dehors, dit Charlie à Hugo quand ils sautèrent du train, parmi les derniers.

Ils pressèrent le pas pour rejoindre ceux qui s'étaient rassemblés devant la gare.

*

Au moins une trentaine de contactés palabraient sur la « place de la Gare », entre eux. Puisqu'ils avaient fait la route ensemble jusque-là, autant continuer, arguaient quelques-uns. Une fille plus âgée remarqua que ce serait peut-être une violation des règles de silence. Une toute jeune femme en anorak rouge prit la parole :

– Écoutez... Je suis Karen, c'est moi qui ai créé le forum « Que-savez-vous-de-l'Alta ? ».

Autour de la bibliothécaire, le silence se fit. Chacun savait ce qu'il devait à son forum, et cela donnait du poids à son opinion.

— Quelqu'un ici est-il celui qui nous a envoyé la réponse ? demanda-t-elle.

Ils se regardèrent les uns les autres.

— OK, c'est ce que je pensais. Celui qui a répondu est sans doute celui qui nous attend...

Dans les yeux de tous ceux qui écoutaient Karen, il y eut une approbation.

— Bon... Écoutez... Jusqu'ici, sur ce forum, nous avons cherché à mettre en commun ce que nous savions de la Clairière de Teacht-chun-Céille. Mais sans trahir les révélations que chacun d'entre nous a reçues. Aussi, je vous propose de continuer de la même façon. Nous allons nous rendre tous ensemble jusqu'au Bois de Coinne, puis jusqu'à la clairière. Mais en silence, sans nous parler, sauf pour la direction à prendre.

— Et si nous étions trop nombreux là-bas ? Si nous ne devions être que quatre, comme le dit le texte : quatre âmes ?

Celui qui avait parlé était un garçon du même âge que Karen, assez pâle, les cheveux blonds plutôt longs, une sorte de barbiche mangeant son menton pointu : Matthias, The Great Druide.

— Que proposes-tu ? lui demanda Karen. Que nous partions chacun de notre côté, et que les meilleurs gagnent ? Les quatre premiers arrivés seront les élus ?

— Je n'en sais rien... Certains sont déjà partis, c'est sans doute leur idée.

— Ce n'est pas la nôtre, répondit Karen. Mais si tu préfères jouer en solo, libre à toi...

*

Ils sortirent de Vernon en traversant la Seine. Puis ils entrèrent de front dans le bois de Mézières, qui menait vers la forêt des Andelys.

C'était un spectacle étrange, presque inquiétant, que tous ces jeunes gens avançant sans un mot dans les ténèbres, soufflant des nuages d'air glacé, en une longue ligne déployée à six ou sept de rang, comme pour une traque nocturne ; lampe frontale vissée sur la tête pour la plupart, ou torche électrique à la main. Sans autre lumière que ces faisceaux fragiles dans le noir de la forêt. Sans autre bruit que celui des branches qui craquaient, de leurs chaussures de marche raclant le sol ou butant dans les racines, faisant crisser le tapis de feuilles couvertes de givre ; sans autre mot que les indications lancées par les premiers, l'appel régulier à la pause. Et parfois, le cri de quelque animal de nuit dérangé dans sa chasse.

Quand ils s'asseyaient pour une pause, toutes les heures, la plupart reprenaient simplement leur souffle, sans un mot pour leurs compagnons d'équipée. Quelques-uns cependant chuchotaient, par groupes de deux ou trois, se connaissant manifestement. Lors de la dernière pause, Hugo et Charlie se rappelèrent l'un à l'autre le serment de prudence qu'ils s'étaient échangé : quoi qu'il arrive dans la clairière, ne jamais, jamais accepter d'être séparés ; ne serait-ce que quelques minutes. Puis, ils reprirent leur marche, pour la dernière étape avant leur rendez-vous.

Ils arrivèrent à quatre heures du matin à l'endroit que Mallaury avaient indiqué sur le forum : la Clairière dans les Petits Monts, autrement dit Teacht-chun-Céille.

*

C'était un espace presque exactement circulaire, un dégagement herbeux assez vaste cerné de hêtres, de résineux. Sans rien de remarquable, sans clarté non plus, puisque la date indiquée par Mallaury correspondait à la nuit sans lune. Au-dessus d'eux, un plafond glacé, noir et piqueté d'étoiles froides, avait simplement pris la place des frondaisons.

Il y avait déjà une grosse dizaine de silhouettes assises ou allongées le long des arbres, qui redressèrent la tête quand le groupe arriva ; mais elles ne cherchèrent pas à se rapprocher.

Parmi elles, Mansour al-Masri avait été l'un des premiers à boucler seul le parcours. Il avait couru pendant tout le trajet, une sorte d'interminable footing en forêt dans les fougères, rythmé simplement par son souffle puissant, comme un métronome interne sur lequel il réglait ses pulsations cardiaques.

Il n'avait pas envisagé une minute de se joindre au groupe. Pour lui, le rendez-vous était la suite du jeu, et les jeux de combat étaient une expérience solitaire, monacale.

Avant l'arrivée des autres, il avait eu largement le temps de quitter son tee-shirt trempé, d'enfiler un vêtement propre sur sa peau, puis un blouson coupe-vent sur sa Goretex. Il avait fait un tour muet de la clairière, sur les mocassins de peau qu'il avait apportés dans son sac, pour voir si, quelque part, un signe indiquait l'endroit où il faudrait rencontrer les Egmonts : rien. Maintenant, il se tenait assis sur ses talons, et il attendait, aussi silencieux et attentif qu'un guetteur navajo, sans un regard pour le bruyant groupe des nouveaux arrivants. Il semblait que ni le temps, ni la fatigue, ni le froid ne pouvaient entamer son immobilité vigilante. Il lui importait simplement d'être prêt quand il faudrait.

*

Les contactés qui avaient marché en groupe se dispersèrent dès leur arrivée, aussi spontanément qu'ils s'étaient agrégés à la gare.

La plupart s'avachirent, à proximité du dernier rideau d'arbres, s'adossant sur leurs sacs ou s'allongeant dans l'herbe humide, parfois sur une couverture de survie. Seuls ceux qui étaient venus à plusieurs restèrent liés. Hugo et Charlie s'installèrent sous le même arbre, sur le poncho imperméable qu'avait étendu Charlie. Le garçon dit :

— Tu veux dormir ? J'ai mis la sonnerie de mon portable à sept heures, mais je reste éveillé.

— Tu crois qu'on craint quelque chose ?

— Je n'en sais rien. Mais je sais que je ne veux pas rater le rendez-vous avec ces Egmonts à cause d'une panne d'oreiller.

Charlie lui sourit. Elle savait que lorsqu'il était sur les nerfs, il ne dormait jamais. Elle se couvrit de sa polaire et de son anorak en Goretex ; puis, se lovant contre son sac, elle s'étira deux fois et ferma les yeux.

*

Matthias fut le seul à aller jusqu'au milieu de la clairière. L'herbe était trempée d'humidité, l'air glacial.

Il s'installa au centre. Puisque le message lui avait été livré en langue elfique, il lui semblait cohérent de respecter les coutumes des peuples de la Forêt : se montrer à découvert, debout et sans armes, au milieu de la clairière, sans chercher l'abri des arbres. Apparemment, il était le seul parmi tous les contactés à connaître cet élémentaire usage, qui prévaut aux rencontres entre un Barban et Ceux-de-La-Race. Il en ressentit une légère surprise teintée d'un peu de mépris, peut-être, d'une confiance exagérée en tout cas : il avait craint le trajet en forêt, peu habitué à randonner dans le monde réel. Mais maintenant, il était au but, et il aurait plus de cartes en main que beaucoup de contactés si, comme il le pensait, les Egmonts proposaient un contact avec le monde elfique.

Regardant les étoiles, il s'emplit profondément de l'atmosphère hivernale de cette nuit sans lune.

Chapitre 8

À l'est de la clairière, un premier rayon de soleil gelé lécha la cime des grands hêtres qui constituaient la canopée de la forêt. C'était le signal que tous les contactés attendaient. Depuis une demi-heure, quand le ciel avait commencé de jaunir, ils s'étaient levés les uns après les autres, avaient roulé leur duvet, plié les couvertures de survie, éteint les lampes torches.

Ils se comptaient maintenant, les uns les autres : ils étaient une petite cinquantaine.

Un silence vigilant pesait sur eux tous. S'ils ne s'adressaient pas la parole, chacun s'épiait ; espérant que quelqu'un apercevrait quelque chose ; redoutant aussi que seuls les quatre premiers à voir soient les élus. Chacun tournait le message dans sa tête avec une fièvre de plus en plus impérieuse à mesure que l'aube arrivait : il fallait être « quatre âmes, nobles et inquiètes » ; être « les Quatre » – et pas « les autres ».

Alors, à l'instant où le premier rayon de soleil pointa, preuve tangible de l'aube, Matthias, toujours seul au centre exact de la clairière, les vit tous converger vers lui. Tous les contactés, irrésistiblement attirés vers le milieu du cercle, désireux de voir comme lui de tous côtés, pour ne pas rater ceux qui viendraient.

Se laissant glisser silencieusement de l'arbre dans lequel il était monté depuis une heure, pour surprendre de loin ceux qui, éventuellement, viendraient, et pour apercevoir avant tous le crépuscule de l'aube, Mansour le Victorieux les rejoignit de son pas souple, au centre de la clairière.

*

— Les voilà, je crois.

Charlie s'était efforcée de dire cela d'un ton calme, mais Hugo sentit la tension qui voilait légèrement son timbre de voix. Il se retourna, en même temps que tous ceux des contactés qui guettaient vers l'ouest.

Quinze silhouettes tout de noir vêtues, portant des pantalons larges et des sweat-shirts dont la capuche leur couvraient la tête, avaient franchi en même temps la lisière de Teacht-chun-Céille, presque exactement sous les arbres où le premier rayon avait pointé. Apparition parfaitement synchronisée, théâtrale : elles se tenaient maintenant en ligne, à l'orée de la clairière, silencieuses, regardant le groupe des contactés.

À ce qu'on pouvait deviner à cette distance, les nouveaux venus étaient tous grands, sans doute des hommes, mais d'apparence gracile. On ne distinguait pas leurs visages, dans l'ombre de leurs capuches relevées. À cette distance, on ne voyait qu'une chose : ils portaient tous, à la main droite, un long bâton de bois clair, de la taille et de l'épaisseur d'un manche de pioche.

Le contacté d'une vingtaine d'années, aux cheveux blonds et à la barbiche, qui avait proposé à la gare que seuls les meilleurs gagnent, sortit de leur groupe. Il fit une dizaine de mètres vers les apparitions. Personne d'autre ne bougeait.

Matthias leva une main, puis cria quelque chose dans un idiome étrange. Charlie se pencha vers Hugo :

— Qu'est-ce qu'il fait ?

— Je crois qu'il les salue dans une langue elfique.

Les quinze silhouettes ne réagirent pas ; puis, sans qu'on sache à quel muet commandement elles avaient obéi, elles se mirent toutes en marche, se regroupant pour avancer derrière celui qui était le plus grand.

Matthias, parce qu'il était le plus proche d'eux, fut le premier à les distinguer plus précisément ; à voir leurs visages. Chacun d'eux mesurait presque deux mètres, et ils avaient la face d'un brun sombre, presque noir. Matthias songea : « Des Elfes noirs ? Tous les peuples de la Forêt ont la peau pâle, presque translucide, ils craignent la lumière. À moins qu'ils soient grimés... »

Il renouvela son salut en langue elfique, quand les quinze inconnus armés de bâtons furent à moins de dix mètres. Ils s'arrêtèrent. Celui qui marchait le premier souleva sa capuche, dégagea son visage. Matthias aperçut alors les oreilles pointues, la finesse du cou, la longueur de la main qui caractérisent La Race, et la distinguent des Humains. Mais le brun foncé sur la peau n'était pas un camouflage ; c'était bien un épiderme, apparemment. Et le crâne rasé ne correspondait pas à une coiffure elfique connue.

Tous les autres Elfes noirs se découvrirent à leur tour, imitant celui qui devait être leur chef.

Ce dernier parla, sans répondre à Matthias dans l'Idiome - mais dans un impeccable français. D'une voix suffisamment forte pour que le garçon, et le groupe des contactés qui s'était avancé lentement derrière lui, entendent parfaitement ses mots.

— Celui parmi vous qui n'entend pas rejoindre une Confrérie, qu'il déserte ce lieu. Maintenant.

Une pause. La voix se tendit comme le câble d'arbalète sur la noix du chevalet :

— Et celui qui entend servir le Suzerain, plutôt que de rejoindre le rang des Confréries, qu'il le dise maintenant et qu'il meure de ma main. Moi, Iwan, capitaine de ma brigade, je le demande une fois, une seule : quelqu'un ici s'avance-t-il en ennemi ?

*

Ils se regardèrent les uns les autres, sans oser rien dire. Les bras ballants.

Qu'attendait-on d'eux ? Qu'ils avancent, qu'ils affrontent les Elfes noirs ? Qu'ils attendent ? Aucun d'entre eux ne savait ce que serait le jeu de rôle, ses règles, son but. Ce qui allait se produire.

Ils ne savaient qu'une chose : ces « Elfes » étaient parfaitement maquillés, pas une oreille ne manquait ; et à moins qu'ils ne s'agissent de quinze frères d'une famille exceptionnelle de géants, le maître du jeu avait manifestement passé beaucoup de temps pour trouver des acteurs d'une telle taille, mais aussi d'une finesse et d'une gracilité exceptionnelles chez des hommes de cette stature. En revanche, pourquoi ces visages noirs ? Ces crânes ras ? Et surtout, pourquoi les avoir affublés de ces costumes de *streetwear*, les avoir simplement armés d'un bâton de combat ? Le maître du jeu, quel qu'il soit, aurait dû prévoir un effort sur les costumes ; du moins s'il voulait vendre aux contactés une simulation d'*héroïc fantasy*.

Le plus grand des Elfes, celui qui s'était présenté sous le nom d'Iwan, rompit de nouveau le silence d'une voix forte :

— Certains d'entre vous se connaissent-ils, parce qu'ils ont reçu ensemble la révélation du fragment de Savoir ?

Six jeunes gens s'avancèrent, par paires. Après avoir hésité une seconde, Charlie et Hugo firent de même. Il y avait également un trio. Iwan dit simplement :

— Ils ne seront pas séparés. Certains d'entre vous se connaissent-ils parce que l'un d'entre vous en a initié un autre en violation de notre ordre, après avoir reçu, seul, la révélation ?

Quelques-uns se regardèrent en douce. Après une poignée de secondes d'hésitation, quatre paires s'avancèrent.

Iwan s'adressa à ces huit-là :

— Vous avez parlé, vous avez trahi la règle et le vœu de silence, mais ce qui a été fait ne peut être défait. Et seuls les initiés reçoivent la force, par leur initiation, de respecter l'hommage qu'ils doivent rendre. Aussi, je vous le demande, à vous huit, puis à tous. Garderez-vous désormais le secret sur le Savoir que vous recevrez ? Êtes-vous prêts à vous taire, au prix même de vos vies ?

Hugo chuchota à Charlie :

— Ça fait deux fois que ce type parle de faire quelque chose au prix de la vie ou de la mort. Et il s'inquiète de savoir si des gens extérieurs sont prévenus... Même si ça fait partie de la mise en scène, je n'aime pas ça du tout, c'est un truc de secte. Alors, si quelque chose cloche, tu cours, sans te retourner, jusqu'à la forêt. Et on se retrouve dans le bosquet de bouleaux qu'on a traversé en arrivant.

Elle acquiesça. Iwan continuait :

— Vous tous, êtes-vous prêts à jurer sur votre sang de garder le silence, désormais, de taire tout ce que vous entendrez ?

Une dague d'argent avait jailli de sa manche, et de celle de cinq autres Elfes noirs. Hugo grimaça. Charlie se tourna vers lui :

— Un serment sur son sang, à tes yeux, c'est quelque chose qui cloche ? On part en courant ?

Elle voulait être drôle, mais semblait ressentir une inquiétude sourde, que Hugo perçut.

Il murmura :

— Tu veux qu'on file en douce ?

Elle répondit :

— Non. On est cinquante, ensemble. Et cela fait des semaines qu'on essaie de savoir ce qu'il y a derrière tout ça. On ne va partir maintenant.

— Ok, on reste. Mais on ne se quitte pas d'une semelle, miss.

*

Instinctivement, les contactés se présentèrent six par six, en ligne... Les plus réticents à l'arrière - ceux qui, comme Hugo et Charlie, envisageaient de prendre leurs jambes à leur cou. Et qui se regardaient entre eux, pour se donner des raisons de rester ou de fuir.

Six dagues pratiquèrent successivement une entaille au bout de cinquante index ; cinquante serments furent prêtés, pendant que cinquante gouttes de sang rouge s'écrasaient sur l'herbe verte. Les contactés n'avaient pas le temps de se préparer à la blessure ; le bras des Elfes passait, furtif, stupéfiant, sans qu'on voie rien d'autre - et on était ouvert, le doigt couvert d'un capuchon rouge, poisseux, sanguinolent. Seul sans doute Mansour perçut parfaitement l'infinie maîtrise qu'impliquait cette capacité à infliger une blessure, aussi superficielle, d'un mouvement aussi vif et ample.

À la fin, Iwan annonça d'une voix soudain plus douce, amicale même :

— Nos armes sont trempées dans le cataplasme de Ninian ; le doigt qui tient la flèche sur l'arc ne restera pas blessé plus d'une heure.

Les contactés regardèrent leurs index, puis se regardèrent les uns les autres, incrédules. Une croûte déjà s'était formée sur la plupart des blessures ; celles des premiers blessés commençaient à disparaître, et une peau neuve, d'un rose de nourrisson, se reformait, effaçant la marque des stylets tranchants comme le rasoir. Hugo vit des regards stupéfaits s'interroger silencieusement. Il sentit que, comme en lui-même, un bouleversement commençait d'ébranler le groupe des contactés. Il sentit que le jeu prenait une étrange tournure - une première barrière de scepticisme, une résistance tombait en chacun.

À cet instant, tous ceux qui, comme lui, avaient songé à fuir, n'envisageaient plus que de rester. Personne ne voulait manquer la suite. Quel qu'il soit, le maître du jeu remportait le premier round.

Chapitre 9

Ils durent endurer les épreuves, pendant près de sept heures.

Les Elfes noirs les divisèrent, les assemblèrent par groupes d'une dizaine, d'une douzaine, puis les menèrent où elles avaient lieu : au pied d'un rocher d'une quinzaine de mètres, presque lisse, qu'il leur fallut franchir dans sa hauteur ; dans l'ombre d'un hêtre énorme, dont les racines s'ouvraient sur une cavité où ils durent descendre affronter les ténèbres d'une galerie effondrée, où chacun se confronta à ses terreurs intimes ; à une demi-heure de course d'une source qu'ils débusquèrent, sans autre indication, s'en remettant à la seule étude des végétaux, des mousses, des traces animales ; devant une rivière assez large dont ils devinèrent le gué (ou qu'ils traversèrent, l'eau glacée de janvier jusqu'aux épaules, pour les moins perspicaces) ; devant des racines étranges, tubercules qu'un Elfe arracha devant eux et qu'ils mâchonnèrent jusqu'au suc, malgré les haut-le-cœur.

Aucune épreuve ne cessait, tant que tous les contactés du groupe n'en étaient pas venus à bout, comme une initiation, un rite de passage. Les Elfes noirs qui les escortaient, à deux ou trois, regardaient, parlaient parfois entre eux.

Dès qu'ils avaient accompli l'un des rites, de plus en plus éprouvés, affamés, trempés et grelottants, les contactés quittaient le lieu de leur épreuve, laissant les retardataires en finir. Suivant un des Egmonts, chacun rejoignait un autre groupe, une autre initiation.

Tous n'accomplissaient pas le parcours selon le même ordre mystérieux, indiscutable ; ils recroisaient parfois, sur une autre épreuve, des contactés qu'ils avaient abandonnés précédemment en fâcheuse posture, ou qui les avaient précédés ; sans qu'il fût possible de deviner si ces associations successives correspondaient à des niveaux différents, à autre chose qu'un pur hasard...

Hugo et Charlie ne furent pas séparés dans ce chemin vers la Connaissance, pas plus que les trois autres paires et le trio qui avaient reçu ensemble les fragments ; pas davantage que les quatre paires qui avaient avoué leur trahison.

Ceux qui se connaissaient déjà ne se quittaient jamais.

*

Charlie franchit quelques-unes des épreuves parmi les premières de leurs groupes successifs. Hugo s'en tira honorablement pour le gué, les galeries ; mais sans Charlie, il doutait qu'il fût jamais parvenu à trouver la source, ou à découvrir enfin la voie qui permettait d'escalader le rocher. Ceux qui étaient par paires, heureusement, pouvaient s'entraider durant les rites, on les considérait comme un seul ; néanmoins, Hugo se jura d'accompagner Charlie, la prochaine fois, à ses week-ends d'escalade, pour ne pas être un poids mort.

Matthias fut, dans deux des épreuves, le dernier de son groupe. Sa connaissance elfique ne lui servait à rien, en dépit des tentatives qu'il ébaucha pour entrer en conversation avec les Egmonts, impassibles arbitres. Seule la plongée dans les ténèbres de la terre lui parut plus aisée qu'à beaucoup.

Parmi les épreuves du chemin de Connaissance, il y eut également le combat.

*

L'Elfe noir avait les deux mains liées dans le dos, presque au centre du cercle dessiné par une série de cailloux blancs, alignés sur le sol.

Chacun des contactés, l'un après l'autre, recevait le bâton blanc de la taille d'un manche de pioche. Il devait terrasser ou repousser cet adversaire, aussi désarmé qu'un Madoc ; et si la plupart, notamment les jeunes filles, n'osaient pas porter leurs coups contre un manchot, quelques-uns s'y aventurèrent. Mais cela ne fit aucune différence.

Les uns et les autres, très vite, se retrouvaient repoussés hors du cercle, par des coups de pied portés au buste, aux épaules, aux genoux – à l'efficacité d'autant plus désarmante que les attaques elfiques étaient d'évidence retenues, à peine posées, comme simulées. L'Elfe se fendait au dernier moment, n'offrant son profil que lors d'une attaque portée ; rendant impossible auparavant de savoir sur lequel de ses pieds il allait prendre appui, et si le pied viendrait toucher sur le côté, en rotation, en percussion. Les coups de semonce qu'il assenait suffisaient à déséquilibrer l'assaillant, puis à le faire reculer, à l'acculer à un arbre ou à le sortir du cercle.

L'un après l'autre, les contactés qui précédaient Mansour jetèrent leurs bâtons. Ils étaient quinze avant lui ; pendant tous leurs duels, il se tint en arrière, regardant, bras croisés. Il vit ainsi combattre deux Elfes noirs, bras liés, avant celui qu'on lui opposa. Il les observait. Il regardait et apprenait. Il admirait et s'instruisait.

Lorsqu'il ne resta plus que deux garçons avant lui, et qu'un nouvel Elfe noir fut entré dans la danse *capoeira*, il commença lui-même à esquisser des mouvements, de la nuque, des articulations, puis à se frapper du plat de la main sur les bras, les avant-bras, les cuisses, les côtes : ces échauffements lui garantissaient la souplesse et lui faisaient sentir la tension, les points où son corps résisterait, s'ancrerait, s'appuierait – ou céderait.

Ceux qui l'entouraient, qui arrivaient à leur tour derrière lui depuis d'autres épreuves, virent qu'il parlait à voix basse, se répétant des mots secrets. Deux ou trois sourirent ou hochèrent la tête, parce qu'ils ignoraient qui était le Victorieux

Quand vint son tour, il était prêt.

*

Il prit le bâton, inclina légèrement le buste vers celui qu'il allait combattre, salua. Puis, il tourna le dos au duelliste, fit trois pas en nettoyant le sol de toutes les irrégularités qui auraient pu constituer un piège dans le cercle quand il reculerait, regarda les arbres qui allaient représenter autant d'obstacles dans son dos. La visualisation mentale lui permettrait dans un instant de les *sentir*. Le regard circulaire le renseignerait, dans l'espace de l'arène. Il saurait toujours où il se situait...

Le Victorieux se retourna vers l'Elfe aux bras liés ; il commença à se plier très bas sur ses jambes. Sentir la gravité, la faire descendre de son torse vers son bassin, puis ses genoux, pour la dominer, exploser quand il faudrait, jaillir. Quelques-uns murmurèrent, attendant qu'il porte un coup. Il étendit simplement le bâton devant lui, au plus long, au plus loin, vers l'Elfe qui s'avançait. Connaître son allonge, savoir concrètement quel avantage elle lui conférerait, sur la jambe de son immense adversaire. Mesurer les centimètres dans la tension du coude, paume vers le ciel, son arme apparemment simplement posée dans la main, offerte.

Puis Mansour commença de tourner à l'intérieur du cercle, bras gauche tendu, le bâton comme une pique. Attendant l'attaque.

Un instant déconcerté par cette tactique purement défensive, l'Elfe privé de ses bras sourit gravement ; et soudain, il déclencha un coup de pied droit en rotation. Au lieu d'esquiver, le Victorieux plongea vers sa propre droite, au cœur du cercle, le corps en biais, pour que la jambe qui visait son thorax glisse sur ses côtes, côté gauche. En même temps, le bâton avait changé de main, de la gauche vers la droite, et fouettait le sol vers la jambe d'appui de l'adversaire. Ratant sa cible d'un rien. L'Elfe bondit en arrière, le regarda, surpris.

Mansour roula, se releva, reprit ses rotations autour de son adversaire ; le bâton toujours posé sur la paume offerte, passant parfois d'une paume à l'autre.

C'était un combat silencieux, impressionnant comme celui du crotale et de la mangouste – un combat d'observation, de contour, où l'essentiel est l'occupation du terrain. Placer ses pieds en fonction de ceux de l'autre. Ne jamais le laisser anticiper. Repartir parfois dans une direction inattendue, pour que la jambe ou le bâton ne puisse se trouver sur la trajectoire avant soi, sur soi.

L'Elfe occupait le centre du cercle, Mansour les périphéries. De temps en temps, l'Elfe frappait, comme le crotale se détend – d'une vivacité mortelle. Chaque fois, la mangouste se contorsionnait pour encaisser la charge plus que pour l'éviter, et son bâton tentait de mordre, toujours au même endroit – sur la jambe d'appui, le point faible de l'adversaire.

Cinq fois, la jambe elfique toucha, mais jamais là où l'Elfe aurait obtenu le résultat qu'il cherchait – repousser l'adversaire, le mettre sur le reculoir. Cinq fois, au contraire, Mansour avança et réussit à fouetter – et une fois, la troisième, il cingla la cheville gauche de l'Elfe.

Bientôt, un autre cercle que celui des cailloux se forma autour des deux combattants. Des visages incrédules, des sourires, quelques cris d'encouragement. L'Elfe noir qui accompagnait le combattant lança quelques mots brefs dans sa langue, quatre ou cinq des autres géants graciles apparurent en un instant, jaillissant de la forêt. Puis d'autres. Il y avait maintenant trente personnes, jeunes Humains et Elfes, autour d'eux.

Au centre, les guerriers continuaient de tourner et de s'observer.

On entendait leurs respirations, haletantes, après chaque assaut. La sueur gouttait dans le dos trempé de Mansour, mais il conservait la même souplesse des jambes, centre de gravité très bas, autonomie du bassin, légèreté des appuis.

Quand l'attaque suivante du crotale survint, la mangouste plongea cette fois carrément en avant, sous la jambe ; une main en appui, l'autre poignet ferme et ouvert à l'extrême – le bâton frappa, rencontra le côté du genou droit qui devait être en terre à cet endroit. Parce que depuis que Mansour avait cinglé sa cheville gauche, l'Elfe utilisait pour la troisième fois de suite cette jambe endolorie comme arme, et l'autre comme jambe d'appui. Parce que celui dont on a touché un membre ne l'utilise plus de la même façon dans le combat : inconsciemment, il le sait vulnérable. Et parce que nul ne peut lancer deux jambes en même temps.

Il y eut un bruit de choc, un cri elfique de douleur, une exclamation générale en langue humaine. Le crotale touché, déséquilibré, recula précipitamment de cinq pas, se rétablit à la limite du cercle, pliant deux fois son genou frappé pour chauffer l'articulation raide, en jetant un regard incrédule vers le Victorieux.

Mansour, impassible, déjà relevé en position de défense, restait à distance. Il reprit sa marche circulaire, le bâton changea deux fois de paume ; mais ensuite, sa main droite fit un geste explicite à l'Elfe – « Viens, si tu l'oses. » Puis elle en fit un autre, vers l'Elfe qui accompagnait le combat – « Dénoue les liens dans le dos de mon adversaire. »

Ce fut son erreur.

Une dague argentée jaillit d'une manche, des cordelettes tombèrent au sol ; un crotale retrouva l'usage de ses armes principales : deux longues mains souples, au bout de deux bras démesurés.

Ceux qui auraient vu d'assez près le visage de Mansour auraient constaté que l'extrême concentration lui faisait retrousser les lèvres sur ses dents. Deux veines étaient apparues sur chaque tempe. Le Victorieux était un réseau de nerfs et de muscles tendus.

*

Mais il n'y eut plus véritablement de combat.

Avec les bras en balancier, avec le désir de mutiler aussi, né de l'humiliation, le coup de pied suivant de l'Elfe eut une puissance infiniment différente.

Tous ceux qui assistaient au duel l'entendirent dès l'impact.

Pendant qu'il retombait, touché aux côtes, souffle coupé, Mansour sentit que son bâton avait été bloqué – il roula sur le sol, de côté, mais en se dégageant, il lâcha l'arme que l'Elfe avait saisie dans son mouvement de chute.

Mansour se releva. L'Elfe le regardait, le bâton dans une main, les deux bras ouverts ; un sourire différent aux lèvres. Cruel, assassin. Il jeta le bâton au loin.

Le Victorieux sut qu'il avait deux ou trois côtes fêlées ; il sut qu'il n'avait plus l'allonge, pas plus que l'initiative. Il sut que le combat avait changé de nature : dans les prunelles de l'Elfe, une lueur de meurtre dansait. Sans le vouloir ni le savoir, Mansour avait commis l'erreur de l'humilier. Il allait en payer le prix.

Le coup suivant fut porté au visage, peut-être légèrement en fin de course, mais comme venu de nulle part. Il y eut trois ou quatre cris de frayeur parmi le murmure général de désapprobation du cercle ; deux des Humains portaient leurs mains au visage, des bouches s'ouvraient, des yeux s'écarquillaient. Un Elfe lança quelques mots.

Mansour sentit le sang commencer de couler de son nez. Un liquide chaud, vivant, un liquide dont il n'avait pas peur. Il attendit sans s'essuyer, sa langue explorant l'intérieur de sa bouche pour vérifier qu'aucune dent ne manquait ; il lécha le filet rouge quand il arriva sur ses lèvres, puis sourit à son adversaire – montrer qu'il n'avait pas peur. Reprendre les rotations. Retrouver la légèreté des appuis, la vigilance, la disponibilité...

Il continua de tourner, choisissant de rester à l'intérieur du cercle dont il aurait pu sortir. Sauvage, blessé, aux abois, mais encore dans le duel : s'il parvenait à encaisser le prochain impact, et à saisir le pied de frappe, il tournerait la cheville – et il entendrait l'os de l'Elfe craquer. Il voulait entendre l'os craquer... Mais il n'encaisserait pas plus d'un coup, désormais, il le savait.

Le balayage aux jambes le surprit. Il les sentit céder, pensa – rouler, rouler, ne pas se trouver là où on t'attend... Sortir du cercle, plutôt que de mourir. Il entendit l'impact d'un saut à pieds joints, à l'endroit où il aurait dû rester à terre. Il entendit un cri, un ordre, proféré dans une langue inconnue.

Quand il releva la tête, il vit Iwan, le capitaine des Elfes, qui était entré dans le cercle, l'avait balayé du pied, avait jeté l'éponge pour lui. Il vit que son adversaire avait reculé.

Il refusa de se demander ce qui serait advenu si Iwan n'était pas intervenu. Il avait perdu, mais il n'était pas mort. Il se redressa, et sans un mot, inclina le buste, pour saluer l'adversaire, le vainqueur.

Il plongea ses yeux noirs dans ceux du crotale, et son regard admiratif n'avait rien d'ironique, on n'y trouvait plus la trace d'un quelconque défi – le Victorieux savait qu'il n'y a aucune fierté à tirer d'une défaite, fût-elle honorable, et l'adversaire fût-il évidemment plus fort ; il n'y a que l'hommage à rendre au vainqueur, et les leçons à tirer pour que cela ne se reproduise jamais.

Chapitre 10

L'après-midi avait avancé, les épreuves s'achevaient un peu partout. Ils étaient toujours moins nombreux à chacune, les Egmonts les regroupaient par groupes de quatre on cinq maintenant, se séparaient eux-mêmes, semblaient les disperser.

On les amena, successivement, tous les quatre à cet endroit, à la lisière sud de Teacht-chun-Céille. On les y laissa, ils restèrent seuls. Il y avait Hugo et Charlie, Matthias et Mansour. Ils se regardèrent les uns les autres, plus attentivement – toute la journée, ils avaient côtoyé des dizaines d'inconnus. Ils s'observaient sans un mot, puis ils jetèrent un œil autour d'eux : partout, le long la lisière de la clairière, aux quatre points cardinaux, les jeunes hommes et femmes de la gare de Vernon étaient assis, par groupes de quatre. Il y avait douze groupes, distants les uns des autres ; les Egmonts avaient assemblé les Confréries. Laquelle était « les Quatre » ?

Les Elfes noirs sortirent du bois, chacun face à un des douze groupes dispersés sur toute l'orée. Ce fut l'immense métis, Iwan (celui qui les avait invités au serment, à la première heure de l'aube), qui parut face à eux.

*

— Désormais, vous êtes quatre. Quatre âmes, quatre existences qui n'en feront qu'une, jusqu'à ce que la mort ou la gloire vous séparent.

Hugo et Charlie scrutèrent les deux autres. Ils se souvenaient que le type blond à barbiche avait osé s'avancer seul devant les quinze Elfes noirs en parlant leur langue, ce matin, il y a huit heures - il y a presque une éternité. Ils se souvinrent aussi qu'ils l'avaient largement battu dans l'épreuve d'escalade, et qu'ils l'avaient vu traverser la rivière en ratant le gué. Ils n'avaient, en revanche, pas remarqué l'autre, jusque-là ; le grand garçon mince, qui portait des vêtements de sportif, un blouson coupé court sur les manches malgré le froid, dévoilant des bras fins, nerveux et musclés. Sans doute n'avaient-ils pas eu, une seule fois, l'occasion de l'affronter dans une des épreuves du jour - sinon, ils n'auraient pas oublié ce visage impassible et cuivré, ces yeux noirs décidés, ce menton altier. « Quelque chose d'un prince du désert », songea Charlie ; et Hugo dut le deviner aussi, car il ressentit un pincement de jalousie. Il remarqua aussi que le nez du « prince » avait bleui, apparemment cassé tout récemment. Mais ce fut l'attitude à la fois relâchée et ardente de Mansour, un qui-vive permanent et pourtant impénétrable, qui lui évoqua irrésistiblement la figure du guerrier.

— Vous êtes quatre, et votre initiation commence. Vous allez former la Confrérie, et vous vous présenterez bientôt devant le maître de Shaelynn. À quatre. Si l'un de vous manque, si l'un de vous recule, cède ou meurt, vous ne serez plus rien.

Ils tressaillirent. L'Elfe noir s'était tu après cette phrase aussi lapidaire qu'une sentence de mort. Matthias posa la question qui leur brûlait les lèvres :

— Quatre... Vous voulez dire... Sommes-nous *les* Quatre ?

— Cela, il ne m'appartient pas de le décider. Vous êtes une Confrérie, parmi douze. Et nous ignorons tous pour l'heure laquelle parmi ces douze sera celle des Quatre.

Une pause silencieuse, presque méditative, qu'ils n'osèrent interrompre. Hugo jeta un coup d'œil alentour : tout autour de la clairière, onze autres Elfes noirs s'adressaient à onze autres groupes de quatre contactés - et prononçaient les mêmes mots, sans doute. Douze fois le même discours.

Iwan reprenait :

— Moi, votre Egmont, je mènerai votre initiation. Votre Métig vous accompagnera sur l'Alta. Le maître de Shaelynn vous confiera la mission. Mais ce n'est qu'à l'issue de cette mission que vous saurez si la gloire, l'échec ou la mort vous attendait. Si vous êtes les Quatre.

— Combien de confréries devrons-nous affronter pour conquérir la gloire ? demanda le garçon blond.

— Aucune. Douze Confréries sont désormais assemblées, grâce aux épreuves ; mais vous ne vous affronterez pas ; vous ne croiserez plus les autres confréries, chacune accomplira seule son initiation, avec son propre Egmont. Chacune accomplira seule sa mission, avec sa propre escorte. La gloire comme la mort seront pour chacune, et les ennemis qui se dresseront devant vous sont nombreux... Seuls les Quatre mèneront la mission à son terme, mais c'est votre gloire à tous que de la poursuivre, d'écrire le Neuvième Tome.

— Ceux qui parviendront au terme, les Quatre... Seuls ces Quatre-là s'empareront du Sang-Noir, n'est-ce pas ?

C'était la question qui hantait l'esprit de Matthias depuis le début. Depuis qu'il avait été contacté. Depuis qu'il avait relu le passage du livre de Mallaury.

— Il ne m'appartient pas de te répondre, confrère. Tel est le privilège du maître, quand vos âmes seront passées sur l'Alta, et que vous serez devant lui, à Shaelynn. Moi, je ne suis là que pour préparer votre passage, et pour vous protéger lorsque vous serez prêts.

*

— Pourquoi nous as-tu choisis et assemblés, Iwan ? Et pourquoi être notre Egmont, toi qui es capitaine de brigade ?

L'Elfe noir regarda Mansour comme s'il ne comprenait pas sa question. Le Victorieux précisa, voix respectueuse :

— Pourquoi nous quatre, plutôt qu'une autre Confrérie ? Est-ce pour nous signe d'élection, ou d'autre chose ?

— Tous mes frères me valent, confrère ; tous sauront se comporter en Egmonts pour les Confréries de votre peuple. Mais parmi vous, il en est deux, plus jeunes que tous les autres, et...

Sa voix changea, comme s'il récitait une loi ancienne :

— ... *le plus âgé parmi les Egmonts prendra en protection le plus jeune des confrères.*

Matthias et Mansour se tournèrent vers Hugo et Charlie, qui se sentirent rougir - ils avaient bien remarqué, pendant les épreuves, qu'ils étaient parmi les moins âgés des contactés. Mais qu'on les distingue à ce point semblait... pour le moins embarrassant.

Iwan, cependant, n'épilogua pas ; et Mansour enchaîna en inclinant légèrement la nuque :

— Quelles qu'en soient les raisons, c'est un honneur, Iwan, de te recevoir pour Egmont et pour guide. Qu'attends-tu de nous, que nous l'accomplissions pour te plaire ?

— À cette heure commence votre initiation aux guerres du Huitième Tome, au prologue du Neuvième. Vous ne pouvez passer sur l'Alta tant que votre Confrérie ignorera ce qui s'est passé dans les siècles passés, et qui est l'ami, qui est l'ennemi.

*

Il expliqua comment ils conquiéreraient le droit de « passer ».

Il y avait une cabane vide, un *shad*, un abri, en lisière de la forêt des Andelys, dans un lieu appelé Port-Mort. Dans un terrain vague au bout d'une rue nommée la Côte d'Annebault. Dans ce *shad*, sous la table, glissé dans une couverture sale, ils trouveraient le talisman qu'avait préparé pour eux l'homme qui s'appelait Mallaury - mais qu'il ne nomma pas.

— Je l'y ai déposé. Vous y trouverez tous les fragments de Savoir, les fragments du prologue. Vous assemblerez les bribes, vous reconstituerez l'histoire de nos guerres, vous l'apprendrez par cœur. Et vous saurez quelle est la guerre qui doit s'écrire.

« Mais, écoutez-moi. Vous n'emporterez pas ailleurs le talisman, vous ne vous verrez ni ne vous parlerez ailleurs, vous ne serez pas aperçus ensemble ; vous ne saurez rien les uns des autres, dont vous n'auriez besoin. Car ainsi les sicaires, s'ils en trouvent un, ne pourront lui arracher sur les autres ce qu'il ignorera.

– Quand passerons-nous sur l'Alta ? demanda Charlie.

– L'heure viendra bientôt. Un jour, je me trouverai dans le *shad* que je vous ai indiqué, avec vous ; et je vous dirai ce qu'il convient que vous fassiez.

– Comment sauras-tu à quel moment nous nous y retrouvons ? demanda Matthias.

– Rien de ce que vous ferez désormais ne peut m'échapper, répondit simplement l'Egmont avant de tourner le dos et de s'évanouir dans la forêt.

III

Postface du Huitième Tome (prologue du Neuvième)

Chapitre 11

Mansour sortit une carte IGN de sa poche dès qu'Iwan eut disparu ; il l'étudia tranquillement. Puis, il se tourna vers les trois autres jeunes Humains.

— Aviez-vous noté autre chose dans vos agendas que la rencontre avec l'Alta, ce week-end ?

Il disait cela d'un ton tranquille et plein d'humour. Les trois autres secouèrent la tête.

— Bien, alors que diriez-vous d'aller voir ce *shad*, et de découvrir ensemble les fragments du prologue ? Tout de suite.

Puis, s'inclinant légèrement :

— Mon nom est Mansour, mes amis m'appellent parfois Mansour le Victorieux.

— Hugo et...

— ... et Charlie.

— Et moi, je suis Matthias. Ma communauté me connaît sous le nom de The Great Druide.

Les trois autres sourirent au pseudo. Mais Mansour, déjà, tapotait la carte :

— Qu'attendons-nous ici ? Il y a deux heures de marche environ, jusqu'à Port-Mort. On y va ?

*

Ils dénichèrent le *shad*, dans la Côte d'Annebault, sans trop d'hésitations. Il était huit heures du soir, ce même samedi. Le terrain avait un air plus inquiétant que vague. Ils trouvèrent le « talisman » là où Iwan l'avait indiqué :

dans le cabanon, glissé dans un pan de la vieille couverture, sous la table – il s'agissait d'un lecteur DVD portable, dont l'éjection avait été verrouillée par Georges Mallaury : le DVD, à l'intérieur, ne pouvait être extrait. En dépit de leur impatience, ils s'installèrent, déroulèrent leurs duvets sur le rude plancher de l'endroit – mais ils savaient qu'ils ne dormiraient pas, du moins pas tout de suite.

Puis, ils revinrent au « talisman ».

*

C'était un flot d'images. Des dizaines, des centaines de pages, tous les fragments de Savoir reçus par les contactés (et autant de chapitres) ; des pages écrites à la plume et, pour la plupart, extraites de la *Postface au Huitième Tome des guerres de l'Alta*. À chaque chapitre du DVD, les pages apparaissaient, l'une après l'autre, dans cette lumière jaunâtre, presque sépia, qui suggérait qu'on les avait filmées avec une antique caméra super 8, en plan fixe.

Parfois, cependant, une mise en scène : sur une page plus blanche, une plume invisible semblait écrire en temps réel un bout de récit. Il s'agissait alors de brèves exhortations, adressées directement aux Confréries, dans le ton de l'Avertissement, et qui, de toute évidence, n'appartenaient pas à la *Postface*. Hormis cet effet minimaliste, le seul fragment véritablement animé, Hugo et Charlie le connaissaient, sans avoir jamais eu l'occasion de le voir se dérouler : c'était la carte animée de l'Alta dont ils avaient imprimé des extraits voici trois mois. Il y avait six autres portulans aussi, qui se rapportaient aux différentes phases des guerres du Huitième Tome.

Chaque fragment constituait un chapitre numéroté, il y en avait 148, certains très courts, d'autres plus longs : environ 250 pages manuscrites, une quinzaine de dessins et schémas ; et tous les documents se succédaient, apparemment sans cohérence.

– Ok, quelqu'un a compris quelque chose ? demanda Charlie gaiement, au bout des deux heures et demie qu'avait pris la lecture intégrale des chapitres, chaotique. On dirait bien que le jeu suivant est un puzzle.

Hugo remarqua que Matthias tiquait : était-ce parce qu'elle traitait cela comme un « jeu » ? Ou parce qu'il s'agissait, simplement, d'une remarque de Charlie ? Il aurait juré que le garçon blond ne supportait pas la légèreté avec laquelle son amie semblait considérer tout cela. Elle aggrava sans doute son cas en regardant sa montre :

– Vous allez commencer à les remettre dans l'ordre, maintenant ?

Hugo traduisit, pour lui-même : le corps de Charlie estime qu'il est temps de se reposer. Charlie disait souvent : « Si ton âme n'écoute pas ton corps quand il demande la paix, ton corps ne prodiguera pas la paix à ton âme quand elle le suppliera. » Hugo ne croyait pas à l'âme. Il ne croyait qu'aux neurones et aux synapses, aux décharges d'hormones commandées par le cerveau, à ce qui formait de façon certaine l'esprit humain. Mais il réalisa qu'il n'avait pas dormi la nuit dernière, qu'il tenait sur les nerfs, et que ces nerfs formaient une pelote effilochée jusqu'à la rupture.

*

À l'issue d'une deuxième nuit pendant laquelle les trois garçons veillèrent, ils n'étaient pas venus à bout de la renumérotation des 148 fragments, bien entendu. Le récit n'était toujours pas cohérent, seuls quelques dizaines de fragments avaient été réunis deux à deux. Il allait s'agir, de toute évidence, d'un travail de longue haleine.

Matthias dit :

– Quand nous retrouvons-nous ? Demain ? Dans deux jours ?

– Hé, minute, on a des cours…, remarqua Hugo. On ne peut pas sécher comme des étudiants de fac. Et pas question de venir ici juste pour la soirée : avec une heure de train jusqu'à Vernon, plus dix coudées à pied, on en a pour trois heures à l'aller, et même chose au retour...

— La prochaine fois, je viens en voiture, dit Mansour. Je vous prendrai à la gare de Vernon, et je vous ramènerai quand nous aurons fini.

— Ok, alors on y consacre tout le week-end prochain, proposa Matthias. Et je viendrai ici, entre-temps, pour avancer.

— Ma mère ne me laissera jamais filer deux week-ends de suite, soupira Charlie.

— Je crois qu'il faut que nous avancions tous au même rythme. Nous nous retrouverons samedi prochain, si ça convient à tout le monde.

Mansour avait parlé comme un chef. Matthias objecta :

— Pendant ce temps, les autres Confréries vont travailler... Et elles auront pris de l'avance.

— Oui, sans doute. Mais Iwan nous a dit que nous étions quatre, quatre âmes qui ne doivent en former qu'une seule.

Le Victorieux fixa Matthias, et cette fois, son ton ne souffrait aucune discussion.

— Charlie et Hugo sont jeunes, mais ils sont notre Confrérie. Personne ne vient au *shad* d'ici samedi prochain.

*

Dans le train, au retour, ils prirent trois wagons différents.

Hugo et Charlie discutèrent pendant tout le trajet – d'Iwan, de la clairière, du talisman, de l'hostilité manifeste de Matthias, de l'autorité charismatique de Mansour.

De l'Alta.

Ces deux jours d'initiation ne les avaient guère avancés, en un sens... Ils ne savaient toujours pas de quoi il était question : s'il s'agissait d'un simple jeu de rôle, si la partie suivante se jouerait sur informatique, ou si le maître du jeu déploierait d'autres acteurs, d'autres péripéties bien réelles.

Chapitre 12

Trois semaines passèrent, trois rendez-vous au *shad*.

Entre-temps, ils passaient des heures à réfléchir, tous les deux, et Hugo constata que ce qu'il avait espéré se produisait. Pour un temps, *la menace* s'éloignait... L'aventure de l'Alta était l'occasion qu'il avait attendue, à laquelle il ne croyait presque plus lorsqu'elle était survenue.

Car dans les mois qui avaient précédé l'épisode du cédérom, quelque chose d'inquiétant s'était installé, entre Charlie et lui ; quelque chose qui le faisait filer le soir, plutôt que de rester dormir dans le salon de son amie ; ou détourner les yeux quand il apercevait sa peau caramel. Un malaise, qu'il appelait pour lui-même *la menace*. Mais dont ils ne parlaient pas.

Il existait entre eux désormais un sujet interdit, une question à ne pas aborder. Hugo se doutait bien de la nature de ce secret. Mais il ignorait ce que Charlie voulait : attendait-elle qu'il prenne l'initiative ? Ou au contraire priait-elle secrètement pour qu'il continue de se taire ? Hésitait-elle comme lui à risquer de perdre leur amitié, plus précieuse que la vie, en la faisant glisser vers des sentiers inconnus ?

Moins ils en parlaient, plus *la menace* prenait corps, devenait un poison qui s'insinuait dans chacune de leurs rencontres.

Or, depuis qu'ils étaient tombés sur l'étrange cédérom, tout était redevenu comme avant : *la menace* avait été mise à l'écart, pour un temps. Le temps qui s'égrenait entre eux était redevenu un allié : de nouveau, ils jouaient ensemble, comme au sortir de l'enfance ; quand ils se retrouvaient, c'était pour parler des fragments, essayer d'emboîter les pièces du puzzle, faire des suppositions, écrire le *Prologue*. Charlie riait, Charlie brodait, Charlie s'emballait, rêvait ; le regardait en souriant, sans cette brève lueur d'inquiétude dans les yeux, juste avant qu'il ouvre la bouche. De nouveau, pour quelques semaines ou peut-être même quelques mois, ils passaient leurs jours et leurs nuits sans qu'aucun fantôme, aucune *menace* ne flotte sur leurs deux têtes.

*

Trois semaines passèrent, trois rendez-vous au *shad* - trois samedis obtenus de haute lutte par Charlie à sa mère - et ils respectèrent les consignes d'Iwan. Ils assemblèrent environ la moitié de la *Postface* ; ils ne se virent pas au-dehors. Mais ce samedi de la troisième semaine, Charlie Fuertès fit tout exploser.

— Vous croyez qu'il y a quoi, au bout ? Vous en attendez quoi, vous ?

Hugo eut un mouvement de recul : assise par terre (en lotus, bien sûr), elle les regardait, tous les trois. Elle venait de rompre la règle de discrétion implicite entre eux quatre. Et parce qu'ils en avaient parlé cent fois, en revanche, tous les deux, ce fut pour lui comme une brèche ouverte sur leur intimité.

Le Victorieux répondit le premier à la question, méditatif :

— Sans doute le saurons-nous quand nous serons au terme.

— Mais vous espérez quoi ? Je veux dire... Je ne vous demande pas vos noms, ni vos adresses, ni rien, puisqu'on n'a pas le droit, mais... Pourquoi est-ce que nous venons ici tous les quatre passer des heures entières, sans rien savoir les uns des autres ? Sans même savoir ce que nous en espérons ?

Mansour ouvrit de nouveau la bouche, et Hugo devinait déjà ce qu'il allait répondre : « Parce qu'Iwan a dit que ce serait ainsi. »

Mais ce fut Matthias qui parla le premier, brusquement :

— Pour le Sang-Noir. Pour le Pouvoir du Sang-Noir.

Charlie regarda le garçon blond, si souvent muré dans un silence hautain. Cette fois, ses yeux d'ordinaire gelés semblaient brûler. Comme si on avait versé sur la glace un combustible hautement explosif.

— Tu as déjà parlé du Sang-Noir, à Teacht-chun-Céille... Tu y crois ? Tu crois vraiment qu'il y a quelque chose de vrai dans ce que nous lisons ?

Elle avait dit cela avec un espoir brutal dans la voix. Traduction : « Tu ne veux pas que ce soit simplement un jeu, toi non plus ? »

Matthias opina du chef, ardent. C'est à ce moment, sans doute, qu'il aurait dû parler du livre de Georges Mallaury, évoquer ce qu'il savait de plus - ce qui n'était pas dit dans les fragments. Il avait failli le faire, en parlant du Sang-Noir... Mais il ne sut pourquoi, il préféra se taire.

La voix grave du Victorieux prit le relais :

— Il ne peut pas s'agir seulement d'un jeu. Je ne sais pas grand-chose de l'*héroïc fantasy*, mais je suis un combattant ; et je sais qu'il est impossible à quinze hommes de se battre comme les quinze Elfes noirs en étant seulement les acteurs d'un jeu.

Hugo n'objecta rien. Il venait de comprendre qu'il était seul à rester « dehors », les trois autres, de différentes façons, étaient devenus des croyants. Il posa la seule question qui lui vint en tête :

— Mais alors, si ce n'est pas un jeu, qu'est-ce que c'est ?

— C'est précisément cette réponse-là qui est au bout du chemin, répondit simplement Mansour.

*

En rompant la première digue, la seule qui les retenait, Charlie avait libéré le fleuve des questions. Pendant les trois heures qui restaient en ce samedi 9 février, ils s'y laissèrent emporter, négligèrent les fragments. Successivement, ils se dirent les uns aux autres ce qu'il fallait savoir pour que la Confrérie soit une, un corps pour tout leur bras, un récit à quatre voix, et non quatre confrères avançant côte à côte.

Matthias était ce qu'on appelle un *fantasy geek*. Ce qu'il avait à dire sur lui-même ne concernait guère que cette passion solitaire, qu'il ne partageait que par ordinateurs interposés, avec d'autres *nerds*. À part cela, il avait dix-neuf ans, étudiait en première année de licence les sciences informatiques dans une université dont il tut le nom (ils respectaient encore quelques règles). Il habitait seul en cité universitaire, une piaule minuscule, à une adresse qu'il tut également ; ses parents étaient partis couler leur retraite dans un banal Sud varois.

Mansour avait dix-neuf ans lui aussi, était franco-égyptien ; orphelin de mère depuis l'enfance, et fils d'un diplomate nommé autrefois à l'Unesco. Fils unique, comme Matthias, autonome depuis longtemps : à quinze ans, son père l'avait laissé seul dans le grand appartement parisien (il en tut l'adresse) qu'il avait acheté, pour aller remplir des fonctions toujours plus importantes, au sein cette fois de l'Onu à New York. Il ne voyait plus son fils que deux ou trois fois par an. Pour le reste, Mansour maîtrisait par le menu une dizaine d'arts martiaux, dans lesquels il était parfois expert, parfois simple novice ; il pratiquait les trois boxes ; pour remplir des obligations étudiantes, il était en deuxième année de licence de STAPS, accessoirement brillant, mais ce qui comptait était autre : à l'âge de dix ans, il avait décidé de mériter le nom de Victorieux, « Mansour » en arabe, que lui avait donné son père. Il avait décidé de devenir un guerrier.

Et tous les jours depuis lors, il respectait ce vœu.

*

Quand Hugo et Charlie se furent à leur tour présentés, Mansour se contenta d'approuver des paupières. Matthias ne put s'empêcher de poser la question que Hugo redoutait :

— Et vous êtes ensemble ?

— Oui, nous sommes ensemble. Nous l'avons toujours été.

Hugo avait répondu cela d'un ton ferme ; cette phrase qui esquivait, qui ne révélait rien et refermait la page. Cette réponse qu'il se faisait à lui-même pour garder *la menace* à distance. Il ne regarda pas Charlie, pour savoir comment elle, elle le regardait.

Matthias demanda encore :

— Avez-vous jamais vu l'Elfe, quand vous êtes venus ? L'avez-vous vu autour de chez vous, depuis ces trois dernières semaines ?

Ils secouèrent la tête.

— Apparemment, à ce que vous avez dit, nous vivons tous à Paris. Et nous perdons un temps fou à venir ici, une fois seulement par semaine. On prend le train, on traîne...

Il n'y avait plus de reproche pour Charlie, dans cette remarque. Ils étaient une Confrérie, maintenant.

— Qu'est-ce qui nous empêcherait d'emmener le talisman, de l'étudier chez nous si Iwan ne nous surveille pas ? Chacun successivement...

Il y eut un autre silence, pendant lequel les trois autres se regardèrent à la manière de mauvaises gens à qui on vient de proposer un sale coup : avec méfiance et intérêt.

— Imagine qu'Iwan passe dans le *shad*, entre deux de nos visites, objecta Hugo. Pour vérifier que le lecteur est ici.

— Nous pourrions dire que nous l'avons caché à un autre endroit, dans le terrain vague par exemple. Nous pourrions revenir malgré tout ici chaque samedi, avec le lecteur. Mais entre-temps, nous ne prendrions pas de retard sur les onze autres Confréries.

— Et si nous sommes pris, que nous devons renoncer au jeu ?

— Tu es le seul à croire encore qu'il s'agit d'un jeu.

Hugo regarda Charlie ; en dépit de son animosité pour le *fantasy geek*, elle ne démentit pas ce que venait de dire Matthias. Il se tourna alors vers Mansour, qui avait manifesté une telle déférence à Iwan, Mansour dont la chaleureuse et tranquille autorité en faisait le leader de leur Confrérie.

Le Victorieux dit :

— L'élève apprend de l'obéissance à son maître ; et il apprend tout autant de la désobéissance.

Chapitre 13

Ils décidèrent finalement d'installer le lecteur chez Mansour.

Chacun pourrait venir dans son appartement, à n'importe quelle heure – la vieille gouvernante copte de son père, Ida, y vivait enfermée à longueur de journée, et ouvrait à n'importe qui, pourvu qu'il se présentât comme un ami de Mansour al-Masri.

— Ce sera notre QG. Ainsi, nous n'avons qu'une adresse à nous communiquer les uns aux autres : la mienne.

Mansour eut un sourire ironique.

— Et si vous parlez sous la torture, si vous me donnez aux sicaires, j'en cours le risque...

*

Ils y passèrent les dix jours suivants. Et surtout, leurs nuits.

L'appartement de Mansour était à quinze minutes de leur lycée, sur le scooter d'Hugo, si bien que lui et Charlie profitèrent de leurs deux longues pauses déjeuner hebdomadaires pour y travailler. Charlie réussit aussi à tromper un soir l'inflexible vigilance maternelle, en inventant une invitation chez Hugo. Mais pour le reste, la fin du puzzle fut plutôt l'affaire des garçons : Matthias venait toutes les nuits ; Hugo y fut un soir sur deux ; et Mansour veillait avec eux. Le soir du onzième jour, enfin, un mardi soir, à quatre jours des vacances de février, les 148 fragments étaient renumérotés, et ils avaient comblé nombre d'espaces entre ces textes.

*

Toute l'histoire de la « guerre du Huitième Tome » était claire, en dépit des nombreux passages raturés ou manquants dans la *Postface*.

Au début de cette guerre (il y a trois siècles ?), il y avait quinze baronnies humaines sur l'Alta ; quinze fiefs tenus par des warlords. Le baron Wulfran était l'un d'entre eux. Sa capitale, perdue dans la forêt, s'appelait Carlen, son fief (celui du Corbeau) était l'un des plus grands, mais aussi l'un des moins opulents : il consistait essentiellement en forêts, et en une longue lande côtière d'herbes, salée, battue par les vents de la mer d'Arjun sur laquelle paissaient les troupeaux de *caprax* et de *barans*.

Les gens de la Baronnie au Corbeau, avant Wulfran, avaient vendu contre écus du bois aux Nains du royaume d'Archag. Quand il vint au pouvoir, Wulfran mit la forêt de Carlen en coupes réglées, et exigea que chaque livraison de bois soit désormais rétribuée en *kraast*, que les Nains forgeaient dans leur montagne. Mais le *kraast* n'a qu'un usage : la fabrique des armes. La Baronnie au Corbeau grandit donc en puissance. Vint le jour où les trois autres Baronnies-au-delà-des-montagnes apprirent à connaître, l'une après l'autre, les quatre Légions golithes qui sortirent de Carlen : cavalerie muette caparaçonnée de *kraast*, montée sur des *siffales* carnivores, colonnes infernales ne laissant pas un souffle, pas une vie derrière elles. L'une après l'autre, les citadelles voisines cédèrent ; leurs hommes éventrés, leurs femmes forcées ou brûlées et leurs enfants vendus en esclavage ; les hommes de Wulfran jetèrent du sel dans leurs ruines fumantes, pour que rien de vivant n'y repousse.

L'Alta sut qu'un nouveau warlord de sang était monté au firmament. L'Alta noua des alliances. Les Hybrides, les Cinq Nations ouvertes parmi les Elfes, et sept des Baronnies humaines se liguèrent. On établit la ligne de défense contre le Baron au Corbeau, sur le Limes, entre le territoire des Juges et la Marche livide. On intrigua auprès des émissaires d'Archag pour que le Royaume nain de la Forêt de Kraast cesse de livrer les armes et les armures à Wulfran ; et pour que les « Velus-des-montagnes » interdisent le passage aux Légions, à Vahan et sur la Brèche de ce qui s'appellerait Maroine. On accusa Wulfran d'avoir ouvert les portes des enfers, qui avaient vomi ses guerriers golithes tout armés, on l'accusa en Grande Ordalie, et on convoqua l'Assemblée de Justice, au Grand Tribunal de Paix, dans la Plaine d'Alsander, pour régler le litige.

On échoua sur toute la ligne.

Le roi nain Archag accorda à Wulfran le *kraast* et le passage. À Lexie, le jour de l'Ordalie, le Baron au Corbeau subjugua les seigneurs qui étaient contre lui – sept d'entre eux tombèrent, avec leurs cavaliers, leurs écorcheurs et leurs coupe-jarrets, leurs capitaines, leurs fiefs et leurs villes, sous le Pouvoir du Sang-Noir. Car seul le Pouvoir pouvait expliquer qu'ils retournent en une heure leurs alliances, et se reconnaissent une vassalité d'humiliation en se rangeant sous la bannière au Corbeau. Wulfran reçut alors le nom de « Suzerain des Âmes ».

Pendant que sur la plaine, il soumettait les barons, ses quatre Légions golithes déferlèrent en trois points, contre la ligne de défense érigée sur le Limes, et aussi plus au nord, par la Brèche de ce qui s'appellerait Maroine. Les Elfes, les Hybrides et les sept Baronnies auraient suffi à les contenir, sur le Limes, mais les troupes des sept barons se débandèrent au soir quand l'ordre fut donné par leurs capitaines de se ranger sous la bannière au Corbeau. Et le Limes céda.

Après cette victoire, Wulfran déploya son armée, et celle des sept barons soumis. En tenaille depuis ce qui s'appellerait Maroine et la Marche, les osts enserrèrent dans une nasse les combattants des Landes franches, Elfes et Hybrides. Sur le tertre d'Hegoa-ar-Madalen, en un jour où la lune demeura visible et sanglante dans le ciel, les Hybrides livrèrent la bataille qu'ils savaient décisive. Les Cinq Nations ouvertes de La Race elfique avaient dépêché à leur secours leurs escouades de Sloanes et de Searles, loin de la forêt des Dix Cataractes, sur la Plaine d'Alaine pelée et découverte ; ils acquittèrent jusqu'au bout les alliances qu'ils avaient scellées avec les races hybrides et les derniers humains libres.

La défaite fut totale.

Au soir du lendemain, le Suzerain des Âmes fit dresser un monticule de mains ; les membres de tous les prisonniers mâles parmi les archers elfiques. Contre les derniers Hybrides, il lança ses *siffales*, qui rejoignirent les Petits Hybrides dans la forêt d'Elona-ha, et firent d'eux un massacre à ce qui devint alors Maroine. Quant à la race des Grands Hybrides, il n'en resta que quelques-uns.

Qui contestait encore, après ce grand désastre, le pouvoir de la Bannière au Corbeau ?

Parmi les vassaux des barons subjugués, il n'y eut que les trois propres fils du Suzerain des Âmes pour s'opposer à lui : trois Féodaux, qui partageaient son sang. Ils refusèrent l'allégeance à leur père et au Sang-Noir, érigèrent leurs défenses en trois points, dans les villes d'Almeria (pour Thierno), de Waltraud (pour Rolf) et d'Otilia (pour Orbert).

Il resta également les femmes, que Wulfran avait négligées dans sa folie sanglante : les estimant pour rien à l'heure des représailles, il dut les considérer beaucoup à l'heure de la révolte. Femmes et femelles de ceux (barons ou capitaines) que le Pouvoir du Sang-Noir avait soumis, femmes et femelles des Cinq Nations ouvertes parmi La Race des Elfes ; avec les ultimes forces des trois races hybrides, ensemble, elles constituèrent le capitanat des Mères-de-la-guerre, qui livra une guerre d'escarmouches jusqu'à la venue de Danaël.

*

La fin du récit guerrier était succinte, souvent allusive ou cachée : le mage Danaël entendit le fracas des armes, il se leva parmi les nations ; il vainquit par grand pouvoir la magie du Sang-Noir. Et des Légions ardentes des golithes, toutes se débandèrent. Les osts des barons rejoignirent leurs bannières et leurs Baronnies ; ils se déchirèrent entre eux, dressés contre tous et ensemble contre les quatre Légions golithes.

Les Mères-de-la-guerre firent grande détresse parmi les troupes restées fidèles au Corbeau. Les écorcheurs du Suzerain furent vaincus en la Clairière de Fériel, et les forts partis mercenaires d'Ocre-Blêmes, avec leurs esclaves urods, tombèrent sous la grêle des archères d'Euriell, en la ville d'Oger. L'ost de Wulfran, vaincu, reflua vers Maroine comme une vague se retire, mais heurta dans sa fuite les murs de Thierno, en sa forteresse d'Almeria. Thierno les défit.

Seules demeuraient encore presque intactes deux des Légions golithes, qui s'étaient repliées en bon ordre jusqu'aux Baronnies-au-delà-des-montagnes, par la Brèche de Maroine. Alors, les armées de Rolf, de Thierno et d'Orbert déferlèrent sur les terres du Suzerain des Âmes, et les affrontèrent ; le Suzerain des Âmes combattant parmi les siens sous les créneaux de sa citadelle de Carlen.

L'extrait concerné disait ceci :

Danaël chevauchait sa licorne sous les trois bannières réunies des Trois Grands Féodaux, qui avaient reconnu son titre de Chef de guerre. Devant lui, il étendait sa main qui tenait le Bâton de pouvoir et magie, pendant la chevauchée ; et ainsi chaque fois que les chevaliers des trois fils étaient prêts de tomber sous l'emprise du Sang-Noir, il les en libérait.

Bientôt, il n'y eut plus, autour du Suzerain des Âmes, que les monts de cadavres de ses Golithes muets tombés sans râles. Mais lui, debout encore, et Ludger son épée à la main, il pourfendait sans faiblir. Alors, Rolf, Thierno et Orbert s'avancèrent tous les trois, des piques à bout de bras, et le percèrent de toutes parts, comme on force un taureau dans l'arène. Il tomba sur les genoux, le plastron de son armure de kraast inondé de Sang-Noir, noir brillant sur noir mat.

Danaël eut l'honneur de la mise à mort ; seul, il s'avança. Le Bâton de pouvoir et magie dans une main, le cimeterre à la lame d'argent pur dans l'autre, il trancha d'un vaste mouve-

ment la tête du Suzerain des Âmes, qui vola à quinze pieds. Puis il prit la tête de Wulfran, la porta, et recueillit tout le sang qui s'en écoulait dans une vasque de kraast, qu'il avait fait sculpter par les orfèvres de Archag en prévision de cette heure. On suspendit à la poterne le corps sans tête du Seigneur au Corbeau, et comme d'un porc pendu pour le boudin, Danaël recueillit tout le sang qui s'en écoulait jusqu'à la dernière goutte.

Puis Danaël partit vers la forêt, la vasque pleine de sang portée par trois chevaliers, chacun enrôlé sous la bannière de l'un des Féodaux. Et il ordonna qu'il ne reste pierre sur pierre de la citadelle de Carlen.

Chapitre 14

— Bon... Voilà où nous en étions des réjouissances avant-hier soir..., dit Hugo.

La Confrérie se trouvait dans le bureau-bibliothèque de Mansour, éclairé par une seule lampe immense, à l'abat-jour très tamisant. La vieille Ida dormait depuis longtemps, tout le reste de l'appartement était plongé dans le noir et le silence. Hugo venait de récapituler à haute voix leur travail, tous les fragments dans l'ordre. Et ça collait, sans une pièce en trop.

Mansour, assis en tailleur, semblait dormir, mais il avait toujours les yeux fermés quand ils reprenaient ainsi l'ensemble du récit – concentré sur quelque chose de lointain, sans doute. Charlie (qui avait carrément fait le mur ce mardi-là, vu l'importance de cette soirée pour la Confrérie) écoutait le récit, d'un air songeur, allongée à l'envers dans un fauteuil ; les jambes reposant sur un accoudoir, le dos calé contre l'autre.

— Mais on a terminé, dit encore Hugo. À toi, Matthias...

Matthias prit alors le lecteur DVD dans ses mains, et lut intégralement les onze chapitres très courts, et en désordre, qu'ils venaient d'assembler. Les dernières pages, apparemment, de la *Postface aux guerres au Huitième Tome des Guerres de l'Alta, par le Scribe Bersuire, juge au Grand Tribunal de Paix* :

Or, voici qu'elle fut la fin de la guerre contre le Suzerain : le mage Danaël versa son Sang-Noir dans la Source d'Elfrea, au cœur de la forêt.

Puis, il fit venir à lui les trois fils du Suzerain, ses alliés, à Lexie.

Devant l'assemblée du Tribunal de Paix, le Mage remit à Rolf, Orbert et Thierno leurs bannières, et leur accorda de dresser un castel, et de régner chacun sur leurs trois villes fortifiées, Otilia, Waltraud et Almeria. Ayant ainsi rétabli les terres, les vassalités et les puissances entre les Trois Féodaux, sur les Terres humaines, Danaël leur présenta le hanap d'or. Ils burent dans la coupe aux reflets rouges le vin qui scellait leurs accords.

Puis il s'adressa à tous. Il parla devant l'Assemblée des warlords, des Prêtres, des Juges. Il parla devant les barons libérés du Sang-Noir, devant leurs capitaines. Il parla devant les puissances libres des montagnes, de la forêt et des Landes franches, Elfes, Nains, et troupeaux d'Hybrides. Il parla devant le conseil des Mères-de-la-guerre. Tous se tenaient sur les gradins de l'Amphithéâtre de Lexie, le Grand Tribunal de Paix. Tous avaient le visage attentif, et le cœur reconnaissant à Danaël, qui avait rendu la liberté aux âmes asservies de l'Alta. Et leurs peuples étaient rassemblés sur la grande plaine d'Alsander, en cohortes formidables, et en foules, pour entendre les paroles qui scelleraient la paix.

(Changement de chapitre.)

Il dit, et cela fut :

— Je suis Danaël, je suis le Mage qu'annoncent les Prophéties dans le Tome Premier, dans le Tome Troisième, et dans les Légendes franches des Peuples affranchis. Je suis celui qui est venu deux fois auparavant, et qui désormais ne reviendra qu'à la fin de l'immortalité des Temps, comme il est établi.

Il brandit la grande vasque de kraast, vidée du sang de l'ennemi, au-dessus de sa tête.

— Le Suzerain a ouvert par magie noire les portes des enfers…

(Passage caché, changement de chapitre.)

— Ainsi, il a assis le Pouvoir du Sang-Noir en ce monde, le Mal y est entré, et nul ne peut faire sortir ce qui a été semé. Nul, sinon ceux qui sauront emporter le Mal sur un autre monde, comme le Suzerain l'a emporté des enfers jusqu'ici.

« Mais moi, je suis venu, pour la troisième des quatre fois promises, et j'ai vaincu le Méchant. J'ai vidé tout le sang du Suzerain, les chiens ont mangé son cadavre, il ne reste pierre sur pierre de sa noire citadelle. Le Sang-Noir est celé, et je ferai ce qui est en mon pouvoir, par grand sortilège, pour en garder l'Alta.

« Car vous, vous êtes peuples et nations de folie, de meurtres, de rapines. Entre vous, jamais la guerre ne cessera. Mais vos âmes seront libres, vous serez sujets libres, et le Pouvoir du Sang-Noir sera celé, nul ne pourra l'invoquer dans vos guerres meurtrières et…

(Passage caché, changement de chapitre.)

— Voici ce que je fais pour vous aujourd'hui, avant de revenir à la fin de l'immortalité des Temps.

Danaël se tourna d'abord vers les Mères-de-la-guerre, au premier rang desquelles étaient Brivaela, capitaine des Elfes, et Ora, Helvi et Hildreth, filles de barons ; et vers les représentants des peuples inhumains, à l'exclusion des Nains, Elfes et Hybrides, représentants des Landes franches et des Cinq Nations ouvertes :

— Écoutez, peuples libres, indomptés ! Sur vous, le Sang-Noir n'a pas exercé son pouvoir de…

(Passage caché, changement de chapitre.)

— …, car tel ne fut pas pour vous le projet du Suzerain des Âmes. Sur vous a pesé la menace de l'anéantissement. Souvenez-vous quel fut votre salut ! Il est venu de votre alliance en grande coalition, sous l'autorité du conseil des Mères-de-la-guerre ; vous fûtes sauvés, dans la conduite de la guerre, par femelle pouvoir. Souvenez-vous, peuples martyrisés, suppliciés et infirmes, de ce que vos femmes ont fait pour vous préserver de l'anéantissement. Et que les fils le redisent aux petits-fils, que les frères le reconnaissent aux sœurs : à l'heure du péril, reformez ainsi grande coalition de nations et de peuples, et confiez la conduite des combats et la charge de grande diplomatie aux femmes de vos peuples.

« Et ainsi, vous demeurerez sur l'Alta jusqu'à l'immortalité des Temps, en peuples parfois vastes, parfois en petits restes, mais toujours vivants et féconds.

« Telles sont mes paroles pour vous ! La Sagesse, le Courage et la Foi sont aux femmes, qu'ils le restent ! Je donne les Landes franches à vos filles, et aux fils qui les reconnaîtront ; elles seront Landes franches et Terres libres à jamais. Humaines, Elfes et Hybrides, vous y demeurerez libres de nouer des alliances avec les Féodaux, ou de les rompre, selon ce que vous estimerez bon pour vos peuples. Vous serez peuples vassaux ou peuples affranchis. Mais toujours, ce sera selon votre choix, et celui de vos filles.

(Changement de chapitre.)

Puis Danaël se tourna vers Archag et vers l'ambassade du Royaume nain de la Forêt de Kraast.

– Quant à vous, Seigneurs Nains, qui avez prospéré dans la guerre, accumulant de l'or de toutes parts contre le kraast, entendez ! Votre or rougi du sang, je le change en cuivre. Il rutile de la mort, et des cris et des lamentations ; qu'il prenne leurs couleurs ! Ainsi, Seigneur Archag gardera ses frontières, mais dans ses caves, ses trésors sont en ruine. Vous devrez de nouveau commercer, et en grande peine, pour retrouver la splendeur des Nains !

Au cou d'Archag, à son front, sur ses armes et sur son casque d'or, l'éclat se ternit. Ses colliers et sa couronne furent de cuivre, le pommeau de son marteau Jiraïr également. Lui et son ambassade baissèrent la tête, et nul parmi les Velus-des-montagnes ne protesta.

(Changement de chapitre.)

– Quant à vous, Rolf qui est loup, Thierno qui est puissant et Orbert qui est cupide, je vous ai réunis pour mettre à bas le Suzerain des Âmes. Mais maintenant, je vous divise pour qu'aucun de vous trois ne puisse assujettir le monde à sa main.

« Je vous ai accordé à chacun une cité, et des gens. Waltraud et ses ports seront à Rolf, Almeria et ses plaines de fourrage seront à Thierno, Otilia et ses coteaux seront à Orbert. Mais je vous connais trop pour croire que vous vous consacrerez au commerce, à la vigne ou à la pâture : dix lunes ne seront pas passées, avant que l'un ne convoite les terres de l'autre. Et encore dix lunes avant que la convoitise ne devienne violence, et la

violence celle des animaux de proie. Ainsi vous fûtes, ainsi vous êtes, ainsi vous serez toujours. Vous ne songerez pas à prospérer, mais à prendre. Je vous connais, warlords !

« C'est pourquoi je vous divise, pour que jamais l'un d'entre vous ne puisse réduire les âmes de tous les peuples de l'Alta, par le Pouvoir de...

(Passage caché, changement de chapitre.)

— Je vous divise en trois partis, et lorsque l'un de vous prendra l'ascendant, les deux autres s'allieront pour sa perte. Vous vous livrerez batailles, et guerres, et pillages, mais aucun d'entre vous ne pourra abattre finalement l'un des autres. Et pour m'en assurer, je vous accorde le plus grand des dons, le plus cruel aussi : la coupe d'or que vous venez de boire vous donne l'immortalité. Vous vivrez sans fin, condamnés à une vieillesse éternelle sur l'Alta, du moins jusqu'à la fin de ses mondes. Ainsi, quand l'un de vous se serait emparé des cités, des terres, des armées des deux autres, il saura que les deux autres, immortels, ourdissent leur vengeance ; son pouvoir vacillera à son tour.

(Changement de chapitre.)

Puis Danaël, devant la plaine immense de l'Alsander, s'adressa à eux tous : Humains, Nains, Elfes, Hybrides, ceux des Terres franches, ceux des Cataractes, ceux des plaines, des villes et ceux des montagnes. Et c'est à eux tous, chefs et nations, gens et conseils, qu'il fit sa dernière adresse.

— Et voici ce que je fais pour vous : pour qu'aucun des Trois Féodaux, ni quiconque, ne puisse jamais vous réduire et vous assujettir l'âme, pour que jamais ne revienne l'Empire sur les esprits, la Possession des cœurs...

(Passage caché, changement de chapitre.)

— ... j'ai versé le Sang-Noir du Suzerain des Âmes au cœur d'une source, dans la forêt profonde de Carlen. Nul désormais n'y pourra pénétrer.

« Je la nomme Forêt des Âmes. J'interdis par grand sortilège cette forêt et les trois Baronnies-au-delà-des-monts à tout autre qu'aux âmes errantes, aux âmes abandonnées par leurs corps. Seuls les spectres et les fantômes de ce monde y pourront pénétrer, sous peine de s'y consumer. Cette forêt et cette Baronnie

sont désormais sortilèges ; ils consumeront les chairs de tout vivant de ce monde.

« Et ainsi, nul parmi les trois Féodaux, et nulle autre puissance, nul autre potentat, ne pourra venir à la source et la boire. La forêt sera interdite aux vivants ; et la source, nulle âme morte n'y pourra boire. Elle demeurera interdite pour les siècles à venir.

Puis, Danaël, dont la colère avait monté jusqu'à rugir, cria :

– Que tous l'entendent ! Otilia est à Orbert, Almeria à Thierno, et Waltraud à Rolf, pour l'immortalité des Temps. Les Landes franches et les Terres libres sont aux peuples femelles, les Montagnes sont aux Nains, la Forêt est aux Elfes des Dix Cataractes. Alsander est aux Juges. Les nations humaines et inhumaines sont à ceux à qui elles se soumettent, aux Seigneurs ou aux Sages qu'elles désignent ; les enfants sont aux mères, les fils sont aux pères ; les féaux aux Seigneurs, liés par leurs serments d'hommage lige jusqu'à ce qu'ils les délient, eux-mêmes ou leurs fils et filles.

« Mais la Forêt des Âmes est aux âmes errantes, le Sang-Noir n'est à quiconque. L'âme de chacun est à chacun, et nul ne peut la prendre, la soumettre par...

(Passage caché, changement de chapitre.)

– Menez désormais vos guerres, menez vos paix comme il vous plaira. Mais qu'aucune âme ne crie plus vers moi. J'ai donné à chacune des gages de liberté. Car je ne les entendrai plus, les cris que vous lancerez vers moi. Je ne les entendrai plus jusqu'à la fin de l'immortalité des Temps.

« .... »

(En langue alchimique : « *Je scelle le Pouvoir du Sang-Noir, et nulle âme ne pourra jamais le desceller, du moins dans notre monde.* »)

*

Le texte de l'exhortation était nettement plus court à résumer, et Charlie s'en chargea. Entre deux appels à former les Confréries, à prouver la vaillance de son âme et de son bras, et autres digressions, il annonçait ceci :

Rolf, fils de Wulfran, a dépêché une armée de ses spectres vers la Source d'Elfrea. Il stipendie de forts partis d'Urods, pour les lancer sur la Forêt elfique. Il a dépêché ses Légions golithes, pour qu'elles marchent vers le Limes à Arman-du, et vers la Forêt elfique à Odran-Shad. Bref, tout indique que le Grand Féodal prépare une guerre, dont la Source d'Elfrea constitue le trophée. Et une rumeur, portée par cent espions, dit que le fils de Wulfran a trouvé un moyen d'entrer vivant dans la Forêt des Âmes, pour boire à son tour à la Source d'Elfrea. Il ne lui manque que du temps, désormais, trois années tout au plus.

Devant cette menace, les Mères-de-la-guerre ont désigné un nouveau capitaine ; les guerriers du clan cervier, les quelques survivants des Grands et Petits Hybrides, les Elfes des Cinq Nations ouvertes ont reconstitué leur ancienne alliance. Thierno, fils de Wulfran et Seigneur d'Almeria, a signé un traité avec eux pour combattre sur la plaine d'Alsander, sur la plaine d'Alaine, sur l'Échine du dragon, et empêcher son frère de boire le Sang-Noir.

Mais cela ne suffit pas, si vraiment Rolf a trouvé un moyen de pénétrer dans la Forêt des Âmes. Ainsi, dans Shaelynn, le maître des Confréries a décidé de lever les Confréries, d'enrôler les Quatre, quatre âmes nobles et fières. Car seules, elles peuvent empêcher Rolf de s'emparer à son tour du Sang-Noir. Seules, elles peuvent empêcher la guerre du Neuvième Tome d'écrire les dernières pages, la fin de l'Histoire, dans la bibliothèque du Tribunal de Paix d'Alsander, et sur les terres de l'Alta.

*

Mansour, les yeux toujours clos, fumait une de ses cigarettes d'eucalyptus. Matthias venait de déboucher une nouvelle bière. C'étaient leurs habitudes, depuis qu'ils travaillaient tous ensemble dans l'appartement vide et sombre du père de Mansour. Charlie se tut, piqua deux ou trois pickles sur le plateau de mezzeh qu'avait préparé la vieille Ida pour eux. Puis elle posa sa question favorite :

— Qu'en pensez-vous ?

Chapitre 15

– Impossible à dire... Nous ne savons pas quel rôle ils veulent nous faire jouer. Ni pourquoi nous seuls pouvons faire échouer Rolf. Ni d'où viennent les Golithes, quel est exactement le pouvoir de Danaël, comment nous pourrions lever le maléfice pour combattre Rolf dans la Forêt des Âmes...

Matthias ne fit pas allusion au Sang-Noir, à ce qu'il en savait et qu'ils ignoraient. Il avait menti le premier jour, au *shad*, et il devait maintenant continuer.

– Ce n'est pas ce que je demandais, Matthias, reprit Charlie. Je veux dire... Ce récit : ça ressemble à une légende classique, vous ne trouvez pas ?

Elle était sur son terrain favori : la littérature.

– On a un démon, un astre du mal qui a été vaincu mais qui risque de réapparaître - sous la forme de son fils. On a une sorte de messie, le mage Danaël, qui est là depuis l'origine pour apporter la rédemption dans ce monde, et qui reviendra enfin au dernier jour. On a la victoire absolue du mal, puis le retournement : le triomphe absolu du bien. On a un pouvoir immense, disponible, dont la conquête assurera la puissance à qui s'en emparera, sous la forme d'une coupe de sang.

Elle énumérait sur ses doigts.

– La seule chose qui manque au fond pour l'instant, ce sont des héros. Nous. Les confrères.

– Où veux-tu en venir ? demanda Matthias.

Mansour avait ouvert les yeux.

– Je veux dire que ce truc est un récit mythique. Une légende d'initiation, un texte religieux. Comme une page de la Bible, un récit du Graal. Dans la vraie vie, les choses ne se déroulent pas ainsi. Danaël, Wulfran et sa réincarnation Rolf, les Légions golithes et l'armée des Spectres ; tout ça, ce sont des archétypes.

— Explique-nous ce que tu en conclues, Charlie. On pige pas, là, reprit Hugo.

— Ce texte a sans doute un sens caché, peut-être sacré. Il ne prétend pas raconter les choses telles qu'elles se sont passées, mais telles que nous devons les comprendre. Ou alors, le monde de l'Alta, c'est le monde de Oui-Oui : les bons tuent les méchants à la fin, et le pouvoir absolu existe...

Elle avait dit cela avec un certain dédain. Pour la première fois, Hugo eut l'impression qu'il y croyait plus que son amie. Qu'il avait envie que l'Alta existe, précisément au moment où elle s'en détachait.

— Tu te trompes, dit derrière eux une voix qu'ils connaissaient.

*

— Les choses se sont passées comme vous les avez lues. Très exactement. Et le mal est en passe de revenir sous sa forme la plus pure, puisque le fils vient après le père.

Les paroles étaient venues du noir du couloir. Mansour s'était déplié souplement, il était déjà debout, bras croisés ; face à celui qui avait parlé dans les ténèbres. Les trois autres confrères, ébahis, se levèrent également à demi. Mansour dit :

— Que fais-tu chez moi, toi que nul n'a invité ?

Mais sa nuque et ses mains gardaient la posture respectueuse du disciple – lui aussi, il avait reconnu la voix.

Une silhouette se détacha de l'ombre et entra dans la pièce. Iwan baissa la capuche de son sweat noir.

— Nul ne m'invite, car partout où est la Confrérie, partout se tient son Egmont. Je suis celui qui doit vous guider, et à qui vous avez désobéi.

IV

XariaEnea
(Les ailes de l'âme)

Chapitre 16

Iwan avait gardé un œil sur eux, pendant ces dix jours. Il était dans l'appartement de Mansour toutes les fois qu'ils s'y étaient réunis, à deux, à trois. Escalader une façade, se glisser par une fenêtre ouverte était une plaisanterie, pour un Egmont...

– Vous avez désobéi, vous vous êtes mis en danger mutuellement. Je l'ai su dès le premier jour.

Il disait cela d'un ton résigné.

– Mais voici pourquoi je me montre à vous, ce soir : votre initiation prend fin. Chacune des Confréries va passer sur l'Alta, aussi vite qu'elle le peut. Car Rolf a eu connaissance du plan conçu par le maître, à Shaelynn, et désormais, nous courons tous un péril mortel.

– Certaines Confréries sont déjà passées ? demanda Matthias précipitamment.

– Non. Mais certaines passeront cette nuit, ou demain, je l'espère.

Ils apprirent ceci : pour le « passage », il leur faudrait accepter trois jours d'isolement total – trois jours et trois nuits. Il leur faudrait trouver un *shad* où nul ne risquait de venir les surprendre ; ils devraient s'y rendre, y demeurer cloîtrés durant soixante-douze heures, sans contact aucun avec l'extérieur.

– Nous aurions voulu trouver ces *shads* nous-mêmes ; mais nous n'avons plus le temps. L'homme qui nous aidait est lui-même en danger.

Matthias proposa la maison de ses parents, située en très grande banlieue, un peu en dehors de Meaux. Nul ne risquait pas de s'y rendre au mois de février.

— J'ai les clés. Cela devrait convenir.

— Bien. Le temps presse. Quand pouvez-vous passer ?

— Trois jours et trois nuits de suite, sans contacts ?

Les trois garçons se tournèrent vers Charlie : la mère de la jeune fille constituait le principal obstacle, en ces circonstances. Elle dit simplement :

— Les vacances commencent vendredi, et je pars le même soir pour un stage de ski rando en haute montagne. Huit jours dans les Alpes. Je pourrais, éventuellement, manquer le train...

— Tu es sûre ? Tu ne regretteras pas ?

Hugo ne voulait pas qu'ils lui forcent la main.

— Si ma mère l'apprend, je le regretterai à jamais. Mais il faut vivre dangereusement, nous sommes une Confrérie.

*

Les dernières questions d'Iwan les déroutèrent :

— Avant Teacht-chun-Céille, certains Confrères avaient écrit, sur un forum. Est-ce votre cas ? Avez-vous parlé à un autre des « contactés », lors de la sélection ?

Ils se regardèrent, surpris. Répondirent par la négative, l'un après l'autre.

— Connaissez-vous ceux qui s'appellent Karen et Simon ? Leur avez-vous parlé, le jour de Teacht-chun-Céille ? Répondez franchement : votre vie en dépend...

Hugo songea à la jeune fille en anorak rouge, Karen, qui s'était présentée à la gare - la créatrice du forum. On ne pouvait pas dire qu'il la connaissait... Comme les trois autres, il secoua de nouveau la tête.

— Ne vous rencontrez pas jusqu'à ce vendredi, dit l'Elfe noir. Trouvez-vous ce soir-là dans le *shad*, je vous y rejoindrai. Pour une fois, obéissez à votre Egmont.

Chapitre 17

La maison des parents de Matthias, quatre kilomètres après Meaux, n'avait aucun signe particulier, elle était plantée à l'écart dans un jardin clos. C'était vraiment le *shad* idéal : Mansour, qui était passé récupérer Hugo et Charlie dans sa vieille voiture, dut tourner un quart d'heure avant de la trouver. À leur premier coup de sonnette, Matthias vint ouvrir.

Les meubles étaient recouverts de housses, les pièces sentaient le renfermé. Manifestement, les propriétaires du lieu n'étaient pas venus depuis longtemps, et leur fils n'utilisait jamais ce pied-à-terre. Ils s'installèrent par terre, tous les quatre, autour de la table basse poussiéreuse du salon, adossés aux deux canapés. Mansour sortit leur dîner - un mezzeh, végétarien cette fois, qu'Ida avait soigneusement emballé.

Ils attendirent Iwan.

*

À la tombée du jour, sans que rien ne prévienne, l'Egmont fut dans la pièce. Ils se levèrent. Le capitaine de brigade elfique sortit de la sacoche qu'il portait en gibecière une feuille roulée :

— Vous souvenez-vous de ces visages ?

Hugo prit la feuille de journal, daté d'il y a sept jours ; il la déroula, tressaillit. Pleine page, sous le titre, il y avait deux portraits en couleurs ; deux visages qu'ils avaient vus, de nuit, à la petite gare de Vernon, puis en pleine lumière à Teacht-chun-Céille. En dessous, une photo grise : des policiers qui ramassaient une pauvre chose étendue dans un caniveau.

« *Deux meurtres en vingt-quatre heures, l'œuvre d'un tueur en série ?* », interrogeait le titre de la une.

Ils lurent en diagonale : Karen M. et Simon V. avaient été assassinés voici au moins quinze jours ; on avait retrouvé il y a une semaine leurs deux corps, atrocement mutilés, et dont les sévices présentaient de curieuses similitudes, jetés en deux endroits dans des rues passantes, à Montreuil et à Levallois-Perret (banlieue parisienne). L'autopsie indiquait qu'ils avaient été torturés pendant des heures, des jours peut-être, avant d'être égorgés... Les modes opératoires étaient identiques, et la police supposait qu'ils avaient tous deux croisé le même psychopathe, à quelques heures ou jours d'intervalle - avaient-ils été torturés ensemble ? Et où ? Par qui ? Pourquoi ? Rien d'autre que la mort ne reliait les deux jeunes gens, selon ce que savait la police. Rien ne pouvait constituer un mobile.

— Ils n'étaient pas dans les mêmes Confréries, ne se connaissaient pas, dit Iwan. Nous pensons que les Sicaires de Rolf les ont retrouvés grâce au forum que la jeune fille avait créé. Ils ont réussi à remonter du forum jusqu'à son adresse, puis à celle du garçon qui avait été le premier à répondre...

Iwan parlait dans un silence incrédule, sidéré. Quatre paires d'yeux revenaient encore et encore à la page de journal ; quatre cerveaux, comme engourdis, refusaient de comprendre.

— L'homme qui nous aidait a dit que les sicaires de Rolf devaient avoir des complicités dans votre monde, pour retrouver ainsi les confrères. Lesquelles ? Nous l'ignorons.

On sentait qu'Iwan maîtrisait mal cet aspect du problème : une traque sur Internet.

— L'homme qui nous aidait a détruit ce forum, le jour où nous avons appris les meurtres... Trop tard. Les sicaires doivent avoir relevé déjà les noms de tous ceux qui ont écrit. Sans doute vont-ils les traquer l'un après l'autre. C'est pourquoi nous devons les mettre à l'abri.

Silence.

— Et c'est pourquoi l'homme qui nous aidait doit désormais se cacher, lui aussi. À cause du rendez-vous qu'il vous a laissé, sur ce forum...

*

Charlie fut la première à dire trois mots. Trois simples mots hébétés :

— Ils... Ils sont morts.

— Oui. Et les sicaires de Rolf tenaient à ce que nous le sachions, sinon ils ne les auraient pas laissés dans les rues de vos cités, en plein jour.

Une pause.

— Ils veulent que nous sachions qu'ils sont sur la trace des Confréries.

— Les Sicaires de Rolf ? Nous ne les avons jamais vus.

C'était un simple constat. Mais dans la bouche de Mansour, cela sonna comme une accusation. L'Elfe noir le perçut-il avant de répondre ?

— Si vous les aviez vus, vous seriez morts à cette heure. Votre initiation ne fait que débuter...

— Arrête avec ces conneries, Iwan. Ou qui que tu sois.

Il n'y avait plus aucune déférence, dans la voix du Victorieux. Simplement une rage froide.

— Ces deux gamins sont morts parce qu'ils ont croisé votre route. Avant de venir à Teacht-chun-Céille, ils avaient une vie, heureuse ou pas, mais une vie ; puis ils sont tombés sur un jeu. Et ce jeu s'est révelé mortel pour eux, alors qu'ils n'étaient même pas des combattants, pas encore.

— Il ne s'agit pas d'un jeu. Et ils connaissaient le risque. Nous le leur avions dit, dans la clairière.

— Non, ils ne le savaient pas, pas vraiment. Moi, je le connais, ce risque, parce qu'un de tes Elfes a failli me tuer, à Teacht-chun-Céille, en combat singulier... Mais eux, ce jour-là, ils n'ont pas vu la lueur de meurtre dans ses yeux. Et aucun d'entre nous n'a vu d'autres tueurs que les tiens. *Ta* brigade, Iwan, ou qui que tu t'appelles.

— L'Egmont ne t'a pas tué, à Teacht-chun-Céille...

— Non. Pas ce jour-là. Il y avait sans doute trop de monde, trop de témoins. Pas comme pour Karen ou Simon. Eux, ils étaient seuls.

— Tu accuses mes Elfes d'avoir tué ces confrères ?

— Je ne suis sûr de rien. Je n'accuse personne. Mais je constate des choses...

Le Victorieux commença d'énumérer sur ses doigts.

— Deux éléments, deux éléments seulement, reliaient Karen et Simon avant leur meurtre : le forum, et Teacht-chun-Céille. Et je constate ceci : ils meurent le même jour. Et vous, que faites-vous ? Au lieu d'aider l'enquête, vous faites disparaître ce forum. Vous expliquez à tous les témoins, tous ceux qui étaient dans la clairière, que ce sont vos ennemis qui ont commis le meurtre : il faut encore se taire, se cacher. Vous supprimez toutes les traces qui vous reliaient à Karen, à Simon.

« Je constate aussi que vous êtes capables de suivre n'importe qui, n'importe où, en silence. Je constate encore une dernière chose, Iwan : toi et tes hommes, vous savez tous donner la mort, plus efficacement que l'immense majorité des êtres humains. Et vos lames sont tranchantes. Et toutes les blessures ne cicatrisent pas comme un index ouvert pour prêter un serment.

*

Le Victorieux venait de résumer, en quelques phrases sèches, les doutes et les questions qui les étreignaient tous. Vertigineusement, précisément, implacablement ; d'un ton de procureur.

Iwan le regarda.

— Tu es un guerrier, Mansour. Mais tu n'es pas initié. Sinon, tu parlerais avec intelligence ; tu saurais que quand les Elfes tuent, ils ne mutilent pas.

— Les Elfes ?

Cette fois, c'était Hugo qui venait de parler ; il avait mis tout le doute qu'il avait pu, dans ces deux simples mots.

— Quels Elfes ?

Iwan ne répondit pas directement, il biaisa :

— Les sicaires de Rolf ont passé la porte de Oksan-kras très peu de temps après le rendez-vous de Teacht-chun-Céille. Comment savent-ils ? Leurs espions ont-ils appris ce rendez-vous en lisant le forum de Karen ? Ou quelqu'un a-t-il trahi le maître de Shaelynn ? Nous l'ignorons. Mais désormais, nous n'avons plus de temps pour l'initiation. Il faut que vous passiez.

— Attends !

Charlie avait parlé à son tour.

— Pourquoi auriez-vous besoin de nous ? Chacun des Elfes vaut dix d'entre nous au combat. Alors, si nous ne sommes pas initiés, à quoi cela sert-il que nous *passions*, comme tu dis, et que nous risquions nos vies ?

— Et en quoi consiste ce passage ? C'est le même que pour Karen et Simon ? C'est comme ça que nous allons *passer* ?

Matthias avait embrayé. Il s'agissait d'une révolte généralisée.

*

Quatre boules glissèrent, de la gibecière dans la main de l'Elfe noir ; de la taille d'une balle de golf. Elles avaient une étrange couleur, argentée, moirée de reflets sombres.

— Vous saurez pourquoi nous avons besoin de vous, quand vos âmes rencontreront le maître.

— Nos âmes ?

Ils avaient crié la question dans un bel ensemble, tous les quatre. Iwan posa les boules argentées sur la table. Leurs reflets étaient verts, argent, noirâtres par endroits.

— Il existe deux passages, pour le monde de l'Alta. Vous n'emprunterez pas le même chemin que nous. Mes Elfes, et les sicaires de Rolf, sont passés, corps et âme, par la Porte de Oksan-kras. Seules vos âmes, quant à elles, se rendront sur l'Alta ; sur les ailes de la *XariaEnea*.

Il fit deux pas en arrière, pour signifier que désormais, cela les regardait, eux quatre.

— La *XariaEnea* a été cueillie avec le chant sacré ; elle retourne toujours à l'endroit d'où elle vient, sous les frondaisons des *daras* de la clairière des Connor, à Derrig Argan... Et elle emmène avec elle les âmes qu'elle élève. Si vous la consommez, elle servira de transport à vos âmes errantes jusqu'à Derrig Argan, où vous attend ma sœur Ioena ; votre Métig. Et vous resterez sur l'Alta durant tout le temps de son action. Deux de vos jours, et trois autres de vos nuits. Soixante de vos heures.

— Tu la consommeras avec nous ? Tu nous accompagneras ?

— Non. Ioena vous attend. Et quant à moi, si je voulais voler sur ses ailes, j'en mourrais : la *XariaEnea* est un poison puissant, pour les Elfes.

*

— Que... que se passera-t-il *réellement* si nous mangeons cela ? demanda Charlie.

— Vos âmes se rendront jusqu'à Derrig Argan, puis jusqu'à Shaelynn, la perle des Nations. Vous verrez Nedeleg, la Première Cataracte ; vous rencontrerez le maître, vous accomplirez l'hommage. Le reste, il ne m'appartient pas de vous le révéler... Et pendant ce passage, votre Egmont restera ici, et veillera sur vos corps inconscients.

— Nos corps inconscients, et livrés à ta merci... Alors que nous ne savons toujours rien des tueurs de Karen et Simon.

La voix sarcastique de Mansour brisa net l'ascendant que l'Elfe avait repris sur eux, la fascination exercée par les boules argentées.

Mais il n'eut pas le loisir de poursuivre la rébellion. Comme les trois autres, il n'ébaucha même pas un geste. Il n'eut que le temps de voir la succession d'images, comme la séquence subliminale d'un film trop rapide : la dague d'Iwan qui sortait de sa manche gauche ; sa main gauche qui passait comme un souffle chaud sur chacun d'eux ; l'autre main qui effectuait en même temps une arabesque. Leurs quatre cerveaux enregistrèrent la succession des faits, comme dans un rêve. Le corps d'Iwan avait volté en souplesse ; l'Elfe s'était rétabli, de nouveau immobile, exactement identique à la seconde d'avant. La dague dans sa manche.

Ils ne sentirent qu'alors la brûlure, à la gorge. Ils se regardèrent les uns les autres. Sur chaque cou, il y avait un filet rouge, une longue éraflure qui couvrait presque toute la largeur du cou. Quelques gouttes de sang perlaient. Si l'Elfe avait ouvert plus profondément leurs gorges, ils seraient morts avant même de l'avoir senti.

— Humain, crois-tu vraiment que j'aurais eu besoin d'une plante, pour te mettre à ma merci ? Et penses-tu que je puisse être un félon, un menteur et un assassin, moi qui suis capitaine de brigade parmi les Elfes ?

Un silence.

— Maintenant, l'heure de choisir est venue : décidez-vous.

Matthias balbutia :

— Que... Qu'est-ce qu'ont fait les autres Confréries ?

— Choisissez selon votre conscience, sans savoir ce que choisit autrui.

Hugo posa une question, à son tour :

— Et qu'arrivera-t-il, si nous refusons la Xaria-machin-truc ?

Silence. Puis Iwan répondit d'un ton indifférent :

— Chacun de vous retournera à sa vie. Vous cesserez d'être sous ma protection. Vous serez libres de parler ou de vous taire. Et nul ne croira ce que vous raconterez si vous rompez le serment de sang que vous avez prononcé, le jour de Teacht-chun-Céille. Qui le croirait ?

Charlie prit une boule de *XariaEnea,* la fit tourner entre ses doigts :

— Honnêtement, pourrions-nous continuer de vivre, sans savoir si nous n'avons pas manqué l'expérience de notre vie ?

Hugo se pencha sur la table à son tour, saisit une boule argentée ; puis Matthias.

Mansour hésitait encore. Apparemment, il répugnait à toucher cette substance, qui allait arracher son âme, laisser son corps sans vie. Le guerrier sait : l'esprit est le maître du corps, dans la bataille, la maîtrise de l'esprit est la clé de la victoire ; mais l'âme des guerriers n'est rien sans le corps.

Charlie le fixa dans les yeux :

– Tous ensemble, ou personne. Quoi que tu choisisses, nous te suivrons, Mansour.

Le Victorieux prit la dernière boule, la leva devant son visage. Il dit pensivement, en la regardant jusqu'à loucher :

– Mon âme, sur tes ailes...

Puis, il ingéra la boule insipide. Les trois autres l'imitèrent.

V

Derrig Argan
(Les métamorphoses)

Chapitre 18

Charlie sentit un vent doux qui caressait sa joue. Quelque chose (quelque chose d'autre que ce souffle) énervait son front, son nez ; comme des cheveux qu'on a parfois sur le visage, ou le harcèlement d'un insecte. Elle fit un geste pour écarter l'importun, et sa main rencontra la feuille d'une fougère, poisseuse de suc. Elle ouvrit les yeux.

Il faisait nuit, une nuit singulière, presque lumineuse, éclairée par une lune immense qu'on voyait, juste au milieu du cercle de ciel dessiné par les frondaisons des séquoias géants.

Charlie s'assit, sentit sa main s'enfoncer dans l'épais tapis de mousse sur lequel elle était allongée l'instant d'avant. Elle cligna des paupières et essaya de faire le point. Où était-elle ? Elle se souvint : la *XariaEnea*, la sensation d'arrachement... Elle regarda ses mains – de longues mains blanches, d'une finesse exceptionnelle, qu'elle ne reconnut pas tout en les sachant siennes. Dans cette contemplation, elle perçut que chaque mouvement de ses phalanges avait désormais un pouvoir, un sens sacré, caché. Que la pulpe des doigts et des paumes pouvait *sentir*. Qui était-elle ?

Comme toujours, la clairière vibrait d'un étrange silence ; solennel, recueilli, presque religieux. Elle commença à entendre des chants muets autour d'elle, des battements de vie. Sa voix retentit, d'abord timidement :

— Hugo ? Hugo, tu es là ?

*

Hugo se releva, fit le tour des *daras* mystérieusement familiers, allant vers la voix de Charlie qui l'appelait : la rassurer, d'abord ; comprendre ensuite.

Elle était restée assise sous les fougères géantes, de l'autre côté du bosquet sacré. Quand Hugo arriva, elle le dévisagea, les yeux immenses, effrayés.

— C'est moi, Charlie. Rien que moi, dit-il.

Il vit le visage de la jeune Elfe - son amie ? - s'apaiser un instant, puis de nouveau elle écarquilla les yeux :

— Hugo... Tes mains, où sont tes mains ?

Il leva vers elle ses moignons de Madoc.

— Je ne sais pas. Je n'en sais rien. Je suis arrivé ici dans cet état.

— Nous... nous sommes des Elfes, c'est ça ?

— Ça m'en a tout l'air.

Il la regarda. Le visage de Charlie était celui d'une Elfe, étiré, oreilles pointues, long cou, stature fragile ; sa peau avait une pâleur livide, elle avait des yeux immenses, en amande, soulignés de khôl - mais noirs, toujours, ce noir de braise qu'il connaissait si bien. Pour le reste, sans sa voix, qui l'aurait reconnue ?

— Que nous est-il arrivé ? Qu'est-ce qui... ?

— Je suppose que nos âmes ont emprunté un autre réceptacle, quand elles sont arrivées ici. Nos corps habituels sont restés inconscients dans la maison de Meaux, tu te souviens ?

Hugo disait cela comme si c'était logique - les corps inanimés, les âmes qui passaient, c'était ce qu'avait dit Iwan.

— Hugo, Charlie, c'est vous ?

Ils se retournèrent, hélés par la voix de Mansour. Une jeune femme d'une vingtaine d'années les regardait, appuyée du bras droit sur le tronc d'un *dara*. Elle portait une tunique de peau, serrée à la taille par une large ceinture. Des jambières de peau brune, les pieds et les bras nus. Des crins de laine écrue étaient noués dans sa longue chevelure nattée. C'était une sacrée beauté, mais humaine, et...

— Mansour, tu es... une...

— Une femme, oui, je sais. C'est plutôt inattendu.

Le ton était ironique mais vaguement inquiet ; la voix n'avait pas changé de sexe, elle.

— En plus, maintenant je sais que vous, vous êtes des Elfes, que vous avez presque une tête de plus que moi, que vos costumes sont trop cool et que Hugo est resté un garçon... Alors, je ne sais pas trop comment prendre ce qui m'arrive. Vous avez vu Matthias ? Je...

« Mansour » s'interrompit dans sa phrase, saisit une flèche, dans le carquois de cuir et de perles qui pendait dans son dos. Il la pointa sur eux, entre eux :

— Lève les bras, ou meurs !

*

Ils se retournèrent. Une autre silhouette se relevait dans les fougères, à trois mètres derrière eux. Une silhouette massive, de la taille de « Mansour », mais couverte d'une armure entièrement hermétique ; la visière refermée sur le bassinet d'un noir mat. Les gantelets enfilés sur les poignets, les jambières, la cotte de mailles, la dossière, le plastron, tout était du même noir. Le chevalier tenait un fléau d'armes hérissé, qui pendait devant lui comme un bilboquet flasque. À son flanc, une épée noire et large traînait presque jusqu'à terre, dans son fourreau de cuir qu'il portait en bandoulière. Il leva lentement les mains, en signe d'obéissance. De soumission ?

— Matthias ? Matthias, c'est toi ?

Un hochement du heaume.

— Tu ne peux pas parler ?

Une dénégation.

— Muet, hein... Et caparaçonné de noir. Eh bien, je crois que la Confrérie est complète : deux Elfes, dont l'un n'a plus que des moignons. Une Iroquoise. Et un Golithe, à ce qu'on dirait. Fameuse équipe.

On sentait que l'inquiétude de Mansour le poussait à parler beaucoup ; beaucoup plus qu'il n'en avait l'habitude.

Une voix appela à ce moment, derrière les *ivors* sombres, presque noirs, qui formaient un rideau autour de la clairière.

— Qui êtes-vous ? Et qui est votre Egmont ?

Une voix, puis d'autres, dans les arbres tout autour :

— Qui sert votre Confrérie ?

— Qui la protège là-bas ?

— Qui servira ici ?

Ils tournèrent la tête dans tous les sens, où les voix avaient crié en écho. Ils les virent : assises sur les fourches des arbres, une dizaine d'archères les tenaient en joue de leurs flèches, depuis dix angles de tir de la clairière.

Mansour cria :

— Iwan est notre Egmont ; nous avons volé sur les ailes de la *XariaEnea*, jusqu'à Derrig Argan ; et Ioena, sa sœur, est la Métig qui nous emmènera jusqu'au maître des Confréries, dans sa ville de Shaelynn.

Le Victorieux, même en version sauvageonne, gardait toute sa présence d'esprit. Les armes des archères se baissèrent.

— Me voici, dit la voix qui avait parlé la première, derrière les *ivors*.

*

Ioena parut. Aussi gracile et presque aussi grande que son frère, elle ne lui ressemblait en rien : elle avait un derme d'une blancheur presque bleutée, par endroits.

« Comme la peau translucide de Charlie, désormais, songea Hugo. Comme la mienne, aussi... »

La Métig portait la même natte au henné que Hugo et Charlie, et que toutes les archères perchées dans les arbres (la natte des Connor) ; mais ses vêtements avaient le brillant des armures de brigades - des feuilles de métal vert-bleu, luisantes comme le béryl, feuilles de saphirs profonds ou d'aigues-marines, sur des mailles d'argent.

— Suivez-moi..., dit-elle.

Les autres archères restèrent en position.

Chapitre 19

Ioena parlait, tout en les entraînant hors de la clairière vers le sous-bois.

— Vous êtes la quatrième, parmi les Confréries. Trois marchent déjà vers Shaelynn.

Elle avait dit cela sans qu'on sache s'il s'agissait d'un reproche ou d'une information. Elle marchait au rythme du plus lent : Mansour, les pieds nus, veillait à ne pas se blesser sur le sol forestier. Jamais Hugo n'avait ressenti un sentiment aussi aérien, quant à lui, en effleurant le sol.

— Je serai votre Métig, vers Shaelynn, puis au-delà...

Ils furent dans une sorte de petit bois.

— Et voici l'escorte que le capitaine des Mères-de-la-guerre a placée sous ma parole, pour vous accompagner. Celle avec laquelle vous franchirez le passage de Kyrian.

Une demi-douzaine de silhouettes surgirent de derrière les troncs, autour d'eux, en les cernant. Hugo vit les mains de Mansour et de Matthias se serrer sur leurs armes, instinctivement, devant l'apparition de ces étrangers. Puis il réalisa que c'étaient eux, les étrangers, ici. Et il prit conscience, aussi, que ni lui ni Charlie n'avaient d'armes.

*

— Je suis Morjane...

— ... Et je suis Charazed.

Même si elles restaient dans l'obscurité des arbres, la clarté de la lune presque pleine donnait à voir les deux femmes qui s'étaient nommées les premières. Elles avaient toutes deux l'aspect et la vêture de Mansour - couvertes de peau, les longs cheveux noirs nattés, elles portaient comme lui l'arc court, le poignard, le hachoir courbe de corps à corps ; mais contrairement à lui, elles avaient les jambes nues ; et sur un bras, sur leurs cuisses et leurs mollets, d'étranges tatouages noirs. Elles tenaient par la bride trois chevaux sellés, fougueux, qui roulaient des yeux effrayés, comme si l'odeur de fauve qui se dégageait d'elles affolait les montures.

Morjane dit, tandis qu'elles nouaient la bride de deux des étalons à un arbre :

— Nous sommes du clan des Cervières, des Hafidas au service d'Aliya et de ceux qu'elle nous désigne.

Dans cette déclaration, totalement incompréhensible, rien n'indiquait aucune sympathie pour les confrères. C'était une explication, plus qu'un signe de bienvenue. Sans un mot de plus, les deux femmes laissèrent les chevaux, tournèrent le dos et se retirèrent dans les bois.

*

Les quatre autres silhouettes, au contraire, s'étaient approchées, manifestant un accueil plus chaleureux. Hugo put les distinguer nettement. Deux d'entre elles appartenaient manifestement à La Race, mais leur apparence différait de celle d'Ioena, et entre elles : l'un était un Elfe mâle, aux cheveux d'un rouge presque cuivre, aux yeux rouges également, et son arc faisait plus que sa taille - il le portait fiché dans un harnois, dans son dos. L'autre, une jeune Elfe femelle, avait sur la peau pâle de son visage des traces d'une peinture blanche comme le zinc. Ses yeux étaient d'une pâleur inhumaine, ses cheveux d'un gris platiné, sa vêture immaculée comme la neige.

— Aidan, Searle de la Nation des Rowan, dit le mâle aux yeux rouges, en saluant.

— Aourell, se présenta l'Elfe blanche. Sloane parmi Ceux-de-la-huitième-cataracte, la Nation des Gweltaz, d'où est sortie Euriell, deuxième capitaine des Mères-de-la-guerre.

Si c'était plus accueillant, ils n'étaient guère plus avancés...

L'avant-dernier membre de l'escorte était plus bavard :

— Je suis Earvin, fils de Jocya, petit-fils d'Igora, et comme vous de la race des Humains ; la mère de la mère de la mère de ma grand-tante, Orla, fonda jadis le capitanat des Mères-de-la-guerre, et le castel de Fern, Cité libre dressée sur les Landes franches, dont je suis.

Il avait un air avenant, son visage barbouillé de suie semblait celui d'un tout jeune adolescent qui se serait roulé, avec d'autres, dans la poussière. Mais c'était un sicaire : une bi-hache, dans son dos, luisait de l'éclat froid et inquiétant du *kraast* ; une arbalète était sanglée sur l'avant-bras droit, le biceps droit portait une gaine de cuir sur laquelle une sorte de cartouchière se hérissait des carreaux de *kraast* pur. Il ne portait ni cotte de mailles, ni haubert, ni bonnet, ni cervelière - juste un pourpoint de peau, renforcé de plaques de métal.

Il eut un sourire juvénile.

— Quand le capitaine a levé des nouvelles troupes pour défendre Elfrea, la gouverneure m'a enrôlé avec mes deux sœurs, Elma et Odd. Je suis un des quinze sicaires de l'armée des Spectres de Fern, et le capitaine m'a affecté à l'escouade d'Ioena.

Charlie l'avait écouté distraitement. Elle n'avait d'yeux que pour la dernière silhouette, sans doute la plus singulière. Il s'agissait d'une sorte de centaure, mi-humain mi-cavale, mais paré pour la guerre. Aux quatre pattes, animales, remontaient les jambières hérissées de courts tranchoirs. La croupe et le garrot, bais autant qu'on en jugeait sous la clarté nocturne, étaient couverts de larges plaques de cuir noir, renforcés de bronze vert, et lourdement harnachés de fontes énormes. Son torse était nu, simplement orné d'un tatouage rappelant celui des deux Cervières - des mots, sans doute, mais tracés dans une langue et un alphabet inconnus. Les bras : sanglés de cuir, recouverts de bronze. La tête : nue, mais d'une sauvagerie brûlante et brute, sans aucune sagesse, surprenante pour un être de cet âge. Il portait une barbe blanche nattée de laine écrue ; des cheveux longs et blancs pendaient sur sa crinière, ceux du dessus du crâne avaient été ramenés en un chignon, une queue-de-cheval (si l'on osait utiliser ce terme, pour un être si chevalin par ailleurs) ; les yeux d'acier, sous les sourcils broussailleux, confirmaient son air farouche.

Charlie murmura :

– Les derniers survivants de la race des Grands Hybrides...

Le Centaure approuva, avec une douceur singulière, presque mélancolique :

– Je suis Jeson, fils de Meloé, petit fils d'Oriel. Et dernier représentant de l'espèce des Centauriens.

*

Au moment où les présentations semblaient faites, où ils s'étaient nommés à leur tour mais sans savoir de quels clans et nations ils devaient se prétendre, il y eut un léger mouvement dans le sous-bois ; un bruit bien net de pas, puis un cri :

– Ioena ?

Une des archères qui les avait « accueillis » tout à l'heure jaillit du bois. Elle avait un visage sensiblement plus jeune que celui de Ioena, mais elle portait elle aussi les marques des Connor, l'armure d'aigue-marine, la natte de henné. Ses yeux avaient la couleur du caramel doré.

– Louane, que veux-tu ?

– Elouan n'a pas été affecté à une Confrérie, et celle-ci compte deux combattants de moins que les précédentes...

Elle désigna la Céridwen et le Madoc, Charlie et Hugo.

– Alors, j'ai pensé...

Elle suspendit la fin de sa phrase. Ioena la regarda, un éclair ironique et indulgent à la fois dans ses yeux d'ambre sombre - les mêmes yeux qu'Iwan.

– Qu'as-tu pensé ? Que faute d'être Métig, tu souhaitais accompagner une Confrérie, malgré tout ?

La jeune Elfe approuva timidement du menton ; sans doute un peu trop vite, pour les usages elfiques, qui semblaient commander une impassibilité en toute chose. Ioena hocha à son tour gravement la tête. Louane, adoubée, eut un sourire enchanteur sur son visage inquiet l'instant d'avant ; mais elle ne prononça ni remerciement, ni serment, ni rien de ce qui aurait pu sembler opportun en ces circonstances. Hugo songea : « Ne jamais trop en dire ; ici, tout ce qui peut être implicite suffit. »

Chapitre 20

Ils marchèrent tout le reste de la nuit, qui fut bref ; deux heures, peut-être trois.

Ou plus exactement, Charlie et Hugo marchèrent, avec ce sentiment de glisser, d'un pas félin, sur les mousses et d'éviter les racines d'instinct, tandis que Mansour et Mathias avaient enfourché les deux étalons laissés par les Cervières tatouées, et chevauchaient avec Earvin, aux côtés de Jeson. La progression des uns et des autres était aussi naturelle que s'ils avaient toujours été Elfes, guerrière, chevalier : ils avaient semble-t-il hérité de l'instinct, de l'habitude qui allaient avec leurs nouveaux avatars. Bientôt, ils ne s'étonnèrent plus que les gestes, les postures leur viennent naturellement, qu'ils soient justes. Leurs corps de l'Alta les avaient adoptés, bien plus vite qu'ils n'avaient adopté leurs corps.

Quand le jour se leva avec une étrange soudaineté, ils distinguèrent le terrain sur lequel ils avançaient depuis plus de deux heures à l'aveugle, encadrés de près par leurs nouveaux compagnons. Ils progressaient sur une lisière, entre deux mondes : une falaise de calcaire blanc, haute parfois comme cinq hommes, parfois moins, montait sur leur gauche ; à son sommet, on n'apercevait aucun arbre ; la Forêt elfique, inextricable, foisonnait sur leur droite, elle semblait venir cogner contre la falaise comme la mer bat la côte. Le sommet de ses séquoias dépassait largement, en altitude, l'obstacle de calcaire.

Ils longeaient ce mur naturel, se glissaient parfois dans un sous-bois pour contourner un obstacle ; puis sans cesse revenaient le long des flancs de craie. Quelquefois, une faille étroite s'ouvrait, un éboulement ; dans ces failles, la pente forte aurait permis de monter vers le sommet de la falaise, ou d'en descendre. Avant chacun de ces pierriers, « sas » entre les deux mondes, l'escorte ralentissait, semblait redoubler de vigilance.

Au passage du troisième de ces éboulements, Hugo dit à Charlie :

— Je crois que cette falaise est le bord de la faille qu'on voyait sur la carte. Nous sommes à la limite de la Forêt des Dix Cataractes et de la Marche livide. Là-haut, c'est le territoire des Urods... Et c'est cela que doit surveiller notre escorte.

Car ils avaient remarqué ceci – la plupart du temps, en plus de Jeson et Earvin, seules deux des Elfes marchaient avec eux : les deux Connor, Ioena et Louane. Les deux autres, Aidan le Rowan et Aourell la Gweltaz, disparaissaient sans cesse, pour ne revenir que quelques instants chuchoter à l'oreille d'Ioena, ou simplement incliner la tête, et s'évanouir de nouveau.

Quant aux deux Cervières, elles avaient purement et simplement disparu, depuis qu'ils les avaient entrevues cette nuit. Où étaient-elles ? Que semblaient surveiller ou redouter les Elfes ?

*

Hugo aurait juré que cela faisait cinq heures tout au plus qu'ils progressaient, mais sa perception du temps semblait s'être évanouie. Déjà, le soleil, quand on l'apercevait au-dessus des branches, paraissait haut dans le ciel, presque à son zénith. Midi ?

Ils n'avaient presque rien dit, dans leur progression – le silence des escorteurs, la sobriété de leurs gestes et paroles, s'imposaient aux quatre confrères, qui échangeaient quelquefois des regards éloquents ou incrédules (du moins Hugo, Charlie et Mansour, Matthias demeurant invisible sous la visière abaissée de son bassinet). Chacun s'emplissait de ce qu'il voyait, de ce qu'il entendait, de ce que ressentaient à pleins poumons, à fleur de peau, à fine oreille, ses sens nouveaux.

Hugo avait pris le temps de détailler leurs nouvelles apparences. Mansour et Matthias, sur des chevaux noirs, montaient aussi différemment qu'il est possible à deux excellents cavaliers de le faire. La progression de la guerrière couverte de peaux et de laine était souple, fluide, son corps, ses muscles secs semblant un prolongement de la musculature de son animal – littéralement, Mansour épousait sa monture, à cru. Au contraire, Matthias, sur la lourde selle ferrée qu'on lui avait adjointe, semblait d'une raideur, d'une intangibilité inexorables, comme si c'était à l'animal de se ployer sous lui pour lui conserver toujours l'assiette – mais il se dégageait de sa progression une effrayante impression de puissance, d'efficacité cuirassée, même au pas. Quant à Charlie, qu'il avait bien sûr observée plus que tout autre, elle semblait différente des quatre Elfes de l'escorte, et de lui-même. Comme lui, et contrairement aux quatre archers de La Race, elle n'était pas armée pour la guerre : ni arc ni carquois, ni plastron en feuilles de pierres fines et métal, ni casque porté à la ceinture, ni dague ni stylet. Mais si Hugo avait un pourpoint de cuir sans manches et un pantalon de laine assez semblables à ceux que les quatre archers portaient sous leur armure, Charlie était vêtue d'une tout autre matière. Sa robe était légère, vaporeuse, d'un bleu de cobalt moiré d'argent ; aussi fluide et souple que l'est une chute d'eau. À peine tenue, à la taille, par une ceinture d'ivoire. À peine accrochée, aux épaules, par deux galons d'argent pur. Comme suspendue sur son corps longiligne, un miracle (troublant, le miracle). Les sandales à ses pieds étaient fines et d'argent.

Mais le plus surprenant semblait venir de l'intérieur, émaner d'elle.

Tous les mouvements de Charlie étaient plus lents, plus graves aussi, que ceux que Hugo partageait avec les autres Elfes. Non qu'elle fût plus souple ou gracieuse qu'eux (était-ce possible ?), mais c'était comme si chaque geste des bras, de la tête, et surtout de ses interminables mains, était ralenti parce qu'il portait une *signification*. Comme si elle chargeait chaque infime mouvement d'un simulacre, d'une religieuse indication.

Et surtout, Charlie se taisait, Charlie ne disait pas un mot, ou presque, depuis le sous-bois. Comme à l'écoute de quelque chose qu'ils n'entendaient pas, quelque chose qui parlait et dansait silencieusement derrière le grand front blanc de son amie.

*

Ils entendirent les premiers cris lointains, du côté de la falaise, peu après le milieu de ce jour-là. Sortes de jappements gutturaux, poussés par des créatures qui pouvaient être de grands singes ou aussi bien des chiens-loups. Ioena aussitôt dressa la tête – craignant une attaque du sommet ?

Mais déjà, les cris avaient été couverts par un rugissement, le hurlement d'un fauve seigneur en ces lieux – et les cris cessèrent. Dans le silence, ils entendirent un rire, humain ou elfique ; celui de l'une des deux Cervières, ou d'Aourell ?

Jeson lança une question dans une langue inconnue – et là-haut, au sommet de la falaise, une voix féminine répondit dans le même dialecte. Ils se remirent en route.

*

À un passage, un peu plus loin, où la falaise était des plus élevées, barrière infranchissable haute maintenant comme huit hommes, Ioena soudain leva une main ; la petite troupe s'arrêta. De nouveau Jeson lança sa question, et la même voix répondit – on les suivait apparemment depuis le sommet. Et aussi silencieux, aussi aux aguets qu'ils avaient été jusqu'alors, tous les escorteurs se relâchèrent lorsque leur parvint la réponse. La voix avait indiqué que nulle attaque ne menaçait.

Earvin sauta à terre, sortit de ses fontes une flasque de verre teinté et épais, du pain, des paquets enveloppés dans du linge, qu'il apporta sous son bras. Louane et Ioena s'étaient accroupies, et de leurs gibecières, des boules assez semblables à celle de *XariaEnea*, mais d'une couleur blanche, laiteuse, glissèrent au creux d'une feuille posée sur le sol. Aourell, invisible la seconde d'avant, les rejoignit, descendant du sommet d'un arbre apparemment, jusqu'au sol. Jeson fit quelques bonds, quelques ruades de côté, comme s'il éprouvait le besoin de se dégourdir les pattes après cette longue marche trop lente, trop prudente à son goût. L'instant d'après, le Grand Hybride se penchait déjà avidement sur les paquets d'Earvin - des victuailles.

Seuls manquaient Aidan et les invisibles Cervières.

Mansour regarda ses trois compagnons, et après avoir sauté de l'étalon, il dit :

— Je crois qu'il est l'heure du déjeuner. Et des premières explications.

*

Chacun avait son repas : Mansour partagea les fromages fermentés d'Earvin, son pain et son vin, ses lambeaux de viande séchée, qu'ils durent plusieurs fois disputer à Jeson pour en conserver un peu ; le Centaurien semblait insatiable. Comme ses trois compagnes elfiques, Charlie mastiqua les boules laiteuses, qui la restaurèrent malgré leur insipidité. Quant à Hugo, il aurait dû en faire autant, mais comment faire avec des moignons ? Il réussit, au bout de quelques minutes pathétiques de ridicule, et après avoir fait rouler deux fois son repas dans la poussière, à coincer une des sphères de nourriture entre ses deux appendices. Mais en tentant de la porter à la bouche, il l'écrasa sur les bandes de cuir qui protégeaient son infirmité. De guerre lasse, il décida de se rabattre sur la nourriture humaine. Sous l'œil d'abord vigilant de Jeson, il essaya de saisir les bandes de pemmican, trop fines ; les fromages fermentés, aussi mous que le pain elfique... Au bout d'un quart d'heure, il était souillé de toutes sortes de déchets alimentaires, avait le ventre creux, et décida finalement par erreur d'essayer la gourde de vin d'Earvin, qui lui aspergea le visage, le cou, le haut du torse quand il parvint à sa bouche...

Finalement, prise de pitié sans doute, et sous le regard maintenant hilare des autres, ce fut Louane, la jeune Connor, qui lui donna la becquée.

— Tu vas t'habituer...

« Ou je vais repartir à tout jamais chez moi, ou encore disparaître sous terre », songea pour lui-même le Madoc humilié. Matthias, apparemment, ne mangeait pas quant à lui. Comment d'ailleurs l'aurait-il fait ? Son visage semblait être devenu ce casque, il paraissait impossible de le lui ôter sans trancher sa tête.

Même Mansour s'était laissé distraire un instant par les exploits alimentaires de Hugo. Mais il revint à ses questions, lança les premières à leur Métig. Et il aborda le sujet qu'il ruminait depuis Derrig Argan :

— Explique-nous... Qui sommes-nous ici, qu'attendez-vous de nous ? Et pourquoi suis-je une femme ? Pourquoi Hugo et Charlie ont-ils le droit d'être des Elfes de ta nation ? Pourquoi Matthias est-il un Golithe, comme l'ennemi ?

— Mon frère Iwan ne vous a rien dit ?

Ils secouèrent la tête tous les quatre. Preuve que, malgré leurs silences si différents, Charlie et Matthias écoutaient eux aussi.

— Vous auriez dû être initiés.

— Mais le temps pressait. Des sicaires de Rolf sont venus, et ils ont tué certains des futurs confrères. C'est pourquoi Iwan, comme les autres Egmonts, a hâté notre passage. Nous devons en informer le maître de Shaelynn.

Le visage d'Ioena blêmit, quoi que cela semblât difficile.

— Ainsi, ils savent..., dit-elle. C'est sans doute pourquoi ils envoient les Urods et leurs Ocre-Blêmes à Kyrian. Pour vous chasser.

— Tu n'as pas répondu à ma question, Ioena.

Mansour revenait à la charge.

— Tu veux une réponse, confrère ? Vos âmes ont choisi leurs réceptacles quand elles ont traversé sur les ailes de la *Xaria*. Elles les ont choisis en fonction de leur désir profond. Et désormais, ils seront les vôtres jusqu'au terme de votre quête ; à moins que vous échouiez, et qu'il vous faille recommencer depuis Derrig Argan.

— Je ne comprends pas... Comment nos âmes auraient-elles pu...

— Choisir une apparence qu'elles ignoraient, désirer ce qu'elles ne connaissaient pas ? Ce n'est pas la question qui importe. Ce qui importe, c'est que ces corps, désormais, emmènent vos âmes jusqu'au bout de votre mission, si tel est le désir du maître de Shaelynn.

La conversation sur ce point était terminée, de toute évidence. En dépit de l'insatisfaction de Mansour. Hugo enchaîna :

— Et qu'attendez-vous de nous ? Quelle sera la mission ?

— Le maître vous le dira, à Shaelynn. Comme il l'a dit, le dit et le dira aux autres. Pour l'heure, il faut vous concentrer sur la rencontre avec le maître, et sur la route à faire.

— Vers Shaelynn ?

— Vers Shaelynn. C'est là que nous vous emmenons. Mais il nous faudra, sur la route, franchir le passage de Kyrian, dangereux entre tous. Et puisque mon frère n'a pas eu le temps d'accomplir votre initiation, c'est en cheminant que nous l'accomplirons. Moi, et ceux avec qui vous marcherez.

Elle regarda les quatre autres de l'escorte ; ils hochèrent la tête sans dire un mot.

— Une dernière question, Ioena, reprit Hugo. Pourquoi marchons-nous sur la limite de la Marche livide, alors que vous semblez craindre des attaques d'Urods ? Ce sont eux qu'on entend glapir ? Pourquoi, s'ils sont si proches, ne s'enfonce-t-on pas pour s'en protéger dans la Forêt elfique ?

Ioena sourit, manifestement satisfaite des déductions géographiques de Hugo – les confrères n'étaient donc pas totalement ignorants.

— S'il ne tenait qu'à la Nation des Connor, nous traverserions la forêt. Vous êtes nos hôtes depuis Derrig Argan. Mais d'autres nations parmi La Race, issues d'autres cataractes, n'accepteraient jamais la présence de Barbans dans la Forêt elfique.

– Des Barbans ?

– Des étrangers... Des êtres qui n'appartiennent pas à La Race. Des Humains par exemple..., précisa Earvin.

– Même s'ils sont là en accord avec le maître de Shaelynn ?

– Seules les Cinq Nations ouvertes reconnaissent au capitaine des Mères-de-la-guerre le droit de mener la guerre. Et nous longerons les cataractes des Nations cachées, dans notre route vers Shaelynn. Nous les longerons, sans pouvoir pénétrer dans leurs forêts, même pour franchir la passe de Kyrian.

Hugo songea aux cris gutturaux qu'ils avaient entendus. Il ne s'était pas trompé en les attribuant aux Urods. Mais une énigme demeurait : quelle autre créature avait rugi ? Et qui répondait à Jeson ?

Chapitre 21

L'après-midi était bien avancée quand ils reprirent la route.

Leur progression continua sur le même rythme. Ce soir-là, puis la nuit suivante, ils ne s'arrêtèrent ni ne quittèrent les flancs de la falaise, que les Elfes appelaient Donon ; ils se restaurèrent sans prendre de repos.

Seul incident notable, vers le milieu de nuit, il y eut un cri strident, à glacer le sang, dans l'obscurité – et sans s'arrêter, Jeson dit sobrement :

– Des Ocre-Blêmes accompagnent semble-t-il les Urods, pour vous chasser, confrères. Mais les Cervières veillent.

Comme en écho à ses paroles, un rugissement semblable à celui de la veille retentit. Qui avait hurlé ainsi, le premier ? Quel pouvait être le visage de celui qui poussait une plainte aussi glacée, pourquoi avait-il soudain stridé, quel fauve lui avait répondu ? Hugo se surprit à penser qu'il n'était pas pressé d'obtenir la réponse à ses questions.

*

Ni lui, ni les autres ne ressentaient encore de fatigue. Le matin se leva, sans cesse Donon montait sur leur gauche, atteignant maintenant la hauteur d'une dizaine d'hommes, comme s'ils s'enfonçaient, alors que leur chemin empruntait un faux plat légèrement montant.

Désormais, avec le jour, ils parlaient, tout en marchant, ne faisant silence qu'avant les éboulements – quand la tension, la crainte d'une embuscade urod était la plus forte, décuplée encore, pour les quatre confrères, par l'inconnu. À quoi ressemblaient ces Urods ? Et ces Ocre-Blêmes dont ils avaient entendu le cri gelé d'attaque, ou peut-être de mort ? Et ceux qui rugissaient, qui semblaient amis ? Aidan et Aourell continuaient de ne réapparaître que brièvement, pour un mot chuchoté à la Métig, pour les repas ; les Cervières demeuraient invisibles, sans doute occupées à combattre sur la falaise (à rugir ?). Ce fut donc Earvin et Jeson qui se chargèrent de l'enseignement de Mansour et Matthias (même si rien n'indiquait qu'il écoutait, impassible sous les couches de *kraast*). Ils étaient bavards et joviaux, se corrigeant sans cesse l'un l'autre, riant, s'insultant presque parfois. Et ce fut Louane qui instruisit Hugo et Charlie, corrigée quelquefois par Ioena, quand son trop-plein d'enthousiasme ou sa jeunesse la faisaient divaguer.

Earvin parla des lointains héritiers des femmes de barons révoltées contre Wulfran. Elles avaient fondé, après la guerre du Sang-Noir, la Cité libre de Fern. Cette ville-forteresse abritait leurs descendants, et ceux des femmes de capitaines qui les avaient rejointes, depuis lors. Cité libre, placée sous le pouvoir des femmes : des gouverneures désignées par leurs paires en assurait la survie depuis trois siècles. Les femmes y avaient aboli la règle des familles et des vassalités féodales, et chacune demeurait libre de son choix : qu'elle reste, et elle se soumettait aux lois ; qu'elle choisisse de quitter la Cité, et elle s'en éloignait pour toujours, elle, ses fils et ses filles.

- Cité libre pour les hommes, mais interdite aux autres races, même celles qui vivaient autrefois sur ces landes, précisa toutefois Jeson le Grand Hybride avec une certaine rancœur. Tous, hybrides, Elfes, ou métis, doivent avoir quitté les murs chaque soir, avant le coucher du soleil. Sinon, Earvin, ses deux sœurs et les douze autres sicaires de Fern s'occupent d'eux...

L'Hybride eut un geste explicite sur sa gorge, pour mimer le mouvement d'une lame.

— ... Définitivement.

Earvin éclata de rire, comme à une plaisanterie.

Jeson leur parla ensuite des Clans libres, reste des peuples sur les Landes franches. C'étaient des peuplades où se côtoyaient les derniers des Hybrides, les Humains et les Elfes, et aussi les métis d'Humains et d'Elfes. Ce que Mansour comprit, c'était ceci : les Landes franches étaient ouvertes à tous ceux qui fuyaient, s'affranchissaient de leurs familles, de leurs nations, de leurs clans. Tous pouvaient trouver ici l'asile. Tous étaient accueillis, pourvu qu'ils acceptent de rejoindre l'un des clans, ou en fondent de nouveaux.

Ces clans étaient livrés à la conduite des femmes, eux aussi, comme Danaël l'avait ordonné. Ils se gardaient de tout contact avec la civilisation, avec les peuples anciens de l'Alta : Féodaux, Dix Nations elfiques, Juges et Prêtres...

– Nous ne trempons dans aucune des affaires et des guerres, dans aucun des commerces et des paix de l'Alta. Seuls s'en mêlent quelques derniers survivants de la guerre du Sang-Noir, comme moi ; et, bien sûr, les Cervières, dit Jeson, d'un air entendu en regardant Mansour.

— La guerre ? Tu l'as connue ? Celle de Wulfran ?

— Oui, par ma vie... C'était il y a trois siècles... J'étais un jeune Hybride d'un siècle révolu, un gamin turbulent, mais courageux. Et j'étais à Hegoa-ar-Madalen, quand Wulfran a lancé ses *siffales* contre nous.

— Et les Cervières ? Elles aussi sont anciennes comme la guerre du Sang-Noir ?

— Grands Dieux non ! Les Cervières sont les guerrières des Clans libres, leurs chasseuses, leurs escortes, leurs troupes, leur bras armé. Elles sont les seules à oser traverser les Marches livides pour escorter les convois de *kraast*, elles se louent aux autres peuples pour assurer la richesse de nos clans. Et dans la guerre qui vient, elles sont les troupes que nous déléguons aux Mères-de-la-guerre.

— Morjane et Charazed ont dit qu'elles étaient des Hafidas... Au service d'Aliya... Qu'est-ce que cela signifie ?

— Les Hafidas sont les plus sauvages, « Celles-qui-protègent ». Tu vois le récit, sur mon torse ? (Le Centaurien montrait à Mansour l'étrange tatouage que les confrères avaient remarqué, la première nuit.) C'est la saga d'un de mes exploits, écrit dans leur langue, dont elles m'ont honoré. Et il ne couvre qu'une phrase. Eh bien, seules celles des Cervières dont les récits couvrent les deux jambes, et un bras, comme Morjane et Charazed, peuvent prétendre au rang d'Hafida.

Sa voix baissa, comme lorsque on confie un secret :

– Quant à Aliya, tu la verras, sois-en sûr. Et alors, tu sauras.

*

Hugo et Charlie apprirent qui étaient les Connor. La Nation qui les avait accueillis possédait pour elle-même le secret de la *XariaEnea*, Derrig Argan était sa clairière, la Dixième Cataracte était sienne, à l'extrême lisière de la Forêt elfique. Et les Connor étaient, parmi les Cinq Nations ouvertes de La Race, les plus proches des clans des Landes franches et des Nations hybrides. « Nous n'avons rien à faire avec les trois cités des Féodaux, nous ne pactisons jamais avec eux. Ordre de nos Jekels...

– Que sont les Nations ouvertes ? Qui sont les autres Elfes ?

– Il y a Dix Nations elfiques. Cinq Nations ouvertes, dont les trois que vous connaissez par votre escorte, les Connor, les Rowan et les Gweltaz - ceux-là, ainsi que les Guirec et les Keilan, acceptent de frayer avec les hommes et les Hybrides, de commercer et de combattre à leurs côtés. Ou contre eux. Il y a aussi Quatre Nations cachées, qui refusent tout contact avec d'autres peuples que Ceux-de-La-Race. Ceux-là, vous ne les rencontrerez pas, sauf peut-être à Shaelynn. Les Nations cachées ne se sont jamais mêlées de nos guerres, elles n'ont pas obéi au capitanat des Mères-de-la-guerre, et n'ont pas combattu Wulfran. Certaines n'acceptent même pas la rencontre avec les autres Nations elfiques.

– Cinq plus quatre, cela fait neuf. Et la Dixième Nation ?

— La Dixième est un rêve... Elle naîtra quand tous les Elfes se réuniront, enfin, autour de la Première Cataracte, Nedeleg, au pied de Shaelynn. Quand ils accompliront ensemble les rites et serviront un même but. Cette nation rêvée, je ne sais si elle a jamais existé dans l'histoire de l'Alta... Mais aujourd'hui, nous en sommes loin, et...

Un cri l'interrompit, aussi strident que celui entendu dans la nuit. Mais cette fois, il fut suivi par deux autres, en écho - hurlements sans âme qui vous gelaient la moelle. Une attaque ? Non, ils étaient assez lointains. Mais on se battait sans doute, de nouveau, sur la falaise.

Charlie frissonna, visiblement inquiète. Louane commenta, impassible, en désignant l'escorte :

— Seules leurs attaques sont capables de nous réunir, comme aujourd'hui.

— Qui crie ainsi ? Les Ocre-Blêmes, qui sont-ils ?

La jeune Elfe ne répondit pas vraiment à Hugo. Elle dit :

— Ne vous faites aucun souci. Les Hafidas suffisent à les contenir pour l'instant... Et s'ils entraient dans la forêt, les archers des Rowans les abattraient avant qu'ils soient sous le premier des arbres sacrés. Nous sommes sous leurs branches.

Hugo et Charlie regardèrent autour d'eux, puis audessus, les premières fourches des ormes rouges et des chênes. Où étaient les Rowans, s'ils les protégeaient ainsi ? Ioena s'invita à ce moment dans leur conversation.

— Les Ocre-Blêmes ne sont pas nos ennemis les plus redoutables. Les pires sont les guerriers de Rolf, et ceux du Sang-Noir. Et ceux-là vous menacent ici et là-bas. Marchons...

*

Louane attendit que la Métig se fût de nouveau éloignée pour reprendre la parole. Cette fois, ce fut elle qui questionna, s'enquérant de son frère, et tout autant d'Iwan. Quand la jeune Connor sut que la brigade d'Egmonts était noire de peau, elle se rembrunit.

— Ils ne vivront pas longtemps ainsi, loin des arbres. C'est ce que la Céridwen disait, en consultant leurs arbres : ils déclinent...

— Ils n'étaient pas noirs, quand ils sont partis ?

— Ils avaient la même peau que nous... Mais des Elfes ne survivent pas longtemps loin de leur cataracte, et surtout aussi loin chacun de son arbre. Ils brûlent comme des fruits qui se gâtent.

Étrange façon de considérer la peau noire, songea Hugo. Étrange et révoltante, s'ils s'étaient trouvés dans son monde. Mais Louane s'expliquait : les Elfes livides noircissent quand ils sont privés de leur forêt, de leur arbre. Car chaque Elfe a un arbre, magique et totémique, que les Céridwens plantent et consacrent à sa naissance. Et la vie de l'Elfe, dès lors, est mystérieusement liée à celle de l'arbre, par les chants. Comme si la sève et le sang étaient ceux de jumeaux. À chaque étape, et à chaque lune de sa vie, l'Elfe revient, au cœur de la forêt, poser ses paumes sur l'écorce de son arbre. Il s'emplit de sa force, et lui donne la vie, sous le chant de la Céridwen.

— Regardez autour de vous les chênes, les ormes, les hêtres... Ce sont toutes nos vies. Dans nos forêts, il y a autant de grands arbres que d'Elfes. C'est la condition de la survie des nations : respecter l'équilibre, tenir le compte de nos vies et de celles des arbres. À chaque Elfe, ou à chaque arbre qui meurt, nous brûlons le corps du défunt sur le bois de son arbre – quand meurent nos Elfes, leurs arbres meurent aussi. Et nous en plantons un nouveau, dans le ventre de nos femelles et dans la terre de notre forêt. Un pour un, ni plus, ni moins. Les Céridwens sont garantes de cela.

Hugo ne commenta pas cet étrange équilibre écologique. Il s'était tourné vers Charlie, mais son amie demeurait impassible. Elle semblait de plus en plus muette et inaccessible, d'heure en heure ; mais par-dessus tout, préoccupée par autre chose. Hugo décida alors qu'il en avait entendu assez à propos des Céridwens ; qu'il était temps de savoir à quoi s'en tenir, à propos de lui-même...

— Et les Madocs ?

— Les Madocs ? Ils sont les descendants des suppliciés d'Hegoa-ar-Madalen. Après la défaite, Wulfran fit trancher les mains des tous les Elfes mâles, pour les empêcher de se servir de l'arc, mais aussi de poser leurs paumes sur l'écorce des arbres, de recevoir la vie. Nos suppliciés, Searles des Cinq Nations ouvertes, dépérirent tous en moins d'un demi-siècle... Mais avant de mourir, ils acceptèrent de se mettre au service des Céridwens, de protéger celles qui devaient repeupler nos forêts, décimées par la bataille. Et c'est ainsi que naquit la tradition des Madocs.

Louane se tut.

— Explique...

— Les Madocs sont des Elfes mâles, qui se vouent à une Céridwen. En se tranchant les mains, ils renoncent à eux-mêmes, pour servir une prêtresse. Ils renoncent à avoir leurs propres arbres, à porter l'arc, à décider, combattre ou commercer. Ils accompagnent seulement la prêtresse et la servent, dépendant de ses chants et non de leurs arbres pour survivre ; écartant le danger ou arrachant la prêtresse à l'ennemi, sur leurs épaules. Et comme ils se sont condamnés eux-mêmes à l'impuissance, et à la faiblesse, ils sont les seuls qui peuvent entendre les chants sacrés des prêtresses.

Louane disait cela avec admiration, envie, et aussi quelque chose comme un remords dans la voix.

— J'en ai vu un mourir sous mes yeux, voici près d'un an, pour sauver celle qui cueillit pour vous la *XariaEnea*. Leur sacrifice pour leur prêtresse est la relation la plus pure qui existe dans nos forêts ; si ce n'est, peut-être, celle qui lie un frère et une sœur.

— Et si ce n'est l'amour, j'imagine ?

Hugo ne savait pas pourquoi il avait dit cela. Ou il le savait trop bien.

— L'amour nous est interdit, répondit précipitamment Louane. C'est un sentiment trop dangereux pour les Elfes de l'Alta.

La jeune Connor avait parlé avec la conviction exagérée de... celle qui cherche à se convaincre.

*

De nouveau, encore, toujours, les glapissements gutturaux des singes-loups revinrent ponctuer leur discussion, un peu plus loin. Puis le rugissement. Deux ou trois cris stridents, encore, un autre rugissement plus rauque, et, pour la première fois, ce qui ressemblait aux armes qui s'entrechoquent. L'escorte et ceux qu'elle accompagnait se turent ; Jeson lança de nouveau sa question en dialecte vers la falaise – elle ne reçut cette fois aucune réponse.

Aussitôt, Ioena lança des ordres précis à voix basse, pour qu'on pénètre dans la forêt et qu'on y prépare le campement – en attendant des informations sûres.

Chapitre 22

Ils marchèrent sous les frondaisons rouges, jusqu'à une vaste clairière. Là ils s'arrêtèrent, et commencèrent à préparer un campement, apparemment pour plusieurs jours.

Jeson alluma le feu avec Louane, sous une roche plate ; d'autres foyers avaient été dressés ici, récemment. Aidan, qui pour une fois demeurait avec eux, était allé puiser à une source cachée, derrière quelques ormes rouges. Le Rowan semblait connaître cette clairière mieux que quiconque. Il prit ensuite le guet, suppléant Ioena, et lançant de temps en temps un curieux sifflement vers les arbres. Et parfois, les arbres lui répondaient.

Depuis que Jeson avait lancé sa question sans réponse, on n'entendait en revanche plus un cri sur la falaise, laissée loin derrière les arbres. Mais au bout de deux heures de ces préparatifs, Aourell rapporta des nouvelles peu encourageantes : si l'ennemi se taisait, la route ne s'était pas libérée, au contraire. Le fort parti d'Urods qui hantait la Marche s'était renforcé par des Ocre-Blêmes de plus en plus nombreux. Et ils attendaient maintenant leurs proies assez loin en avant, à Kyrian.

Louane commenta, pour Hugo :

— Les Ocre-Blêmes, ou leur maître, savent que Kyrian est à l'entrée de la Forêt interdite des Quatre Nations cachées. Nous, Elfes, pourrions passer parmi les séquoias, mais pas ceux qui nous accompagnent...

Elle désignait de la tête Mansour et Matthias, mais aussi Jeson et Earvin.

— Et même vous deux, qui n'êtes Elfes que d'emprunt, certains des Jekels des Nations cachées vous discutent le droit de suivre leurs sentiers. Aussi sommes-nous obligés d'emprunter cette passe.

— Et nous savons désormais pourquoi l'ennemi attaque sans cesse Kyrian depuis des mois..., ajouta Ioena, qui venait de s'approcher. Quelqu'un nous a trahis, et les Ocre-Blêmes de Rolf veulent couper la route des Confréries.

— Mais les précédentes Confréries sont passées, n'est-ce pas ?

— Oui, les trois précédentes. Cependant, les Ocre-Blêmes sont cette fois plus nombreux, et plus puissants. C'est une cavalerie.

Elle se tourna vers l'escorte, annonça :

— Nous attendrons ici deux jours entiers, en espérant qu'ils s'éloignent. Mieux vaut éviter le combat, si cela se peut. Nous partirons au levant du troisième jour, j'ai dit.

*

« Deux jours de campement... Alors que la *XariaEnea* ne nous laissait que soixante heures... Nos guides l'ignorent-elles ? Nous aurions dû atteindre Shaelynn ce soir, cette nuit. » Hugo tournait cette nouvelle information fâcheuse dans sa tête depuis un petit moment, quand il vit Mansour planter un bâton au centre de la clairière. La Cervière s'installa devant, se tint accroupie. L'œil attentif, fixé sur l'ombre du bâton.

Hugo s'approcha : Mansour comptait à voix basse. Cela dura longtemps, longtemps. Puis la Cervière releva la tête, se tourna vers le Madoc et dit :

— Moi non plus, je ne pigeais pas leur calendrier. Mais selon ce que me dit ce cadran solaire, et si nous sommes au printemps comme je le suppose, une heure solaire dure sur l'Alta moins de vingt minutes de notre monde. Nos âmes ont quitté nos corps pour soixante heures, nous allons donc passer une semaine sur l'Alta, environ... Nous aurons encore le temps de rejoindre Shaelynn.

*

Morjane et Charazed réapparurent ce soir-là, au crépuscule, dans la clairière où ils s'étaient installés. Elles engagèrent une discussion brève, mais passionnée, avec Ioena : elles insistaient pour continuer la route dès à présent, assurant la Métig qu'elles pouvaient à elles deux garantir la protection de la Confrérie et de l'escorte, en dépit de l'importance de la meute d'Urods.

Il y eut des éclats de voix, des manifestations d'orgueil, des paroles échangées, sans nuance ; puis, Ioena dit :

— Ce sont les ordres d'Aliya.

Alors, les deux Cervières se turent, le visage fermé ; elles disparurent comme elles avaient surgi.

Mansour se tourna vers Jeson et demanda :

— Pourquoi ne restent-elles pas avec nous ? Elles semblent me regarder presque avec colère... Pourquoi ne m'initient-elles pas, puisque je suis leur semblable ?

— Tu n'es pas des leurs, en aucune façon, si ce n'est l'apparence. Tu n'as ni récit sur la peau, ni monture.

— J'ai un cheval...

— Je ne parle pas de cela ; je te parle des montures des vraies Cervières. Celles qui les distinguent, qui en font des combattantes. Tu les as entendues rugir contre les Ocre-Blêmes, la nuit passée.

— Qui ? Les Cervières ? Leurs montures ?

L'Hybride ne répondit pas, estimant sans doute en avoir déjà trop dit. Il semblait parler par énigmes, même lorsque le vin doux qu'il transportait dans une outre lui donnait une voix pâteuse - comme c'était le cas cette nuit-là. Mansour - ou plutôt le garçon encombré de ce corps de guerrière - en fut quitte pour mâcher quelques lambeaux de viande, près du feu qu'Aidan entretenait. Puis, il s'allongea sous un châle de laine, aux côtés des trois autres confrères. Et il/elle s'endormit, en frissonnant.

*

Leur première nuit de sommeil sur l'Alta fut trop courte. « Très précisément trois fois trop courte », songea Hugo. L'aube, le lever si incroyablement rapide du soleil, n'aurait sans doute pas suffi à le réveiller. Mais le jappement guttural, cette fois tellement proche, y parvint sans peine. Il se leva avec les trois autres, l'air ahuris – et ils virent enfin leur premier ennemi.

Earvin tenait le monstre au bout d'une chaîne – et le tueur de Fern arborait un sourire triomphal, incroyablement adolescent. Le colosse enchaîné, à l'autre bout du lien de *kraast*, avec ses allures de gorille fruste en armure, n'avait en revanche l'air ni réjoui, ni juvénile. Il semblait juste stupide et mauvais. Earvin lança aux confrères :

— Voici un de nos camarades de jeu favoris, un Urod. Lequel d'entre vous commence l'initiation ?

Quand le sicaire retira la chaîne qui enserrait son cou, la créature ne tenta même pas de fuir : Louane et Ioena tenaient leurs arcs bandés en sa direction ; Jeson tournait autour de lui, décrivant un large cercle que la créature monstrueuse savait mortel. Même un cerveau d'Urod comprend, dans ces conditions, que la partie se joue à l'intérieur du cercle. Comme un taureau entrant dans l'arène, sa seule chance (s'il en avait une) était de vaincre ceux qu'on lui opposerait. Il attendit donc, attentif, presque patient.

De temps en temps, Jeson venait lui caresser le dos de son fouet, pour lui rappeler qu'il allait mourir. Earvin dressait quant à lui la liste, comme on établit un carnet de bal :

— La Céridwen ne combattra pas. Toi, le Madoc, tu commences... Avec tes moyens, tu ne risques pas de trop l'abîmer pour les autres. Puis, il y aura la Cervière, puis le Golithe.

Le sicaire lança un gourdin à Hugo :

— Fais danser le bâton sur tes moignons... Essaie deux minutes à l'écart, puis approche-toi et tente de le frapper, de le toucher. Mais retire-toi sans cesse du corps à corps... S'il te saisit dans ses pattes, nous ne pourrons plus rien.

Hugo entendit ces mots comme s'ils étaient pour un autre, regarda autour de lui.

Il sentit quelque chose monter, qu'il ne connaissait pas. Quelque chose qui vous prend les intestins dans sa serre d'aigle, et qui vous les tord d'un coup, comme pour les essorer. Quelque chose qui rend brûlante la sueur, le long de votre dos. Quelque chose comme la peur de mourir, là, maintenant, tout de suite.

Il vit que Aidan et Aourell avaient rejoint le cercle. Il vit que Mansour, et le Golithe qui emprisonnait Matthias, prenaient place pour le spectacle. Il vit que Charlie fermait les yeux – refermée sur elle-même, comme si souvent depuis deux jours... ou de peur de voir ce qui allait lui arriver ?

Il n'avait plus le choix.

Chapitre 23

L'Urod semblait haut comme une montagne, de là où il le voyait.

Le gourdin avait dansé deux fois sur les avant-bras, puis il était tombé dans l'herbe. Inutile. Alors, Hugo avait compris qu'il devait combattre du plus bas, jouer sur sa vitesse et sa souplesse ; sans cesse ployé, parfois un genou à terre.

Les bras du monstre fendaient l'air au-dessus de lui, il en sentait le souffle dans ses cheveux ; c'étaient des pattes d'ours plus que des membres humains, terminées par des mains petites, crasseuses et griffues...

Le Madoc se contentait de leur échapper. Courbé en deux, à quatre pattes presque, il tournait autour de l'adversaire. Il tournait à en perdre le souffle (mais son souffle était celui d'un Elfe), sous les cris, les encouragements. Il tournait, comme si sa vie en dépendait, comme s'il devait accomplir un nombre interminable de cercles autour du monstre, l'étourdir et que, lorsqu'il aurait accompli la danse, la montagne allait s'affaisser d'un coup.

Il voyait les yeux rouges de l'ennemi s'étrécir, pour guetter la faute. Il devinait à la gueule de son adversaire, à la mâchoire inférieure prognathe qui s'avançait, que l'Urod voulait saisir et mordre. La bave commença de couler de la mâchoire du prédateur ; des dents apparurent.

Les cercles du Madoc étaient toujours aussi rapides. L'Urod impatient, énervé, ralentissait en pivotant sur lui-même. Il perdait de sa lucidité, prenait un temps de retard. Hugo sut que le moment de frapper était venu. Il avait ce dixième de seconde d'avance, l'Urod lui présentait encore un trois-quarts dos... Il se jeta. De toute sa force, de toute son âme, il se jeta pour faire basculer le monstre, pour le pousser dans le dos, afin qu'il tombe face contre terre.

Et il eut le sentiment d'être une éponge mouillée qui s'écrase contre un mur. Il sentit dans tout son corps que sa présomption avait été immense, que sa gravité était vaine ; que la vitesse n'était rien contre une telle puissance. Il comprit charnellement que penser faire vaciller une montagne en se jetant sur elle était un rêve de Madoc stupide et inexpérimenté.

Une main griffue et crasseuse lui saisit le moignon droit et le serra comme un étau ; l'autre main lui attrapa les cheveux comme pour les arracher par ce geste ; Hugo entendit un craquement, se demanda si son cuir chevelu se décollait vraiment de son crâne.

Il se sentit voler dans les airs, son corps ne pouvait s'appuyer sur rien, aucun appui n'existait. Il sentit qu'il essayait de battre des moignons comme un oisillon à son premier vol.

Cette suspension ne pouvait pas durer toujours...

Il s'écrasa avec un bruit de bouse dans l'herbe, au pied de Jeson.

Il n'était plus qu'un sac dans lequel on aurait mélangé tous les os et les organes. Un sac de douleurs, balancé sans ménagement dans un coin du ring par un champion de catch.

*

Jeson avait empêché l'Urod de se jeter sur lui, de trois claquements de son fouet en boyaux de *siffale*. Les autres, tous les autres, avaient ri quelques instants, puis Earvin était venu se pencher sur lui.

– Très astucieux d'échapper à ses pattes par le bas... Mais je t'avais dit de ne pas tenter le corps à corps. Et d'essayer d'utiliser ton gourdin.

Hugo se frottait le crâne, les bras, les genoux. Il avait été saisi par les cheveux et projeté à dix mètres, bon sang ! Il mettrait des jours simplement à réajuster les pièces du puzzle de son squelette en miettes. Et tout le monde riait.

Tout le monde sauf Charlie, qui n'avait pas ouvert les paupières, qui ne le regardait pas, qui semblait absente, absorbée par autre chose. En dépit de la douleur, de la rage, de l'humiliation, Hugo refoula les larmes qu'il sentait monter.

Il regarda la suite.

*

La Cervière s'occupait maintenant de l'Urod. Ils combattaient à mains nues, elle le harcelait comme un chien sauvage ; sa tactique n'était pas la même que celle d'Hugo. Elle ne tournait pas, s'éloignait davantage, loin des moulinets de bras en fléau ; puis revenait mordre. À mains, à pieds nus.

Quand elle approchait, elle frappait des coups de pied – sans doute espérait-elle les porter au visage, au plastron, aux parties génitales du monstre, mais ils touchaient trop bas. Chaque fois, l'Urod semblait devoir saisir la jambe qui avait frappé, c'était un jeu de fractions de seconde. Une affaire d'instant suspendu, une histoire de miracle. Mais la Cervière avait la vitesse pour elle, et la cruauté sur son visage était la même que celle de l'Urod. Elle frappait pour faire mal, pour blesser et mutiler, elle frappait pour détruire.

Pourtant, elle frappait mal. Après chaque attaque, elle retombait en souplesse, l'air surprise et frustrée que ses coups portent si bas – seulement au niveau des genoux la plupart du temps. La Cervière sembla s'agacer, au fur et à mesure ; en colère contre elle-même, contre ce corps-là. L'Urod était sur la défensive, il n'arrivait pas à reprendre l'initiative sous la grêle de coups. Mais il ne paraissait pas en souffrir.

Cela pouvait durer toujours.

Soudain, Earvin changea la règle. Jeson tendit à Mansour la Cervière son hachoir de corps à corps. Il lança à l'Urod une sorte de crochet tranchant, rouillé, au bout d'un lacet. L'Urod saisit de sa petite main son croc, et il y eut sur sa face débile un sourire cruel – un sourire d'où sortirent deux dents limées en pointe.

*

Désormais, Mansour n'était plus que feintes. Fuite, échappatoire. Le hachoir tournoyait dans la main de la Cervière, passait d'une main à l'autre, son fil tranchant semblait chercher l'ouverture, la chair à mordre. Mais avec le croc de guerre qui tournoyait au-dessus de lui comme une fronde, puis s'abattait comme un rapace, de haut en bas, l'Urod avait retrouvé tout le bénéfice de l'allonge.

Une fois, une seule, Mansour entrevit la possibilité de s'engouffrer.

« Prends l'occasion dès qu'elle se présente. »

Il s'engagea sans retenue sous les bras de l'Urod au moment où celui-ci frappait.

« Une occasion, une seule. »

Il sentit le croc qui frôlait sa hanche, il lança le hachoir vers le torse de l'adversaire – mais le hachoir n'était pas une arme de jet, il se perdit sur la gauche de l'Urod, vola vers la forêt, tandis que Mansour roulait pour échapper à l'Urod.

Jeson venait de s'intercaler entre eux, fit reculer une deuxième fois l'Urod avec son fouet.

Mansour se releva, bras ballants. Désarmé, stupéfait. Il avait perdu.

Il vit un sourire indulgent sur le visage de tous ceux qui les regardaient se battre. Il vit qu'Earvin avait sa mine hilare de sale gamin. Il vit que Jeson l'observait comme un enfant qui doit tout apprendre, encore. Il vit passer sur les yeux d'Ioena, d'Aidan et d'Aourell, et même de la lumineuse Louane, quelque chose comme un voile de déception.

Il entendit un bruit, dans les fourrés, derrière eux tous. Il se retourna : Morjane et Charazed s'évanouissaient dans la forêt, sans un mot. Elles l'avaient vu échouer. Il baissa les yeux pour fuir leur indulgence méprisante à tous ; et ses yeux tombèrent sur ses bras et ses jambes de femme, ses pieds nus qui ne frappaient pas assez haut, ses membres vierges de tout récit tatoué...

*

Earvin fixait les règles : Matthias se présenta déjà armé de pied en cap devant l'Urod. Le fléau d'armes hérissé pendait à sa main. L'Urod, lui, conserva son croc.

Il recula de deux pas, face au Golithe. Il n'y avait plus de rictus prédateur sur ses traits. Seulement une terreur pure, ou peut-être la résignation de mourir, si de tels sentiments peuvent s'inscrire dans les rares neurones d'une pareille créature.

Matthias s'avança lentement, droit, inflexible ; sans chercher à éviter le croc, les bras. Sa masse tournoyait au-dessus de son casque. Il rendait cinquante centimètres à son adversaire, mais l'impression qu'il donnait faisait de cette information une donnée négligeable. Le monstre reculait, à pas lents. Matthias avançait calmement, comme pour l'embrasser ; c'était pour que le fléau d'armes accomplisse son baiser mortel.

Avant le choc, le monstre lança son croc dans le dos de l'adversaire, en hurlant d'impuissance. Matthias ne tenta même pas une esquive, une feinte de corps. Le choc du croc sur la dossière de l'armure noire mate fit un bruit étrange, entre métal et cuir ou granit. Cela ne laissa qu'un vague éclat.

Deux secondes après, la masse tournoyante rencontrait les épaules, la chair grise et velue ; puis la peau plus tendre du cou de l'Urod. Les os craquèrent, le sang gicla dans un horrible bruit – Hugo rentra la tête dans les épaules. L'Urod hurla sur une autre tessiture, comme si la douleur l'avait rendu dément. Dans une gerbe rougeâtre, il s'effondra, et Hugo crut sentir la terre trembler sous lui quand le corps s'abattit.

Matthias jeta le fléau d'armes. Ses trois confrères le virent sortir de sa ceinture une dague de *kraast*, effilée, longue, noire. Il posa un genou sur le torse de l'Urod encore secoué de spasmes, l'arme sauta dans sa paume comme un pic à glace ; il la planta trois fois, dans chacun des yeux, puis dans le front du monstre. Sans hésitation ni empressement. Comme s'il ne s'agissait pas d'un meurtre de sang-froid ; comme s'il n'était pas en train de mettre fin à une vie, aussi abjecte soit-elle. Comme s'il s'agissait de planter simplement son couteau de table dans un pâté en croûte.

Les spasmes du monstre cessèrent. Sous les éclats de rire cruels d'Earvin et de Jeson (qui valaient applaudissements), et tandis que les quatre Elfes de leur escorte s'étaient levés (en signe d'hommage ?), les trois autres confrères virent ensuite Matthias, toujours un genou sur l'Urod, essuyer le sang de la dague sur les bandelettes qui couvraient les jambes de sa victime. Il se releva, toujours mutique, pour aller récupérer le fléau d'armes et la nettoyer dans l'herbe.

Chapitre 24

Le reste de la journée et la nuit suivante filèrent comme du sable. Les deux combattants vaincus ruminaient leur échec.

Les Rowan vinrent les chercher le lendemain matin.

Aidan, l'Elfe aux cheveux rouges, ne les avait pas quittés depuis qu'ils s'étaient installés dans cette clairière, et Hugo comprit pourquoi : soudain, de sous le couvert des arbres, une brigade entière surgit. Tous les Elfes qui s'approchaient portaient les cheveux longs et dénoués, d'un rouge parfois cuivré, parfois sanglant. Les armures de ces Searles et de ces Sloanes semblaient constituées de fines feuilles de rubis. Leurs yeux rutilaient étrangement.

Il n'y eut pas un mot échangé. Tandis qu'ils commençaient de suivre cette troupe, vers le cœur de la forêt d'ormes rouges, Louane leur expliqua en chuchotant ce qu'il se passait : ils se trouvaient dans la partie de forêt qui correspond à la Sixième Cataracte, celle de la Nation aux cheveux rouges. Les Rowan les avaient observés, sous le couvert, pendant un jour et deux nuits, et maintenant ils venaient leur souhaiter l'hospitalité – leur manifester le soutien de leur nation à l'œuvre des confrères.

*

Hugo reconnut aussitôt, quand ils l'atteignirent, la Sixième Cataracte ; et Charlie aussi sans doute, bien qu'elle n'en laissa rien paraître : c'était l'une des trois cascades figurées en dessin, sur le cédérom qu'ils avaient reçu comme message.

Les frondaisons étaient celles de chênes pleureurs, aurait-on dit – une essence inconnue, majestueuse, accordée avec la cascade ; les feuilles et les branches dégoulinaient à l'unisson de l'eau. Le rideau de la cataracte s'étendait comme un filet, dont les longs filaments semblaient autant de toiles d'argent, tombant le long d'une falaise depuis l'immense rocher supérieur plat comme une main, jusqu'au minuscule lac d'un bleu de cobalt, en contrebas, cerné de trois gros rochers. N'était leur taille, on aurait pu supposer que ces trois rochers sphériques avaient été installés ainsi, comme une sculpture, tant ils étaient exactement semblables, en taille et en forme ; tant leur disposition au bas de la cascade présentait de symétrie. Mais sans doute les Elfes rowan s'étaient-ils contentés de les sculpter sur place, dans la roche : trois sphères de pierres, autour du lac sacré.

Louane ne put s'empêcher de murmurer des conseils :

— Les Rowan nous font l'honneur suprême de l'hospitalité elfique. Ils vous amènent, vous et votre escorte, jusqu'à l'âme de leur nation : leur cataracte, la sixième des dix. Moi-même, qui suis de La Race, je n'y avais jamais été conviée.

Un temps, puis :

— Observez surtout le silence. Laissez-vous guider et obtempérez sans dire un mot...

Ayant surpris ce dernier conseil, Ioena regarda la jeune Connor d'un œil amusé – c'était surtout à elle qu'aurait dû s'adresser cette recommandation. Mais Louane pouvait-elle se taire ?

Un autre groupe d'Elfes aux cheveux rouges les attendait au bas de la cataracte, devant le petit lac de cobalt. Parmi eux, une créature portait la même robe d'eau fluide, les mêmes ganses et sandales d'argent, la même ceinture d'ivoire que Charlie ; elle avait les cheveux rouges et les yeux rouges de sa nation. Dès qu'ils parurent dans la clairière de la cataracte, la Céridwen Rowan s'avança, prit Charlie par la main. Les autres Elfes de son groupe firent cercle autour d'elles deux, et sans un mot, les emmenèrent. Vers où ? Hugo aurait voulu crier quelque chose, appeler Charlie.

Il se tut. Il suivit ceux qui les avaient escortés jusque-là, et qui les emmenaient vers la cataracte. Mais il se tordit le cou pour essayer de savoir où son amie disparaissait. Et il vit un Madoc aux yeux et cheveux rouges qui avait emboîté le pas au groupe – sans doute celui qui servait la Céridwen Rowan. Alors, il comprit. La lumière se fit.

Il continua néanmoins de marcher vers le lac.

*

À l'invitation d'Aidan, ils s'agenouillèrent près du lac. Earvin semblait vaguement réticent. Jeson, solennel. Aourell et Louane avaient disparu, avec Ioena et Mansour. Hugo et Matthias n'étaient plus entourés que de guerriers mâles.

Tous se penchèrent, les deux mains en coupe devant eux, pour recueillir l'eau du lac, la porter d'abord à la bouche, puis s'en asperger le visage, comme pour des ablutions rituelles.

Hugo, qui n'avait pas de mains, hésitait à mettre la tête tout entière dans le lac. Les Rowan lui firent comprendre du regard qu'il devait le faire ; c'était ainsi qu'un madoc devait procéder. Il y porta d'abord les lèvres, but. Puis il inspira un grand coup, et plongea le visage.

Et il ressentit les bienfaits de la cataracte. Toute la fatigue, toute l'amertume, toutes les questions s'évanouirent au contact de cette eau gelée. Il se sentit soudain lavé de tout ce qui lui pesait inconsciemment sur ses épaules, de toutes les pensées qui encombraient son âme, de tout ce qui l'épuisait sans qu'il le sache. Il se sentit paisible, serein.

Il sortit la tête de l'eau. Déjà, les autres s'étaient levés, et leurs vêtements glissaient à leurs pieds. Lui qui avait toujours détesté les vestiaires de foot, il ne concevait aucune gêne à voir tous ces guerriers nus ; il savait ce qu'ils allaient faire. Il vit que Matthias ne quittait pas son armure (mais le pouvait-il ?), et qu'Aidan lui faisait faire trois pas en arrière. Quant à lui, avec les autres Elfes, avec Earvin et Jeson déshabillés comme lui, ils glissèrent dans le lac.

Le froid de l'eau bleue (pas transparente, bleue !), jusqu'au torse, le fit presque suffoquer. Mais l'instant d'après, de nouveau, il ressentit cette étrange paix intérieure l'envahir, aussi bien son âme que ses muscles ; nettoyer les courbatures et les plaies du combat avec l'Urod, lui ôter l'inquiétude qu'il ressentait pour Charlie, la peur de ce qui les attendait à Kyrian ; toutes les angoisses. Il ressentit la guérison, comme une abrasion de sa propre part obscure. Il ne put dire combien de temps dura la lente traversée du minuscule lac, les ablutions de l'autre côté, puis la traversée du retour.

Pendant tout ce temps, Matthias les regardait, à trois pas du bord du lac de la Sixième Cataracte. Enfermé dans sa prison de *kraast*. Immobile. Aidan, derrière lui, gardait la main posée sur son épaule caparaçonnée.

*

Hugo se tenait assis sur une sorte de tertre forestier. Il avait revêtu du linge propre sous son pourpoint de cuir. Jeson avait renoué sa ceinture et les bracelets de cuir sur ses pauvres moignons.

Aidan les avait raccompagnés à l'écart : c'était le temps des femelles, autour de la cataracte, et elles devaient rester dérobées à leurs yeux. Le Searle des Rowan les abandonna, rejoignit ceux de sa nation, quelque part dans la forêt. Maintenant, ils étaient seuls, tous les quatre. Earvin et Jeson commentaient bruyamment cette hospitalité elfique, regrettant qu'elle ne s'accompagne pas d'un festin, et aussi de libations alcoolisées ; mais dans les fontes de Jeson, ils avaient trouvé manifestement de quoi se réconforter l'estomac et s'adonner, une fois de plus, à l'ivresse.

Matthias était debout, légèrement à l'écart, les mains appuyées sur la grande épée de *kraast*, étrangement hiératique, comme toujours. Mais à l'inclinaison de sa nuque, on sentait que la fatigue et le regret le faisaient ployer – pourquoi son âme avait-elle choisi cette enveloppe qui le privait de tant des mystères de l'Alta ? Le savait-il ? Pourrait-il en parler, quand ils reviendraient ?

Hugo se sentait seul, mais d'une solitude apaisée. L'effet de la cataracte sur ses angoisses ne s'était pas encore dissipé. Il lui semblait que le temps s'était arrêté, que tout avait été suspendu. La traversée du lac était-elle le secret de la longévité elfique ? Si, comme eux, les Humains pouvaient se laver ainsi dans cette eau, vieilliraient-ils mille ans ? Leurs angoisses impurgeables les hantaient-elles, les faisaient-elles mourir trop tôt ? Hugo ne le savait pas. Pour la première fois, il se sentait Elfe, profondément, intimement.

Il entendit quelqu'un s'asseoir près de lui, sentit l'odeur de cheval, tourna la tête. Mansour la Cervière venait de prendre place. Le regard rivé vers l'endroit, voilé par les arbres, où on entendait tomber la Sixième Cataracte. L'air dur.

Hugo posa doucement la question, de laquelle il devinait déjà la réponse :

– Tu n'es pas allé accomplir le rite ?

– Avec les femelles ? J'aurais pu... Il y avait toutes les Elfes, la jolie Louane, la fière Ioena, l'énigmatique Aourell. Il y avait mes grandes amies Cervières, Morjane et Charazed, si proches de moi et si bavardes depuis Derrig Argan. Il y avait même ta jolie copine Céridwen, que j'aurais pu reluquer à poil dans l'eau pendant que toi, tu lanternais ici...

Il avait dit la dernière phrase avec un ton vaguement sarcastique, comme une provocation. Hugo ne se sentit pas l'humeur de répondre. Il dit :

– Mais tu ne te sens pas une femelle, et tu ne veux pas qu'on te prenne pour telle, pas vrai ?

– Non.

Mansour aurait voulu le crier, Hugo le sentit – mais il avait murmuré ce cri dans un souffle. Ce souffle ouvrit pourtant la bonde.

– Pourquoi suis-je ici, pourquoi ainsi ? Pourquoi Ioena dit-elle que cette enveloppe de Cervière correspond au désir profond de mon âme, quand nous sommes arrivés ici ?

Il secoua la tête.

– Qu'est-ce que ça veut dire ? Qu'au fond de moi, je rêve d'être une gonzesse ? Et une gonzesse qui ne sait plus se battre, qui se montre même incapable de vaincre un Urod prisonnier, alors que Matthias est devenu un warrior impitoyable ?

Il disait cela dans un flot, mais d'une voix presque maîtrisée, malgré son désarroi. Il avait ruminé ces questions, d'évidence. Depuis la première nuit à Derrig Argan, et plus douloureusement depuis la veille.

– Quand j'ai combattu, hier, je ne maîtrisais rien... Je ne savais plus rien... Il me semble qu'il me manquait une moitié de moi-même, que je n'étais plus qu'une partie d'un tout, un tout qui m'est indispensable pour pouvoir combattre.

Hugo se tut une minute. Il se sentait touché par cette vulnérabilité inattendue, par cet aveu, chez le Victorieux. Pour la première fois, Mansour n'assurait pas, ne proposait pas calmement une solution à leur problème. Il *avait* un problème. Et il se confiait, à lui – presque à un inconnu, si on y réfléchissait bien. Mais peut-être était-il aussi son seul ami, ici ? Puisque Matthias ne dirait rien. Puisque Charlie était ailleurs.

Hugo finit par répondre :

– Je ne sais pas pourquoi tu es une fille, ni pourquoi tu combats moins bien que chez nous. Si tu penses que mon désir, à moi, était de venir ici sans mains ni bras, juste avec des moignons, inutiles au combat...

Il sourit. Il se sentait encore étrangement en paix, quoique un peu mélancolique – la paix de la cataracte. Il se souvint de ce qu'il avait compris en voyant le Madoc des Rowan, et dit :

– Peut-être suis-je venu en Madoc parce que le plus grand désir de mon âme était de protéger Charlie. Peut-être que je suis un Madoc parce que c'était ça, le plus important, au moment de manger la *XariaEnea* : protéger Charlie, accompagner Charlie... Peut-être que Charlie est ma plus grande raison de vivre.

C'était un aveu qu'il n'avait jamais fait, même à lui-même ; qu'il ne ferait jamais à quiconque dans leur monde. Il le savait. Seule la paix prodiguée par le bain dans l'eau bleue pouvait lui permettre de dire cela, sans craindre *la menace.*

Il poursuivit :

– Reste à savoir, toi, quel est ton plus grand désir. Si tu le connais. Reste à savoir, pour toi, ce que cela signifie que tu viennes en Cervière. Peut-être le maître des Confréries pourra te le dire... Ou Iwan...

Mansour hocha la tête, eut d'abord une sorte de sourire triste. Ils entendirent au loin un bruit d'eau, puis des cris, des rires - les femmes, à la Sixième Chute d'eau. Alors, le visage du Victorieux s'épanouit en quelque chose de plus malicieux. Il venait d'avoir une idée :

– Peut-être que je suis venu en fille simplement parce que je voulais profiter des douches sous la cascade, tout nu, avec toutes les filles du peuple des Elfes, dont Charlie... Peut-être que c'est ça, le désir le plus profond de mon âme. Et peut-être que j'en profiterai la prochaine fois.

Hugo lui donna une bourrade. Le Victorieux y répondit. Hugo dit :

– Essaie seulement de t'approcher de Charlie... Ou même de lui dire ce que je viens de te confier, à propos du Madoc... Et tu verras ce qu'un Elfe, même sans bras, fait d'une faible femme !

– Haw haw !

– Ha ha ha !

Ils se mirent à rire, tous les deux, sous la nuit qui s'annonçait étoilée. Leurs aveux les avaient liés, réunis d'une façon nouvelle. Ils se sentaient heureux de s'être chacun trouvé un ami sûr, dans cette singulière aventure.

Mais Hugo devait cependant s'avouer une chose : à l'image, provoquée par Mansour, du corps de Charlie nue sous la cataracte, il avait perdu un peu de sa sérénité. Même si ce qu'il évoquait pour lui-même, c'était le corps caramel de la vraie Charlie, pas celui de l'Elfe-prêtresse.

VI

Les murs de Shaelynn
(premier sang)

Chapitre 25

— Nous ne pouvons plus attendre, dit Ioena. Il nous faut être dans trois jours, avant la tombée de la nuit, devant les murs de Shaelynn.

L'escorte s'était préparée à partir ; Earvin et Jeson s'étaient bardés pour la guerre : le sicaire avait réenfilé son gantelet-arbalète, l'Hybride portait de nouveau sur le corps les plaques de bronze vert.

Il y eut un bref conseil de guerre, improvisé. La Métig expliqua aux confrères :

— À Kyrian, il y a une petite cavalerie d'Ocre-Blêmes montés, une quinzaine, en plus des Urods. Mais nous devons franchir la passe.

Matthias, déjà sur son cheval, hocha seulement la tête en serrant la masse d'armes. Mansour semblait impatient d'en découdre :

— Où sont Morjane et Charazed ? demanda-t-il.

— Elles dégagent le terrain. Elles préparent le passage.

Ioena s'adressa à Hugo et Charlie :

— Ne vous éloignez pas des Elfes de l'escorte, ne quittez pas la forêt ni l'abri des troncs.

Puis à Mansour et Matthias :

— Ne suivez pas Earvin et Jeson, même s'ils escaladent l'éboulement pour combattre sur la Marche. Restez en bas ; mais ne rentrez jamais non plus dans la Forêt interdite.

Mansour sauta sur son étalon. Puis, Ioena lança ses derniers ordres à l'escorte :

— Aucun d'eux quatre ne doit être blessé, ni manquant. Si nous ne parvenons pas à passer, nous rebrousserons chemin, simplement, et reviendrons à Derrig Argan pour l'embaumement.

Enfin, ces phrases, comme un rappel, mais aussi une menace :

– Le Seigneur des Ocre-Blêmes connaît apparemment le secret des Confréries, car quelqu'un a trahi ; ils savent que si un seul des Quatre vient à manquer, la Confrérie s'éteint.

*

La marche d'approche fut brève... La forêt semblait s'écarter progressivement de la falaise, qui formait un léger arrondi. Ils aperçurent, assez loin devant eux, la passe de Kyrian. L'éboulis était nettement plus large que lors des précédents passages. Dans ce pierrier, une dizaine de chevaux pouvaient sans doute déferler de rang. C'était bien le lieu rêvé pour des assauts contre la forêt.

Quand ils furent à huit dizaines de coudées du passage, soudain, Louane et Aidan saisirent Charlie et Hugo par le col, les tirèrent vers eux sans un mot, s'enfoncèrent de vingt coudées dans la Forêt interdite, au pied des séquoias les plus proches. Et là, ils leur firent signe de les suivre, et se mirent à grimper le long des troncs lisses.

Hugo sut que malgré ses moignons, il pourrait le faire.

Il commença l'ascension derrière Louane, sans effort, entendit des premiers cris, au loin. Des hurlements. Des bruits de coups, d'entrechocs.

« Monte, tu regarderas après... »

Ses jambes s'accrochaient le long du séquoia, le hissaient au fur et à mesure de plus en plus vite. Les cris redoublèrent, il y eut une cavalcade, presque au pied de leur arbre, des sabots de chevaux sur la pierre, des ordres brefs.

Quand il parvint presque au sommet du séquoia, Louane était déjà juchée sur une branche épaisse, tournée vers la falaise, et l'arc bandé, elle visait sans tirer. Il vit Aidan, sur l'arbre voisin, qui faisait de même ; Charlie était déjà assise à califourchon derrière l'archer Rowan. Louane cria :

– Viens t'asseoir derrière moi, Madoc. Et ne me quitte pas d'un souffle.

Alors, enfin, il put regarder la bataille. Et il était aux premières loges.

La branche où ils s'étaient perchés surplombait de cent coudées le bas de la falaise, et de vingt-cinq au moins la Marche livide. Les confrères n'avaient pas encore vu, pendant leur progression, le plateau au sommet de la falaise de calcaire : c'était une lande austère, à perte de vue, à l'herbe rase et pauvre, avec parfois, affleurant, deux ou trois amas rocheux d'un gris pâle. Au loin vers l'ouest, quelques mamelons de la même herbe ; et sur la droite, vers le nord-est, les contreforts de ce que Hugo devina être les écailles noires de la montagne – l'Échine du Dragon. La Marche grimpait à l'assaut de la montagne. Mais l'heure n'était pas à la géographie. On se battait sur la Marche, quoique encore assez loin de l'éboulis.

À cinq cents coudées d'eux, au moins, une cinquantaine d'Urods couraient à quatre pattes sur la lande herbeuse, se relevaient en lançant des cris et des glapissements de guerre. En meute tournoyante comme des loups, l'instant d'après comme des gorilles, battant leur torse, hurlant, tentant d'impressionner l'adversaire. Leur horde désordonnée tentait sans cesse d'approcher le passage éboulé, refluait, revenait. Plus loin, attendant sans doute de lancer une charge sur leurs montures, une quinzaine de créatures casquées, hérissées, maigres, que Hugo distinguait mal à cette distance – « une petite cavalerie, une quinzaine d'Ocre-Blêmes montés... », avait dit Ioena. Les Ocre-Blêmes étaient apparemment armées d'hasts, lances et hallebardes hérissées elles aussi. Mais ils étaient trop loin pour qu'on distingue leur physionomie...

Quant à leurs étranges montures, noires, elles ressemblaient vaguement à des chevaux vu d'ici, mais des chevaux énormes, gros comme des pachydermes, avec un cou disproportionné, épais, long, souple ; une gueule qui semblait se tendre comme celle d'un serpent. Hugo se souvint du dessin des Golithes, sur la carte – les montures qu'il voyait aujourd'hui ressemblaient à celles des Légions : des *siffales* ! Des *siffales* carnivores !

Entre l'éboulis et cette troupe nombreuse, essaim noir et mortel, il n'y avait que deux obstacles. Mais deux obstacles mouvants, insaisissables ; infranchissables.

Hugo comprit ce qu'il avait entendu rugir, il comprit ce qu'étaient les Cervières. Les Hafidas. Au spectacle qu'elles donnaient, peut-être pressentit-il pourquoi le Victorieux, qu'il admirait tant, était de celles-là...

Morjane et Charazed chevauchaient des étranges fauves, sorte de lynx géants, ou hyènes croisées avec des lions préhistoriques. Des animaux d'une vivacité, d'une puissance musculaire indicibles, qu'on devinait sous la robe fauve, même d'aussi loin. Des prédateurs redoutables, sans caparaçon, sans même une selle puisque les deux femmes montaient à cru. Et sur leurs lions-cerviers, les Cervières étaient, elles aussi, des prédatrices.

Leur tactique était simple : elles se contentaient de se croiser sans cesse, toutes deux, chevauchant l'une vers l'autre au galop, et voltant quelque cent cinquante coudées après s'être rencontrées, pour revenir l'une vers l'autre ; comme des chevaliers à la lice, elles dessinaient une ligne imaginaire, à trois cents coudées au-delà de l'éboulis. Mais cette ligne, ainsi, était mortelle.

Elles étaient les deux mâchoires d'un sas, les deux lames d'un ciseau. Chaque fois que des Urods, seuls ou en meutes, se lançaient vers l'éboulis, les deux lames montées sur leurs fauves se refermaient. En apparence, elles ne faisaient que passer, frôler les audacieux. Mais c'était alors comme la faux de la mort frôlant le sol. Un mouvement de la tête du cervier, un plongeon ou un simple geste de sa cavalière armée d'un hachoir, sans que la cavalcade ralentisse - et les Urods tombaient, épis de blé moissonnés.

Hugo constata l'amoncellement qui s'était déjà formé sur le sol, le long de la « ligne »... En plus de la cinquantaine de fantassins dispersés qui harcelaient et attendaient que s'ouvre le passage, presque autant d'Urods jonchaient le sol. Depuis combien de temps combattaient-elles, depuis quand leur furieux manège durait-il ?

Entre deux charges des Urods, de plus en plus hésitants, les Cervières s'amusaient - elles lançaient leurs hachoirs haut dans le ciel, devant elles ; ils tournoyaient et retombaient dans leurs mains par miracle, cinquante coudées de cavalcade plus loin. « Elles jouent, songea Hugo. Elles jouent à se battre et à tuer... »

Aidan, du séquoia voisin, cria vers Louane, agacé :

— Elles les gardent pour elles seules...

Louane se tourna vers Hugo, expliqua :

— Elles bloquent les Urods au-delà de la portée de nos flèches... Si nous tirions, nous risquerions de les blesser. Elles les veulent tous pour elles.

Un autre cri leur parvint, au-delà de l'éboulis - c'était Ioena qui ralliait ses troupes :

— Ceux d'en bas sont passés... On décroche et on avance.

Hugo jeta un coup d'œil. Effectivement, pendant qu'il était fasciné par les Cervières, Mansour et Matthias avaient passé l'éboulis sur leurs chevaux, encadrés d'Earvin et de Jeson. Plus loin sur sa droite, il aperçut leur Métig et Aourell, en position de tir, dans deux arbres ; prêtes à les couvrir désormais. Il ne restait à Charlie et Hugo qu'à se laisser glisser dans la forêt, à passer l'éboulis à l'abri des séquoias elfiques de la Forêt interdite, et à continuer la route...

Soudain, au moment où ils allaient descendre, il y eut le hurlement strident. Glaçant. Gelé. Celui qu'ils entendaient déjà depuis des jours, dans la nuit, le cri sans doute que poussent les morts quand ils viennent réclamer leurs comptes aux vivants. Hugo tourna la tête : il ne sut pas s'il s'agissait du cri des Ocre-Blêmes, des *siffales*, ou des deux. Les quinze cavaliers noirs hérissés et leurs montures carnassières avaient lancé l'attaque...

*

C'était un mouvement large et circulaire, apparemment désordonné, où chacun semble devoir heurter les autres ; comme un vol de rapaces ou de chauves-souris... La nuée des *siffales* et de leurs cavaliers avaient entrepris de contourner le barrage des Cervières par sa gauche, puis elle se rabattit sur Charazed. Hallebardes en avant.

Aussitôt, le lion-cervier de la guerrière rompit sa course sur la ligne, obliqua, en zigzag ; vers eux, vers l'ennemi ! Hugo comprit : les jeux de guerre étaient finis. La vraie guerre commençait.

Morjane avait aussi brisé l'élan de son fauve, elle avait tourné bride, et était revenue vers l'éboulement, poursuivie aussitôt par des Urods enhardis. Elle s'arrêta à moins de soixante coudées du passage, tourna de nouveau bride, chargea les créatures. Mais cette fois, et c'était sans doute le but de la manœuvre, les monstres qui la suivaient étaient à portée de flèche. Des volées partirent de quatre séquoias : les archers tiraient ; Hugo vit une pluie de métal et de bois, il vit des corps s'effondrer. Louane, et Aidan dans l'arbre voisin, posaient de nouveaux traits sur les arcs, avant même que l'impact de leurs traits précédents arrête une créature. Avec une apparente lenteur, vertigineusement rapide, les archers elfiques donnaient leur mesure.

Mais de nouveaux cris stridents ramenèrent Hugo au spectacle de Charazed, combattant les Ocre-Blêmes montés. Trois des *siffales* carnivores avaient été mises hors de combat par les premiers assauts de la Cervière, pour contrer la manœuvre d'encerclement : deux autres traînaient derrière eux dans leurs courses obliques leurs cavaliers retenus par les étriers, le troisième galopait en emportant un passager sans tête. Mais les autres, les douze autres Ocre-Blêmes, formaient maintenant une nasse meurtrière d'épieux et de hallebardes autour du lion-cervier, qui cherchait la faille dans ce piège.

Il y eut une nouvelle attaque de Charazed, un bond rapide de son fauve, un geste large de son hachoir ; un *siffale* décrocha, son cavalier fendu en deux. Mais la nasse se referma trop vite pour qu'elle trouve une issue. Elle était cernée.

Hugo entendit un cri, lancé par Morjane :

— Charazed, les carreaux !

Il vit alors la scène comme au ralenti. Trois Ocre-Blêmes avaient décroché de la nasse serrée formée par les lanciers. Ils avaient sauté à terre et visaient la Hafida cernée de leurs trois arbalètes. Il y eut trois craquements, sinistres quand les armes s'abattirent. Charazed évita les deux premiers carreaux d'arbalète, de deux mouvements fluides d'écuyère-trapéziste.

Le troisième la saisit juste sous le nez. Et la force de ce simple carreau sembla arracher la cavalière à son équilibre précaire. Elle fut projetée à bas de son cervier et s'écrasa sur le sol. Au ralenti. Deux cous de *siffales* se jetaient déjà vers elle, pour mordre, mais le lion-cervier bondit, mordit aussi, protégea celle qui l'avait chevauché.

L'atmosphère, le silence suspendu de la chute explosa en une multitude de cris. Les hurlements stridents de victoire des Ocre-Blêmes. L'appel désespéré : « Chaaaaarazeeeed », Morjane galopant déjà vers sa compagne. Un bruit de galop, en bas, sur les pierres. Jeson hurlait, du bas de l'éboulement :

— À l'attaque, pour les nôtres !

Le cri, les ordres de Ioena :

— Revenez ! Protégez les confrères ! Seuls comptent les confrères !

Puis, le cri de Ioena encore, un long cri d'impuissance :

— Nooooooon !

Hugo, de son perchoir, vit tout comme en rêve : cent coudées plus bas, l'élan de Jeson, galopant pour escalader l'éboulis et venir au secours des Cervières ; la volte-face d'Earvin, dans sa foulée, pour soutenir l'Hybride. Et derrière eux, fouaillant les flancs de son étalon noir, Mansour la Cervière qui se ruait à son tour vers la Marche, en piochant dans l'éboulis.

*

Mansour sentit la bête ahaner sous ses cuisses, réussir enfin à s'accrocher dans le pierrier pour atteindre le sommet.

Il tira sur les rênes, contempla une seconde le spectacle – la longue lande herbeuse.

Il lui fallait comprendre, comprendre ce qui se passait.

Vision périphérique, d'est en ouest. À sa droite, Jeson se ruait déjà vers un parti d'Urods, à moins de cent coudées. Earvin, juste devant lui, rechargeait l'arbalète de son gantelet, tirait, rechargeait en éclatant de rire. À sa gauche, plus loin, Morjane chevauchait un étrange fauve, et chargeait à elle seule une dizaine de lanciers noirs, hérissés, montés sur des monstres noirs.

Par là. Son instinct, sa race, son esprit lui disaient qu'il fallait aller vers la gauche, vers Morjane.

Il lança son cheval.

Il y avait des cris, des hurlements. De la droite, il vit un Urod courir vers lui en grognant. Il éperonna des talons en obliquant pour se lancer droit sur la créature, se pencha instinctivement, tira comme en rêve le hachoir de la ceinture. Il se pencha encore, retenu à l'encolure de son cheval par une jambe seulement – il était à hauteur de sa poitrine quand il rencontra l'Urod. Le hachoir faucha. Dans le choc, Mansour faillit lâcher l'arme, un choc mou, et violent à la fois. La chair de l'ennemi.

Il se retourna, maintenant au galop : l'Urod était tombé. Il regarda son hachoir en se redressant sur le dos de son étalon – la lame était sanglante. Il venait de tuer.

Il redressa le regard. Vision périphérique.

À droite ? Jeson s'occupait des Urods, à coups de ruades hérissées de tranchoirs, à coups de marteau dans une main, à coups de fouet dans l'autre. Boucherie, carnage, corps s'effondrant, crânes défoncés. Les ennemis n'auraient pas dû toucher Charazed... Jeson était l'ange de la Vengeance, le Châtiment d'Hegoa-ar-Madalen – dents serrées, des flammes dans les yeux. Sa poitrine maculée était-elle couverte de son sang, ou de celui des Urods ?

Plus à droite, Earvin avait jeté son cheval dans une troupe d'ennemis, Mansour le vit plonger au milieu des créatures simiesques, la bi-hache brandie, riant comme un dément.

À gauche, il vit volter le cheval, vers Morjane ; là-bas elle affrontait seule les huit Ocre-Blêmes qui restaient encore.

Jeson hurla derrière lui à son adresse :

— Le fauve, gamin ! Cours chercher le fauve ! Ramène la Cervière !

Alors, seulement, Mansour remarqua le deuxième lion-cervier tapi dans les hautes herbes, à cinq cents coudées environ. Il mit le hachoir à sa ceinture, lança son cheval qui piaffait en roulant des yeux hagards.

Il fut sur place en un bref galop. Charazed était étendue par terre, à quelques mètres du lion qui la veillait. Sa nuque formait un angle horrible avec les épaules - le cou brisé. Livide déjà, les lèvres grises, les yeux fermés heureusement. Le carreau d'arbalète s'était enfoncé profondément dans son visage. Morte, bien sûr, morte sur le coup, « sur le carreau » songea-t-il étrangement...

Il sauta à terre.

Le fauve s'approcha, en grondant, couché sur ses appuis ; prêt à bondir, à déchirer. Mansour le regarda - il eut le sentiment que le temps s'arrêtait pendant qu'il fixait l'animal, au plus profond de ses yeux très clairs, jaunes. Il n'entendit plus le bruit de la bataille. Il contempla le cervier : une tête de lynx énorme, les oreilles petites et rondes cependant, et couchées vers l'arrière ; une mâchoire trop carrée ; des babines d'un noir bleuté, retroussées sur les crocs, un nez et une crinière fauve tachetés de noir. Un corps de lion des montagnes préhistoriques, ou de panthère énorme - court sur des pattes trop puissantes. Une queue brève et cinglante, une robe fauve également, un ventre blanc, des flancs tavelés de noir et de brun, une ligne noire sur le dos.

Il vit la vérité dans les yeux jaunes de l'animal : « Un lion-cervier pour la Cervière », murmura-t-il.

Il leva la main, l'animal s'approcha en grondant. S'approcha encore. Le frôla. Ouvrit la gueule, ses crocs à dents de sabre... Mansour ferma les yeux, garda la main levée, caressa les flancs brûlants, la fourrure épaisse et drue. « Un lion-cervier pour la Cervière... », se répétait-il. L'animal fut parcouru par une sorte de frisson électrique au contact de sa main.

Il entendit des cris, ouvrit les yeux.

Vision frontale. Deux des cavaliers Ocre-Blêmes que Morjane avait encore épargnés venaient de tourner bride et se ruaient vers lui, cris stridents comme l'enfer quand il s'ouvre. Morjane appelait vers lui. Jeson rugissait, très loin, au milieu des Urods.

Les cavaliers noirs étaient à trois cents coudées, lances brandies, pointées.

Vision périphérique, informations complémentaires : son cheval avait fui à bride abattue, affolé par le lion. Il était à pied. Jeson ne parviendrait pas à se dégager des Urods avant une minute environ. Morjane venait de terrasser un autre Ocre-Blême, mais il lui en restait quatre.

Les cavaliers noirs étaient à cent cinquante coudées.

Un regard vers les arbres : trop loin pour que les flèches elfiques puissent le sauver. Trop loin, même s'il courait vers la lisière, vers la falaise. Il n'aurait pas le temps.

Pas de secours à attendre.

Sa main s'enfonça dans la fourrure tavelée du lion-cervier, il toucha les muscles longilignes, frémissants. Ses doigts se refermèrent sur les poils, il sentit l'animal trembler encore, puis ronronner avant de feuler. Cavaliers à soixante coudées... Il agrippa les poils, et bondit – son corps savait.

Il le chevaucha. Il fut sur l'encolure du fauve, qui sauta de côté aussitôt ; cent coudées peut-être, en quatre ou cinq foulées enivrantes pour se dégager de la trajectoire des *siffales*.

Puis ils se retournèrent, la cavalière et le fauve ; virent l'ennemi en face.

Il se dressa sur l'encolure, très droit, sortit le hachoir de sa ceinture ; sentit chacun des muscles de sa monture, sous chacun de ses propres muscles à vif. Il s'éprouva vivant, différent, invincible – il sut qu'il avait trouvé la moitié qui lui manquait.

Il était une Cervière. Il était le Guerrier. Il était Mansour, Mansour le Victorieux.

Chapitre 26

Le silence, ce silence singulier d'après la guerre, était tombé, à la chute du dernier des Ocre-Blêmes, avec les derniers râles.

Des oiseaux planaient déjà, vautours, *zopilotes*, ou quelque autre charognard d'envergure formidable, au-dessus de la Marche. Les derniers *siffales* survivants avaient fui, désertant la scène, n'osant disputer les restes des morts aux deux lions-cerviers.

Les fauves inspectaient, reniflaient le sang sur leurs proies.

Le seul qui leur réclamait une part de ce butin, c'était le sicaire de Fern : Earvin, le tueur au visage d'adolescent, avait déjà récupéré ses carreaux sanglants dans les corps des ennemis. Maintenant, il allait d'un Ocre-Blême à l'autre, leur arrachant le casque, leur coupant les oreilles (qu'ils avaient ossues et atrophiées), puis enfilant ces trophées sur des lanières de cuir qui sécheraient en colliers dans ses fontes. Il allait ensuite trancher toutes les mains des Urods, dont il ferait un tas, rituel vengeur, sans doute, pour la mémoire d'Hegoa-ar-Madalen.

Un rire de dément, celui de l'assassin, continuait parfois de l'agiter, de gargouiller dans sa gorge pendant qu'il mutilait.

Morjane était à côté de Mansour, en face de Jeson ; ils se tenaient debout tous trois sur la Marche livide. Le vent s'était levé, il battait ce trio, et la mer d'herbes alentour. Au milieu de leur triangle silencieux, couchée sur la terre pauvre, l'humble corps défunt de Charazed semblait dormir. Jeson le Centaurien pleurait comme un enfant.

*

Au cri de victoire de Louane, Hugo s'était laissé glisser le long du tronc. Il avait couru, derrière elle et vers eux, en escaladant l'éboulis. Il sentait dans sa poitrine une envie de hurler, d'éclater. Aourell et Aidan arrivaient aussi ; Charlie courait entre les deux Elfes, sortie de sa lenteur comme on sort du sommeil – sur son visage, une sorte de stupeur, d'effroi joyeux et sidéré.

Ils rejoignirent en même temps le trio des combattants, s'arrêtèrent, un peu en dehors de leur cercle de deuil, un pas en arrière.

Ioena parut, flanquée de Matthias, invisible sous son heaume, mais qui jouait nerveusement avec le pommeau de son épée. La Métig entra dans le triangle, dit d'un ton dur :

— Morjane, je suis peinée. Nous rendrons les honneurs à Charazed sous les murs de Shaelynn, et nous dirons sa gloire.

— Aliya l'entendra.

— Aliya l'entendra. Quant à vous...

Elle s'était tournée vers Jeson et Mansour, glaciale.

— La sécurité des confrères était notre mission. Et chacun de vous deux l'a mise gravement en danger, en substituant votre colère ou votre folie aux paroles de votre Métig.

Mansour la Cervière baissa la tête. Jeson le Centaurien secoua la sienne tout en sanglotant, incapable de s'arracher un instant à ses pleurs.

— Nous en reparlerons, conclut Ioena. Qu'on charge le corps de Charazed sur le cheval.

Tandis qu'on opérait, et qu'Aidan, réticent, allait arracher Earvin à ses profanations, les deux fauves vinrent incliner leurs mufles dans les paumes de Morjane, puis dans celles de Mansour. Le Victorieux sentit leurs babines noires et dures, leurs langues râpeuses et chaudes dans ses mains. Il sourit tristement.

Morjane le regarda, dit :

— Le tien s'appelle Nidhal. L'autre se nomme Sadok.

Puis, ayant incliné la tête :

— Charazed est honorée, j'en suis sûre, que tu chevauches Nidhal.

Ioena s'approcha, dit encore :

— Faisons vite !

Sur les mamelons d'herbes, très loin à l'ouest, des dizaines de silhouettes : une cavalerie nombreuse d'Ocre-Blêmes s'annonçait. À moins d'une demi-journée de *siffales*, sans doute.

*

L'escorte et les confrères marchèrent en silence. La nuit tomba, mais ils continuèrent. En levant la tête au clair de lune, Hugo s'aperçut que la falaise de calcaire s'élevait brusquement ; elle atteignait maintenant la hauteur de vingt hommes, peut-être plus, et semblait continuer de monter. Outre les cris des animaux de proie, dans la Forêt interdite, on entendait encore parfois les quintes de rire d'Earvin, qui gloussait comme une hyène derrière eux ; de plus en plus rarement au fur et à mesure que la folie du meurtre le quittait.

Les deux Cervières, Morjane et Mansour, chevauchaient à l'arrière-garde, sous la lune blanche, à peine décroissante. Leurs lions-cerviers flanquaient des deux côtés l'étalon qui portait le corps de Charazed.

*

Au matin, ils trouvèrent un ruisseau qui serpentait en lisière de forêt et, plus loin, un étang.

Ils s'arrêtèrent. Les quatre combattants se lavèrent enfin du sang qui avait séché sur eux, sur leurs membres, dans leurs cheveux ; leur sang, et celui de leurs ennemis. Aourell et Charlie cueillirent les plantes pour les cataplasmes à poser sur leurs plaies - simples estafilades, sauf pour Jeson qui avait écrasé sur son torse les crânes des quelques ennemis les plus proches, et s'en trouvait cruellement blessé (les Urods ont le crâne et surtout la mâchoire fort pointus, et tellement sales par ailleurs, que tout ce dans quoi ils s'enfoncent s'en trouve infecté).

Ioena dit :

– Nous nous restaurerons, nous dormirons ce jour et toute la nuit, puis nous marcherons sans nous arrêter jusqu'à Shaelynn. Que chacun obéisse.

Elle demeurait sous le coup de sa colère froide, apparemment.

Hugo aida Louane à dresser le feu sur un précédent foyer récemment éteint. Il demanda :

– Partout où nous nous arrêtons, il y a des traces de campement. Nous sommes sur une route ?

– La route des Barbans et de leurs escortes qui vont vers Shaelynn. Ces feux sont ceux des trois Confréries qui vous précèdent.

Hugo changea de sujet de conversation.

– Ioena est furieuse contre nous... Et elle semble craindre encore que les Ocre-Blêmes nous rejoignent.

Il montrait la Métig qui guettait, inquiète, vers l'ouest et le chemin qu'ils venaient de parcourir.

– Les Ocre-Blêmes ? Ils ne viendront jamais jusqu'ici, dans la Forêt interdite. Mais Ioena craint qu'ils s'emparent de la passe de Kyrian, et qu'ils coupent la route des Confréries derrière nous.

Hugo grimaça. Il revoyait en pensée les visages des cadavres d'Ocre-Blêmes, aperçus sur le champ de bataille ; affreux faciès étirés, sans lèvres et sans nez ; sans joues, la peau grise collée aux pommettes asiates et aux gencives rouges, seule note de couleur ; aux dents mauvaises. Les yeux de poisson mort, exorbités.

– Ne les crains pas, ne les hais pas ! Combats-les mais plains-les ! dit Louane en voyant sa grimace. Ce sont des créatures de la douleur. Nous les dépeuplons. Mais chacun des Trois Féodaux repeuple chaque jour, dans ses oubliettes, les hordes d'Ocre-Blêmes, en torturant à l'infini, jusqu'à ce que la folie des victimes devienne folie de meurtre, goût du sang. Au fur et à mesure que nous les tuons de nos épées et de nos flèches, d'autres renaissent de la souffrance.

Hugo se demanda quel genre de supplice pouvait ainsi défigurer des êtres, les avilir, les rendre monstrueux.

– Et dans les Landes franches ? Dans la Forêt elfique ? Il y a aussi de telles tortures ?

– Non.

La jeune Connor eut l'air scandalisé. Elle reconnut, toutefois, à regret :

– Mais tu as vu Earvin au combat... La Cité de Fern a besoin de tueurs, elle a les quinze sicaires de son armée des Spectres. Et la démence les habite, je crois, à force de tuer pour servir leurs murs...

Hugo jeta un œil en coin à Earvin. Le sicaire mangeait lentement, calmement. Les dernières quintes de son rire de hyène avaient cessé.

*

Plus loin, Charlie chantait une étrange mélopée sous la garde vigilante d'Aourell.

Un peu plus loin encore, Morjane avait arraché une des jambières de peau de Mansour. Jeson préparait l'encre en écrasant les pierres à récit qu'il portait dans ses fontes, en les mélangeant d'eau et de sève. Au feu, la Cervière vint chauffer à blanc son couteau à tatouer - fine lame creuse, légèrement recourbée, dont la rainure centrale reçut l'encre des pierres. Puis, trempant régulièrement l'outil dans le mélange de Jeson, elle commença d'écrire le premier récit de Mansour la Cervière autour de sa cheville gauche, dans une affreuse odeur de chair brûlée.

*

Ils dormirent presque un jour et une nuit, six ou sept heures réelles, sans doute.

Ioena était déjà prête à partir quand Louane fut chargée d'éveiller les confrères. Aidan et Aourell étaient partis devant, en ambassade, prévenir Shaelynn qu'une escorte de confrères allait se présenter. Dans cette partie de la Forêt interdite, inaccessible, l'escorte pouvait être réduite au minimum.

Mais si les calculs du cadran de Mansour étaient justes, il ne leur restait qu'un jour et une nuit peut-être, deux jours au maximum - auraient-ils le temps de rejoindre la « perle des Elfes », de se présenter devant le maître de Shaelynn, de recevoir leur mission ?

Ils marchèrent du lever au coucher du soleil, sans prendre même le temps de s'arrêter pour manger, au grand scandale de Jeson et d'Earvin, qui avaient retrouvé une humeur primesautière. À leur gauche, la falaise ne cessait de monter, c'était maintenant un mur dont on n'apercevait qu'exceptionnellement le sommet. La forêt, à leur droite, semblait frémir de vie - sans doute les Elfes des Nations cachées les épiaient-ils, pour interdire l'entrée sous leurs frondaisons.

Ils entendirent vers le soir le bruit, de loin : comme un grondement d'abord, puis il se précisa. Mais quand ils furent assez proches pour identifier le vacarme, pour comprendre qu'il s'agissait de l'eau d'une immense cascade, la nuit était tombée.

À la lueur de quelques étoiles, ils débouchèrent dans un cirque immense, où la forêt cessait. Ils obliquèrent vers leur droite. Puis, les nuages fuyants dégagèrent la lune. Ils virent Shaelynn.

Chapitre 27

Le site était grandiose. La falaise de Donon, d'une hauteur maintenant ahurissante (cent hommes ? Deux cents ?), devenait devant eux un cirque de calcaire, qui dessinait son demi-arrondi vertical du nord vers l'est ; obstacle infranchissable d'une pâleur spectrale, « comme la peau d'un Elfe », songea Hugo. Mais il s'arracha à sa rêverie, le géographe ressuscitant en lui : il se représenta la situation en 3D, comme si la carte l'avait révélée – la Forêt elfique s'étendait donc dans une sorte de gouffre presque plat, entre deux falaises qui montaient d'ouest en est et se rejoignaient dans ce cirque arrondi. Le Cirque de Donon. Sans doute Derrig Argan était-elle, approximativement, au niveau de la mer. Sans doute le sommet du Cirque de Shaelynn, était-il, à peu près, à plus de deux cents hommes d'altitude. Au-dessus, vers le nord, on apercevait les écailles de l'Échine.

Et précisément du nord de ce cirque, une cataracte dégoulinait, de toute la hauteur de la montagne, jusqu'au pied de la falaise.

— C'est Nedeleg, la Première Cataracte, dit Louane avec dans la voix une vénération évidente. La mère des Dix Nations.

Hugo vit un fleuve argenté qui serpentait depuis un mamelon, au pied de la falaise, là où la chute tombait ; le fleuve s'ouvrait très vite en trois bras argentés, qui allaient se perdre dans la Forêt elfique. Il se remémora l'impression qu'il avait eue pendant leurs sept jours de progression : ils étaient sur un faux plat légèrement montant.

C'était l'explication : la cataracte qui coulait ici, et se séparait en trois fleuves, arrosait toute la forêt pour couler jusqu'à la mer en pente douce. La cascade de Shaelynn était bien la source des neuf autres, celle des Nations ouvertes et des Nations cachées. « La mère des Nations. » L'eau était-elle bleue aussi, ici ? Avait-elle les mêmes vertus apaisantes ? Ou de plus grandes encore ?

Le regard d'Hugo s'aiguisa encore : sur le mamelon au pied de Nedeleg, baigné par la cataracte, il distingua une sorte de fort carré. Les murs de Shaelynn. De la même blancheur sépulcrale que la falaise, et se confondant avec elle. D'ici, on ne voyait qu'une simple et décevante muraille crénelée. Pas de donjon, pas de terrasses, pas de flèches. Mais Nedeleg suffisait à faire de ce lieu un endroit enchanté. Sur le chemin qui menait aux murs de Shaelynn, on distinguait des voyageurs dans les deux sens, minuscules insectes vus d'ici. Ils devaient se trouver à quinze mille coudées de la chute.

Ioena dit :

— Allons sous les *daras*.

Ils avancèrent jusqu'à l'un des bosquets qui marquaient les limites de la Forêt elfique. Puisqu'il n'y avait pas ici de clairière comparable à Derrig Argan, sans doute s'agissait-il des arbres magiques de la première nation ; la « Nation rêvée », avait dit Louane. Quand ils furent sous leurs frondaisons, au lieu de se presser pour gagner la ville, ils s'arrêtèrent tous. S'assirent. Et attendirent.

Louane vint s'accroupir à côté de Hugo et Charlie. Elle dit :

— Regardez vers la ville, vous verrez bientôt venir la Céridwen qui doit vous embaumer.

— Nous embaumer ? Comme... des morts ?

Hugo avait sursauté. Louane rit.

— Non, comme des mangeurs de *XariaEnea*. Si on ne vous embaumait pas, lors de votre prochain passage, vos âmes reviendraient comme cette fois à Derrig Argan – là où la *Xaria* fut cueillie. Et vos âmes viendraient sous d'autres enveloppes, selon leur désir du moment. Tout serait à refaire...

— Qu'allez-vous faire, alors ? Comment comptez-vous nous embaumer ?

— Nous allons coucher vos réceptacles sous les feuilles de *daras* mêlées de *Xaria*, quand vos âmes errantes s'en seront retournées. Et nous les veillerons, la Céridwen accomplissant les chants sacrés pour que la *Xaria* retrouve leur chemin à votre prochain passage.

— Mais nous n'entrons pas d'abord dans Shaelynn ? Pas cette fois ?

— Non. Vous y entrerez lors du prochain passage, si vous le décidez...

Charlie semblait prodigieusement intéressée. Lorsque la jeune Connor avait parlé de la Céridwen, elle était sortie du songe mystérieux qui l'habitait. Mansour et Matthias les rejoignirent, avides d'explications, s'accroupirent à leur tour. Ensemble, tous les quatre, en Confrérie, ils aperçurent Aidan et Aourell, sur l'un des chemins qui venaient de Shaelynn, et qui descendaient vers les bosquets de *daras*. Ils devaient être à mille coudées. Derrière eux, avec le Searle Rowan et la Sloane Gweltaz, il y avait une Céridwen de la Nation des Gweltaz elle aussi, et un inévitable Madoc.

— Levez-vous ! dit Ioena.

Tous les quatre obéirent.

Fascinés par l'arrivée de l'ambassade, ils ne réalisèrent qu'au moment où Ioena lança son ordre que derrière chacun des confrères, un membre de l'escorte s'était placé. La Métig dit :

— Saisissez-les !

Louane prit Hugo fermement, avant qu'il se débatte ; Morjane tint Charlie, impassible ; Jeson serrait les bras de Mansour dans son étau ; Matthias était à la merci de la dague noire d'Earvin, glissée sous son casque comme dans un ouvre-boîtes. Ioena dit :

— Pardonnez ce geste, mais il le faut...

Et elle sortit du fourreau la courte épée elfique, d'argent pur, qui distingue les Métigs.

VII

Aliya
(Le maître des Confréries)

Chapitre 28

Ils ouvrirent les yeux en même temps. Relevèrent la tête, clignèrent des paupières, comme pour sortir du blanc très bref qu'ils venaient de traverser. Hugo passa ses paumes devant ses yeux. Matthias secoua son crâne, comme s'il s'agissait de remettre en place un cerveau flottant.

Ils se dévisagèrent les uns les autres, assis face à face, dans les deux canapés de la maison de Meaux. Exactement là où ils avaient consommé (voici des jours, des semaines, ou seulement quelques secondes ?) la *XariaEnea*.

Ils avaient tous cette impression de sortir d'un de ces songes étranges qui ont la netteté même de la réalité. Car ils avaient rêvé, apparemment (c'était la seule explication que se donnait chacun, la seule explication logique : un rêve, ou une hypnose) ; rêvé de soi, et des autres ; rêvé pendant des heures, des jours, pendant...

— Soixante heures exactement, dit Mansour en relevant les yeux de son bracelet-montre. Nous sommes restés inconscients soixante heures, du moins si vous avez dormi autant que moi.

Matthias se leva, secoua de nouveau la tête, et dit :

— Bon sang, j'ai été un Golithe pendant soixante heures...

Les trois autres sursautèrent à cette phrase - peut-être d'entendre sa voix pour la première fois depuis des jours ; et aussi, bien sûr, de ce qu'il disait. Un Golithe ? Avaient-ils tous eu les mêmes visions ? Matthias continua :

— Vous étiez avec moi et nous étions...

— Au pied des murs de Shaelynn...

— Avec toute l'escorte, Earvin, Jeson, Louane, à attendre la Céridwen...

— Et juste avant qu'elle arrive, Ioena a sorti son épée. Et elle... Regardez !

Charlie venait de relever la manche de son sweat-shirt sur son avant-bras droit, là où l'épée d'Ioena avait glissé comme une caresse de rasoir. Une longue estafilade saignait. Les trois garçons regardèrent leurs bras, à leur tour. Blessés, superficiellement, mais blessés.

— Putain, nous n'avons pas rêvé !

— Ou alors, c'était pour tous le même rêve, et il laisse des traces sur nos avant-bras.

Un silence. Ils se dévisagèrent, hébétés.

— Moi, en tout cas, je te préférais en fille, se moqua Hugo à l'adresse de Mansour, pour dire quelque chose.

Charlie en rajouta une couche, dans la même veine :

— Parce que là, quand on t'imagine en femme à barbe, c'est un peu moins sexy...

Mansour toucha ses joues, rencontra la barbe fournie qui lui mangeait les joues. « Merde ! » Il se leva, chercha un miroir dans la pièce, en trouva finalement un dans la cuisine. « Re-merde ! » Il ressortit de la pièce voisine, les fixa :

— J'ai beau être extrêmement viril, si j'en crois ma barbe, nous sommes plus vieux de sept jours. Nous avons vieilli au rythme de l'Alta...

*

— Vos corps vous font comprendre des choses de l'esprit. Puissent vos âmes les entendre.

Ils ne furent même pas surpris d'entendre la voix de leur Egmont venant du corridor dans l'entrée ; pas davantage de le voir paraître au milieu d'eux. Ils s'étaient habitués, déjà, au silence de la présence d'Iwan, à ses apparitions et ses évanouissements furtifs. Et puisque l'Elfe noir avait dit qu'il veillerait sur eux tout au long de leur passage, il devait être là...

Ce qu'ils voulaient maintenant, c'est une explication : que venaient-ils de vivre, pendant soixante heures ? Mais il devançait leurs questions, et expliquait déjà :

— Avez-vous compris le sens du rite qu'a accompli Ioena ? Elle vous a avertis, en marquant vos avant-bras : ce qui se produit pour vos âmes errantes, sur l'Alta, retentit dans vos corps de ce monde.

Iwan saisit le poignet de Matthias, toujours assis, et retourna l'avant-bras qui portait la blessure infligée par sa sœur : « Vous n'êtes qu'un ici : corps et âmes. Le temps qui s'écoule plus vite sur l'Alta vous vieillira prématurément. Les blessures que vous y recevrez, vous en porterez la souffrance dans vos chairs. Et tout ce que votre âme errante traversera, votre corps vous le racontera au retour dans sa chair.

La voix d'Iwan était grave et posée, celle d'un père faisant à ses enfants des recommandations essentielles.

— Ainsi, la mort de votre âme, si elle vous est infligée dans l'Alta, sera réelle. Définitive. Votre corps, ici, n'ouvrira plus les yeux.

Il se tut un bref instant, puis :

— Maintenant, vous êtes initiés.

L'Egmont entra alors dans l'espace découpé par les deux canapés, vint se placer entre les confrères, et les regarda l'un après l'autre.

— Une fois de plus, une dernière fois, je vous place devant le choix : risquerez-vous, tous quatre, votre vie sur l'Alta ? Renoncerez-vous au contraire à combattre ? Si tel est le cas, lorsque je retournerai en mon monde, j'y brûlerai vos dépouilles demeurées sous la garde d'Ioena. Nous les brûlerons sur un bûcher de *Xaria*, et jamais plus elles ne vous serviront de réceptacle.

— Et si nous continuons ?

Quatre boules argentées glissèrent de la manche d'Iwan.

— Alors, chaque heure que vous attendrez pour repartir sur les ailes de la *Xaria* sera une heure gaspillée dans notre course contre Rolf. Mais pour aujourd'hui, prenez le temps du choix. Pas une heure dépensée pour choisir n'est une heure perdue. Puis dormez, car vos corps ont combattu, surtout le tien, Mansour. Ils ont besoin de repos...

Mansour le regarda, bouche bée :

— Comment sais-tu que j'ai... ?

En guise de réponse, Iwan se contenta d'un mouvement de menton vers la cheville gauche de Mansour, pieds nus sous son pantalon : ils y virent tous le tatouage des Cervières, le récit, encre noire sur peau...

— Quant à toi, Hugo, je suppose que tu étais Madoc, à ta manière de te toucher les mains depuis que tu es revenu. Et si tu étais Madoc, cela signifie que Charlie était une Céridwen.

Pouvait-on être plus clairvoyant, plus explicite aussi ? Charlie ne sembla pas réagir face à ce que l'Elfe impliquait.

— Et nous savons tous que Matthias s'est rêvé en Golithe. Une curieuse Confrérie... Mansour conserve ses tatouages, mais Hugo a perdu ses moignons. Certaines marques du corps s'inscrivent dans les âmes, d'autres non, sourit encore Iwan. Je reviendrai demain, à la tombée du jour. Et vous aurez choisi.

Il avait repris la *Xaria*, et s'était évanoui.

*

— Bon, on règle l'histoire du choix ? L'un de vous hésite-t-il, et dans ce cas, pourquoi ?

La jeune fille aux cheveux courts les défiait de son regard de braise, depuis le fauteuil où elle s'était installée dans la position du lotus. Hugo sourit. Il retrouvait *sa* Charlie, telle qu'en elle-même : décidée, meneuse d'hommes. Rien à voir avec la Céridwen silencieuse et pâle, aux gestes lents, aux mots rares, aux mouvements éthérés qu'il avait quittée voici moins d'une heure !

Matthias revenait de la cuisine avec un plateau-repas chargé de sandwichs colossaux – il avait jeûné pendant soixante heures, et il se rattrapait. Les courses qu'il avait faites pour le week-end étaient salement entamées... Il ouvrit sa bouche pleine, pour répondre. Mais Mansour le faisait déjà :

— Pourquoi hésiterions-nous ? Mais parce que nous risquons notre vie ! Ce n'est pas un jeu qu'on nous propose, Charlie. On exige de nous la mise la plus lourde que nous puissions poser sur le tapis de jeu ; chacun doit y réfléchir.

Le Victorieux venait de parler comme on admoneste un enfant inconséquent. Il les dévisagea depuis son canapé, l'un après l'autre.

— Nous allons dormir dès maintenant, comme l'a dit Iwan ; et chacun décidera, seul, ce soir et cette nuit. C'est la dernière fois que nous conservons, les uns vis-à-vis des autres, une liberté d'arbitre.

— Tu... tu hésites ? Tu vas dire non ?

— Je n'ai pas dit ça, Charlie. J'ai dit que ce n'est pas forcément une lâcheté de renoncer à se lancer dans un combat, quand l'enjeu dépasse ce qu'on est prêt à jouer.

Il se déplia du fauteuil, se leva :

— Il est 14 heures. Rendez-vous à l'aube, avec vos réponses...

*

Elle s'était étendue sur l'autre canapé, ils avaient parlé une heure ou deux, puis elle s'était endormie comme une souche. Les deux autres confrères avaient pris les deux chambres. La nuit était venue. Et maintenant, quoique épuisé, Hugo écoutait Charlie dormir, son souffle régulier. Il voyait sa peau brune, à la lueur incertaine de la nuit, dans ce salon inconnu. Le petit saphir bleu, à l'aile de son nez, avait attrapé un rayon de lune, il brillait étrangement. En proie à une sorte de fièvre, Hugo songeait qu'il préférait mille fois cette Charlie à celle de l'Alta. Il faisait plus que la préférer – il l'aimait, il le savait maintenant, avec certitude, depuis le bain dans le lac de cobalt des Rowan. Il était prêt à lui vouer sa vie, à tout donner pour son bonheur et pour la protéger. Mais sans le secours de l'eau bleue des cataractes, aurait-il un jour le courage de le lui dire ?

Dans la chambre du dessus, solitaire, Matthias s'était éveillé à la tombée du jour. Et maintenant, il relisait encore et encore quelques lignes de *Comment j'ai rencontré les Elfes de Shaelynn.* Il avait sorti de sa poche le petit fascicule usé ; et il lisait ce qu'écrivait Georges Mallaury, à propos des chevaliers noirs.

Les Elfes disent des Golithes qu'ils ne sont les vassaux de quiconque - sinon du Pouvoir. Leur loyauté est à leur chef, tant que leur chef peut restaurer le Pouvoir du Sang-Noir sur l'Alta. Mais si un autre capitaine devenait plus à même de l'accomplir, ils changeraient de suzerain, et de vassalité. Ainsi vont les Golithes, chevaliers noirs de kraast – ils sont les soldats du Sang-Noir. Et pour toujours les ennemis des Elfes, qui combattent ce Pouvoir.

Chapitre 29

Au matin, Matthias débarqua, triomphant, dans la cuisine où les trois autres déjeunaient déjà. Il avait vidé le garde-manger, la veille, avant de monter dans sa chambre. Il ne pouvait plus humainement avoir faim ; et pourtant il avait un sandwich à la main. Mais ce n'était pas le plus remarquable : il sortait manifestement de sa douche, un pantalon de jogging trempé enfilé rapidement, torse nu et maigre, et il laissait de grosses flaques derrière lui.

— Tu as entendu parler des serviettes-éponges, Matthias ?

— Et tu as remarqué qu'il y avait une jeune fille pure et effarouchée dans cette cuisine ?

Jamais Hugo et Charlie n'auraient ainsi plaisanté, avec lui, il y a encore quatre-vingts heures. L'aventure avait tissé des liens surprenants, même avec le chevalier silencieux... Il ignora les deux saillies, fit trois pas sur le carrelage de la cuisine.

— Regardez mes bras, et mes pectoraux.

Il montrait des muscles jeunes, manifestement inattendus à cette place de son corps ; sec et saillants sur la peau. Mansour eut un sourire pour lui répondre :

— Oui, on n'avait pas eu le bonheur de te voir à poil, jusque-là. Mais je suppose que soixante heures dans une armure de quarante kilos, et sans manger de surcroît, ça muscle son Golithe...

— Mais je n'avais pas le même corps, là-bas. Et je reviens musclé ici. Tu expliques ça comment ?

— Ton âme a appris l'effort de la guerre. Et ton corps le traduit... Comme il traduit le temps qui a passé sur nous en m'offrant une barbe de sept jours. On n'est pas à l'abri des surprises, je crois.

Sans transition, Mansour se fit railleur :

– Cela dit, la prochaine fois qu'on charge les Ocre-Blêmes, tu as le droit de venir nous aider, Musclor, au lieu de rester sagement à côté de maman Ioena.

– Et toi, soldate, tu ferais bien d'apprendre l'obéissance, si tu veux accomplir la mission !

Matthias répondait sur le même ton ironique et chaleureux.

– Donc, ça veut dire que... vous repartez ? traduisit Charlie en les regardant ardemment.

– Bien sûr !

– Oui !

Elle se tourna vers Hugo, le prit par les épaules :

– Et toi, tu repars aussi, mon fidèle Madoc ?

Hugo opina en rougissant. Avait-elle compris ?

*

Ils attendirent Iwan presque toute la journée, impatiemment. Dès leur petit déjeuner, ils avaient réglé un des problèmes majeurs : puisque de toute façon Charlie avait séché sa semaine de ski, autant repartir dès cette nuit, ou demain au plus tard. Pour être de retour avant la fin du « stage de ski rando » dans les Alpes.

Les uns et les autres passèrent depuis leurs portables des coups de fil à leurs parents respectifs. Tous, sauf Mansour : son père, depuis New York, l'appelait une fois par mois, et c'était tout. Hugo expliqua que son séjour à la mer, chez les Bidule, se passait au mieux. Tellement bien, même, qu'il avait un peu oublié d'appeler. Charlie vint le retrouver, après une demi-heure de communication manifestement houleuse avec sa mère dans le jardin :

– Bon, elle est furieuse que je n'aie pas donné signe de vie avant. Elle se faisait un sang d'encre, etc. Mais je crois qu'elle a avalé ton histoire de relais de téléphone détruit par une avalanche. Du coup, je lui ai dit que je ne pourrais plus la joindre avant de retourner à la gare de Chamonix, dans quatre jours... Et voilà le travail !

Mansour insista ensuite pour qu'ils fassent une nouvelle sieste.

— Si nous partons dès cette nuit, il faut nous reposer...

— Autant comme Cervière, tu es très fréquentable, autant ici, t'es franchement autoritaire et bonnet de nuit, répliqua Hugo.

Mansour souleva sa jambe de pantalon, fit un clin d'œil :

— On en reparlera quand tu auras un récit écrit sur la jambe, le manchot...

Et il fit un deuxième clin d'œil, mi-interrogatif, mi-amusé, cette fois en lui montrant Charlie. Sans un mot. Du genre : « Alors, tu lui as parlé ? » Non, il ne lui avait pas parlé. Pas encore.

Ils dormirent donc à nouveau, mangèrent (Matthias toujours prodigieusement), plaisantèrent, comparèrent leurs blessures de guerre. Ils avaient le sentiment de ne pas comprendre ce qu'ils vivaient ; mais d'avoir envie, furieusement, de le vivre.

*

Iwan fut au milieu d'eux vers le coucher du soleil. Il demanda sitôt entré :

— Qu'avez-vous décidé ?

— Nous repartons. Tous.

— C'est bien.

Le capitaine des Elfes posa les boules de *XariaEnea* sur la table, comme un défi.

— Quand comptez-vous « passer » ?

— Cette nuit, si c'est possible.

Pour la deuxième fois, c'est Charlie qui parlait au nom de tous.

— Cette nuit... Très bien... Les trois Confréries qui vous précédaient sont déjà reparties, les jours précédents, sur les ailes de la *XariaEnea*. En ce moment, l'une après l'autre, elles rencontrent le maître.

Matthias réagit :

— Elles ont pris de l'avance ? Elles avaient subi, elles aussi, le rite de l'épée d'argent ?

— Toutes.

— Et toutes ont perdu une journée pour faire le même choix que nous ?

— Toutes.

Le garçon aux longs cheveux blonds se tassa dans le canapé. Mansour plaisanta :

— Ne t'en fais pas, Matthias, quelque chose me dit que nous aurons beaucoup d'occasions de les rattraper, et de les dépasser... Notre mission sur l'Alta ne semble pas être une course de tout repos.

— Moins encore que vous ne le pensez. La Confrérie qui vous suivait d'une douzaine d'heures est revenue cette nuit, avec une sombre nouvelle : le passage de Kyrian est tombé devant elle. La route des Confréries est désormais coupée derrière vous...

Hugo songea à la cavalerie d'Ocre-Blêmes qu'ils avaient aperçue, loin vers l'ouest, sur la Marche, le jour de la mort de Charazed. Iwan poursuivait.

— Les confrères qui vous suivent devront revenir à chaque passage vers Derrig Argan, et y attendre, jusqu'à ce que les Ocre-Blêmes soient repoussés.

— Yes !

Tous les autres regardèrent Matthias, consternés : l'Elfe noir ne venait pas précisément de leur annoncer une bonne nouvelle... Le « Golithe » blond comprit sa maladresse.

— Je veux dire... Ne te fais pas de souci, Iwan. Il n'y a pas besoin d'autres Confréries. Une seule suffit, la nôtre. Et elle réussira. Nous sommes les Quatre.

— Puisses-tu dire vrai !

*

Iwan approcha ses deux longues mains brunes des boules argentées.

— Maintenant, écoutez-moi sérieusement.

Dans cette pause, front baissé vers l'avant, sourcils accentués par la gravité du moment, Hugo reconnut pour la première fois une expression vue sur le visage de Ioena. Malgré la peau créole, le crâne rasé, l'Egmont ressemblait étonnamment, à cette minute, à sa sœur la Métig.

— Quand la lune sera haute, vous prendrez la *Xaria*, et vous gagnerez les murailles de Shaelynn. Avant le coucher, vous rencontrerez le capitaine des Mères-de-la-guerre. Alors, vous lui transmettrez un message de ma part. Écoutez-le attentivement. N'en omettez aucun mot, car chacun compte...

— Voici ce qui arrive : les sicaires de Rolf ont reparu, et ils sont sur nos traces... Ils se sont emparés, avant-hier, de l'Humain qui avait fabriqué nos messages, l'homme qui connaissait le secret de vos ordinateurs. Ils l'ont torturé, pendant toute une nuit et toute une journée. Et par lui, ils sont remontés vers nous. Nous avons surpris huit de leurs mercenaires, cette nuit, autour du *shad* où se cache notre brigade.

— Qu'avez-vous fait ?

— Ils sont morts. Et nous pleurons l'un des nôtres, Maé. Vous rappellerez son nom, devant le maître de Shaelynn. Mais surtout, voilà ce que vous devrez lui dire : les tueurs de Rolf ne traquent pas seulement les confrères. Ils sont aussi sur les traces des Elfes, ils chassent la brigade d'Iwan. Vous direz cela au maître des Confréries : *Rolf, dans votre monde, n'en veut pas seulement aux Confréries, il en veut aux Egmonts, et peut-être à leur trésor...* Le maître comprendra.

Ils se répétèrent, chacun pour soi, ce curieux message. Iwan se levait déjà, le visage toujours sombre. Mais il s'éclaira, d'un sourire plein de douceur :

— Et vous direz aussi à ma sœur Ioena qu'elle m'est chère.

Il fit deux pas vers la pièce voisine, leur montra sa dague d'argent, qui eut presque le même éclat de lune que le saphir de Charlie, la nuit précédente :

— Ayez confiance, combattez sans craindre pour vos arrières, je veille sur vos corps...

*

Ils étaient tous les quatre devant les boules de *XariaEnea*. Mansour ne put s'empêcher de prendre la parole, en chef de meute.

— Pas de regret ? Personne ?

Ils secouèrent la tête. L'appréhension, en boule dans leur gorge, n'était pas celle de l'inconnu, cette fois ; c'était la peur d'avoir prononcé leur propre condamnation. Mansour sourit :

— Matthias ? Tu as une phrase immortelle à nous dire, avant soixante heures de mutisme ?

Matthias regarda les trois autres avec ce sérieux un peu ridicule de l'entraîneur de basket haranguant son équipe. Il dit :

— Nous sommes les Quatre. *Les Quatre*...

Ils prirent la *XariaEnea*.

Chapitre 30

Une épaisse couche de feuilles couvrait le corps de Hugo. Il sentait leur odeur, leur humidité. Il tenta de s'appuyer, mais le tapis, sous ses moignons, était mouvant. La fosse d'embaumement était profonde, Hugo nageait littéralement dans les feuilles de *daras* mêlées de *Xaria*. Bon sang, s'il avait des mains...

Il voulut prévenir l'escorte qu'il était réveillé, mais des feuilles s'engouffrèrent dans sa bouche. Il cracha, eut l'impression d'étouffer, se débattit... Sentit deux bras qui l'agrippaient. Les feuilles retombèrent autour de lui tandis qu'il se redressait.

– Eh ben, le Madoc, on patauge et on panique ?

Mansour la Cervière le regardait avec ironie.

– Claustrophobe ? Ou juste mauvais nageur ?

– Putain, ça recommence bien !

*

Hugo resta assis un moment au milieu des feuilles, le temps de reprendre son souffle. Puis il regarda autour de lui. Le paysage semblait n'avoir pas changé, depuis leur départ. Les feuilles de *daras* trémulaient sous le vent nocturne. Le Cirque de Donon et son calcaire blanc affichaient leur beauté majestueuse, immuable. Là-bas, sous la cascade de Nedeleg, les murs de Shaelynn attendaient leurs visiteurs.

Seule la lune, qui avait encore décru, indiquait que trois jours avaient passé.

Il se tourna vers ses compagnons. On l'attendait manifestement... Charlie la Céridwen avait déjà retrouvé, dans le regard, quelque chose de lointain. Matthias le Golithe était juché, massif, sur son cheval piaffant, flanqué d'Earvin et de Jeson.

Nidhal vint longuement flairer Mansour, avant de poser son mufle dans la main de la Cervière revenue des ombres. Mansour bondit sur le dos de son lion-cervier, qui feula de satisfaction. Morjane regardait ce spectacle de loin, juchée sur son propre fauve de combat.

Les retrouvailles de Hugo avec Aidan et Aourell furent brèves, retenues. Louane, en revanche, se montra chaleureuse, serrant le confrère dans ses bras. Elle demanda :

— Elouan va bien ? Vous l'avez vu ? Et Iwan ?

Hugo sut qu'il devait mentir :

— Iwan te salue.

Puis, il se tourna vers Ioena :

— Notre Egmont te fait savoir qu'il te chérit plus que jamais, malgré l'éloignement.

La Métig eut le même sourire, tendre et éclatant, que l'Elfe noir.

Louane ajouta, avant de se mettre en route :

— Nous avons enterré Charazed sous ce cairn. Elle repose pour toujours sous les murs de Shaelynn...

Ils passèrent tous, en s'inclinant, devant le petit monticule de pierres sèches.

*

Ils s'approchèrent rapidement de la capitale, croisant des Elfes en grand nombre qui en sortaient - et qui pour la plupart ne leur accordaient aucun regard, ainsi que le veut la politesse de La Race. La proportion de Céridwens suivies de leurs Madocs, parmi les visiteurs, était impressionnante.

Hugo estima bientôt qu'ils avaient parcouru près de six mille coudées, sur le glacis qui montait du bosquet de *daras* où ils avaient « dormi », vers le mamelon de calcaire blanc. Ils étaient environ à mi-route. À cette distance, ils virent que les murs s'appuyaient contre la paroi, sous le déluge de Nedeleg. La majesté et le bruit de la chute impressionnaient bien davantage que la forteresse. L'eau de Nedeleg rejaillissait au pied des murs blancs, le long d'une lèvre de calcaire, en un torrent large, impétueux qui se séparait ensuite pour former les trois bras argentés et couler en méandres vers la forêt... Littéralement, Shaelynn était bâtie *dans* Nedeleg - sous les flots de la chute, et en surplomb d'un lac souterrain, sans doute, qui se déversait par cette lèvre sous ses murs pour arroser les neuf cataractes.

« Combien de temps une ville de calcaire résiste-t-elle, quand elle est bâtie dans l'eau ? Combien de fois faut-il la reconstruire ? » se demanda Hugo. Le torrent impétueux qui sourdait sous les murs avait cette couleur qu'il connaissait si bien, de mémoire.

« Dans cette ville baignée de cobalt, la paix doit s'imposer. La Vérité doit jaillir. La Force doit avoir une tranquille assurance... », songea le Madoc.

Mansour et Matthias descendirent de leurs montures à quinze cents coudées de Shaelynn. Morjane mit pied à terre, elle aussi, prit l'étalon du Golithe par la bride, lui passa un licou - Hugo songea à cet instant que le deuxième cheval, celui qui avait porté Charazed, avait disparu pendant leur absence de trois jours. Qu'était-il devenu ? Les deux lions-cerviers, privés de cavalières, firent demi-tour, les confrères se retournèrent et les virent courir de leur foulée silencieuse vers les *daras*. Même pacifiques, ils semblaient inquiétants.

Il faisait nuit encore. Ils arrivèrent au pied des hauts murs blancs, grossièrement crénelés ; devant les portes, les herses avaient un caractère plus symbolique que militaire, il n'y avait pas de gardes, pas plus qu'au sommet des créneaux. Des dizaines de Céridwens et de Madocs sortaient de la capitale elfique, avec l'aube. Les confrères ne voyaient ni machicoulis, ni meurtrières, ni donjons. Shaelynn, d'évidence, n'était pas une place forte ; la perle des Elfes de l'Alta devait être un saint des saints, un territoire sacré, interdit à tout autre qu'aux prêtresses.

L'escorte les laissa là, sauf Ioena, et Louane qui poursuivait son apprentissage de Métig. Ils attendirent que le jour se lève. Puis, ils s'engagèrent sous la voûte hersée de la porte du mur ouest. Les confrères inspirèrent, se préparant au spectacle : Shaelynn, capitale de la Nation rêvée...

*

Derrière les hauts murs, il n'y avait rien. Rien.

Pas une construction. Pas un édifice. Juste un terrain plat et rectangulaire, grand comme un terrain de football. Clos par les hauts murs sur trois côtés, butant au fond sur le rideau d'eau de Nedeleg, et dont le sol de calcaire blanc, mal couvert d'herbes rares, était semé de dizaines, de centaines de petits cairns de calcaire ou de pierres sèches. Derrière chaque monticule, le couvrant de ses feuilles vert tendre, un *hazal* (ces curieux noisetiers rouges, persistants, qui font les arcs longs des Rowan) ; et encadrant les cairns, un laurier sauge et un troisième arbuste, à épines, qu'ils ne reconnurent pas. Dans le calcaire, on avait gravé quelques runes devant chaque monticule.

– C'est... C'est un cimetière ?

– Oui, Hugo, répondit Ioena. Shaelynn est le cimetière des héros, des mères et des pères de la Nation rêvée.

Ils avaient commencé de marcher, parmi les cairns, selon une sente sinueuse. Louane chuchotait des noms, apparemment, lisant les runes au fur et à mesure : « Argantaël, Mall, Lizaig... » Les noms des héros elfiques. Ioena reprit :

– À la mort de chaque Elfe, nous brûlons sa dépouille sur le bois de son arbre, l'arbre choisi, l'arbre auquel il fut lié à la naissance par le chant des Céridwens. Mais pas les corps de ceux-là...

Elle s'arrêta, chuchota à son tour une liste de noms, en lisant les runes sur le chemin ; s'arrêtant devant un cairn un instant, s'inclinant, repartant.

– Ceux-là ? interrogea Hugo. Qui sont-ils ?

– Ceux-là sont enterrés dans le calcaire de Shaelynn. Et par les racines de leurs trois arbres, leurs cendres et leurs sels descendent profondément, et s'égouttent dans le fleuve qui inonde nos cataractes. Ils sont notre passé, notre gloire, notre paix. Leur mémoire coule dans l'eau qui nous donne la vie.

Ioena reprit la liste, en reprenant sa marche ; comme une litanie : « Tadek, Nello, Eryne... »

Hugo songea à cette révélation : l'eau cobalt qu'il avait bue, dans laquelle il s'était baigné... Se pouvait-il que ce soient les morts qui lui donnent sa vertu ? Ou avait-elle cette vertu par elle-même, et ce cimetière était-il un simple mémorial ? Il se posa ces questions sans répugnance – l'idée de la mort, ici, n'était pas effrayante. Pas sous cette cataracte. Pas au pied de ces arbres.

Il vit un olivier noueux, parmi les *hazals*, et s'approcha : au pied de ce cairn-là, on n'avait pas gravé des runes, mais l'alphabet étrange et tatoué des Cervières.

– C'est une Hybride qui repose ici, Oriel, la grand-mère de Jeson, expliqua la Métig. Et plus loin, là, tu en vois une autre, Ciriola. Et là-bas, sous les trois cyprès noirs, reposent Orla, ancêtre d'Earvin, Helvi et Hildreth, seules Humaines, femmes de barons. Ces cinq-là fondèrent voici trois siècles, avec Brivaela, Euriell et Auregane, nos capitaines elfiques, le capitanat des Mères-de-la-guerre. Ici, à Shaelynn. Elles sont les seules qui ne sont pas de La Race et qui reposent ici ; et leurs vertus humaines ou hybrides coulent dans nos cataractes.

Une pause.

– Ce sont les seules Humaines et Hybrides, en attendant Aliya, dont le cairn sera élevé ici, sous un *keziah*, à sa mort. Si vous réussissez. Puissiez-vous réussir !

– Qui est Aliya ?

– Tu la verras. Tu sauras.

Ioena leva la tête vers l'est. Au sommet de la falaise, les premiers rayons de soleil, très blancs, pointaient.

– Le jour est tout à fait levé maintenant. Nous vous attendrons jusqu'au coucher suivant, s'il le faut, ici même. Allez...

Elle leur montrait la direction de la chute d'eau. Hugo vit à ce moment un Elfe d'une nation inconnue sortir sous Nedeleg, puis l'instant d'après un Rowan y pénétrer, à l'endroit où un promontoir rocheux, saillant, énorme, créait une faille dans le mur d'eau. En nul autre endroit, ils n'auraient pu se glisser sous la chute sans être écrasés par le poids de l'eau tombante.

Ils entrèrent dans les entrailles de la montagne, derrière Nedeleg ; là où les attendait le maître des Confréries.

Chapitre 31

Dans la caverne immense, il y avait un arbre. Un arbre immense lui aussi, démesuré, un arbre prodigieux et mort en apparence, un arbre d'une essence inconnue - *dara* plus grand que tous les *daras* de l'Alta, séquoia plus noueux que tous les séquoias connus.

Son tronc large à sa base comme dix hommes allongés avait poussé en suivant les irrégularités de la grotte, dont les parois montaient en s'inclinant vers l'est sur trois cents coudées, au-dessus de leurs têtes. Ses branches puissantes allaient chercher, dans chaque recoin, dans chaque anfractuosité vers la voûte - l'arbre, littéralement, avait occupé tout l'espace vacant de la grotte. Et ses racines plongeaient profond, ils en virent les tentacules qui descendaient dans un trou béant, flanqué d'un escalier - sans doute vers le lac souterrain de Nedeleg. Son écorce avait le livide des créatures vivant dans des lieux aveugles et privés à jamais de lumière, mais couverte d'un lichen luminescent qui produisait une lueur tamisée irrégulière, comme une respiration verdâtre. Pas une feuille ne poussait sur les branches, pas une ramure, rien.

— Un arbre... Un arbre géant et mort..., dit Mansour.

Charlie ne répondit pas tout de suite. Elle écoutait. Elle entendait le battement familier, la sève qui montait ; un flot de sève, un torrent qui s'engouffrait par à-coups dans la chair du tronc et des branches, la vie qui suintait des racines vers la cime. Elle entendait la musique de cet arbre, comme elle avait entendu toutes les musiques, toutes les vies, depuis Derrig Argan.

— Non, il n'est pas mort, il vit. J'entends son cœur.

Hugo, stupéfait, regarda son amie.

*

Ils contournèrent l'arbre, jetant un œil vers la faille béante, n'y voyant rien, sinon l'escalier qui descendait.

Derrière le tronc large comme une tour, la grotte continuait dans la quasi-pénombre, s'enfonçant sous la montagne ; des mousses luminescentes couvraient en quelques endroits les parois du réseau de galeries qui s'ouvraient, distribuant une dizaine de « salles ». Un Searle des Rowan (peut-être celui qu'ils avaient vu entrer sous Nedeleg) s'approcha d'eux, et dit en désignant un des boyaux :

— La Salle du capitaine est au bout de ce couloir. Le maître vous y attend.

Le long du couloir qu'ils empruntèrent, Hugo demanda à Charlie, en chuchotant :

— Comment as-tu su que l'arbre était vivant ?

Elle ne répondit pas.

*

La Salle du capitaine était assez vaste, sans ostentation, sobre. Un immense tapis avait été jeté sur le sol, sans doute de ceux que tissent les clans nomades, rouge orné de fils de laine plus sombres, ou couleur d'ivoire. Trois cassolettes de bronze pendaient au bout de chaînes, depuis la voûte de pierre – un feu brûlait dans chacune, à hauteur de visage. Deux torches étaient accrochées sur les murs, dans le fond.

Le reste n'était que pénombre.

Sans doute avait-on jeté dans les cassolettes des herbes, épices ou encens : une odeur riche, minérale et sucrée planait, fumée entêtante. Le sol de la caverne, sous le tapis, consistait en un simple plancher brut. Il n'y avait pas d'autres meubles qu'une table et un coffre de voyage ; dans le fond, une dizaine de coussins tissés étaient jetés sur une estrade couverte de tissus brodés, dans un renfoncement où l'on pouvait s'asseoir ou s'allonger.

Cela évoquait le confort minimal des tentes de Bédouins du désert d'Arabie, ou des tribus asiates.

Le capitaine se tenait debout derrière la simple table de bois, au milieu de la pièce ; sans aucun des insignes de la majesté de son titre. Elle ressemblait, dans cette posture, à ce qu'elle était : un chef de guerre, qui prépare les manœuvres de ses troupes devant sa table à cartes.

Elle releva la tête quand ils entrèrent. Elle les attendait, sans aucun doute, mais s'était consacrée à sa tâche de stratège jusqu'à ce qu'ils arrivent.

Ils la virent. En dépit des termes masculins (*le* capitaine ; *le* maître de Shaelynn), les quatre confrères s'attendaient néanmoins à avoir affaire à une femme. Mais rien, en revanche, ne les avait préparés à celle qu'ils virent contourner la table et s'avancer vers eux, les bras ouverts en signe d'accueil, un sourire heureux sur le visage.

Elle n'était point Elfe : elle avait tous les traits, la taille, le visage, les mains des Humaines ; une juvénilité qui le disputait à celle de Louane, la même joyeuse ouverture sur les traits et les émotions que la benjamine des Connor ; tout au plus devait-elle avoir atteint l'équivalent d'une trentaine d'années. Ce qui, pour un chef de guerre suprême, est tout de même très jeune.

Mais il y avait plus inattendu encore que son âge ou sa race.

Il y avait les marques de sa nation, de son peuple. La chevelure du capitaine était longue, noire, dénouée dans le dos, quoique tressée en innombrables mèches mêlées de brins de laine. Sa peau était sombre, mate, ses yeux très noirs, ses cils interminables et de jais. Elle portait les vêtements de cuir tanné et retourné des Cervières, le hachoir de corps à corps glissé à la ceinture. Elle était fille des Clans libres, cavalière d'un lion-cervier. Belle à couper le souffle, d'une beauté arrogante et sauvage.

Et il y avait plus encore, que dévoilèrent progressivement les feux des cassolettes quand elle s'approcha... Sur ses cuisses fuselées, dévoilées très haut par le simple pagne de peau, sur ses genoux, ses mollets, ses chevilles fines et ses pieds nus ; sur le ventre couleur de muscade que ne masquait pas le simple bustier de peau à bretelles ; sur ses épaules étroites, sur ses deux bras minces et durs, musclés ; sur le haut de sa gorge, sur le cou ; sur son front haut, ses pommettes dures, sur tout son visage souriant, sur ses paumes ouvertes ; sur chaque parcelle de peau brunie qu'offrait ce corps de guerrière, l'alphabet des Cervières déroulait sa calligraphie serpentine, noire, enroulée sur elle-même. Elle était tatouée de pied en tête, couverte de récits interminables, d'exploits profus.

– Aliya, devina Hugo, dans un souffle.

– Aliya, affirma Mansour, un ton plus haut.

– Je suis Aliya, en effet ; capitaine des Mères-de-la-guerre, maître des Confréries de Shaelynn ; celle à qui vous prêterez l'hommage lige, si vous le décidez, et celle qui vous confiera alors votre mission. Vous devez être Hugo et Charlie, Matthias et Mansour. Aidan et Aourell m'avaient annoncé voici quatre jours que vous étiez sous nos murs, et je vous espérais... Comment se porte Iwan ?

*

Elle les entraîna vers l'estrade du fond, où ils prirent place sur les coussins. Des plats les attendaient, nourritures humaines et elfiques, grands pains à rompre, viandes brunies en sauce et légumes rôtis ou caramélisés, fromages aigres, boules fades d'herbes insipides ; vasque d'eau claire où se rincer les mains.

Elle les regarda manger, l'un après l'autre, à la lueur jaune orangée des torches, en signe de bienvenue. Dans ses yeux, on lisait tout à la fois la chaleur d'une sœur aînée et l'affection qu'un général accorde à ses hommes fourbus. Quelque chose d'infiniment respectueux, confiant, encourageant pour chacun émanait d'elle, même s'il sembla à Hugo discerner quelquefois un éclat plus dur, quand son regard passait sur Matthias - qui ne mangeait pas, ne se lavait pas les mains, ne disait pas un mot sous le *kraast* ; dont la froide identité golithe dénonçait l'hospitalité des Clans libres.

Les confrères transmirent à Aliya le message de leur Egmont. Elle y répondit, comme s'ils en avaient été les auteurs.

— C'est ce que je redoutais, sans oser me l'avouer, depuis des semaines. Nos ennemis connaissent donc notre plan pour les Confréries, ils savent qu'une brigade d'Egmonts vous prodigue la plante qui fait voler sur ses ailes jusqu'à nous... Et ils savent que nous risquons de prendre Rolf de vitesse. C'est pourquoi ils cherchent à vous freiner ou à vous tuer, ici et là-bas.

— Iwan a dit que les sicaires traquaient les Elfes noirs, et peut-être leur trésor, autant que les confrères. Il a insisté sur ce point.

— Oui. Si vous n'avez plus la plante, vous ne passerez plus en notre monde.

Elle changea brusquement de sujet.

— Vous formez une étrange Confrérie, la plus singulière qu'il m'ait été donné de rencontrer jusqu'ici.

Un coup d'œil à la cheville de Mansour.

— Une Confrérie qui s'honore de ta présence, Mansour, comme Charazed est honorée que tu chevauches Nidhal. Je lis sur ta peau que tu as tué trois Ocre-Blêmes à la passe de Kyrian...

— Deux me chargeaient, et Morjane avait besoin de mon aide.

— C'est bien.

Un regard long et appuyé vers Matthias, maintenant.

— Il y a eu d'autres Golithes avant toi, Matthias, parmi les Confréries qui se sont présentées ; mais je crois qu'en aucun combattant, l'avidité ou la cruauté ne sont maîtresses du bras, si le guerrier les refuse.

Un regard vers Charlie, sans même passer par Hugo.

— Quant à vous deux, vous êtes l'inattendu. La sagesse, peut-être, ou plus sûrement la folie.

Ils ne surent que répondre. Elle se leva, quittant là de nouveau son sujet. Ils la suivirent vers la table couverte de cartes, à son invitation.

Hugo reconnut le portulan - c'était précisément sur cette carte, de deux mètres de long, qu'on avait animé les mouvements de troupes, sur le cédérom qu'ils avaient reçu. Ici, le dessin ne bougeait pas – les Légions, les Urods et les autres étaient dessinés à l'encre, avec cette précision qui les avait tant frappés.

Aliya expliquait déjà.

– Regardez... Voici quelle guerre nous menons, depuis plus d'une année. Les Légions golithes de Rolf ont attaqué sur la plaine d'Alsander. Thierno les retient tant bien que mal avec ses propres Golithes (un regard vers Matthias) et huit escouades de Cervières, sur le Limes à Arman-du. Nous ignorons leur véritable objectif. Mais nous savons ceci : en s'ouvrant la Route du Kraast dans la Marche livide, il s'ouvrirait aussi le passage de Vahan, sur l'Échine du Dragon – le plus large, le plus vaste, le plus sûr passage dans la montagne pour atteindre la Forêt des Âmes. Si les Golithes de Rolf s'en emparent, il ne restera plus au fils de Wulfran qu'à galoper de Waltraud, et en deux semaines, il sera aux portes de la forêt. Quand il sera prêt.

Le doigt bougea, sur la carte, montrant l'orée de la Forêt elfique.

– Les Cervières et les troupes de Thierno sont parvenus à contenir Rolf jusqu'ici, à Arman-du, parce que le Féodal de Waltraud a divisé ses forces. Il a lancé deux de ses quatre légions vers l'est, en direction de la Forêt des Cataractes. Ses Golithes campent à Odran-Shad. Pourquoi une telle agression ? Pourquoi avoir divisé ses forces ? Nous le savons maintenant : il a été informé de notre plan, et redoutant d'être devancé par les Confréries à la Source d'Elfrea, il cherche sans doute à s'emparer de Derrig Argan, pour empêcher que les confrères arrivent.

Nouveau mouvement du doigt, vers la falaise de Donon.

– Il a lancé les Ocre-Blêmes, qui se sont emparés de la passe de Kyrian pour vous couper la route. Prise en tenaille entre ouest et est, entre Odran-Shad et Kyrian, la chute de Derrig Argan n'est plus qu'une question de temps. Plus une Confrérie ne viendra derrière la vôtre. Vous êtes quatre Confréries, et il faut donc que l'une de ces quatre-là parvienne au but, avant Rolf.

Nouveau mouvement du doigt, sur la carte. Cette fois, Aliya leur montrait plusieurs endroits, dans la montagne au-dessus du Cirque de Donon - plusieurs passages dans l'Échine du Dragon.

— Sans doute d'autres Ocre-Blêmes de Rolf vous attendent-ils au Col du Dragon, et sur le glacier de Burak, qui sont les seuls passages vers la Forêt des Âmes, pour qui veut éviter la Marche livide.

— Nous allons vers la Forêt des Âmes, nous aussi ? C'est le but de notre quête ? La Source d'Elfrea ?

Aliya se retourna, fixa Mansour qui venait de l'interroger, puis les trois autres.

— J'oubliais que vous n'aviez pas eu le temps d'être initiés. Que savez-vous de la Source d'Elfrea, la Source de Sang-Noir ?

*

Ils n'eurent même pas à résumer : ils en savaient tellement peu que cela ne leur prit que quelques minutes.

Le mage Danaël avait versé dans cette source le sang de Wulfran, à sa mort. Ce Sang-Noir était la source d'un pouvoir fabuleux, un pouvoir qui avait permis au Suzerain des Âmes de dominer presque entièrement l'Alta. Nul ne devait plus s'emparer de ce pouvoir, et Danaël avait jeté un sortilège sur la Forêt des Âmes, pour que personne ne puisse boire à la source. Désormais, seuls les morts pouvaient venir hanter cette partie de l'Alta ; les vivants qui s'y risqueraient seraient brûlés par grand sortilège.

— Ce que vous dites est vrai..., dit Aliya en souriant. Très incomplet, mais vrai...

Elle quitta la table à cartes, se mit à marcher dans la pièce. Sa voix était celle de quelqu'un qui exposait pour la millième fois le même problème, les mêmes questions. Sans doute entre les mêmes parois de la même salle. Sans avoir trouvé encore la solution.

— Voici trois siècles que l'Alta compte sur le sortilège de Danaël, pour nous protéger du Sang-Noir. Trois siècles traversés par des guerres, des pillages... Trois siècles de grandes fatigues pour les bras des guerriers et gardiens de nos peuples, mais de paix pour les esprits, de liberté des cœurs ; ceux qui surent nouer les alliances sûres et se battre pour leur liberté l'ont gardée. Cela faisait trois siècles que les peuples et nations libres avaient dissous le capitanat des Mères-de-la-guerre.

« Mais depuis deux années, une rumeur a couru sur l'Alta, rapportée par les espions que tous nos peuples paient grassement à Waltraud : Rolf, deuxième fils de Wulfran, aurait trouvé le moyen d'entrer dans la Forêt des Âmes, de se soustraire au sortilège ; Rolf pourrait bientôt boire à la Source d'Elfrea.

– Comment ? Comment pourrait-il échapper à la magie du Mage ?

La question avait jailli de la bouche de Charlie la Céridwen, incrédule. Aliya secoua la tête.

– Nous l'ignorons. Mais nous savons ceci : il a trouvé un moyen, et les hommes de son palais, ses capitaines, disent que seul le temps lui manque pour parvenir à ses fins. En attendant, il prépare le terrain... Il a lancé ses Légions golithes d'abord, vers Arman-du à travers Alsander. Il a envoyé ensuite, voici plus d'un an, une armée de Spectres vers la Forêt des Âmes. Les spectres sont passés à travers la montagne, et sans doute ont-ils eu le temps depuis de préparer un chemin à leur maître dans la forêt, vers la source.

Hugo n'osa pas demander à quoi pouvait ressembler une « armée de Spectres ». Il se contenta de poser une question subsidiaire :

– Ces spectres, ils peuvent lui rapporter le Sang-Noir ?

– Non. Nul ne peut l'emporter, il faut le boire. Et les spectres ne peuvent étancher leur soif à la source... Mais sans doute sont-ils là-bas pour garantir la sécurité de Rolf, quand il pénétrera dans la forêt. Sans doute ont-ils mené là-bas la bataille des Âmes errantes, contre les Dawuds et les fantômes, comme les Golithes et les Ocre-Blêmes mènent la bataille des vivants contre nous...

Hugo peinait à se représenter la scène : les autres confrères essayaient-ils comme lui d'imaginer des combats dans la forêt entre les zombies de Rolf et les fantômes tutélaires du lieu ? Aliya poursuivit :

– Les mouvements des Golithes dans la plaine d'Alsander, et le passage de cette armée des Spectres dans la montagne, ont été les preuves que nous attendions : puisque Rolf osait défier si gravement l'ordre de l'Alta, c'est qu'il se préparait ; Rolf allait bientôt marcher pour boire le Sang-Noir. Les juges, en la bibliothèque du tribunal de Lexie, reconnurent que s'ouvrait la guerre du Neuvième Tome. Les Mères-de-la-guerre reconstituèrent le capitanat, elles nouèrent une alliance de circonstances avec Thierno pour ralentir Rolf ; et pour mon malheur, elles me confièrent, à Shaelynn, la lourde conduite de la guerre.

La jeune femme se retourna vers eux, avec dans le regard une tristesse arrogante. Sans savoir pourquoi, Hugo fut saisi d'une bouffée de compassion : il vit la vérité. Aliya était seule, ici. Elle était une fille des Clans libres, une fille de grandes courses et de combats furieux - nulle avant elle n'avait reçu tant de récits sur sa peau, nulle n'avait écrit tant d'exploits, sans doute. Et la guerrière se retrouvait enfermée dans cette grotte. Impuissante à combattre, réduite à ces questions éternellement répétées, à ces hypothèses ressassées, à ces doutes. Entourée d'Elfes austères, froids, si peu démonstratifs. Exposée aux traîtrises, peut-être, aux reproches sûrement. Hugo aurait juré qu'elle préférerait mille fois chevaucher au milieu de ses Hafidas, sur son cervier, pour combattre Rolf à Odran-Shad ou sur le Limes d'Arman-du - pour elle, accepter le titre de capitaine des Mères-de-la-guerre n'avait pas dû être un honneur. Mais une charge. Un sacrifice. Un renoncement.

Il eut envie de servir ce chef-là, cette femme-là. Il en eut envie précisément au moment où elle le leur demandait, d'un ton soudain solennel.

– C'est moi, Aliya, capitaine des Mères-de-la-guerre, moi seule, qui ai décidé de faire appel aux Confréries. Parce que c'était l'ultime solution qui restait pour empêcher la menace de Rolf. C'est moi qui ai pris cette décision, moi seule donc à qui vous confierez vos âmes, et moi qui vous assure que si tombent vos vies, elles ne tomberont pas en vain. Votre sang, s'il coule, retombera sur moi.

« Êtes-vous prêts à me prêter votre hommage, confrères ? Je suis votre capitaine, votre mère au combat. Prêtez-moi votre hommage, et je vous révélerai ce que le maître des Confréries attend de vos âmes, et des bras qu'elles ont trouvés.

Chapitre 32

Ils s'étaient attendus à une cérémonie d'adoubement, à un serment de sang versé.

Il n'y eut qu'un hanap, une large coupe d'or ronde posée sur un plateau de cuivre, pleine d'un vin très rouge, odorant. Une coupe à cinq becs.

– Mes Hafidas l'ont fait forger pour moi, au royaume des Nains de Haïg, pour cette cérémonie, dit Aliya. Les trois Confréries qui vous précèdent y ont sacrifié. Si vous buvez à cette coupe, vos vies sont miennes. Et moi, parce que je bois avec vous, je vous prête serment que vos vies seront au service de la justice.

Il n'y eut qu'une coupe, qu'il fallait boire. Mais cette coupe les engageait à risquer leurs vies. Ils se regardèrent un instant, tous les trois, les trois qui pouvaient plonger les yeux les uns dans les autres. Et il se produisit alors quelque chose qui rendit leur hommage plus solennel qu'ils l'avaient imaginé. Il y eut un grincement de *kraast*, une main qui relève une visière, un bassinet qui s'ouvre sur deux yeux bleus, d'un bleu polaire. Sous son heaume ouvert, sous la visière, ils ne virent que le regard de Matthias. Le reste de son visage restait couvert d'une cagoule de mailles noires. Mais ils reconnurent ces deux yeux qui disaient, une fois de plus : « Nous sommes les Quatre. »

Aliya regarda Matthias avec reconnaissance pour ce geste d'hommage. Elle souleva la coupe, l'inclina vers les uns, puis les autres ; ils burent à tour de rôle, presque en même temps, tous les cinq, aux cinq becs ; le maître et les confrères.

Le vin coula dans la bouche d'Hugo le Madoc, puis de Charlie sa Céridwen ; Mansour y but après Aliya, comme deux Cervières qui communient ; puis Matthias, à travers les mailles de sa cotte, à travers la visière de son heaume.

C'était un vin amer, macéré d'herbes.

Aliya reposa la coupe d'or, une fois vide, et dit :

— Voilà, vous m'êtes liés, et moi je vous suis liée. Vous formez tous les quatre une des Confréries de Shaelynn. Asseyons-nous, mangeons de nouveau.

*

Alors, elle leur expliqua le rôle des Confréries. La mission qui les attendait.

Ils quitteraient Shaelynn dès le lever du soleil. À travers les passages de l'est dans la montagne, sous l'escorte d'Ioena et de sa troupe, ils devraient atteindre la lisière de la Forêt des Âmes. Cela leur demanderait plusieurs passages avec la *Xaria*, mais il n'y avait sur leur route que quatre *oihans*, quatre bosquets où les *daras* sacrés permettraient leur embaumement entre deux de leurs passages : à Ibaros-Hodei, au Col du Dragon, aux Mornes de Burak et à Vahan.

— À chaque passage, soit vous atteindrez l'un de ces *oihans*, soit vous devrez retourner au précédent avant la fin de votre temps ici, sinon, votre escorte ne pourrait vous embaumer, et vos âmes se perdraient...

— Qui fera l'embaumement ? demanda Charlie, ardente.

— Tu es trop jeune, Charlie, et tu seras absente, comme eux tous, entre deux passages... Une Céridwen vous accompagnera désormais, pour que la *Xaria* retrouve son chemin en élevant vos âmes. Bleunienn, des Gweltaz.

Ensuite, quand ils parviendraient à la Forêt des Âmes, l'escorte les abandonnerait. À cause du sortilège. Ils entreraient, seuls, dans la forêt, et ils devraient faire l'ultime trajet, au milieu de spectres, jusqu'à la Source d'Elfrea.

— Attends, Aliya... Comment pouvons-nous entrer dans la forêt, malgré le sortilège ?

— Vous êtes des âmes errantes, Mansour. Des âmes qui sont venues sur les ailes de la *Xaria*. Le sortilège de Danaël ne vous menace pas, pas plus que les spectres ou les esprits. C'est la raison pour laquelle nous vous avons fait venir : vous seuls pouvez entrer.

— Et... Et ensuite ?

— Ensuite, vous boirez. Vous boirez tous les quatre à la Source d'Elfrea, jusqu'à la lie ; vous boirez le Sang-Noir et vous l'assécherez. Ainsi, nul ne pourra plus, sur l'Alta, s'adjuger le Pouvoir qu'eut Wulfran, autrefois.

Ils se regardèrent tous les quatre, stupéfaits. Les yeux écarquillés de Matthias sous la cotte, les yeux effrayés de Charlie, ceux stupéfaits de Mansour, ceux incrédules de Hugo.

— Nous pourrons boire ? demanda-t-il. Des âmes errantes peuvent... ?

— Vous venez de boire le vin du serment d'hommage lige. Vous pouvez vous nourrir, contrairement aux âmes mortes.

Les choses paraissaient simples. Pas le dessous des choses, les silences voilés.

— Que nous arrivera-t-il, quand nous aurons bu ? Nous aurons le Pouvoir ?

— Oui. Et non. Vous le diviserez. Vous boirez tous les quatre, de concert. Vous le disperserez. Puis vous retournerez chacun de votre côté ; dès votre retour en votre monde, vos chemins se sépareront pour toujours, du moins si vous n'êtes pas liés comme Hugo et Charlie. Vous ne serez plus jamais tous les quatre ensemble, mais deux, ou un seul, chacun. Et ainsi, le Pouvoir du Sang-Noir dispersé ne sera plus jamais rétabli, il n'exercera plus son empire sur nulle terre.

— Et si l'un de nous buvait seul ?

— Si l'un de vous rompait la promesse que vous me faites aujourd'hui de boire de concert, alors le Pouvoir serait de nouveau possédé par un seul, Mansour. Et au retour du félon, votre monde serait dans un péril aussi grand que celui qui pèse aujourd'hui sur l'Alta. Mais cela ne serait plus mon tourment, ni celui des Mères-de-la-guerre.

Un silence.

— Voilà pourquoi ceux de Fern et ceux des Nations ouvertes ont fini par accepter mon plan : quelle que soit votre loyauté, même si l'un de vous ment et s'adjuge le Pouvoir pour lui seul, il ne pourra jamais l'exercer sur l'Alta. Du moins pas plus de quelques heures, quelques jours...

Un regard pénétrant sur chacun :

— Quant à moi, je crois en votre promesse : vous boirez tous les quatre, puis vous vous disperserez.

Hugo posa une question :

— Je sais que pour les Elfes, la *Xaria* est poison. Mais pourquoi toi et tes Hafidas n'êtes-vous venues vous-mêmes dans notre monde, pour passer et accomplir cela ? Vous êtes plus habiles combattantes que nous !

Aliya rit d'abord.

— Peut-être ai-je du sang d'Elfe, nous l'ignorons tous, dans les clans...

Puis, sérieusement :

— Et jamais les autres nations des Mères-de-la-guerre n'auraient accepté qu'une d'entre nous se charge de cette mission, et puisse accaparer le Sang-Noir pour elle-même.

« Écoutez... Les Connor ont accepté de révéler le secret de Derrig Argan, puis de préparer la *XariaEnea* parce que je l'ordonnais. Ils sont mes amis, j'ai foi en leur loyauté ; et ils paient aujourd'hui leur fidélité, au risque de voir tomber les *daras* de Derrig Argan. Je crois aussi en la parole des rares derniers Hybrides. Et quant aux Cervières qui représentent les Clans libres, elles me sont dévouées, corps et âme. Mais cela ne constitue que trois représentants, trois peuples et nations, sur les huit du Conseil des Mères.

« Lorsque la décision fut prise voici douze mois d'envoyer les Egmonts, avec la *XariaEnea*, vers votre monde, il y eut des débats. Ni la gouverneure de Fern, ni les Jekels des quatre autres Nations ouvertes n'approuvèrent franchement ce plan. Les Elfes ne voulaient pas faire dépendre leur salut de Barbans, d'étrangers à La Race. Mais ils ne voulaient pas non plus le confier aux Humains libres... Quant à la gouverneure de Fern, elle craint le Pouvoir que pourrait posséder une Confrérie, si elle boit.

« J'ignore donc combien de temps je pourrais compter sur la loyauté de mes chers amis du Conseil des Mères-de-la-guerre. Je ne sais que ceci : si Rolf connaît le secret des Confréries, s'il a appris le merveilleux mystère de Derrig Argan et de la *XariaEnea*, c'est que quelqu'un, au Conseil, a trahi. Quelqu'un qui peut trahir, de nouveau.

« Nous disposons désormais de très peu de temps. Nos troupes et celles de Thierno céderont bientôt, à Arman-du, sur la Marche livide. Peut-être Rolf s'apprête-t-il déjà pour son voyage. Et Derrig Argan tombera, clairière de toute la Nation connor, dans quelques semaines tout au plus... Le temps nous est compté, mais il vous suffit, à vous, de deux ou trois passages, deux ou trois de nos semaines, pour finir cette guerre. Si vous buvez à la Source d'Elfrea, nous refermerons le Neuvième Tome de nos guerres. L'Histoire continuera. Il ne nous restera qu'à mener nos combats et batailles, sans la menace du Sang-Noir sur nos têtes.

Hugo revint une dernière fois au point central.

– Quel est-il, ce Pouvoir ? Que donne le Sang-Noir ?

– Plus vous l'ignorerez, mieux vous serez à même de tenir le serment. Nul ne doit vouloir le posséder pour lui.

– Mais nous devons savoir. Pourquoi ramènerions-nous le Sang-Noir chez nous, s'il menace l'Histoire, la liberté, les vies ?

– Il ne menacera rien, si vous m'obéissez. En buvant tous les quatre, vous dispersez le Pouvoir. Nul ne l'exercera plus. Vous avez ma parole. Mais si l'un de vous essaie de boire seul, vous devez me faire cette promesse : les trois autres le tueront.

VIII

Hodei
(Les terres dans les nuages)

Chapitre 33

Ils avaient sans doute passé six de leurs heures derrière Nedeleg. Quand ils ressortirent, la nuit était tombée sur l'Alta, il ne restait aucun rayon de soleil même vers l'ouest. Ioena et Louane, accroupies dans la position d'attente caractéristique des chasseurs elfiques, se relevèrent sans un mot ni une question.

La lune éclairait les pierres des cairns de Shaelynn, comme s'il s'était agi de diamants gris ; les confrères constatèrent que l'activité dans le cimetière était maintenant celle d'une ruche.

Des dizaines de Céridwens, accompagnées de leurs Madocs, cueillaient les feuilles des sauge, des *hazals* et des épineux plantés sur les tombes ; elles en grattaient les écorces - dans quel but ? Ailleurs, elles plantaient des simples, à même le sol de calcaire, récoltaient des mousses, semaient. L'herbier magique de Shaelynn avait des vertus probablement inestimables à leurs yeux.

La plupart des prêtresses avaient déjà entamé les chants sacrés correspondant à leurs cueillettes ; les autres, toutes à leur préparation, les laissèrent passer sans leur accorder un regard, absorbées dans leurs tâches d'herboristes. Hugo les détailla, aussi attentivement que Charlie le faisait elle-même (et la jeune fille paraissait fascinée) ; mais pas plus longuement que l'autorisait la politesse elfique - c'est-à-dire subrepticement. Ces Céridwens, surtout celles des Nations cachées, avaient des apparences singulières. Hugo ne remarqua rien d'autre, jusqu'à ce que Mansour vienne se placer, silencieusement, à côté de lui, et murmure :

— On n'est pas les bienvenus. Retourne-toi une seconde… Discrètement.

Le Madoc s'exécuta. Il surprit dans ce mouvement rapide des dizaines de regards braqués dans leurs dos, de Céridwens et de Madocs. Qui les suivaient. Qui luisaient d'une étrange hostilité – à n'en pas douter, nombre d'Elfes, et pas seulement ceux des Nations cachées, désapprouvaient la présence d'une Confrérie de Barbans dans le cimetière de Shaelynn.

Ils s'éloignèrent rapidement, laissant derrière eux les complaintes des chants sacrés, sous le fracas de la puissante chute d'eau ; et ces dizaines de paires d'yeux fixes, haineux, dans la nuit.

*

Les derniers mots d'Aliya tournaient dans le crâne d'Hugo :

« Si l'un de vous boit seul, les autres devront le tuer. »

Il lançait de temps en temps des coups d'œil inquiets aux trois autres. Songeaient-ils, eux aussi, à cette phrase ? Y pensaient-ils, Mansour l'égal d'Aliya, le confrère de sa race ; Charlie qui entendait la vie des arbres ; et Matthias, qui avait refermé sa visière, Matthias qui se cloîtrait donc volontairement ?

Sur le sentier qu'ils avaient pris, vers le sud-est, les deux lions-cerviers silencieux surgirent soudain à leurs côtés. Mansour bondit aussitôt sur Nidhal. Morjane s'approcha, juchée sur Sadok :

— Tu as connu Aliya ?

— Oui. Que sa gloire soit bénie !

Le Victorieux talonna, lança le galop de son lion derrière l'autre Cervière.

Le reste de l'escorte rejoignit les marcheurs un peu plus loin. Charlie s'approcha sans un mot de Bleunienn, qui allait désormais les accompagner, selon les ordres d'Aliya. La Céridwen Gweltaz était suivie par son propre Madoc, un Gweltaz lui aussi, qui lança à Hugo le même regard soupçonneux, presque haineux, qu'il avait vu par dizaines d'exemplaires dans le cimetière de Shaelynn. Chacun rejoignit ceux de sa Race ou de sa fonction. Matthias chevauchait à côté d'Earvin. Hugo marchait seul, jusqu'à ce que Louane recommence à parler avec lui. Les Quatre se divisaient...

*

Ils marchèrent plus de trois heures le long de la falaise est du Cirque de Donon, vers le sud. Le jour s'était levé au-dessus de la falaise, ils voyaient ses rayons obliques traverser l'atmosphère pour atteindre la vaste Forêt elfique, très loin, au-delà du glacis de Shaelynn. Ils atteignirent une sorte d'éboulis, dans la falaise sud. Jeson dit :

— L'Igon-ar-Hodei, l'ascension du nuage...

Louane glissa en chuchotant :

— Nous les appelons quant à nous les Marches du Géant. Elles mènent à l'ancien territoire des Grands Hybrides, la terre de Jeson. C'était autrefois la porte de communication entre la Race elfique et la sienne, quand les Centauriens étaient des troupeaux entiers. Avant le grand massacre...

Hugo frissonna à cette évocation.

Puis il regarda l'Igon-ar-Hodei. Ce qui lui avait semblé au premier regard un éboulis, un pierrier désordonné, consistait en un empilement de blocs noirs et lisses ; ils pouvaient effectivement figurer les marches d'un escalier de taille formidable, et semblaient mener jusqu'au sommet de la falaise de Donon.

Ioena dit :

— Earvin, Matthias, nous laisserons là les chevaux. Vous tous, harnachez-vous avec les cordes que Jeson a préparées. Il faudra gravir ce passage si nous voulons atteindre le premier *oihan* rapidement.

*

L'ascension leur prit plus de deux jours, en comptant celui qu'ils venaient d'entamer.

La plupart des Marches avaient trois ou quatre mètres de hauteur, il y en avait une centaine pour atteindre le sommet de Donon. Les lions-cerviers impatients de Mansour et Morjane, prédateurs de montagne, les franchissaient chacune d'un ou de deux bonds - quand ils reprenaient appui sur la paroi verticale, on entendait leurs griffes racler la roche dans des crissements violents. Les Elfes de l'escorte escaladaient de leur côté. Puis il fallait hisser tous les autres au bout des cordes, et cinq paires de bras n'étaient pas de trop pour tracter Jeson à chaque marche.

Quand la première nuit tomba, ils étaient à peu près au tiers de leur escalade. Hugo sentit le découragement s'emparer de lui, à regarder l'escalier au-dessus d'eux, à constater la lenteur de leur progression. Il le ressentit plus vivement encore quand il entendit Ioena expliquer à Louane que la présence de Jeson ralentissait la marche - il fallait autant de temps pour hisser le Centaurien que pour tous les autres. Ils prenaient du retard sur les autres Confréries...

Durant les deux nuits qu'ils passèrent sur les Marches, ils allumèrent les habituels maigres feux de racines et d'écorces, de mousses. Charlie restait avec la Céridwen Gweltaz, elles chantaient les yeux fermés d'étranges litanies, qui rappelaient à Hugo celles entendues dans le cimetière hostile - l'initiation de la jeune fille, nouvelle Céridwen, avait commencé... Mansour disparaissait avec Morjane, chevauchant leurs fauves sur les Marches comme un jeu. Hugo ne pouvait envisager aucune conversation avec Matthias, qui avait refermé sa visière semble-t-il pour toujours ; et pas plus avec le Madoc qui escortait Bleuniann, cet Elfe aux yeux si pâles qu'ils semblaient vraiment blancs.

Alors, quand la nuit tombait, il s'installait près du feu vacillant, et parlait des heures avec Louane.

Elle évoquait le temps où les Hybrides et les Nains régnaient sur l'Alta, avant l'arrivée des Elfes par la porte d'Erell, et celle des Humains par la porte d'Oksan-kras. Elle évoquait la fin des derniers Centauriens, après le massacre d'Hegoa-ar-Madalen. Elle lui raconta comment Jeson avait combattu, voici trois cents ans, alors encore adolescent, sur la plaine d'Alaine ; comment il avait dû à sa jeunesse d'échapper aux *siffales*, parce qu'il était parmi les plus légers, les plus rapides.

– Quand il est arrivé à l'âge adulte, il ne restait plus parmi les survivantes qu'Oriel sa grand-mère, Méloé sa mère, et quelques autres femelles trop âgées pour porter des petits. Il est demeuré seul à leurs côtés, avec quelques autres jeunes mâles, dans la Vallée des Nuages. Plus tard, il a rejoint les Landes franches, et a combattu aux côtés des Clans libres, avec les autres survivants, et aux côtés des descendants des Petits Hybrides. Mais il ne s'est jamais accouplé. Et aujourd'hui, il est le dernier : avec lui s'éteindra une race, à jamais.

C'est une lourde perspective de survivre et d'être digne, au nom de sa race tout entière...

Hugo, assis sur les bords d'une marche, jambes pendantes dans le vide, écoutait Louane en regardant les étoiles. Combien de celles qu'il voyait étaient déjà éteintes, disparues à jamais, comme serait disparue la race des Centauriens, à la mort de Jeson ? Le feu mourait à côté d'eux. Dans son dos, il entendait Bleunienn et Charlie reprendre l'une après l'autre des mélopées inconnues.

*

Enfin, ils atteignirent le sommet. Ils avaient épuisé la moitié de ce séjour sur l'Alta, ils n'avaient toujours pas atteint le premier des *oihans*, Ioena semblait inquiète et les hâtait sans cesse... Mais à la vue du paysage qui se présenta devant eux, ils oublièrent pour quelques minutes l'urgence de leur course.

Jeson ouvrit les bras en se retournant vers eux, les yeux brillants, comme pour offrir son « jardin » à ses hôtes :

– Ibar-os-Hodei, la Vallée des Nuages !

L'ancienne terre des Grands Hybrides était un plateau sauvage, vaste sans doute quoiqu'on ne pût en voir les limites. Une mer d'herbes hautes, d'un vert évoquant les paysages de rizières étagées du Vietnam, montait lentement vers l'Échine du Dragon, dont on apercevait désormais plus que les contreforts, vers le nord - de grandes écailles, apparemment plates, rappelant approximativement la forme des os sur le dos des stégosaures, ovales ou tétraèdres noirs et lisses, au loin, vers les sommets. Le ciel ici semblait plus bleu, plus profond, plus pur, comme il le devient quand on atteint des hautes altitudes, où l'oxygène est rare. Il avait la densité du lapis-lazuli.

Mais surtout, devant eux, sous leurs yeux, il y avait les nuages. Une mer de nuages, une sorte d'écume blanche, immaculée, épaisse, qui commençait à environ mille coudées d'eux, et qui semblait monter à l'assaut de la montagne ; qui moutonnait à perte de vue vers l'est, masquant les limites de l'Ibar-os-Hodei, l'endroit où le plateau redescendait et plongeait dans la mer vers l'est. C'était une marée d'un blanc de zinc, irréel ; une mer descendue du ciel sur la terre, écumant sur la lande verte, sur les contreforts de roches, et sur les premières écailles noires, se hérissant parfois de tertres aux formes étranges ; s'enroulant ailleurs en quelque colonne qui remontait vers le ciel ; ne formant plus loin qu'une étendue, si plate qu'on l'aurait cru dessinée au fil à plomb.

C'était le territoire où le ciel rencontre la terre. Où l'eau des sources et l'eau du ciel se mêlent. C'était quelque chose d'inconnu, d'une beauté inquiétante et sublime.

— Ibar-os-Hodei..., reprit Jeson, à voix plus basse, avec une émotion mal contenue.

— Depuis combien de temps n'y étais-tu pas revenu ? demanda Hugo.

— Depuis cent vingt ans, environ. J'ai vécu seul ici pendant dix ans, à la mort de la dernière des Grandes Hybrides, ma tante Febe. J'étais le gardien d'Ibar-os-Hodei, le dernier. Mais la solitude peut rendre folles même les âmes les mieux trempées... Je me suis résolu à descendre sur les Landes franches, à quitter notre terre et à rejoindre les Clans libres.

Earvin intervint sur ces entrefaites :

— Tu y as perdu ton territoire, mais tu y as gagné la civilisation, Jeson.

— La vôtre, oui.

La réponse avait cinglé. Earvin parut ne pas le percevoir, tendit au Centaurien une gourde de vin :

— Elle n'a pas que des mauvais côtés... Chez nous, tu bois du vin, et tes armes sont en métal. Ici, tu te contentais de brouter l'herbe, en compagnie de ton troupeau.

— De ma horde. C'était ma horde, pas un troupeau de bétail. C'étaient les miens, et ils sont tombés les armes à la main.

Ioena interrompit ces considérations :

— Il nous faut entrer dans les nuages, maintenant ; nous rencontrerons le premier des *oihans* avant la nuit.

*

Ils entrèrent dans l'épaisseur de vapeur d'eau blanche et moutonnante, n'y voyant bientôt plus à un mètre. Ils progressaient en silence, par prudence ; la Métig avait expliqué que dans cette purée de pois, l'ennemi (ou l'allié) pouvait se trouver à quelques pas, sans qu'on le devine autrement qu'à l'ouïe.

— Nous ne savons pas où sont les Confréries qui vous précèdent, nous ignorons si les sicaires de Rolf sont remontés jusqu'ici. Nous ne savons rien de ce que nous rencontrerons.

Ils marchaient les uns sur les talons des autres. Hugo sentait dans son dos l'haleine fétide de Nidhal, qui le suivait de près, Mansour dressé sur son encolure. Comment Ioena pouvait-elle les conduire ainsi, dans ce brouillard blanc ? Les nuages étaient tellement épais qu'on aurait juré pouvoir saisir leur fumée dans la main, en serrant le poing (pour ceux qui, contrairement à Hugo, avaient des poings).

Le Madoc vint se porter à la hauteur de Louane, et demanda :

– Comment savons-nous où nous allons ?

– Ioena sent les *daras*, comme tous les Elfes. Les *daras* de l'*oïhan*. Respire, ouvre la bouche, écoute… Et tais-toi. Tu comprendras.

Hugo se concentra sur les vapeurs qu'il respirait, cette fumée blanche qu'il paraissait avaler et recracher. Au bout d'un instant, quelque chose lui parvint, effectivement - une sorte de fumet de résine, une odeur très ténue qui s'insinua dans son larynx, dans sa poitrine même, plutôt que dans ses narines. Une fragrance de feuilles, d'écorces, familière - l'odeur de sa nation. Les chênes sacrés… Et curieusement, cette odeur semblait avoir *une direction*. Comme s'il avait avalé une boussole végétale.

Il continua d'avancer en se gorgeant d'air froid, vers le parfum des *daras* de sa race.

Chapitre 34

Ils furent à l'*oihan* quelques instants avant la nuit tombée. C'était un bosquet d'une huitaine de chênes, aux feuilles jeunes, aux branches noires ; comme dans la Forêt elfique. Mais au milieu d'eux poussaient aussi les oliviers argentés, noueux et épais comme des baobabs, caractéristiques de ce plateau sauvage – Hugo songea à l'arbre, identique mais plus modeste, qu'il avait vu dans le cimetière de Shaelynn sur la tombe d'Oriel, la grand-mère de Jeson.

Deux silhouettes les attendaient sur les branches des arbres ; elles glissèrent vers le sol, en sifflant quelques notes – un Rowan et un Guirec (ces Elfes plus petits, aux pendentifs d'ambre qu'ils portent au cou, aux oreilles, et sur le front) furent devant eux. Ils parlèrent à Ioena sans un regard pour les autres :

— Sois la bienvenue.

— Nous t'attendions...

— Une autre Confrérie dort-elle déjà ici ? demanda la Métig.

— Non. Deux autres dorment au Col du Dragon, celles que nous escortons ; et la première de toutes, la Confrérie golithe, a déjà repris la route vers l'Oihan des Mornes de Burak. Le glacier est encore entre les mains des Ocre-Blêmes, mais nous forcerons le passage dans les jours qui viendront.

Hugo espéra que Matthias n'avait pas entendu. Si le confrère en armure apprenait qu'ils avaient un tel retard sur les autres, il serait capable de vouloir repartir sur-le-champ, sans se reposer. Et s'il apprenait que la première, en plus, comptait des Golithes...

Hugo avait envie du repos des vieux chênes.

Les messagers poursuivirent :

— Nous devions te prévenir, Ioena. L'ennemi s'est glissé derrière nous. Des Urods, et peut-être davantage... Ils ont passé le Col du Dragon, et nous n'avons pas le temps et sommes trop peu nombreux pour les traquer dans les nuages.

— Ils harcèlent notre propre campement, au col.

— Vous les rencontrerez donc sans doute avant le prochain *oihan.*

— Bien, répondit Ioena. Nous camperons ici cette nuit, puis nous partirons dès l'aube, à marche forcée, pour vous rejoindre au Col du Dragon. Par Mélorg.

*

Ils installèrent le campement pour la nuit...

Hugo se sentit plus seul que jamais. Comme tous les soirs, les Cervières avaient disparu, très loin, galopant à travers les nuages, s'entraînant à combattre et comptant sur le flair de leurs fauves pour retrouver la Confrérie, au moment de dormir.

Jeson et Earvin avaient sorti les victuailles sans attendre le repas des autres, ils mangeaient et buvaient ; dans une heure, ils seraient soûls ; dans deux, ils dormiraient. L'alcool était-il la façon qu'ils avaient trouvé de soigner leurs tourments intérieurs, leurs fantômes et leurs démons ? Matthias s'était allongé près d'eux, dans son armure de *kraast*, entre les racines des chênes ; et Hugo ne pouvait s'empêcher de penser que sous cette apparence, il devait être hanté lui aussi par des démons. Pourquoi demeurait-il ainsi visière close, pourquoi se retranchait-il, soixante heures sans manger ni boire, sans parler, sans rire, sans être vu ? Que craignait-il qu'ils surprennent dans ses yeux ?

Aidan et Aourell installaient une garde à distance, on distinguait à peine leurs deux silhouettes dans la brume, ombres devisant quelques instants avec le Rowan et le Guirec des deux autres escortes, avant qu'ils retournent à leur propre campement.

Louane faisait le feu, un peu à l'écart, dans les nuages épais. Naturellement, Hugo vint s'installer auprès d'elle. Ils avaient maintenant une sorte d'habitude, tous les deux : c'était le moment où ils discutaient, où Louane expliquait au Madoc les secrets de sa nation, où elle répondait à ses questions. Hugo se rendit compte qu'il aimait la présence de la jeune Connor, et qu'elle semblait l'attendre, elle aussi. Pouvait-il dire qu'ils étaient en train de devenir... amis ? Oui, sans doute. En tout cas, cela y ressemblait fort.

Cette fois, ce fut elle qui posa la première question (à dire vrai plutôt une affirmation déguisée en question) :

– Tu préférerais lui parler, à elle plutôt qu'à moi, n'est-ce pas ?

Elle n'eut même pas besoin de désigner Charlie, qui s'était installée debout, en face d'un *dara* fourchu, et dont les paumes, les doigts décrivaient les mêmes arabesques que Bleunienn, une seconde après elle, en récitant le chant et en frôlant l'écorce. Hugo ne répondit pas. Il posa une question en retour :

– Pourquoi as-tu dit que le lien entre le Madoc et sa Céridwen était le plus fort qui existait, parmi votre Race, alors qu'ils n'échangent même pas une parole ? Et pourquoi as-tu dit que l'amour vous était interdit ?

Louane soupira.

– Je t'ai dit que les Elfes ne doivent, en aucun cas, devenir plus nombreux que les arbres de leur forêt. Je te l'ai expliqué. Aussi, nous qui vivons plus de mille ans, nous ne pouvons aimer sans mettre en danger la préservation de la forêt aux Dix Cataractes.

– Vous ne pouvez aimer, ou avoir des enfants ?

– C'est un peu la même chose... Les Elfes femelles se voient tous accorder un mâle, dès la naissance. Mais les femelles ne doivent s'unir aux mâles que deux ou trois fois, dans leur interminable vie. Deux ou trois fois, pour avoir un enfant comme nous planterons un nouvel arbre, à la mort d'un vieillard. Et seulement en ces occasions.

— Alors, vous couchez ensemble trois fois dans votre vie, au mieux, et pas pour l'amour ? Simplement pour la perpétuation de La Race ?

— Exactement. Nos Céridwens désignent ceux, parmi nous, qui doivent s'unir, quand un ou plusieurs arbres, un ou plusieurs Elfes se meurent ; et ainsi les enfants viennent remplacer les morts, toujours aussi nombreux. Ni moins, ni davantage.

La voix de Louane se chargea d'un peu d'amertume, et elle sembla réciter une leçon à laquelle elle ne croyait nullement.

— Et c'est pourquoi nous devons apprendre à nous garder du désir et de l'amour. Car les Elfes qui, par amour ou désir, s'uniraient plus de deux ou trois fois dans leur vie, concevraient trop souvent ; ils mettraient en péril l'équilibre immuable de la forêt, il faudrait trop d'arbres pour trop d'Elfes - et la forêt mourrait.

Le ton baissa encore - comme on évoque une menace.

— C'est pourquoi ceux qui s'aiment et s'unissent hors de ces périodes, hors des comptes de nos Céridwens, sont bannis ; ils sont relégués sur la Marche livide.

— Sur la Marche ? Au milieu des Urods ?

— Oui... Les Urods sont les enfants des nôtres, les descendants de tous ceux, Humains ou Elfes, que nous bannissons de nos peuples. Les réprouvés, ceux qui sont envoyés sur la Marche, et qui survivent là-bas aux meurtres, aux viols, à l'anthropophagie. Ils finissent par ressembler à cela : des sauvages primitifs. Cela ne leur prend qu'une ou deux générations.

— Des exilés ? Comme ceux des Landes franches ?

— Non. Ceux des Landes sont des émigrés, ils ont choisi leur destin. Les réprouvés, c'est chacun de nos peuples qui les bannit et les envoie sur la Marche. Personne ne s'y rendrait de son plein gré.

Hugo ne sut quoi dire sur ces révélations - alors, il posa une question qui se rapportait à ses propres interrogations et tourments.

— Toi, tu... Tu connais depuis ta naissance le mâle avec qui tu devras t'unir ? Tu ne le choisiras pas ?

— Non, je ne le choisirai pas. Mais je suis jeune encore, et nous ne nous unirons que dans deux ou trois cents ans.

— Et tu l'aimes ?

— Non. Mais je ne dois pas le faire.

Parole fermée.

— J'aime mon frère Elouan. C'est l'amour le plus fort auquel j'ai droit, en notre monde.

— Et Iwan ?

Louane le dévisagea, l'air effrayé. Elle regarda autour d'elle pour s'assurer que personne ne les avait entendus.

— Iwan ? C'est notre capitaine de brigade, un Searle légendaire. Je l'admire.

— Non. Tu n'en parles pas seulement comme d'un héros. Mais comme de celui que tu portes en ton cœur, Louane. Même si cet amour est condamné dès le départ...

— Condamné, peut-être... Sauf si...

Louane s'interrompit.

— Sauf si ?

— Lorsque survient une catastrophe, une guerre, et qu'il faut repeupler nos nations, les Elfes ont droit pendant une brève période, quelques dizaines d'années, de s'unir à loisir, pour reconstruire aussi vite que possible l'harmonie des arbres qui convient à chaque cataracte. Et puisque l'ennemi est dans notre forêt, qu'il va s'emparer de Derrig Argan, peut-être connaîtrai-je, comme les anciens, ce temps de l'amour accordé par les Céridwens ?

— Alors, tu souhaites la guerre ? Mais si vient le temps de l'amour, ton mâle ne sera pas Iwan, tu l'as dit.

— Sauf si mon mâle est tué...

Elle avait encore répondu sans une pause. Elle mit les mains sur sa bouche, pour empêcher les paroles de continuer de sortir. Elle réalisait sans doute l'horreur de ce qu'elle venait de formuler à voix haute.

Hugo resta une minute silencieux, pour laisser le temps à Louane d'assumer ses propres révélations. Puis il reprit. Il avait trop d'autres questions.

— N'existe-t-il aucun moyen d'échapper à la désignation faite à la naissance de son mâle ou de sa femelle, quand on appartient à une Nation elfique ?

— Si. Il y en a deux. Certaines femelles deviennent des vierges au service des chants sacrés, des Céridwens, et les mâles qui les aiment, même s'ils ne leur ont pas été donnés à la naissance, peuvent alors les servir comme Madocs. C'est de cet amour-là que je te parlais l'autre fois... Mais tu le connais déjà.

Un sourire, vaguement malicieux.

— Et l'autre solution ?

— Ceux qui s'aiment et veulent vivre leur amour hors des lois de La Race peuvent s'exiler, dans les Landes franches, auprès des Clans libres, avant d'être surpris et bannis sur la Marche. Ils renoncent alors au voisinage de leurs arbres, aux deux tiers de leur longévité, à la magie des bains et de la cataracte. Mais ils vivent leur amour au grand jour, librement, le temps que dure leur courte vie.

— Et c'est ce que tu espérais qu'Iwan ferait avec toi ? Ce que tu espérais, avant que sa brigade quitte votre monde par la porte de Oksan-kras ?

Le « oui » de Louane se perdit dans un soupir. Aveu condamné, résigné, déjà exilé au royaume des regrets...

Il n'y avait plus rien à dire. Ils s'occupèrent du feu, dont ils avaient négligé les braises un moment, et qui rougeoyait, fantomatique dans la nuit blanchie par la brume des nuages.

Chapitre 35

Le lendemain, moins d'une heure après avoir quitté l'Oihan des Hodei, ils butèrent presque sur les bambous de *mélorg*. Les nuages n'avaient pas désépaissi pendant la nuit, ils n'y voyaient pas davantage que la veille ; ils distinguaient à peine leurs doigts quand ils tendaient le bras devant eux. Mais soudain, la barrière végétale fut là.

C'était une jungle serrée de bambous, aux troncs d'un noir vernissé et aux feuilles jaunies à la base mais encore vertes au sommet. Les plus hautes des tiges atteignaient sans doute douze coudées, elles avaient poussé tellement dru qu'il semblait impossible d'y pénétrer. Et bien qu'ils n'y voient ni à droite, ni à gauche à plus de trois coudées, il semblait évident qu'il n'y avait pas de passage taillé pour des voyageurs.

Earvin sortit une machette des fontes de Jeson, l'Hybride empoigna l'autre. Ioena avait annoncé qu'ils allaient prendre la route en ligne droite, nettement plus courte quoique plus périlleuse. Les trois autres Confréries avaient contourné les bambous avant eux – mais ce détour risquait d'excéder les trois jours qu'il leur restait, s'ils étaient attaqués. Seules les deux Cervières, rapides, capables d'échapper aux embuscades, mais incapables en revanche d'avancer sur leurs fauves au milieu des bambous tranchants, prendraient ce détour vers l'est, et les rejoindraient demain au Col du Dragon – le prochain des *oihans*.

— Morjane, veille sur Mansour ! Mansour, ne combats que si Morjane t'y invite !

Ioena avait ordonné cela sans conviction, sachant que prêcher la prudence aux combattantes tatouées était une illusion. Les lions-cerviers disparurent dans la mélasse de nuages, comme deux flèches, le long de la lisière infranchissable des bambous. Ce fut comme si les nuages les avaient avalés.

La Métig lança ensuite deux ou trois ordres précis pour ordonner la file qui allait entrer dans les bambous, installer des défenseurs efficaces (Aidan, Aourell, Louane, Matthias, elle-même) entre Bleunienn, Charlie et Hugo. Elle négligea d'évoquer la défense du Madoc Gweltaz ; il ne comptait pas. Déjà, à quelques pas, Jeson et Earvin entamaient le mur végétal, à grands moulinets de coupe-coupe.

*

Ils marchèrent trois heures sans trop d'encombre, les yeux rivés sur le dos de celui qui les précédait. Les Elfes de l'escorte avaient leurs dagues d'argent en main, ou leurs épées d'argent pour Ioena et Louane. Leurs arcs étaient inutiles, par cette visibilité ridicule. Le fléau d'armes hérissé de Matthias tournoyait dans la brume blanche.

Sous leurs pieds, les bambous de *mélorg*, tranchés à vif, repoussaient à vue d'œil ; organismes végétaux tellement vivaces qu'ils semblaient appartenir au règne animal. Jeson et Earvin les coupaient au niveau des chevilles, ils arrivaient déjà aux hanches des derniers de la colonne. Louane devait redonner un coup d'épée sur les pointes tranchantes, pour libérer le passage derrière elle aux deux Madocs, et à Ioena qui fermait la marche. Luxuriance de la jungle, qui se refermait sur eux au fur et à mesure, insatiable et dangereuse : chaque tige acérée était un piège sous leurs pas, le long de leurs jambes, de leurs bras. Après une heure de cette progression, tout le bas de leurs corps était zébré d'écorchures, comme après une randonnée au milieu de lames de rasoir. Après deux heures, c'était un supplice.

Mais il y avait pire. Quelque chose résonnait, de loin en loin, des bruits inquiétants, étrangers – ennemis ? Quelque chose hantait cette jungle et ces nuages. Des cris, d'autres bruits de machettes - quelqu'un, quelque part, taillait un autre chemin. La nervosité gagna l'escorte, impuissante, le regard aveugle. Ceux qui se taillaient un chemin venaient-ils vers eux ? Les bruits de coupe-coupe étaient tout proches, pourtant ils ne voyaient rien ; seuls le flair et l'ouïe leur restaient.

Jeson, après une rafale de vent d'ouest, gueula :

— Ça pue ! Ça pue l'Urod !

Et soudain, tout commença.

*

Hugo entendit un cri derrière lui. Il se retourna.

Il vit distinctement le Madoc aux yeux blancs, dont il ignorerait le nom pour toujours ; harponné par un croc de guerre planté dans sa tempe, les yeux révulsés déjà rouges, tout le visage ensanglanté. L'instant suivant, une traction invisible, quelque part dans les nuages, tira le croc de guerre et le Madoc fut soulevé, puis disparut dans le rideau végétal et brumeux.

Ioena cria derrière eux :

— Urods, Urods à gauche !

Devant Hugo, on se mit à courir, Ioena le poussa dans son dos pour qu'il se colle à Louane qui le précédait. Ainsi tassé entre les deux Connor, il rejoignit le reste de l'escorte, qui s'était un instant arrêtée. Il entrevit Charlie qu'Aourell protégeait. Ioena cria :

— Jeson, seul à la machette ! Earvin, en maraudeur !

Le tueur de Fern plongea sans une question derrière les bambous, on ne sut de lui que son rire mortel. Puis, plus rien.

Tous les regards, toutes les épées étaient tendus vers la gauche, là où le Madoc Gweltaz avait disparu. On n'y voyait pas plus que devant ou derrière soi. Les bruits de machette semblaient maintenant dans leurs dos, ou vers leur droite. On attendait l'attaque suivante.

Un croc de guerre sortit du brouillard par l'est, sur leur droite ; il tenta d'hameçonner ; il s'enfonça dans l'épaule droite d'Aourell, qui hurla. Le croc déchirait déjà tout le muscle du bras, en glissant. Louane, à deux pas derrière la Gweltaz, déclencha un très large coup d'épée à l'aveuglette dans le nuage.

Un hurlement lui répondit.

Trois tiges de bambous noirs tombèrent aux pieds de Louane, et une main tranchée, sanglante roula vers eux ; une main d'Urod griffue, coupée à l'avant-bras, et qui serrait encore le lacet du croc de guerre.

Ioena cria :

— Ils sont partout autour de nous. Courez !

*

Alors commença une course hallucinante dans le brouillard le plus épais.

Jeson tailladait comme un forcené, à larges coups de coupe-coupe dans les bambous, et dans la brume elle-même aurait-on dit. Derrière lui, l'escorte et les confrères avançaient au pas de charge, sans pouvoir véritablement courir toutefois. Serrés les uns derrière les autres, l'escorte tentant de faire rempart de ses armes et de son corps pour Charlie, Bleunienn et Hugo, ils avançaient, cernés par les saccades des coupe-coupe des Urods, qui semblaient se diriger parallèlement, les suivre. Les précéder. Les entourer.

Les combattants lançaient des grands coups aveugles dans les murs invisibles de bambous et de brume, à leur droite, à leur gauche. Le plus souvent, seules des tiges noires et luisantes tombaient ; mais parfois, des cris, des hurlements, le sang sur les lames indiquaient que l'un de leurs agresseurs avait été touché, qu'ils étaient tout proches. Les Elfes décochaient régulièrement quelques flèches à l'aveuglette, vers les bruits de coupe-coupe, vers les grognements. Le fléau de Matthias s'abattait comme la mort, à droite, à gauche.

Mais sans cesse, un nouveau croc tombait sur eux depuis la brume et les bambous, une hallebarde inattendue surgissait du mur invisible, se fichant entre eux, au milieu d'eux ; manquant de peu l'un ou l'autre ; touchant un membre, une épaule, cognant une armure. Parfois, c'étaient deux ou trois attaques simultanées, cinq ou six de suite. Parfois, une seule. Imprévisibles, à rendre fou.

Entre leur sentier et ceux de leurs agresseurs, qui les suivaient ou venaient dans l'autre sens, il n'y avait apparemment qu'un mince rideau de bambous. Combien y en avait-il, de ces sentiers ? Combien d'Urods se frayaient un passage vers eux ?

Parfois, pendant plusieurs minutes, plusieurs dizaines de minutes, rien, sinon les bruits de course, les grognements, les hurlements dans la brume et les bambous, à quelques mètres d'eux, à les toucher ; et leurs propres souffles exténués par cette course dans la jungle, les *hodeis* et la mort. Au loin, dans ces instants d'accalmie, on entendait parfois le rire de hyène d'Earvin : le sicaire était encore vivant, quelque part dans les bambous ; et il tuait manifestement, à tour de bras, rire fou et guttural.

Puis soudain, un croc, une hallebarde, un hurlement rauque rompaient l'irréelle suspension des combats.

De nouveau, l'ennemi était à deux mètres.

Et tout reprenait.

*

Cette première bataille contre l'armée invisible dura près de trois heures effrayantes. Puis, aussi brutalement que cela avait commencé, il y eut une pause - plus un bruit, plus un froissement ou un cri dans les bambous. Plus une arme, surgissant des *hodeis*.

Ils continuèrent sans s'arrêter, au même rythme, traversant ce silence autour d'eux comme ils avaient traversé la fureur de la bataille, en aveugles ; après une demi-heure de ce calme, ils se convainquirent que l'ennemi avait provisoirement décroché, disparu - sans doute pour se regrouper avant de lancer un nouvel assaut.

Ils ne ralentirent pas pour autant, pressés par les encouragements d'Ioena qui fermait la marche. Puisqu'ils ne pouvaient prétendre de toute façon échapper à l'ennemi, à cause du bruit de la machette de Jeson, la Métig et l'Hybride profitèrent de l'accalmie pour faire le point tout en marchant - se répondant l'un l'autre, tout en s'adressant à toute l'escorte, pour encourager, rassurer, galvaniser.

— Le chemin commence à monter plus rudement. Nous sortirons des bambous bien avant le lever du soleil, annonça finalement l'Hybride.

— Alors, il restera une longue course sur le tertre, et nous serons à découvert. Courez droit devant vous. Et quand vous sortirez de la mer de nuages, continuez droit jusqu'au Col du Dragon. Nous resterons nous battre derrière vous, et nous pourrons utiliser nos flèches.

— Et moi, mon marteau de guerre... Les Urods craignent le terrain découvert, face à nous.

— Mais je pense qu'ils ne sont pas seuls. Il y a au moins un capitaine ocre-blême pour les commander.

— Sans doute même plusieurs...

Effectivement, le chemin montait maintenant, de plus en plus abrupt. Les bambous repoussaient moins vite... La nuit était tombée depuis trois heures. À un moment, en levant la tête au-dessus de lui, Hugo crut apercevoir la lueur de la lune, à travers le voile de brume. Le ciel était-il maintenant si proche, si visible, au-dessus de la mer de nuages ? Il se prit à espérer - aussi incroyable cela soit-il, ils allaient se sortir de ce piège, sans trop lourdes pertes.

Ce fut l'instant que choisit un nouveau croc de guerre pour tomber, et rebondir avec un bruit mat sur le heaume de Matthias, puis glisser sur lui avec le crissement d'une craie sur un tableau noir.

L'ennemi les avait attendus derrière un mince rideau, silencieux - comment avait-il pu dissimuler le bruit de ses machettes ? Comment avait-il su où passerait leur sentier ?

— Courez ! Nous y sommes presque ! hurla Ioena.

Mais cette fois, ce fut l'hallali.

Trois crocs tombèrent en même temps sur la droite, une hallebarde-rasoir jaillit deux fois, à gauche, les manquant d'un rien. Attaques aveugles plus terrifiantes encore dans l'obscurité. Puis, ils entendirent le déclenchement caractéristique d'une arbalète, à quelques mètres - il y eut le sifflement d'un carreau, puis d'un deuxième. Hugo eut le réflexe de courber la tête ; le second carreau lui passa, du coup, presque sous le nez.

— Attention, carreaux ! Des Ocre-Blêmes ! hurla-t-il.

Louane et Aidan avaient sorti chacun deux flèches de leurs carquois, ils déclenchèrent leurs tirs en même temps, à bout portant, vers l'endroit où l'arme de jet avait craqué - ils entendirent le cri de mort strident de l'Ocre-Blême.

Mais déjà un autre carreau sifflait, un peu plus loin. Cette fois, il y eut un bruit mat - quand le carreau entra dans le corps d'Aourell, déjà blessée quelques heures plus tôt à l'épaule droite, et qui reçut cette fois le trait dans le côté gauche. Sans un cri, sans une plainte, elle s'effondra au sol.

Aidan se pencha pour secourir la Sloane blessée. Ioena cria :

— Laisse, il est trop tard pour elle !

Dans sa chute, la Gweltaz s'était mortellement empalée, le flanc et la tempe fichés sur les pointes acérées des bambous de *mélorg*.

— Pas le temps de se charger du corps, gueula Jeson en se retournant. Restez autour des confrères !

Hugo regarda - les bambous noirs, comme stimulés par le goût du sang, remontaient déjà *dans* les blessures d'Aourell. Aidan se pencha, murmura quelque chose, et fit un geste rapide de son bras armé - pour achever celle qui était tombée ici, sacrifiée. Quand Hugo se retourna un instant, quelques secondes plus tard, il vit que les bambous de *mélorg* traversaient déjà de part en part le corps de la Gweltaz, obstacle dérisoire jeté sur leur désir de reformer la forêt.

*

Ce fut la curée.

Aidan reçut un trait de *kraast* au cou, un autre dans l'avant-bras, en se jetant pour protéger Charlie et Bleunienn d'une salve serrée. Elles le virent vaciller, pivoter, tenter d'avancer en s'accrochant aux branches, aux bambous, en essayant de rester debout pour ne pas s'empaler sur les pointes acérées. Mais finalement, l'arbalète fut plus forte – tous ceux de l'escorte virent à son visage exsangue, mais paisible, que le Rowan était déjà mort quand il s'effondra, frappé par un troisième carreau en pleine poitrine.

Le rideau de bambous qui les séparait de l'ennemi tomba, à droite, à gauche. Ils distinguèrent des silhouettes dans les nuages.

Deux carreaux de *kraast* s'étaient plantés dans les plaques de bronze que Jeson portait sur les bras, et qu'il utilisait comme un bouclier, maintenant, pour protéger Charlie. Un autre s'était fiché dans l'épaulière de Matthias, sans qu'on sache si le carreau avait transpercé l'armure, ou s'il était simplement métal dans le métal. Cela n'empêchait pas le Golithe d'abattre encore et encore son arme vers les deux murs, vers les ennemis d'ombres chinoises.

Louane avançait en pas de chasseur, plaquée contre Hugo, littéralement entre lui et les silhouettes dans les nuages, sur la gauche – elle se servirait de son corps comme d'un bouclier si un carreau les trouvait. Ce qui allait arriver. Ce qui ne pouvait que se produire, dans un instant, dans quelques secondes. Et elle mourrait sous ses yeux, pour lui...

Jeson hurla :

— La voie est libre !

Hugo plissa les yeux – à travers la brume et l'obscurité, il ne voyait pas encore le rideau de bambous s'ouvrir sur l'herbe, trop loin devant lui dans la brume. En revanche, il vit les mains jaillir, comme dans un cauchemar ; les mains décharnées et ossues des Ocre-Blêmes, les pognes petites et griffues des Urods, à droite, à gauche, qui sortirent de la brume à ce cri, par dizaines, qui tentèrent de happer leurs proies avant qu'elles sortent de la forêt de bambous.

Il les vit avec la netteté d'un film d'horreur.

Il se précipita, tenta d'en repousser une qui allait saisir la robe de Bleunienn, la frappa de son moignon ; sentit une serre qui le saisissait et l'attirait vers la gauche, bascula, tenta d'y échapper, trébucha. Il se sentit tomber en avant quand Louane derrière lui trancha net la main qui le retenait encore debout.

Il tomba, les moignons tendus devant lui pour le protéger de sa chute. En une fraction de seconde, au ralenti, il vit les pointes de rasoirs des bambous noirs se rapprocher vertigineusement. Il eut le temps de penser :

– Merde, Charlie, c'est trop bête, juste avant de mourir transpercé, et...

Il se sentit soulever dans le dos, comme s'il volait. Ses jambes et ses moignons battaient l'air. Il ne s'était pas empalé sur le piège d'épieux, il avait échappé à la pesanteur...

Il entendit des hurlements tout autour de lui, des craquements sinistres d'os, de métal.

Jeson hurla, à quelques centimètres de l'oreille du garçon :

– Avancez, avancez, je retiens ces enfants de crétins ! Je protège Hugo !

Ioena répondit en criant à son tour :

– Courez ! Courez tous ! Et ne vous arrêtez qu'à l'Oihan du Col !

Hugo sentit que Jeson, qui l'avait soulevé d'une seule main à la dernière minute, le glissait maintenant sous son bras, comme on porte un enfant capricieux qui bat des jambes ; tandis que de son bras libre, le dernier des Grands Hybrides abattait son marteau de guerre en moulinets rageurs, et faisait des ravages au cœur de l'ennemi.

Chapitre 36

Quand ce fut fini et que le soleil se leva franchement sur l'Oihan du Col du Dragon, Hugo se souvint de tout ce qu'il avait vu, ressenti, entendu, durant cette fin de nuit.

Jeson l'avait jeté en travers de son dos, s'élançant, dix mètres derrière les autres. Yeux ouverts dans la nuit et le brouillard, Hugo ne voyait rien, rien d'autre que des ombres qui se jetaient, tentaient de l'accrocher. Les coups que portait le Centaurien, en criant des insultes, avaient ouvert une brèche dans le cercle autour d'eux.

Ils s'étaient élancés sur la pente abrupte, au galop, pour fuir. Hugo s'était senti ballotté comme un sac, un bât sur le dos de Jeson. Soudain, ils avaient jailli tous deux de la mer de nuages, à l'air libre sous la lune. Il avait vu des dizaines d'Urods, et une douzaine d'Ocre-Blêmes à pied, surgir derrière eux de la mer de nuages, sur soixante coudées de largeur, et converger vers eux dans une poursuite folle. Il avait vu, assez loin devant, les autres confrères qui fuyaient, tirés et poussés par les membres de l'escorte.

Charlie était vivante !

Il avait entendu les premières flèches des Elfes siffler vers l'ennemi, et aussi, distinctement, le sifflement plus lourd du carreau d'arbalète qui venait à leur rencontre, dans leur dos. Il avait rentré le cou, perçu le bruit horrible du trait qui entre dans la chair et qui rencontre l'os – le carreau s'était fiché exactement sous l'omoplate de Jeson, à quelques pouces de l'endroit où la tête d'Hugo brinquebalait l'instant d'avant.

Il entendrait à jamais le cri de douleur, puis de colère.

Il avait su qu'ils ne pourraient plus avancer assez vite, que la meute derrière eux allait les rejoindre. Il y avait eu le cri strident des chauves-souris qui lancent l'assaut ultime, puis quelque chose de terrible, comme le grondement d'un tonnerre de la terre. Un feulement de volcan. L'ennemi avait fondu sur eux, malgré tout.

Un Ocre-Blême s'était jeté au flanc de Jeson, une hache brandie. Il avait agrippé Hugo par le col. Le Madoc avait senti la main se refermer sur lui, griffer son cou, ajuster sa prise pour frapper. Il avait fermé les yeux...

Le coup n'était jamais venu. Il avait senti une odeur terrible de mort fétide. L'instant d'après, l'odeur s'était faite plus forte, animale.

Quand il avait rouvert les yeux, étonné d'être en vie et de sentir que l'étreinte sur son cou s'était relâchée, il avait vu l'Ocre-Blême, à quelques pouces de son propre visage, la face à moitié déchiquetée. Le tueur en armure, trop maigre, pendait et tournait dans la gueule de Nidhal qui courait le long du flanc de Jeson, et qui semblait jouer avec sa proie comme un chat avec une souris.

– Ça y est, tu te réveilles ? avait fait une voix railleuse au-dessus d'Hugo.

Il avait relevé les yeux. Mansour la Cervière, l'air radieux, le regardait en chevauchant son fauve.

– Tu avais besoin d'un coup de main, le manchot, tu ne crois pas ?

*

Tous les souvenirs de cet instant où il avait cru mourir resteraient d'une netteté parfaite dans sa mémoire.

Après cela, Hugo avait vu encore Jeson repartir dans un galop, claudiquant sur l'omoplate blessée. Quand ils avaient été assez haut au-dessus de la mer de nuages, maintenant mordorée par les premiers rayons du soleil levant, quand ils avaient aperçu encore loin devant eux les *daras* de l'Oihan du Col et qu'ils avaient rejoint les autres confrères, les deux Cervières avaient finalement tourné bride.

Et elles avaient fondu sur l'ennemi qui les poursuivait.

*

Quand les rescapés entrèrent dans l'ombre des *daras* de l'Oihan du Col, l'aube s'était levée.

Deux autres escortes attendaient sur le Col du Dragon. Dans le premier soleil, trois confrères (Mansour n'était pas revenu encore du combat) s'arrêtèrent quelques instants devant les fosses à *Xaria*, où les corps de huit autres reposaient sous les feuilles : dépouilles inconscientes, qui attendaient que les âmes reviennent les habiter pendant quelques poignées d'heures.

C'étaient des réceptacles, rien d'autre. Il y avait des Sloanes et des Searles, deux tueurs de Fern, un être étrange qui était sans doute de la race des Petits Hybrides. Tous des combattants, mais pas une Cervière, pas un Golithe ; cinq Elfes, mais pas une Céridwen ou un Madoc. Hugo se souvint des paroles d'Aliya : « Vous formez une étrange Confrérie. La plus singulière... » Cela lui rappela d'autres paroles : « Si l'un de vous boit seul, les autres le tueront. » Il regarda Charlie qui n'avait pas eu un mot pour lui après l'attaque ; il regarda Matthias qui n'avait plus relevé sa visière, depuis la Salle du capitaine...

Ils laissèrent les corps sans âmes à leur fosse. Ils savaient que dans deux jours, ils s'endormiraient à leur tour sous les feuilles.

*

Leur escorte amoindrie ne se mêla pas avec les deux autres – elles échangèrent le minimum de mots, bien que les Métigs soient toutes des Connor, et que certains des membres de ces patrouilles soient des mêmes races et nations.

Tout juste y eut-il une réorganisation tactique, sur le Col du Dragon : la troupe de Ioena reçut à défendre le secteur nord-ouest du campement, qui avait déjà été attaqué deux fois par des Urods, durant ces derniers jours. Ils installèrent leur feu vers l'ouest de l'*oihan*, tandis qu'une autre escorte était au sud, une à l'est. On dressa plusieurs tentes de peaux fraîches et de cuir tanné, sur des armatures d'*hazal* rouge et souple, en plein vent, dans les herbes mouvantes. Seuls les confrères endormis feraient donc fosse commune, pour leur départ, s'ils repartaient d'ici...

Une fois le guet installé, Bleunienn et Charlie soignèrent la grave entaille de Jeson, dont la blessure sous l'omoplate saignait abondamment. L'Hybride arracha lui-même le trait qui sortit heureusement entier, sans se briser dans la chair ; elles posèrent les cataplasmes. Elles vérifièrent que les carreaux enfoncés dans l'armure de Matthias n'avaient pas traversé le *kraast*.

Elles s'éloignèrent ensuite vers les *daras* pour un chant, avant de revenir vers eux.

Elles commencèrent alors par s'occuper des mâles - ils n'étaient que deux (exception faite du Golithe, décidément inatteignable). Jeson dit à Hugo de quitter ses vêtements, de ne garder que son pagne de drap ; ils se lavèrent d'abord dans la minuscule source au pied des chênes, revinrent aux tentes ; puis les prêtresses se penchèrent pour soulager les blessures légères, superficielles, causées par les coups manqués, les griffes, les bambous de *mélorg*.

Ce fut Charlie qui se pencha sur Hugo, tandis que les mains de Bleunienn s'occupaient des écorchures qui tailladaient Jeson.

— Charlie ?

Le Madoc vit aussitôt que les yeux noirs de son amie ne le reconnaissaient pas ; elle semblait ne voir que son épiderme, et les plaies, les zébrures, les estafilades sur son corps presque entièrement dénudé, sans réaliser quelle âme palpitait, quel cœur battait sous cette peau souffrante.

Hugo se sentit profondément troublé de se retrouver ainsi, sous ses mains, vulnérable sans ses vêtements, sans même le secours d'une parole échangée. À sa merci, en son pouvoir – comme soumis à un charme. Il voulut plaisanter, désamorcer ce trouble, qu'il supposait mutuel.

Mais Charlie ne répondit rien à ses premiers mots, ne laissa rien paraître. Elle chantait, dans une langue inconnue même des Elfes de l'Alta, la langue des prêtresses ; elle murmurait pour elle-même des mots, une mélodie à laquelle ses phalanges semblaient obéir.

Les paumes passèrent lentement, savamment sur le corps meurtri en cent endroits, brûlant de toutes ces coupures, des hématomes – et de la fièvre de ce contact. Elles passèrent sans jamais le toucher, le frôlant seulement, et cette manière de supplice chinois, cet effleurement poussa d'abord Hugo à une vraie torture. Putain, Charlie passait tout de même ses mains sur son corps à lui ! Et cela ne lui faisait rien, à elle ?

Puis, soudain, il sentit la fraîcheur glacée – apaisante et gelée, anesthésiante, nourrissante, comme un baume sur ses blessures. Comme une paix sur ses peurs. Comme un silence sur le cri de ses nerfs à vif. Cette même fraîcheur qu'il avait connue une fois, en se laissant glisser dans le lac de cobalt, au pied de la cataracte des Rowan.

La médecine du chant opéra.

Et même un rationaliste comme Hugo dut en convenir (la surprise, en l'occurrence, lui faisant presque oublier l'ambiguïté troublante de la situation) : sans qu'elle le touche, sans qu'elle utilise un onguent, sans qu'aucun contact ne s'opère jamais sinon le frôlement, ses plaies furent apaisées, plongées dans une fraîcheur analgésique. Elles cessèrent de brûler. Et celles qui saignaient encore séchèrent.

Quand les paumes et les doigts eurent fini sur lui leur manège, Hugo dit à Charlie :

— Tes pouvoirs deviennent immenses, miss... Là, tu m'épates.

La Céridwen aux yeux noirs s'était relevée, le regard toujours perdu au loin, hypnotique ; elle continuait sa psalmodie sans sembler réaliser qu'il était Hugo, Hugo Holder, sous son apparence de Madoc. Qu'il était son ami.

Elle ne lui répondit pas, ne sourit pas, ne dit rien. Elle fit deux pas, pour se pencher maintenant sur les plaies de Louane qui venait de s'asseoir. Et ce fut la jeune Connor qui lança à Hugo un regard insistant, puis franchement sévère. Hugo s'aperçut que la Sloane venait d'ouvrir sa tunique, qu'elle voilait pudiquement d'un bras sa poitrine dénudée, pour ne qu'il ne la voie pas.

« Le désir et l'amour nous sont interdits. » La phrase de Louane résonna dans sa tête, tandis qu'il s'éloignait.

*

Les deux Cervières revinrent vers midi, ce sixième jour. Leurs fauves avaient la gueule poisseuse du sang de leurs victimes, elles étaient couvertes des traces des combats. Leurs visages resplendissaient d'une joie sans frein, celle des vainqueurs.

Mais sans s'attarder en commentaire, Morjane, du haut de son lion, dit à Ioena :

— Il faut que nous repartions aussitôt, pour passer le Khoren, et rejoindre l'Oihan des Mornes.

— Non. Jeson est blessé, trop pour pouvoir combattre si les Ocre-Blêmes nous tendent une embuscade dans le Khoren. Et nul ne doit dormir à l'*oihan* avec la Confrérie golithe.

Il y eut un grincement de *kraast*. Matthias avait ouvert sa visière pour la deuxième fois ; ses yeux d'un bleu froid, étroits, formulèrent une question muette : « La Confrérie golithe ? »

Morjane ne répondit pas aux yeux, ni à Ioena ; et la Métig n'en dit pas plus.

Ce fut Louane, un peu plus tard, qui leur donna l'explication : la première des Confréries, celle qui avait déjà atteint l'Oihan des Mornes, était constituée de quatre Golithes. Quatre chevaliers noirs et muets, quatre combattants bardés de *kraast*. Par quel prodige ces quatre âmes avaient eu le même désir, en arrivant à Derrig Argan, et quel était ce désir ? Louane parlait en regardant Matthias, avec une sorte de gêne dans les yeux. Une question courait sous les mots – « Toi, toi qui es aussi golithe, le sais-tu ? » Mais Matthias referma son heaume. Et il n'y eut que Mansour pour regretter explicitement qu'on ne reparte pas aussitôt, qu'on perde ainsi deux jours et deux nuits.

Chapitre 37

Ce sixième soir, pendant que les Céridwens soignaient les deux Cervières dénudées, Hugo aida sa Métig à dresser deux cairns pour Aidan et Aourell, sous lesquels elle grava des runes ; et un troisième pour le Madoc Gweltaz hameçonné, sans runes car même Bleunienn ignorait son nom. « Tu parles d'un lien privilégié... Le lien le plus fort pour les Elfes, songea-t-il. Charlie doit ignorer comment s'appelle son Madoc, elle aussi. Je préférerais être son frère plutôt que son manchot. » Tout en maugréant intérieurement devant les monticules de pierres sèches qu'ils avaient érigés, il s'aperçut que dans ce passage du col, l'herbe haute était apparemment semée de dizaines de petits cairns, un peu partout ; certains couverts de mousses et de lichens, rongés par le temps.

Au cœur de la nuit, alors qu'ils s'étaient tant bien que mal endormis, hantés encore par les images de la bataille dans les *hodeis*, il y eut une quinte de rire fou, guttural, montant dans les hautes herbes depuis les bambous de *mélorg* et la mer des nuages. Et tous ceux qu'elle réveilla surent qu'Earvin rentrait.

*

La journée du lendemain fut suspendue : que fait-on quand on attend le soir pour que son âme quitte son corps ?

Mansour chevaucha avec Morjane, maraudant à la limite de la mer des nuages pour guetter l'ennemi ; mais les deux

Cervières ne se mêlèrent pas avec les Hafidas des autres escortes, qui patrouillaient de leur côté. Tout juste les quatre autres guerrières s'approchèrent-elles, quand elles virent que Morjane tatouait un nouveau récit sur le mollet de Mansour, ce récit du Col du Dragon où il avait tué à lui seul sept Ocre-Blêmes, au fil du hachoir.

Charlie et Bleunienn demeurèrent, quant à elles, à chanter près des troncs de l'*oihan*, mais Hugo constata qu'elles ne se mêlaient pas non plus des incantations des deux autres Céridwens, qui restaient elles-mêmes à l'écart l'une de l'autre.

De loin, ils avaient vu, tous les quatre, ce qui se passerait pendant leur « absence » : de temps en temps, une Céridwen de l'une des escortes s'approchait de la fosse et entonnait les chants de la plante, le chant des Connor. Cette psalmodie durait longtemps, presque autant que la pause que prenait la Céridwen entre deux incantations. Grâce à ce cantique, toujours, les âmes trouveraient leur chemin. Les deux Céridwens se relayaient, parfois leurs litanies se chevauchaient, chacune chantant pour sa seule Confrérie, apparemment. Charlie, envoûtée, les écoutait. Plus rien ne semblait l'intéresser que ces chants...

Vers le crépuscule, Louane revint voir Hugo, et lui dit :

— Tu ne diras rien à Iwan, à propos de ce que je t'ai confié. Mais tu le salueras pour moi.

Elle sourit. Elle semblait heureuse de pouvoir partager ce secret trop lourd avec quelqu'un. Elle inclina le front, le posa sur l'épaule d'Hugo en signe de fraternité elfique. Près de son chêne, Charlie, qui croisa à ce moment le regard d'Hugo, ne sembla même pas le remarquer.

*

Deux heures plus tard, leurs quatre âmes repassèrent. Ils se couchèrent simplement dans les feuilles de la fosse, à côté des huit autres corps.

Quand ils se réveillèrent dans les canapés, ils n'en furent point étonnés. Mais Hugo se surprit à sourire de voir Charlie comme elle était – il dut s'avouer qu'il n'aimait pas la Céridwen qui recevait l'âme de son amie. Et qu'il n'avait pas envie de repartir avec elle, là-bas.

Iwan sortit de l'ombre, et dit :

– Vous avez vu Aliya ? Que vous a-t-elle dit, et quand repartez-vous ?

Ils n'eurent pas vraiment le temps d'en débattre. Car, pendant que Matthias se ruait à la cuisine pour un solide en-cas, Charlie prit le téléphone portable qui venait de biper dans sa poche. L'appareil lui indiqua qu'elle avait une trentaine de messages.

IX

Syndrome de Stockholm
(Le silence de Charlie)

Chapitre 38

Si elle en avait eu l'occasion, Charlie aurait sans doute pu préparer des mensonges remarquablement précis, à propos du stage de rando dans les Alpes. Elle aurait même trouvé des explications, pour justifier que Hugo soit allé la chercher à la gare de Lyon. Ensemble, ils auraient paré à toutes les éventualités, prévu tous les pièges.

Mais quatre minutes après leur deuxième retour, quand Charlie découvrit les dizaines de messages qu'avait laissés sa mère, ils comprirent qu'ils étaient « grillés » avant même d'avoir essayé...

*

Le cinquième jour du « stage de ski rando en haute montagne dans les Alpes suisses », sans doute inquiétée par l'alibi de l'avalanche avancé par sa fille (si une coulée de neige peut détruire un relais de téléphone, ne peut-elle pas aussi engloutir un chalet plein de jeunes skieurs inconscients ?), Mme Fuertes avait réussi, Dieu sait comment, à trouver le numéro de téléphone portable du directeur du stage.

Et elle l'avait appelé.

Il lui avait répondu, tout surpris, que non, bien sûr, Charlie n'était pas avec eux ; qu'elle n'était jamais venue ; qu'il n'avait même pas pris la peine de s'en inquiéter, voyant qu'elle n'avait pas envoyé le chèque de réservation ni le bulletin d'inscription (un oubli plutôt habituel, chez Charlie, cependant). Et quand Mme Fuertes fit remarquer que sa fille avait probablement dû faire le nécessaire pour les inscriptions lors du week-end d'escalade à Fontainebleau, quelques semaines plus tôt, le directeur répondit que ce stage du Club alpin n'avait pas eu lieu cette année. Cela datait d'il y a deux ans.

La mère de Charlie balbutia :

– Il y a deux ans ?

– Oui. Charlie s'était sacrément bien débrouillée, d'ailleurs. Dites-lui qu'elle ne doit pas décrocher, que ce serait bien qu'elle fasse le prochain stage. À part ça, est-ce qu'il y a un problème ?

Mme Fuertes bredouilla que non, noya le poisson et raccrocha. En vérité, oui, il y avait un problème, un gros. Mme Fuertes ignorait où se trouvait Charlie depuis quatre jours, ce qu'elle faisait, avec qui elle se cachait ; pourquoi, comment.

Charlie lui avait menti, et apparemment, ce n'était pas la première fois.

Mais pour l'heure, Mme Fuertes n'avait cure du passé. Ce qu'elle souhaitait par-dessus tout, c'était retrouver Charlie, indemne ; vivante. On réglerait tous les comptes à la fois, quand sa fille serait de retour, saine et sauve, à la maison.

Pendant les soixante heures qui suivirent, Mme Fuertes eut le temps de faire trois fois le tour des amis de sa fille, par téléphone, en commençant par Hugo Holder dont le portable était bloqué sur messagerie, comme celui de sa fille. Les parents d'Hugo lui expliquèrent que leur fils était en vacances quelque part à la mer, et qu'ils n'avaient aucune idée de l'endroit où il se trouvait, du nom des gens chez qui il logeait. Elle laissa donc dix messages sur le répondeur du meilleur ami de sa fille. Elle harcela aussi tous les autres amis identifiables et joignables.

Puis, elle trouva encore le temps de prévenir la police que sa fille mineure avait fugué ; de répondre aux questions qu'on lui posa au commissariat de quartier ; de harceler téléphoniquement un officier de permanence ; de rappeler deux fois le directeur du stage pour qu'il regarde bien sous les lits du chalet, histoire de vérifier si d'aventure sa fille ne s'y cachait pas ; de rappeler encore tous les amis ; de pleurer beaucoup ; de prévenir les pompiers, l'armée de terre, les contrôleurs aériens, l'Onu, les Casques bleus et quelques autres institutions afférentes...

C'était heureusement une semaine chargée au niveau des informations régionales et nationales ; sinon sans doute aurait-elle aussi réussi à faire afficher la tête de Charlie sur tous les écrans de télé, dans les journaux, sur tous les murs de la ville, au-dessous d'une mention écrite en gros et en rouge : « Wanted – Disparue ».

*

Même s'il était trop tard, chaque minute leur paraissait compter. Mansour proposa de les ramener en voiture jusque chez Charlie. Ils laissèrent Matthias ranger la maison de ses parents – le *shad* avait servi pour deux passages, il faudrait en changer la prochaine fois, avait dit Iwan...

L'Elfe noir leur fixa un rendez-vous, le vendredi suivant, juste avant la rentrée scolaire, dans un *shad* à Puteaux.

Pourraient-ils s'y rendre ?

Durant leur trajet de retour précipité, Charlie ne dit pas un mot ; Hugo pas davantage ; et Mansour le Victorieux estima sans doute que la situation était trop grave pour qu'on ait recours à ses talents guerriers.

Tous les souvenirs de la vallée des nuages, l'expérience des chants sacrés de la Céridwen, la traversée des bambous de *mélorg*, et même la rencontre avec Aliya étaient passés au second plan. Outre les vingt messages maternels de plus en plus hystériques, Charlie avait trouvé sur le répondeur de son portable une dizaine d'autres semonces, laissées par ses amies, ses copines, voire de vagues relations : alerte rouge, sa mère la cherchait partout, et manifestement, les retrouvailles allaient être nucléaires.

Mansour conseilla, juste avant d'arriver :

– Surtout, tu ne dis rien à ta mère qui puisse tout gâcher. Tu ne lui parles pas de la Confrérie. Et si tu as besoin qu'on t'exfiltre pour pouvoir repartir, tu nous le dis ; on ligote ta mère, et on s'enfuit.

Avec sa manie de tout dire sur un ton ironique, Hugo et Charlie ne purent deviner si le Victorieux envisageait sérieusement cette solution.

Hugo, quant à lui, réalisa un peu tard qu'il ne s'était même pas posé la question de savoir s'il se présenterait devant le danger que courait son amie. Après tout, il était un Madoc, il n'abandonnerait jamais sa Céridwen en péril. Mais quand la mère de Charlie leur ouvrit la porte, il comprit qu'il s'agissait d'une erreur.

Chapitre 39

Ce récit s'enorgueillit de sa franchise. Il n'a dissimulé ni la sauvagerie des combats, ni la cruauté des guerres du Neuvième Tome ; ni le sang versé, ni la mort donnée, ni la peur. Mais il y a des limites à la violence que sont capables de supporter certains lecteurs, et d'endurer certaines âmes. C'est pourquoi ce récit ne publiera pas *in extenso* la discussion qui eut lieu d'abord à trois, entre Hugo, Charlie et Mme Fuertes ; puis à deux, entre une mère et sa fille, après que Hugo eut été expulsé du domicile de son amie, et interdit de séjour (« A vie, au moins pour le moment ! »). Ce qui importe n'est pas de connaître le détail, mais le résultat de tant de barbarie gratuite. Le voici...

Désormais, Charlie serait interdite de toute sortie. Sans même parler des week-ends ou des après-midi de congés, elle devrait se trouver chez elle une demi-heure après la fin des cours, en toute circonstance ; inscrite désormais au self du lycée, elle pointerait tous les midis à la vie scolaire, grâce à l'aval du proviseur, prévenu de l'épisode de sa fugue. Elle allait par ailleurs être changée de classe (sinon, pour l'instant, de lycée), afin d'être soustraite à l'influence de « certains » (suivez le regard de Mme Fuertes vers Hugo) ; sa mère viendrait la chercher le soir, directement au gymnase, après ses cours de yoga.

Évidemment, la police avait aussi prodigué des conseils pendant les trois jours d'inquiétude : Charlie se voyait donc confisquer, « jusqu'à sa majorité », son téléphone portable ; son ordinateur descendait dans le salon, où elle ne pourrait consulter sa boîte électronique que sous le regard scrutateur de Mme Fuertes. Et si elle ne subissait pas de fouilles au corps quotidiennes, ce n'était pas l'envie qui manquait à sa mère.

Bref, la jeune fille de seize ans n'aurait plus une minute à elle en dehors du lycée, sinon des minutes solitaires et cloîtrées, sans nul moyen de pouvoir s'adresser à quiconque, hormis sa mère et éventuellement les quelques amies que celle-ci jugerait sûres.

Quant à Hugo, puisqu'il était désormais officiellement interdit de séjour dans cette maison où il avait passé tant de soirées, il n'avait d'autres opportunités que d'attendre la rentrée scolaire pour revoir son amie. Pendant la deuxième semaine des vacances de février, il demeura sans nouvelles de Charlie. Pas moyen d'avoir un signe, pas même moyen de s'approcher de sa maison, la nuit, pour essayer de l'apercevoir par la fenêtre : le salon restait éclairé en permanence, il était certain que Mme Fuertes y veillait, peut-être gavée d'amphétamines, des lunettes de visée nocturne sur les yeux, pour surveiller d'éventuels visiteurs. Et elle gardait sûrement un fusil d'assaut posé sur les genoux, dont les balles chemisées de métal étaient spécialement destinées aux visiteurs du nom de Hugo Holder.

*

Avant la rentrée, on prévint officiellement Charlie : elle pourrait toujours tenter de se soustraire à ces nouvelles conditions carcérales. Mais c'était un jeu très risqué. Si elle était surprise en train d'essayer de fuir son cachot, la gardienne des clés avait annoncé la sanction – un départ immédiat, en cours d'année, pour un pensionnat de jeunes filles certes situé dans les Alpes suisses et disposant d'une section sport-études pour le ski et l'alpinisme, mais également réputé pour la fermeté avec laquelle on y traitait les élèves récalcitrantes.

— Bon, pas question de te faire courir ce risque, constata Hugo le jour de la rentrée des vacances de février, quand il revit son amie dans la cour du lycée et qu'elle l'informa de ces dispositions.

— Au moins, dans les conditions actuelles, on se voit au lycée, pendant les intercours... C'est mieux que rien, non ? Tandis que si tu pars en Suisse, ou simplement dans un autre bahut...

Hugo aurait aimé que Charlie approuve, et dise qu'effectivement, se voir au lycée, c'était déjà ça - mieux que rien. Mais elle ne répondit pas. Hugo mit son silence, ce jour-là, sur le coup du traumatisme infantile.

Pourtant, dans les jours qui suivirent, son amie, sa plus qu'amie, continua de se taire. D'intercours en récrés, elle semblait gagnée, ici aussi, par le mutisme et cette mystérieuse distance, un peu hautaine, un peu mystique, qui l'éloignait quand elle était une Céridwen.

Se résignait-elle à ne plus évoquer l'Alta, parce qu'elle craignait de ne plus jamais y retourner ? Était-elle victime du syndrome de Stockholm - prise en otage par sa mère, consentait-elle à cette détention ? Ou en voulait-elle, au fond, à Hugo qui l'avait entraînée dans cette aventure, et qui continuait, lui, de jouir de toute sa liberté ?

Il eut beau essayé de découvrir, de l'interroger, il ne sut pas pourquoi Charlie devenait muette ; pourquoi elle semblait s'éloigner au moment précis où lui se savait prêt à rester à ses côtés pour toujours. Hugo sut que *la menace* avait changé de visage. Alors qu'il ne craignait plus ce qu'impliquait leur amitié changeante, alors que plus rien ne semblait pouvoir l'ébranler, Charlie se retirait du jeu. Sans un mot, un reproche ou une explication. Simplement par le silence et une distance insupportables, comme si toute leur intimité s'était envolée.

Et avec cette confiance enfuie, il sut qu'il la perdait.

Il détesta l'Alta, les Madocs et les Confréries. Mais l'Alta l'attendait pourtant, sa Confrérie aussi.

*

Trois jours avant la rentrée, Hugo s'était rendu au premier rendez-vous fixé par Iwan, à Puteaux. Le vendredi soir qui suivit, il retrouva de nouveau Matthias et Mansour, au nouveau lieu de rencontre que leur avait indiqué l'Elfe noir. Cette fois-ci comme la précédente, il arriva seul. Et cette fois, plus que la précédente, il sentit une tension électrique dans le regard des deux autres confrères, une frustration quand ils virent que Charlie était absente. Puisqu'il manquait la quatrième, il était impossible, ne serait-ce que d'envisager un nouveau passage de soixante heures. Ce serait un nouveau rendez-vous pour rien...

Ce vendredi 14 mars, deux semaines avaient passé depuis leur précédent passage et plus d'un mois dans l'Alta. Une éternité, quand on livre une guerre contre le temps, quand on fait la course contre la mort avec le fils du Suzerain des Âmes. Malgré tout, ni Matthias, ni Mansour ne firent de remarques, ne posèrent de questions. Ils discutèrent deux ou trois minutes, de tout et de rien, biaisant pour éviter le cœur du sujet. Puis Iwan fut au milieu d'eux. Et comme toujours, il alla, lui, droit au but :

— Quand penses-tu que Charlie pourra de nouveau passer ? demanda-t-il à Hugo.

— Je l'ignore... Peut-être dans une semaine. Mais peut-être aussi dans dix-huit mois, quand elle aura atteint sa majorité. Peut-être pas avant qu'il soit trop tard...

— Putain ! Je savais bien qu'à un moment, cela allait poser un problème, de faire la route avec des types encore mineurs.

Hugo dévisagea Matthias, qui venait d'exploser. Il dit :

— Si ça te pose un problème de passer avec nous, on peut dissoudre tout de suite la Confrérie, Golithe. Mais pour l'instant, les seuls qui ont vraiment des problèmes, ce sont ceux qui nous ont confié la mission parce qu'on ne peut pas l'accomplir. Et c'est Charlie. Parce que c'est elle qu'on empêche de sortir, je te signale, pas nous. Donc soit tu te trouves d'autres confrères et tu recommences tout depuis Derrig Argan, soit tu fermes ta gueule.

Il avait presque crié les derniers mots ; il fixa le garçon aux cheveux longs et blonds dans les yeux, et affermit son regard pour se montrer explicite : il se sentait disposé à se battre avec quiconque critiquerait son amie, il en avait même bougrement envie, que Matthias essaie... L'autre se leva face à lui. Et Hugo vit dans ses yeux quelque chose qu'il ignorait pouvoir y trouver, une férocité impitoyable. La métamorphose en Golithe transformait-elle Matthias ? Était-ce cela, l'explication ? Était-ce aussi la raison pour laquelle Charlie se taisait - parce qu'elle se transformait, à vue d'œil, en Céridwen ?

Iwan interrompit le duel de regards, et dit :

— Rien ne doit diviser les Quatre, s'ils le sont. Mais quels moyens existe-t-il d'aller libérer Charlie, pour qu'elle passe avec vous ? Voulez-vous que j'aille moi-même l'enlever ?

Matthias et Mansour se regardèrent un instant, manifestement hésitants. Hugo parla, très vite, pour prévenir tout malentendu :

— Attendez, vous délirez ou quoi... Si on l'extrait de force, sa mère va lancer la police à nos trousses. Et les choses seront différentes : elle ne sera plus une fugueuse, mais une victime, et nous des coupables d'enlèvement, séquestration, ou Dieu sait quoi...

— Et tu vois d'autres choix ? On ne peut pas attendre des semaines que la maman de ta copine se décide. Et dans un mois et demi, il y a les partiels pour nous, après ce sera votre bac français. Ça risque d'être un peu compliqué de passer à ce moment-là, tu crois pas ?

— Mais tu as envie d'être poursuivi par les flics, de risquer l'arrestation ? Tu as envie de passer ta vie à fuir, Matthias ? Je te parle de ta vraie vie, hein... La vie d'ici, pas celle de l'Alta... Si on enlève Charlie, il faudra qu'on en paye les conséquences. Tous. Sans parler d'elle.

— Vous délirez tous les deux. Vous n'avez apparemment vraiment rien compris.

Le silence tomba dans l'arrière-salle du cabanon où ils s'étaient retrouvés. Le Victorieux venait de parler d'une voix tranchante, qui imposait de se taire.

— Vous parlez des flics et des partiels ? Vous dites que c'est ça, la vraie vie ? Mais la vraie vie, c'est aussi l'Alta. Et nous avons pris chacun la décision d'y risquer notre peau, je crois. Vous vous souvenez ?

Le ton, les propos, le timbre même de Mansour étaient cinglants, méprisants, sans plus rien de l'ironie qui les rendait chaleureux, il y a dix jours.

— Alors, officiellement, vous êtes prêts à mourir pour le salut d'un monde inconnu ? Mais vous ne voulez pas, en revanche, risquer de faire un truc illégal, ou manquer une année universitaire ? Vous êtes de redoutables combattants, vraiment...

Hugo dévisagea Mansour : lui aussi semblait méconnaissable, en cette minute. Il n'avait plus grand-chose de la patiente et chaleureuse sagesse du Victorieux. Il avait la morgue et l'orgueil de Morjane, celui des Cervières... Se transformaient-ils tous à vue d'œil ? Avaient-ils fait preuve d'une naïveté stupide, coupable, en pensant qu'ils pouvaient faire sans dommages quelques allers et retours dans un autre monde, et revenir vivre ici comme si de rien n'était ?

Iwan dit d'un ton égal :

— Mansour a raison. La vie des Confréries est aussi la vraie vie. Car une vraie mort y est donnée, ou reçue, selon que c'est votre heure ou celle de l'ennemi. Voyez...

Il leur tendit une page de journal, roulée comme un parchemin.

Hugo la saisit. Il songea bien sûr qu'il y a trois semaines, une page leur avait annoncé la mort de Karen et Simon - qu'il avait été cette fois-là, comme aujourd'hui, le premier à la lire. C'était il y a une éternité - trois semaines, mais avant de connaître l'Alta, leurs avatars, les combats, Aliya...

Hugo inspira, profondément ; de nouveau, Iwan avait parlé de mort. Il déroula la page :

Choisy-le-Roi. — Deux jeunes gens retrouvés assassinés dans une maison de campagne, tués à l'arme blanche.

*

L'article disait que les deux jeunes hommes, Jérôme G. et Pablo D., avaient reçu plusieurs coups mortels portés par une arme longue et tranchante, « peut-être une épée ». L'un d'eux, celui qui avait été frappé dans le dos, portait également quatre perforations, sur la nuque, le dos et les membres inférieurs.

On n'avait retrouvé sur place aucune arme, aucun signe de lutte ou de violence, pas même des projections de sang ; comme si les cadavres avaient été déposés là après les meurtres. La police avait en revanche relevé dans la maison vide des empreintes, traces et indices multiples. Elle supposait que deux ou trois personnes, en plus des victimes, s'étaient trouvées dans l'endroit récemment - du vivant des deux victimes ? Après leur décès ? Une chose était sûre : cette maison était abandonnée depuis des années. Et un coup de fil mystérieux avait prévenu la police de s'y rendre, un coup de fil donné depuis une cabine téléphonique.

— Cela aurait pu être deux d'entre vous, lors de votre passage des bambous de *mélorg*. Et cela aurait pu être vous tous, également, si vous aviez passé vendredi dernier sur l'Alta. Pablo et Jérôme sont morts ce lundi, sur le glacier, en combattant aux côtés d'une autre Confrérie. Une compagnie d'Ocre-Blêmes tient Burak et l'Oihan de Vahan, l'ultime étape avant la Forêt des Âmes.

Iwan avait dit cela sans émotion apparente, mais on sentait du respect pour les combattants tombés à la guerre.

— Les deux confrères survivants ont raconté cela à Gall, leur Egmont, lorsqu'ils sont revenus - Jérôme a été mortellement blessé d'un coup de hallebarde-rasoir, alors qu'il affrontait un Ocre-Blême. La Confrérie a alors décroché, pour tenter d'emmener son corps blessé à l'abri. Pablo a été cueilli par des carreaux d'arbalète, et achevé d'un coup d'épée dans le dos. Deux Elfes de l'escorte sont également morts dans la bataille, deux Rowan. Le reste de l'escorte dressera quatre cairns pour eux autour de l'Oihan du Col, en s'en retournant à Shaelynn.

— Que... que vont devenir les deux autres ? Les confrères qui restent ?

— C'est l'un d'eux qui a prévenu la police, par votre téléphone. Mais maintenant, ils vont se taire. Ils vont se cacher. Disparaître.

Mansour venait de lire l'article à son tour ; il le passa à Matthias et dit d'une voix grave, comme on énonce un constat :

— La police voudra les entendre.

Iwan approuva, tout aussi gravement.

— Et nul dans votre monde ne croirait leurs explications, s'ils essayaient de les donner. Ils doivent donc se cacher. C'est pourquoi nous vous avions dit de n'être jamais vus ensemble - si l'un de vous mourrait, les autres seraient soupçonnés de cette mort. Pour l'instant, Gall veille encore sur eux. Mais bientôt, lui aussi devra disparaître de leurs vies. Ils seront seuls.

*

Hugo réalisa soudain. Il se prit à imaginer ce qu'allaient être ces deux vies - des vies qui avaient connu le meurtre ; des vies passées à se demander si un jour on en serait, soi-même, injustement soupçonné. Des vies à taire le plus terrifiant des secrets, sans aucune chance d'être un jour compris, ou même simplement crus par quiconque. Peut-on vivre sans se décharger auprès de ceux qui nous sont les plus chers de notre secret le plus lourd ? S'étaient-ils condamnés pour toujours à être des ombres sur la terre ? Des êtres hantés par des chagrins, des deuils indicibles venus d'un monde irracontable ?

— Leur Confrérie est dissoute ? Ils ne peuvent s'agréger à une autre ?

Matthias venait de finir la brève lecture. Iwan lui répondit :

— Non, Matthias. Jamais plus ils ne marcheront sur l'Alta. Leurs réceptacles seront brûlés au col avec ceux de Jérôme et Pablo. Il ne reste que deux Confréries, plus la vôtre.

Hugo dit :

– Je vais parler à Charlie. Je vais lui demander ce qu'elle est prête à risquer, et comment... Nous nous revoyons dans une semaine, à la même heure, et...

– Et dans le *shad* que je vous ai signalé, dans la cité que vous appelez Clichy, précisa Iwan.

– Et à ce moment, nous déciderons. S'il faut tenter de libérer Charlie, et s'il faut passer, nous le déciderons ensemble.

Il ajouta, en essayant de mettre un ton un peu plus joyeux dans sa voix.

– D'ici là, qui sait, peut-être les Ocre-Blêmes auront-ils abandonné le glacier de Burak.

– En ce cas, c'est qu'au moins une des deux Confréries qu'il nous reste à battre de vitesse sera passée, dit Matthias d'un air lugubre. C'est que d'autres toucheront au but.

Avant de quitter le lieu du rendez-vous, un par un, Hugo glissa à Mansour :

– Je dois te voir cette semaine... Il faut qu'on parle.

Le Victorieux ne parut pas surpris :

– Viens quand tu veux à l'appartement.

Chapitre 40

Trois jours après ce rendez-vous, le lundi 17 mars, Hugo ne posa pas à Charlie la question : « Veux-tu qu'Iwan vienne t'enlever à ta mère, à nos risques et périls ? »

Mais il lui demanda, en revanche, ce qui le préoccupait, l'habitait à plein-temps :

— Ce qui te manque, c'est l'Alta ? Le chant des Céridwens ? Ce qui te manque, c'est ce que tu devenais ? (Il n'ajouta pas : « C'est cela qui te fait dépérir, qui met aujourd'hui une telle distance entre nous ? Qui nous tue ? »)

Charlie Fuertes, cette étrangère, le regarda dans les yeux, pour la première fois depuis une semaine. Elle le regarda avec la franchise d'une fille d'Espagnols, empreinte d'un désespoir inconnu. Elle dit simplement :

— Oui. Tu ne peux pas savoir...

Il ne chercha pas à comprendre davantage. Il ne demanda aucune autre explication, puisqu'elle n'en donnait pas. Ce qui manquait à Charlie, il ne pouvait le lui donner lui-même ; seul l'Alta le lui prodiguerait, l'Alta et le pouvoir des chants sacrés elfiques ; et il savait que cela éloignait de lui son amie. Mais il voulait le bonheur de Charlie. Il allait trouver un moyen de leur permettre de nouveaux passages.

*

— Tu lui as posé la question ? Qu'est-ce qu'elle a dit, elle veut qu'on l'enlève ?

Mansour s'était installé face à lui dans le bureau où ils avaient passé des heures, voici quelques semaines, pour comprendre les secrets de l'Alta. À l'époque, tout cela n'était qu'un jeu. Depuis, il y avait eu quatre morts, Karen et Simon, Jérôme et Pablo, parmi les initiés de Teacht-chun-Céille ; sans parler de tous les morts de l'Alta : Charazed, Aourell, Aidan, le Madoc Gweltaz, là-bas ; l'Elfe Maé, ici...

Désormais, cela produisait à Hugo la même impression : en chaque endroit et en chaque circonstance, il y avait un avant et un après l'Alta. Et tout ce qui précédait le premier jour des vacances de février lui semblait appartenir à un temps très ancien, à une période close - le temps de l'innocence ? du bonheur ? L'enfance, l'adolescence ?

Il répondit au Victorieux :

— Charlie est accro aux chants sacrés des Elfes. Comme toi, tu es accro aux combats et Matthias, à la Source de Sang-Noir, à la compétition.

Mansour le regarda, une lueur de malice dans ses yeux noisette :

— Et comme toi, tu es accro à Charlie, mais ça, ça ne date pas de l'Alta.

— Ouais... Si tu veux. N'empêche que nous sommes tous en train de changer, de nous transformer... Et cela m'effraie.

— Tu penses à quoi ? Au fait que vous étiez prêts à vous casser la gueule, avec Matthias, vendredi dernier ? Que la seule chose qui compte désormais pour moi, c'est de chevaucher Nidhal au milieu de l'ennemi ? Ou à quelque chose d'autre, quelque chose qui cloche avec Charlie ?

Hugo regarda Mansour. Le garçon avait retrouvé son étonnante franchise, tranchante et chaleureuse en même temps ; cette amitié qu'ils partageaient depuis les heures passées à la cataracte des Rowan.

— Je ne pense pas à ce que nous vivons sur l'Alta, mais à la façon dont cela nous transforme ici. On change tous, on est tous en train de se métamorphoser. Et je n'ai pas l'impression que cela soit en bien.

Le Victorieux hocha la tête :

– Je sais, j'y réfléchis aussi. Je crois que nous avons eu l'occasion de vivre sur l'Alta des choses différentes, troublantes ; des choses plus proches de tout ce que nous avons désiré dans notre réalité d'ici. Et nous ne sommes plus disposés à nous en passer. On veut y retourner, comme un drogué réclame sa came...

Hugo sursauta à cette comparaison.

– ... Mais je crois aussi que ce que nous vivons là-bas est vrai. Réel. Aussi réel que notre vie ici.

– Sauf que nous ne sommes pas des Madocs, des Céridwens ou des...

– Des filles tatouées ? Je te remercie, je suis bien placé pour le savoir. Quand on est arrivé à Derrig Argan, mon nouveau sexe m'a rendu fou pendant quatre jours. Mais maintenant, je crois que je serais prêt à rester une fille toute ma vie, pour chevaucher Nidhal, pour être un guerrier comme je le suis là-bas.

– Même si ça n'est pas vraiment toi ? Même si c'est juste ton âme, ou une partie de ton âme ?

– Oui. Sans doute. Même en sachant tout ça.

Mansour se leva, alluma l'ordinateur sans ajouter un mot. Puis, quand l'écran fut prêt pour la connection Internet, il lança une recherche :

– Regarde...

La page qui apparut était un article daté d'il y a deux jours : quatre jeunes gens retrouvés morts, égorgés à l'arme blanche, dans une maison de Rosny-sous-Bois. Les médias rapprochaient ce quadruple meurtre du double assassinat de Choisy-le-Roi, voici une dizaine de jours. Mais cette fois, on n'avait retrouvé que très peu d'empreintes, par ailleurs différentes de celles de la maison de Choisy. Et on avait, en revanche, retrouvé les traces d'un possible cinquième corps, qui aurait été traîné dehors, enlevé.

Autre détail notable : cette fois, il y avait des traces de sang et de lutte dans la maison.

Mansour commenta :

— Je ne saisis pas vraiment pourquoi il y a des différences avec la mort de Pablo et Jérôme. Leur Egmont a-t-il essayé de camoufler cela en meurtre, cette fois ? Je l'ignore... Mais je sais qu'une autre Confrérie a échoué dans le passage du glacier de Burak, la Confrérie golithe, ou l'autre... Il n'en reste que deux, dont la nôtre, et si nous retournons au passage, nous avons de très bonnes chances d'y laisser notre peau, à notre tour. Je sais aussi que personne ne saura jamais lire ici les exploits et les récits que porte désormais ma peau, je sais que notre Egmont ne nous donnera plus l'occasion de retourner plus de deux ou trois fois sur l'Alta. Je *sais* tout cela, mais je *veux* y retourner. Pour être Mansour la Cervière aussi longtemps que je le pourrais.

Il se détourna de l'écran, fixa Hugo dans les yeux.

— Parce que ce n'est pas un rêve, Hugo. Ce n'est pas le trip d'un drogué, ou un jeu virtuel, justement. C'est réel. C'est nous qui faisons cela là-bas, au prix de notre courage, au prix de notre raison peut-être. Et nous méritons de continuer à le faire, vu tout ce que nous y risquons.

Il s'assit, puis, l'air songeur, il posa cette question :

— Tu crois que tu auras une autre occasion de changer le cours de l'Histoire, de terminer une guerre à toi tout seul, et qu'on raconte tes exploits à jamais, Hugo ?

*

Hugo, pas plus qu'il n'avait tenté d'argumenter avec Charlie, ne chercha à dissuader Mansour. Mais ils continuèrent de discuter, cependant, de ce qu'ils venaient de lire sur l'écran. Et de la promesse faite à Aliya.

— Tu as pensé à ce qui se passera si le Pouvoir du Sang-Noir est réel, lui aussi ? S'il est vraiment aussi terrifiant qu'ils le disent, et que nous le ramenons chez nous ? Peut-être aurons-nous notre place dans les livres d'histoire, ici aussi... mais pas dans le bon rôle.

— Peut-être, Hugo. Mais pas si nous faisons ce qu'a dit Aliya, pas si nous le dispersons.

— Et si l'un de nous réussit à le boire seul ? Que se passera-t-il ?

— Si quelqu'un tente de boire seul, nous savons ce qu'il faudra faire...

— Le tuer, oui. Et pas seulement en rêve. Le tuer vraiment, de sang-froid. Et cela fera un nom de plus dans le journal. Et nous saurons que non seulement nous connaissions la victime, mais qu'en plus, nous sommes des assassins.

— De quoi as-tu peur ? Que Charlie essaie de boire seule ? Que tu sois obligé par serment de la tuer ?

— Non !

Hugo avait crié. Il baissa un peu la voix.

— Mais j'ai peur de devenir un tueur. J'ai peur, aussi, de devoir me taire toute ma vie sur la mort de quelqu'un que j'ai connu, l'un de vous trois. J'ai peur, si l'un de nous est tué par un Ocre-Blême ou un Urod, de passer le reste de mon existence en craignant que la police identifie mes empreintes, dans la maison où on a retrouvé un cadavre. Et qu'on vienne me poser des questions... Ouais, j'ai la trouille, Mansour. Je crois qu'on est lancés à toute vitesse dans quelque chose qui nous dépasse, et qui va détruire nos existences.

— Mais toi, au moins, tu as Charlie avec toi. Tu as réalisé ça ?

La voix du Victorieux était pleine d'angoisse, soudain. Il se leva, alla regarder par la fenêtre. Comme s'il ne supportait pas de parler sous le regard de Hugo. En fixant la rue, pleine de voitures à cette heure, il continua.

— Toi, tu as une amie que tu aimes, et à qui tu vas le dire. Une amie qui s'éloigne et t'échappe peut-être, mais qui t'accompagne et t'accompagnera. Tu as quelqu'un avec qui tu pourras partager tout cela, qui te croira et que tu pourras croire... Tandis que moi, ou Matthias... Quoi qu'il nous arrive, que nous réussissions ou que nous échouions, nous serons seuls. Seuls. Personne ne pourra croire que nous avons sauvé un monde, ou que nous pleurons des amis morts.

Mansour se retourna.

— Tu as pensé une seule fois à cela ? Quoi qu'il arrive, ce que nous faisons aujourd'hui est probablement la chose la plus belle, la plus importante, la plus intense de notre vie. Dans quelques jours, quelques semaines, tout ça sera fini. Nous devrons nous séparer, et tout retournera dans l'oubli... Tu crois que ça justifie qu'on ne le vive pas ? Tu crois qu'il vaut mieux s'abstenir plutôt que d'être seul à jamais ?

Hugo comprit au ton de son ami que Mansour n'avait pas la réponse, il ne connaissait pas le bon choix. Mais il s'était résolu à retourner sur l'Alta, malgré les risques de foutre toute sa vie en l'air.

— Tu en as parlé avec Matthias ? Lui aussi sera seul.

— Matthias ? Quand aurai-je pu en parler avec lui ? Tu l'as vu comme moi, il n'a ouvert sa visière que deux fois. Et quand nous nous retrouvons dans les *shads*, ici, il esquive toute question.

*

— Que faisons-nous, pour Charlie ? On l'enlève ?

— Qu'est-ce que tu en penses ?

Mansour fit mine de réfléchir, alors qu'il avait déjà une solution. Il répondit :

— Je n'en sais rien... Avec toutes ces affaires d'assassinats, j'imagine que la police va être sur les dents, à propos d'une adolescente qui disparaît. Et les flics iront directement chez toi. Si on le fait, il faudra que vous disparaissiez tous les deux, pendant au moins deux ou trois passages. Qu'est-ce que tu en penses, toi ?

— Tu vois une autre solution ?

— Oui. Je crois que j'en vois une autre. Mais elle nous fera perdre encore trois semaines et demi... Presque trois mois, sur l'Alta.

Il se retourna vers l'ordinateur.

— Regarde ce que j'ai préparé. J'attendais ta visite pour l'envoyer.

Chapitre 41

Le surlendemain matin, jeudi 20 mars, en relevant le courrier, Mme Fuertes trouva dans sa boîte aux lettres une de ces enveloppes de carton lourd, gravée à l'or fin, qu'on utilise pour les invitations officielles. C'était un courrier de l'ambassadeur d'Égypte auprès des Nations unies.

Son Excellence Monsieur Fouad al-Masri avait la joie d'inviter Charlie Fuertès pendant la première semaine de ses vacances de Pâques, entre le 12 et le 19 avril, pour un séjour de découverte des institutions onusiennes et d'immersion linguistique à l'anglais, à la représentation égyptienne à New York, États-Unis. Le fils de l'ambassadeur, camarade de Charlie lors d'un stage d'alpinisme l'été dernier, lui avait demandé de prendre cette initiative auprès d'elle.

Bien entendu, l'ambassade d'Égypte prenait en charge les billets d'avion, et logerait Charlie Fuertès sur place. Son Excellence Monsieur l'Ambassadeur regrettait de faire une proposition aussi précipitée, mais dans le cadre d'un agenda très serré, il avait dû attendre la dernière minute pour savoir s'il pouvait se libérer, bla-bla-bla… Une réponse rapide était attendue. Bien entendu, derechef, Mme Fuertès pouvait joindre à n'importe quelle heure Monsieur l'Ambassadeur, afin de s'entretenir de ce projet certes précipité, mais dont il l'assurait que etc., etc.

Mme Fuertes ne dit pas un mot de la lettre à sa fille, ce matin-là. Elle passa sa journée de jeudi, au bureau, à subodorer un piège – elle vérifia que le nom de l'ambassadeur d'Égypte auprès de l'Onu était bien Fouad al-Masri ; elle constata que l'adresse qu'on lui indiquait pour sa réponse, en France était bien celle de l'ambassade d'Égypte ; elle se rendit à l'évidence : les billets d'avion qui étaient joints au courrier avaient effectivement été achetés par les services de l'ambassade...

Elle appela la mère d'Hugo, s'excusa, demanda si Hugo avait été invité à New York. La réponse fut négative.

Le soir, à son retour, elle s'enquit auprès de sa fille : avait-elle rencontré l'été dernier, lors d'un stage d'alpinisme, un garçon nommé al-Masri ? Charlie confirma, sans empressement, l'air vaguement étonnée – comme si Hugo ne l'avait pas mise au courant à l'intercours du jour.

Toute méfiance presque enfuie, Mme Fuertes se dit que, après tout, c'était une opportunité rêvée, celle qu'elle attendait pour se réconcilier avec sa fille. L'enfermer n'était pas une solution durable, rester fâchées pendant des semaines ne menait à rien ; et Charlie, qui se soumettait à sa surveillance sans rechigner, gardait les dents obstinément serrées sur ses deux mystérieuses escapades. Si elle lui offrait un voyage chez un autre garçon en la sachant loin de France, de Hugo Holder et de ses activités clandestines (quelles qu'elles soient), peut-être cela lui changerait-il les idées ? Peut-être retrouveraient-elles, toutes deux, un semblant de confiance ?

Le vendredi 21 mars, vers 14 heures, elle appela l'ambassadeur sur le numéro de portable qu'il avait griffonné sur sa carte lourdement gravée. Bien entendu, elle ne put se douter que ce numéro était celui de Mansour al-Masri. Elle ne pouvait savoir que Mansour al-Masri passait souvent chercher le courrier de son père, et utilisait les services de l'ambassade pour prendre des billets d'avion, quand il désirait rendre visite à son paternel, à New York. Elle ignorait qu'en forçant le bureau de son père, aussi sacré que le Saint des Saints, il avait trouvé les cartes gravées, les enveloppes, tout le matériel nécessaire à son imposture.

Mansour reconnut sur l'écran de son portable le numéro du bureau de Mme Fuertes que lui avait communiqué Charlie, *via* Hugo. Il déguisa sa voix, la vieillit, la chargea d'un accent plus arabe. En dix minutes d'exquise conversation diplomatique, l'affaire était réglée. Une voiture de l'ambassade d'Égypte en France viendrait chercher Charlie le 11 avril au soir, pour l'emmener à l'aéroport.

*

Le même soir du vendredi 21 mars, il annonça à Hugo que le plan avait marché, puis expliqua à Iwan et Matthias : Charlie serait disponible pendant une pleine semaine, dans une vingtaine de jours. Hugo serait en vacances le même jour, Mansour et Matthias, quant à eux, en auraient pour ainsi dire fini de leurs cours, et auraient encore quelques semaines avant leurs partiels. Bref, cela ressemblait à une fenêtre d'opportunité parfaite – à condition d'arriver au bout, une bonne fois pour toutes.

Iwan ne commenta pas ce nouveau délai. Il dit :

— Si vous n'avez que deux passages, il vous faudra franchir le glacier du Burak dès le premier. Mais Vahan résiste, deux mois ont passé, et selon ce qu'a dit la seule Confrérie qui reste à son Egmont, il est toujours tenu par deux compagnies d'Ocre-Blêmes. Aliya leur a transmis un message : avant qu'ils reviennent, une escouade d'Hafidas sera sur le glacier. Elles forceront le passage avec vous, avec votre escorte et celle de l'autre Confrérie.

— Il ne reste qu'une seule Confrérie ? L'autre a failli ? demanda Matthias.

— Oui. Il ne reste que la compagnie de ceux qui te ressemblent, la Confrérie golithe. Elle doit maintenant se reposer et soigner ses blessés, elle a déjà accompli quatre passages infructueux à l'Oihan des Mornes, depuis votre arrêt au Col du Dragon. Je donnerai des ordres à leur Egmont : ils passeront en même temps que vous, dans trois de vos semaines, deux de nos mois. À ce moment-là, les Hafidas combattront avec vous tous, à Burak... Et vous franchirez le glacier.

Iwan ne leur parlait pas du sort de la Confrérie massacrée. Il n'avait sorti cette fois aucune feuille de journal roulée comme un parchemin – et pourtant, les articles n'avaient pas manqué sur cette hécatombe de meurtres chez des adolescents, enfermés ensemble dans des maisons vides et tués à l'arme blanche. Les hypothèses médiatico-policières allaient bon train : secte, jeu de rôle qui tournait mal, satanisme ? Même les parents de Hugo, d'habitude peu regardants, avaient dispensé des conseils de prudence, et posé quelques questions sur l'estafilade qu'il avait à la gorge, celle qu'il portait à l'avant-bras, les zébrures sur ses jambes.

Le garçon décida d'y aller franchement :

— Qu'est-il arrivé à l'autre Confrérie, celle où tous sont morts ? Ils ont échoué sur le glacier, ou ailleurs ?

— Ils n'ont pas échoué dans l'Alta. Les sicaires de Rolf ont retrouvé la maison où ils s'étaient cachés, quelques instants après le passage de leurs âmes ; nous ignorons comment. Les sicaires ont livré bataille avec Nan, leur Egmont, et l'ont vaincu, dans la maison où il les protégeait, alors que les âmes des confrères étaient déjà passées. Les confrères ont été égorgés, inconscients, sans même pouvoir livrer bataille.

Hugo comprit soudain une foule de détails qui l'avaient intrigué – la tension palpable d'Iwan à son arrivée ; ses regards soupçonneux, inquiets, vers la porte ; les indices que rapportaient les articles, à propos du sang et des traces de combat dans la maison ; le mystère du cinquième corps disparu...

Iwan poursuivait :

— Ils savent que les Confréries s'approchent de la Source d'Elfrea. Ils vous chassent. Et désormais, il ne reste que deux Confréries, deux espoirs. Vous, et la Confrérie golithe. Nos forces déclinent loin des arbres, mais nous vous protégerons... En plus de moi-même, deux autres Egmonts veillent désormais sur vous, à chaque heure, chaque minute. L'un, Fergus, guette en ce moment devant la maison de Charlie ; un autre, Elouan, est dehors.

— Elouan ? Le frère de Louane ?

À l'évocation de son amie, Hugo sourit.

— Oui, le frère de la jeune Louane. Toute notre énergie, toutes les forces qui restent aux Searles des Connor seront consacrées à votre protection, pendant vos ultimes passages... Vous pourrez en témoigner auprès d'Aliya, et de nos sœurs.

Iwan parlait comme quelqu'un qui sait qu'il ne reviendra pas de cette bataille-là. Quelqu'un qui s'assure de sa postérité, parce qu'il va mourir.

— Les sicaires, c'est vous qu'ils chassent, ou les Confréries ? demanda Mansour.

— C'est nous, nous qu'ils suivent et traquent. J'ignore si les quatre meurtres de la maison de Rosny-sous-bois sont le fruit du hasard, ou si les Confréries sont le but ultime de leur traque. Mais ce que je sais est ceci : c'est sur nos traces qu'ils chassent.

— Nous ne vous rencontrerons plus, sauf si nous sommes sûrs que les sicaires ne sont pas sur nos talons. Si nous sommes absents au prochain rendez-vous, dans le *shad* que je vous indique, dispersez-vous une heure après que vous vous êtes retrouvés, et restez à l'écart les uns des autres ; c'est que nous ne pouvons vous rencontrer. Nous vous retrouverons pour un autre rendez-vous, ailleurs. Et quant à vous, soyez prudents...

Iwan ne s'adressa plus qu'à Mansour et Hugo :

— Vous ne devez plus vous retrouver comme vous l'avez fait l'autre nuit, chez Mansour.

Matthias regarda les deux autres garçons, fronça les sourcils : il apprenait, de la bouche d'Iwan, que Mansour et Hugo s'étaient réunis sans lui. Et cette information ne lui plaisait manifestement pas.

Chapitre 42

Ils ne se virent pas pendant les trois semaines suivantes, sinon Hugo et Charlie - mais Charlie ne dit rien, pour ainsi dire. Elle commenta à peine la perspective du nouveau passage vers Burak. Sa métamorphose s'approfondissait, empirait, elle ne l'écoutait plus, entendait ailleurs.

Hugo comprit que quelque chose s'était brisé entre eux. Il sut qu'il avait perdu sa place singulière dans la vie de son amie, une place chère entre toutes ; qu'il avait été remplacé par autre chose ou quelqu'un... Il savait aussi que ce silence n'était pas dirigé contre lui. Charlie n'était plus la même, voilà tout. Elle adoptait ce même calme inquiétant, traumatisé, qu'ont les victimes après un tremblement de terre. Comme si elle se trouvait en rémission, assignée à une lente convalescence. Ou plutôt, frappée par une langueur maladive - car plutôt que de s'arranger, les choses empiraient. Elle ne riait plus. Elle ne fredonnait plus. Elle ne s'asseyait plus en lotus, ne balançait plus de vannes, ne rêvait plus en regardant par la fenêtre et en soupirant. Elle s'était éteinte.

Il attendit le prochain passage, ne sachant s'il fallait l'espérer ou le craindre.

*

Ils se retrouvèrent, le vendredi 11 avril, dans le *shad* qu'Iwan leur avait indiqué. C'était une maison abandonnée depuis trois ans et isolée, sur les coteaux de Compiègne.

La voiture de l'ambassade d'Égypte avait laissé Charlie au carrefour parisien que lui avait indiqué Mansour – le chauffeur, un vieil employé de son père autrefois, était aussi dévoué à la famille al-Masri que la gouvernante, Ida. Il avait déjà cent fois auparavant rendu des services précieux à Mansour le Victorieux. Hugo et Mansour attendaient la jeune fille à ce carrefour. À trois dans la voiture du « fils de l'ambassadeur », ils roulèrent pendant une demi-heure. L'ambiance était déjà tendue, mais, à la fois, ils se sentaient comme soulagés – jusqu'au bout, Hugo comme Charlie avaient refusé d'y croire, craignant qu'un grain de sable fasse échouer le stratagème de Mansour. Et finalement la jeune fille était libre. Libre !

Mais des questions hantaient Hugo : pourquoi Charlie se montrait-elle, dans cette voiture, si enjouée de cette liberté ? Le garçon sentait plus qu'un pincement au cœur, car ce n'étaient pas leurs retrouvailles qui avaient provoqué cette joie, mais celles avec l'Alta. Elle ne parla, pendant tout le trajet, que des Céridwens, des chants sacrés, de la Forêt elfique. Et toute sa reconnaissance allait à Mansour...

Hugo sentit mordre le démon de la jalousie. Mais il décida qu'il était un Madoc, que rien ne l'atteindrait.

Ils récupérèrent Matthias un peu à l'extérieur de la gare de Compiègne. L'arrivée du Golithe dans la voiture doucha l'ambiance ; apparemment, il était sur les nerfs, et méfiant depuis qu'il avait appris qu'on se réunissait sans lui, et il avait eu trois semaines pour méditer cette mise au ban.

Une fois de plus, ils tournèrent un quart d'heure avant de trouver le *shad*.

*

Ils attendirent quarante minutes dans le salon, au rez-de-chaussée de la maison froide et noire, privée d'électricité depuis longtemps apparemment, et dont les murs dégageaient une humidité suintante en dépit de la température printanière.

Ils se taisaient, tendus comme des ressorts. Ils ne plaisantaient ni ne tiraient de plans sur la comète. L'alternative qui dansait devant eux était noire - la dispersion provisoire, ou les combats à mort sur le glacier de Burak.

Malgré l'indifférence qu'elle lui opposait, Hugo avait tenu Charlie au courant des révélations d'Iwan, pendant les intercours des trois dernières semaines. Et comme les trois autres, elle savait : au bout d'une heure d'attente, si les Elfes noirs n'apparaissaient pas, les Egmonts ne viendraient plus ; le passage serait remis à une date ultérieure et inconnue ; ils devraient se disperser alors qu'ils n'avaient que sept jours devant eux, sept jours et deux passages.

*

Lorsque Iwan parut, il était seul. Il dit :

— Elouan vous a suivis depuis votre départ, Gall est dehors désormais.

— Gall ? Je croyais que c'était Fergus ? remarqua Mansour.

— Fergus est mort. Les sicaires de Rolf ont découvert le *shad* où se réfugiait notre brigade depuis la mort de l'homme qui nous aidait. Ils nous ont surpris voici deux jours. Ils ont perdu dix-huit des leurs, mais notre brigade ne compte plus que six Egmonts. Trois pour chaque Confrérie.

Il semblait épuisé et défait, comme un soldat déshonoré.

— Les sicaires n'en voulaient pas aux Confréries, sinon ils auraient attendu et nous auraient suivis, jusqu'à ce qu'ils vous trouvent. Ils en voulaient à notre secret, notre trésor ; c'est sans doute ce qu'ils cherchaient déjà quand ils ont attaqué la maison de Rosny-sous-Bois, que gardait Nan. Et cette fois, ils s'en sont emparés.

« Dites à Ioena qu'Aliya soit prévenue de toute urgence : les sicaires de Rolf ont le trésor des Connor. Ils se sont emparés de notre secret... Désormais, la route de la Forêt des Âmes leur est ouverte, comme à vous, s'ils prennent Derrig Argan.

Quatre boules argentées glissèrent sur la table.

– Ne perdez pas une minute. La Confrérie des Golithes part également cette nuit, elle sera aux Mornes dans une heure, elle combattra dès demain sur le glacier de Burak, avec son escorte et les Hafidas ; et l'une de vos deux Confréries doit réussir.

Charlie se tourna vers l'Elfe noir :

– Le trésor, le secret des Connor... C'est la *XariaEnea* ?

– Répétez à ma sœur les mots que je vous ai dits. Elle comprendra.

X

Burak
(La dernière Confrérie)

Chapitre 43

Sur le Col du Dragon, il y avait huit cairns qu'ils ne connaissaient pas, trois mois plus tôt. Des cairns qui, dans l'alphabet elfique ou humain, racontaient que six confrères (et deux Elfes de leurs escortes) avaient laissé leur vie, dans leur marche vers Elfrea.

À sa demande, Louane et Jeson y emmenèrent Hugo, avant l'aube. L'Hybride dit, pensivement :

— Les deux qui sont tombés sur Burak, Jérôme et Pablo... Vous les rencontrerez sans doute dans la Forêt des Âmes. Leurs âmes sont mortes ici, leurs spectres hanteront l'Alta pour toujours. Vous croiserez leurs ombres, vous les reconnaîtrez.

— Et pour les quatre autres, ceux que les sicaires ont tués dans leur *shad*... Comment avez-vous su ?

— Un de l'escorte de la Confrérie golithe est venu nous avertir, quand les chevaliers noirs sont revenus aux Mornes pour leur quatrième passage. Mais ces quatre morts-là, vous ne les croiserez pas, dans la Forêt... Leurs âmes sont retournées rejoindre leurs corps, dans le *shad* où les sicaires les avaient tués. Et puisque les corps n'y étaient plus, leurs âmes erreront là-bas, à la recherche de ce qu'elles ont perdu.

Hugo secoua la tête. Il ne croyait toujours pas aux fantômes, aux revenants. Mais à quoi servait-il de croire ? Après tout, il n'aurait pas adhéré non plus, rationnellement, à l'idée d'âmes errantes...

Jeson ajouta :

— Nous aurions préféré que ces quatre-là soient à vos côtés pour franchir le Burak, plutôt que les chevaliers de *kraast*. Mais ils n'y seront pas. Seule demeure à part vous la Confrérie des Golithes.

Il grimaça en prononçant ces mots.

*

Avant l'aube, quatre âmes errantes et leur escorte se mirent en route, pénétrèrent dans le Khoren qui les mènerait à l'Oihan des Mornes. Le canyon traversait le massif de part en part. Cinq hommes, peut-être six, pouvaient y tenir de front, et il portait bien son nom (Khoren signifie « soleil éteint » dans la langue des Nains) : l'ombre régnait ici à n'importe quelle heure du jour, en raison de la profondeur de la gorge.

Ils avançaient, sur le qui-vive, les yeux guettant les hauteurs – si l'ennemi s'y était installé, il aurait pu les écraser, à n'importe quel endroit, sous une pluie de rochers. Ils ne subirent cependant aucune embuscade, ni pendant ce jour, ni lors de la nuit suivante. À l'aube, ils aperçurent, au bout du défilé, les chênes des Mornes de Burak.

*

C'était un simple bosquet de *daras* rabougris, assez pauvres en feuillage faute de soleil, et plantés dans la gorge. En enjambant les racines épaisses des chênes sacrés, ils virent la fosse à *Xaria*, qui avait été creusée dans le roc. Vide. La Confrérie golithe avait déjà quitté l'*oihan*, elle tentait un cinquième passage sur le glacier, sans les attendre.

Hugo songea que cette fosse aurait été trop exiguë, sans doute, pour huit corps. Mais si leur Confrérie n'avait pas dormi ici, lors du dernier passage, ce n'était pas pour des raisons de place ou de commodité – Ioena l'avait dit à Morjane, voici plusieurs semaines, voici quatre mois, au Col du Dragon :

– Nul ne doit dormir avec les Golithes.

Ceux aux côtés de qui ils s'apprêtaient à combattre n'étaient pas des alliés sûrs, selon leur Métig. Et Iwan leur avait dit que Pablo et Jérôme avaient été tués « en combattant aux côtés d'une autre Confrérie ». Laquelle ? Se pouvait-il que des confrères, entre eux, ne se portent pas secours, protection ? Se pouvait-il que les uns trahissent les autres, dans leur course vers Elfrea ?

*

L'Oihan des Mornes, chétif et broussailleux, marquait la fin du défilé. Quand ils eurent passé les *daras*, ils débouchèrent presque sur... le vide. De ce côté-là du Khoren, il n'y avait pas de plateau semblable à Ibar-os-Hodei. Le massif plongeait, presque vertical, sur une hauteur hallucinante. Plusieurs centaines de mètres plus bas, au pied d'une falaise de roc, de *kraast* et de cristaux, une forêt d'une densité serrée, aux arbres sombres, s'étendait sur des dizaines de coudées à la ronde. Et, plus loin vers l'est, la mer d'Arjun scintillait.

— La Forêt des Âmes, dit Mansour, les yeux brillants, devant les milliers de têtes d'arbres qui constituaient le but de leur mission.

— Oui. Mais vous n'avez aucun moyen d'y parvenir de ce côté du glacier. Le seul passage est après l'Oihan de Vahan, au-delà de Burak, montra la Métig.

Ils tournèrent la tête vers le glacier qu'elle désignait. Vers l'ouest, un sentier de pierre, creusé de mains naines dans le massif et en surplomb du vide, emmenait sur quelques centaines de coudées le long de la paroi jusqu'à l'énorme lèvre de glaces sales et de rocs emmêlés. À son sommet, Burak brillait de mille feux blancs, sous le soleil de l'Alta.

Ils s'équipèrent, et cela leur prit des heures. Sur leurs tuniques, leurs armures (et sur les robes d'eau de Charlie et Bleunienn, encore moins appropriées ici), ils enfilèrent des pelisses de *caprax* grossièrement tannées, coupées à la va-vite, mais qui faisaient des manteaux étouffants. Leurs mouvements en étaient un peu ralentis, sans doute, mais le froid du glacier de Burak pouvait geler un homme sur pied en quelques minutes, avait expliqué Jeson. Ils nouèrent autour de leurs jambes, de leurs chevilles et en guise de chausses une première couche de tissus de laine, avant de faire de même avec une seconde bande de fourrure de *caprax*. Le tout maintenu, comme des guêtres, par de longs liens de cuir, savamment noués. Ils marchaient avec la grâce d'Urods affublés de moonboots ; empêtrés dans leurs armes, leurs moufles de cuir tentant d'affermir les prises sur les pommeaux des armes. Même Jeson avait protégé ses sabots. Seuls les cerviers ne craignaient rien, animaux de glaces aussi bien que de rocs. Mais les deux fauves avaient été chargés de monceaux de fourrures, harnachés, et Jeson en emportait aussi, sans qu'on sache à quoi elles serviraient.

Après une brève progression vertigineuse le long du sentier de paroi, ils parvinrent aux contreforts du glacier, qu'ils mirent trois heures de notre monde, probablement, à escalader. Au fur et à mesure qu'ils s'étaient approchés, la température avait dégringolé, l'atmosphère elle-même était saisie par le glacier, qui fumait continûment. Leurs respirations se firent nuages, ils sentirent le gel mordre, malgré les fourrures qui les cuisaient à l'étuvée quelques heures plus tôt. Le soleil avait largement entamé son déclin quand ils atteignirent le sommet de la lèvre glacée, là où le glacier était plat comme une main. Ils plissèrent les yeux. Et Hugo regretta que le monde de l'Alta n'ait pas inventé les lunettes de soleil protection forte et la crème solaire indice 80. C'était éblouissant, brûlant, glacé. C'était insoutenable.

*

Burak était une longue langue de glace blanche, bleutée par endroits. Il devait occuper quelque neuf mille coudées de large, et sans doute cent-vingt mille de long, à cheval sur la montagne – on en apercevait pas le bout, on le devinait seulement ; très loin, là où les massifs de l'Échine du Dragon reprenaient leurs profils d'arêtes acérées et d'écailles noires.

Le froid avait une coupante intensité ; sans doute le jeu des températures plongeantes et des courants d'altitude suscitait-il ce blizzard permanent, violent, qui les fit chanceler, qui leur assécha immédiatement la peau. Hugo sentit la progression des crevasses, immédiate, sur ses lèvres, ses joues - partout, son visage tirait, arrachait, la peau semblait rétrécir à grande vitesse. Mais plus que tout, l'intense réverbération du soleil, pourtant maintenant couchant, était insupportable : elle brûlait les yeux, fouaillait le nerf optique, si bien qu'au bout d'une minute, toutes larmes bues, on ne savait plus où poser le regard.

Louane et Ioena, sans autre explication, tendirent aux confrères et à Bleunienn des chiffons d'un tissu fin et poisseux comme la tulle grasse. Puis, elles nouèrent des tissus similaires sur leurs propres visages. Les autres membres de l'escorte faisaient de même. Les confrères constatèrent qu'à travers les mailles de ce fin tissu, ils voyaient suffisamment pour progresser. Ceux qui étaient à pied chaussèrent des planchettes semées, sous la semelle, de clous d'une dizaine de centimètres, et sur lesquelles on avait ménagé des lanières de cuir.

– Ainsi, vous irez plus sûrement, sinon plus vite. Celui qui glisse meurt, dit Ioena sobrement.

*

Ils progressèrent, buttant sur leurs crampons improvisés, luttant contre le vent violent. Quand la nuit fut tombée, ils avancèrent sous les étoiles. Le halo bleu presque phosphorescent de la glace semblait restituer aux ténèbres toute la lumière qu'elle avait retenue durant le jour. Au moins purent-ils ainsi échapper à l'éblouissement, ôter de temps en temps le tulle qui leur couvrait le visage et sur lequel leur respiration gelait - mais il fallait remettre rapidement cette protection qui seule leur permettait d'échapper à la morsure du vent.

Ils avaient le sentiment que leur marche était d'une lenteur inouïe ; de fait, elle l'était.

Même les lions-cerviers semblaient freinés dans leurs mouvements souples et brutaux par le vent de blizzard. Mansour flattait sans cesse Nidhal, lui prodiguait des mots d'encouragement étouffés – il le sentait, sous ce vent, ils ne pourraient combattre qu'au ralenti.

Mais malgré le froid, le désir de se battre, en lui, n'en était pas moins brûlant.

*

Ils parvinrent aux Dents du Burak juste avant que le soleil pointe à l'est.

C'étaient deux courtes écailles de *kraast*, qui émergeaient de la glace, au tiers environ du parcours vers Vahan. On jeta au sol les peaux de *caprax* et de *barans* dont on avait chargé Jeson et les cerviers, entre les Dents qui formaient un abri contre le blizzard. Et ils purent s'y allonger et s'y enfouir, dans un nid de chaleur, pendant environ trois heures, cachés du soleil, l'épuisement leur offrant un sommeil réparateur. Deux jours et trois nuits de l'Alta avaient passé, ils n'avaient pas dormi depuis leur passage, sans compter la longue journée tendue qui l'avait précédé. Bien avant le coucher, toutefois, le froid avait traversé les dépouilles animales qui les protégeaient. Il fut nécessaire de se remettre en route, laissant là toutes les fourrures crissantes, hérissées de cristaux de gel coupants.

Mansour était déjà sur Nidhal, piaffant, depuis une demi-heure. Il était le seul des confrères à ne pas devoir marcher avec les planches à clous, à ne pas déraper tous les trois pas, et il s'agaçait du temps perdu, visiblement. Hugo, quant à lui, se sentait déjà harassé quand ils reprirent la route. Et il songea que sans les fourrures, ils ne pourraient plus s'arrêter, maintenant, de jour comme de nuit ; il leur faudrait franchir Burak, ou revenir sur leurs pas sans une halte, sauf à mourir de froid.

Chapitre 44

Vers la fin du quatrième jour (le deuxième sur le sommet du glacier, plus deux nuits), Le Victorieux, qui formait seul l'avant-garde à une centaine de coudées devant les autres, se retourna sur son lion. Et cria son exaspération, à travers le tissu :

— Ioena ! Nous avons dépassé la moitié du temps imparti au passage de nos âmes, et nous n'avons pas encore rencontré l'ennemi. Aurons-nous seulement le temps de combattre ?

Il ne supportait plus d'attendre ses compagnons, aussi lents qu'une colonne de manchots sur l'inlandsis. D'heure en heure, l'essence des guerrières l'emplissait douloureusement, quelque chose qu'il ne connaissait pas encore, qui était le lourd fardeau des Cervières, envahissait progressivement ses sens : l'absence de combats était comme une béance dans son estomac, un gouffre, une souffrance. Le tatouage le brûlait, réclamant d'autres récits. Combattre, combattre sans cesse, écrire des récits : c'était une faim dévorante, un appel de sauvagerie, un cri d'adrénaline. S'il ne pouvait se battre ici, il se battrait bientôt contre ceux qui le retardaient - il le sentait.

Ioena comprit, elle qui connaissait les femmes des Clans libres : Mansour était avant tout une guerrière, peu lui importait pour quelles guerres, pour quelles joutes - pourvu qu'il puisse jouter. Il était une arme pour le combat, une main tatouée serrée sur un hachoir ; il n'était que cela. Elle lui répondit, sur le même ton :

– Nous serons à Vahan avant l'aube, Cervière ! Nous avançons au rythme des plus lents ! Mais tu peux partir en éclaireur si cela te chante ! Morjane, avec lui !

*

Mansour avait lancé son fauve au petit trot, prudent, sur cette patinoire ; cela fit du bien à ses nerfs à vif. Le mouvement du lion le berçait de ses muscles, il mesura de nouveau sa puissance. Il entendit Jeson et Morjane galoper derrière lui pour le rejoindre, se porter à sa hauteur. Les Cervières chevauchèrent silencieusement pendant une demi-heure, dans le nuage de fumée de leurs respirations, dans l'haleine de leurs fauves, se calant sur le rythme du Centaurien, moins à l'aise sur la glace.

Puis, Jeson cria soudain :

– Je les vois.

Ils s'arrêtèrent tous trois, en dérapant.

Ils voyaient Vahan, effectivement, encore loin vers le nord. Là-bas, dans la lumière d'un bleu gelé du soir tombant sur la glace, des ombres chinoises de cavaliers et de fantassins se battaient, tourbillonnant comme un essaim autour d'une muraille de palissades.

Jeson dit, yeux perçants :

– Les Ocre-Blêmes ont fortifié l'*oihan*, et les Cervières les attaquent depuis l'ouest. Quant à la Confrérie golithe, elle aura atteint l'ennemi d'ici une heure... Rebroussons chemin.

Mansour tressaillit, voulut désobéir, lancer son lion : se battre, se battre maintenant... Mais Morjane posa sa main sur la tête de Nidhal, regarda Mansour en souriant, et dit :

– C'est pour cette nuit, ou pour l'aube ; et moi aussi je brûle. Mais sois patient.

Le Victorieux hésita, puis approuva d'un signe des paupières. Elles talonnèrent leurs deux fauves, tournèrent bride. Ils rejoignirent au galop la Confrérie et son escorte.

– Ioena ! cria l'Hybride en approchant. La bataille de Vahan a commencé sans nous !

– Pressons le pas !

*

Ils embrassèrent enfin tous ensemble le fort du regard. Avant l'aube. Mais trop tard, apparemment...

Les vagues successives de Cervières, que Jeson avait distinguées cette nuit, avaient cessé ; et les attaques de la Confrérie golithe sur le glacier également. Pour quelle issue ? En s'approchant encore, ils virent le fortin que les Ocre-Blêmes avaient dressé pour enfermer l'*oihan*. Les palissades en étaient partiellement détruites, renversées comme par la main d'un géant. Mais qui tenait désormais l'ouvrage militaire ?

Ioena dit :

– Jeson, Morjane, Mansour... Allez vous rendre compte. Mais sans combattre. Décrochez en cas d'opposition.

De nouveau, ils galopèrent, en avant de tous les autres, sur la glace. Mansour, irrésistiblement, prenait de l'avance, impatient d'en découdre. Il se sentait d'humeur à prendre seul l'*oihan* d'assaut, s'il en était besoin. Le spectacle qui l'attendait le déçut en quelque sorte.

*

La palissade qui, côté sud, protégeait le fort des attaques lancées depuis le glacier, était éventrée.

Encore de loin, ils virent que dans le périmètre du fort ravagé, une demi-douzaine de Cervières étaient occupées – les guerrières jetaient par-dessus les murs des formes encore indistinctes, des corps apparemment.

Ils approchèrent encore. De toute évidence, Vahan était tombé, le fort était aux mains des Confréries et de leurs alliés.

Quand ils entrèrent dans le fortin détruit, quelques Hafidas tournèrent la tête vers eux, saluèrent Jeson, sourirent en apercevant Morjane, regardèrent curieusement Mansour sur Nidhal, essayant de le/la reconnaître.

Les deux Cervières sautèrent à terre. Le désir de combattre de Mansour s'évanouit – la pitié, la nausée, le spectacle de la guerre abjecte le rendirent à son humanité. Autour d'eux, c'était un théâtre de désolation. C'était le champ d'une bataille à laquelle les adversaires s'étaient livrés, sans espoir de pardon, de pitié. Sans reddition possible.

De l'ennemi, il ne restait plus, entre les murailles de rondins du fortin de Vahan, que les corps déchiquetés de quarante Ocre-Blêmes, arbalétriers ou cavaliers, et les dépouilles de leurs montures *siffales*. Les fauves se les disputaient, tandis que les Cervières jetaient déjà ces cadavres hors du fort, chassant parfois d'un geste agacé les *zopilotes* qui volaient en rond autour de l'*oihan*, et qui s'enhardissaient au fur et à mesure, à la vue de ce festin de viandes mortes. De l'ami, il y avait aussi des cadavres. Plusieurs. Beaucoup trop. Mansour reconnut une tueuse de Fern, deux Elfes Rowan, une Céridwen Guirec et son Madoc, parmi les morts tombés au pied de la palissade. Deux Cervières avaient également laissé leur vie, empalées sur la palissade ouest, elle aussi béante.

Mais où étaient les Golithes ? Déjà repartis vers Elfrea ?

Mansour aperçut enfin un des chevaliers noirs. Assis sur le sol, jambes écartées. Le dos appuyé contre le tronc d'un des *daras* enfermés vers le nord du fort, là où il semblait inexpugnable. Le confrère avait le bassinet largement ouvert, on voyait ses yeux et la cagoule du haubert, semblable à celle de Matthias quand il s'était dégagé, à Shaelynn. Il les regardait venir vers lui. Il était vivant. À côté de lui, sur le sol, il tenait dans la main l'arbalète d'un Ocre-Blême qui gisait, ouvert en deux, une bi-hache plantée entre les omoplates.

*

— Vous êtes leur escorte ? La Confrérie arrive enfin ?

Mansour ne démentit pas le chevalier de *kraast*, qui le prenait pour la deuxième Cervière de l'escorte. Il ne lui demanda pas comment il pouvait parler. Il répondit par une simple question :

— Où est ta propre Confrérie ?

L'autre rit, amèrement.

– Derrière moi... Je te laisse regarder seul, je ne peux plus marcher. Un mauvais carreau dans le bas du dos, cadeau de mon ami ici présent.

Il secoua le manche de la bi-hache fichée dans l'Ocre-Blême. Le cadavre tressauta, chair morte, impavide.

– Ma moelle épinière est sectionnée, je crois, mais tu ignores sans doute de quoi je veux parler...

Un nouveau rire amer.

Mansour fit quelques pas, dans la direction que le Golithe avait indiquée. Sur le sol, entre les *daras*, on avait traîné après la bataille les corps des trois chevaliers noirs. L'un avait encore dans le dos la hallebarde-rasoir qui l'avait transpercé. Les blessures mortelles des deux autres étaient invisibles, mais à voir leurs yeux, à travers la visière de leurs casques, Mansour sut que tout était fini, également. Un quatrième corps avait aussi été amené ici, sous les chênes, avec les trois chevaliers de *kraast* : celui d'une Connor, sans doute la Métig de cette escorte. Morte, elle aussi.

Mansour songea d'abord : « Les malheureux. » Puis, seulement : « Nous sommes les Quatre, désormais... Les Quatre. »

*

Le reste de l'escorte et de la Confrérie pénétra à son tour dans le fort, guidés par Jeson qui les attendait à la palissade. Ils enjambèrent les corps, virent les amis tombés ; ils se dirigèrent droit vers le Golithe adossé au *dara*, rejoignirent les Cervières.

Le survivant regarda Matthias, puis les deux Céridwens. Ses yeux brillèrent :

– Alors, c'est vous... Je vous attendais. Où sont les tiens, Golithe ?

Matthias ouvrit le bassinet du casque, se figea, le regarda, sans un mot.

– Où sont-ils, tes confrères ? Est-ce le tueur de Fern que je vois derrière toi ? L'Hybride ? La jeune Connor, ou... l'une des deux Céridwens ?

Pas une réponse de Matthias, toujours aussi muet.

Mansour s'adressa aux siens, ses confrères, son escorte.

— Les autres de la Confrérie golithe sont morts, et toute l'escorte. Même leur Métig, Ioena, dit-il en baissant la voix.

— Oui, morts... Morts en prenant l'*oïhan*...

De nouveau, le Golithe ne s'adressait qu'à Matthias.

— Et tu vas profiter de notre sacrifice. Tu vas descendre jusqu'à Elfrea, et tu rétabliras le Sang-Noir. Alors que le Sang-Noir nous était promis.

Louane sursauta, regarda Hugo, puis Charlie, puis Mansour - manifestement, elle était la seule qui ignorait le but de leur mission : boire le Sang-Noir à la Source d'Elfrea. Le Golithe paralysé et bavard continuait, imperturbable, son monologue à voix haute, face à son égal - le Golithe muet, mais debout.

— Et toi, tu sais, ce que cela signifie. Mais tu ne leur as pas dit... Tu es golithe, donc tu connais le Pouvoir du Sang-Noir, tu as lu le livre de Mallaury...

Matthias sursauta, fit un autre pas en avant.

— Mais tu ne leur as pas dit. Il ne vous a pas dit, n'est-ce pas ?

Le Golithe s'adressait pour la première fois aux autres - à l'escorte et à la Confrérie, sans savoir qui était qui.

— Alors, moi, je vous le dirai... Il existe un livre, un livre très rare, photocopié en quelques dizaines d'exemplaires, qui raconte ce qu'est le Sang-Noir. Et votre ami le connaît, puisqu'il est venu sous la même apparence que nous quatre. Mais moi, qui le connaissais aussi, je l'ai fait lire à mes confrères, avant notre venue...

La voix se fit douloureuse, à l'évocation des trois autres.

— Tandis que lui...

— Tais-toi !

Une voix, un cri venait de sortir du casque de Matthias. Une voix que connaissaient bien Mansour, Hugo, Charlie, mais qu'aucun des autres n'avait entendue, que nul n'avait entendu sur l'Alta. Matthias pouvait parler. Matthias venait de crier...

Le paralysé fut le seul à ne pas s'en étonner. Il poursuivait son acte d'accusation :

— S'il vous en avait parlé, sans doute seriez-vous tous venus, comme nous quatre, sous l'apparence des chevaliers noirs... Pour le Sang-Noir...

— Tais-toi, je te dis !

Matthias se retourna vers les trois autres, le regard fuyant ; inquiet et furieux.

— Il vous ment. Je ne connais pas de livre, je...

— Et si vous aviez eu cette apparence, je n'aurais pas pu vous empêcher de descendre vers Elfrea, pour prendre le Sang-Noir qui nous revenait. Je ne le pourrais pas, parce que votre armure vous protégerait. Alors que là...

Le mouvement du bras qui tenait l'arbalète, posé sur l'Ocre-Blême, fut tellement rapide qu'ils eurent à peine le temps de comprendre avant que parte le premier carreau du paralysé. Bleunienn eut un cri étouffé, presque une expiration, et tomba en avant.

Le deuxième carreau partait déjà.

D'instinct, Hugo fit un pas pour se trouver sur la trajectoire, devant Charlie. Pour mourir à sa place. Mais trois mètres devant lui, Matthias avait fait de même. Le carreau se ficha dans son armure, avec un bruit sourd.

— Mais moi, il me reste une armure, pour nous quatre..., dit Matthias.

Il brandit le fléau d'armes, il tournoya deux fois.

— Et toi, tu vas mourir.

Ils rentrèrent la tête dans les épaules, fermèrent tous les paupières au bruit que fit la masse en s'écrasant. *Kraast* contre *kraast*. Il y eut deux autres impacts, le fléau qui s'acharnait. Quand ils rouvrirent les yeux, ils virent que le dernier membre de la Confrérie golithe n'avait plus qu'un amas de métal et de chair à la place du crâne.

Matthias arracha, d'un geste négligent, le carreau fiché dans son plastron, que le paralysé destinait à Charlie.

Chapitre 45

À l'ombre des *daras*, Bleunienn, son côté droit sanglant et palpitant comme un ventre d'oiseau, agonisait. Jeson aida Charlie à retirer le carreau du corps de la Gweltaz. Ils cautérisèrent tant bien que mal la plaie mortelle, avec une lame chauffée sur le feu. Puis Charlie resta seule, auprès de la Céridwen inconsciente.

Elle prononça, d'abord à voix timide, puis de plus en plus claire, les longues incantations. Ses doigts, ses mains maladroites, incertaines, prirent de l'assurance. Elle sentit quelque chose l'emplir, quelque chose qu'elle connaissait maintenant depuis quatre mois de l'Alta, et à quoi elle n'envisageait de renoncer pour rien au monde : le chant fragile d'une vie, sous ses mots ; l'indicible mélodie d'un souffle suspendu, qui battait au rythme de son incantation, s'accrochant à ses infimes modulations, à ses doigts, s'enroulant autour de sa propre psalmodie.

Quand la nuit tomba, bien plus tard, Charlie chantait encore, toute fatigue bue.

*

Pendant que les Cervières victorieuses allumaient un grand feu, devant le fort, et faisaient chauffer les couteaux à tatouer pour écrire leurs récits de la prise de Vahan, l'escorte enterra les morts de l'autre escorte. Earvin coucha à même le sol sa sœur Elma, la douzième tueuse de Fern, celle qui accompagnait la Confrérie golithe ; il alluma des cristaux d'une résine d'encens autour d'elle, déposa près du corps des victuailles, les armes d'Elma, une outre d'eau potable - tout ce dont elle aurait besoin pour son dernier voyage. Puis, aidé par Jeson, ils recouvrirent le corps de la tueuse d'un tertre de pierres concassées, de terre et de poussière. La fumée de l'encens monta quelques instants encore, à travers les pierres du tertre, comme le souffle d'une âme qui monte vers le ciel. Une enfant de Fern, parmi les plus redoutables, reposerait pour toujours près de l'*oihan* du passage du Vahan - loin, très loin de la Cité libre qu'elle avait servie jusqu'au bout.

Louane et Ioena couchèrent les Rowan, la Céridwen et son Madoc, la Métig des Connor, sous des simples branches fraîches de *daras*. Les corps, ainsi, resteraient, jusqu'à ce qu'on vienne les chercher, et qu'on accomplisse les rites - ceux-là reposeraient à Shaelynn, si les Quatre triomphaient. Jeson et Earvin les aidèrent à dresser quatre cairns, pour les quatre Golithes.

*

Mansour, Hugo et Matthias attendaient, à bonne distance des *daras*. Assis tous trois dans la nuit. L'envie de combattre avait quitté Mansour, devant la mort donnée et reçue ; maintenant, son désir revenait, comme une vague intérieure, mais il le tenait à distance, parce qu'il y avait tellement plus grave à régler : des questions qui concernaient la survie de leur Confrérie, des questions sur les mensonges et les trahisons passés, à venir.

Ils n'avaient pas échangé un mot, ou presque, depuis le meurtre du paralysé. C'était à Matthias de parler, et Matthias *pouvait* parler ; mais il se taisait. Ioena et Louane vinrent les rejoindre quand les étoiles furent hautes.

*

Sous les *daras*, Charlie écoutait de toute son âme la vie qui se débattait, qu'un seul fil retenait. Elle chantait la mélodie de cette âme, la musique de cette vie. Elle écoutait et reprenait, depuis des heures. Et alors, il se produisit ceci : une voix, aussi ténue que le filet d'une source cachée, vint se joindre à la sienne. D'abord, ce fut un souffle incertain, puis un chant un peu plus ferme, qui se mêla à la mélodie d'argent de l'apprentie. Ce furent les mots, la mélodie, de la Céridwen des Gweltaz. Bleunienn ouvrit enfin, lentement, prudemment les paupières. Elle chantait pour elle-même, pour s'offrir encore quelques heures, un supplément de vie.

*

Ioena dit aux trois confrères :

— Si votre Céridwen meurt, vos âmes ne pourront retrouver leur passage jusqu'à Vahan. Il faut qu'elle vive, du moins tant qu'Aliya n'aura pas envoyé depuis Shaelynn une autre prêtresse elfique, pour accomplir le chant.

Ils se tournèrent vers les *daras*, virent que, précisément, Charlie quittait le chevet de Bleunienn, venait vers eux. Ils se levèrent, Ioena fit deux pas...

La nouvelle Céridwen des Connor s'adressa à sa Métig :

— Bleunienn a versé son sang comme un fleuve, mais il ne coule plus, maintenant ; sa vie tient à un fil, et je ne peux que lui donner des forces, pour qu'elle tienne elle-même ce fil quelques jours.

La voix s'emplit de regrets.

— Je ne connais que peu de chants, encore...

— Donne-lui des forces, il le faut. Il faut qu'elle tienne et accomplisse vos chants, ordonna Ioena.

— Sa vie est suspendue, mais elle s'éteindra bien avant que la lune recommence à croître. Je le sais. Et si elle chante nos chants au lieu du sien, son sang sera épuisé en moins d'une semaine.

— Elle le fera. Elle chantera vos chants, jusqu'à ce que nous fassions venir une autre Céridwen de Shaelynn, pour vous appeler dans la fosse. Vous devez revenir, une ultime fois. Vous êtes les Quatre, ou nul ne le sera.

— Et nulle autre Céridwen désormais ne pourra remplacer Bleunienn dans sa tâche, Charlie. À part toi, si tu reviens pour appeler les autres. Les Elfes de Shaelynn combattent dans la forêt, avec leurs prêtresses...

Ils tournèrent tous la tête. Celle qui venait de dire ces mots se découpait, dans la nuit. Sa silhouette, sur son cervier Nadir, était pleine de majesté. Ils surent tous qu'Aliya était revenue, qu'elle était parmi eux.

*

Les nouvelles qu'elle apportait étaient sombres.

— J'ai traversé hier soir la passe de Kyrian, mais personne à part moi n'aurait pu s'y glisser. J'ai parcouru tout le jour la Marche livrée à l'ennemi.

Il n'y avait aucun orgueil dans ces mots, juste un constat, amer. Aliya s'accroupit, dessina une carte grossière dans le sable, du bout de son couteau.

— Les Golithes d'Odran-Shad sont à Kyrian. Derrig Argan est tombée il y a six jours maintenant, les Rowan résistent à leur tour mais reculent. Arman-du, au nord, a cédé à son tour hier matin, les Légions golithes de Thierno se sont retournées et servent l'ennemi, désormais. Et Rolf a lancé toutes ses dernières forces dans la bataille, il a même noué une alliance de circonstance avec les troupes d'Otilia. Elles sont dans la Forêt elfique et s'emparent des cataractes, une à une, après celle des Connor.

— Orbert a cédé à ses offres d'alliance ?

— Orbert s'est contenté de louer à Rolf ses troupes, ses mercenaires, ses écorcheurs et ses archers. Pour le tribut d'argent que Waltraud lui a payé, Orbert aurait vendu son âme. Quant aux Golithes d'Otilia, ils servent Rolf gratuitement, pour le Sang-Noir...

Aliya traça quelques traits sur sa carte.

— Depuis la chute d'Arman-du, la Route du Kraast est fermée pour nous. Nous ne pouvons plus attendre aucun secours venant des Landes franches. Et les Légions golithes de Kyrian vont rejoindre celles d'Arman-du, à travers la marche, pour s'ouvrir la route du passage de Vahan, ici même. Elles seront ici dans une huitaine de jours, je les ai vues hier ; elles progressent au pas, ralenties par leurs machines de siège...

– Rolf arrive ?

– Oui, tout l'indique. Et nul ne l'empêchera de gravir la Marche. Toutes les Nations elfiques coalisées défendent la forêt ; Thierno est en déroute. Et Fern se replie pour assurer sa propre défense, face aux Golithes de Waltraud et d'Almeria.

– Ne devrais-tu pas être à la tête du capitanat, à Shaelynn, pour coordonner la défense, plutôt qu'ici, isolée sur le glacier de Burak ?

Mansour venait de poser la question qu'ils se posaient tous. Aliya le regarda, répondit :

– Je ne suis plus capitaine des Mères-de-la-guerre. Rolf m'a trompée, et j'ai commis l'erreur la plus grave qu'une stratège pouvait commettre. J'ai offert à Rolf le Pouvoir du Sang-Noir.

*

Toujours accroupie, le capitaine déchu désignait du bout de son bâton les champs de bataille, sur la carte.

– Rolf n'est à la tête de ses légions ni à Arman-du, ni à Odran-Shad. Rolf ne combat pas sur l'Alta. Car Rolf est passé dans votre monde, par la porte de Oksan-kras. Et il va revenir, sur les ailes de la *Xaria*. À cause de mon erreur.

Hugo comprit soudain - au fur et à mesure que la lumière se fit en lui-même, il parla à voix haute :

– Bien sûr, comme au poker... Rolf a bluffé pour te pousser à commettre une erreur, il bluffe depuis seize mois... Et tout le monde a cru les nouvelles qu'il distillait... Il vous a tous intoxiqués, toi, les Mères-de-la-guerre, les juges du Tribunal de Paix...

– Oui. Il a abusé nos espions, puis nous a abusés. Il leur a fait entendre qu'il avait un moyen de boire le Sang-Noir, et nous, nous l'avons cru... Nous tous, et moi-même. Mais il n'en avait pas, il n'en existe aucun, à part la *Xaria*.

— Et tu as envoyé les Elfes avec la *Xaria*. Tu les as exposés. Tu as offert à Rolf le moyen qu'il espérait, sur un plateau, compléta Mansour dont l'esprit s'ouvrait à son tour.

— Si je n'avais pas ordonné qu'on prépare la Plante des Âmes, si une Céridwen des Connor n'avait pas accompli le chant, et si Iwan n'avait pas passé la porte avec sa brigade et les boules de *Xaria*, notre monde ne craindrait rien de la source et de Rolf. Mais j'ai donné ces ordres.

— C'est ce qu'il avait prévu, reprit Hugo. C'était le seul moyen pour lui d'obtenir la *Xaria*, et de passer sur l'Alta comme une âme errante. Il connaissait le secret, il a prétendu qu'il en possédait un autre, et il t'a poussée à prendre cette décision. Pour s'emparer de la plante.

— Et maintenant, il a la plante. Maintenant, il tient Derrig Argan. Maintenant, il va passer, rétablir le Pouvoir... Et les Golithes le savent, c'est pourquoi tous le servent, dit Matthias.

*

Aliya ne s'étonna même pas que le Golithe soit sorti de son silence, ni de ce qu'il venait de dire. Savait-elle qu'il choisissait de se taire, jusque-là ? Savait-elle son secret, celui du livre de Georges Mallaury, celui qu'il cachait : *« Les Golithes sont les soldats du Sang-Noir, les vassaux du Pouvoir » ?*

*

Elle regarda les Quatre avec fermeté, et dit :

— Non. Il ne passera pas encore, pas maintenant.

Le bâton dessina de nouveau, sur la carte.

— Quand il viendra, depuis Derrig Argan, il franchira la passe de Kyrian, et traversera la Marche jusqu'ici, probablement. Par la route directe.

Un nouveau trait.

— Sans doute les Légions golithes ouvriront-elles un passage pour lui sur la Marche, en taillant les Urods. Mais Rolf ne peut parcourir toute la route jusqu'à la source d'un seul jet. Il lui faut effectuer deux passages pour boire le Sang-Noir. Ce qui signifie trois choses : la première c'est qu'il a besoin de se reposer, ici même ; c'est le seul *oihan* possible entre ses deux passages.

– C'est la raison sans doute pour laquelle ses Ocre-Blêmes n'ont pas brûlé les chênes de l'*oihan* - il les voulait pour lui ?

– Oui, Hugo. Et cet *oihan*, c'est nous qui le tenons.

Elle énuméra sur ses doigts.

– La deuxième chose que nous savons, c'est que pour effectuer un second passage, il faut qu'une Céridwen au moins l'aide dans son entreprise - une Céridwen qui chantera près de son réceptacle, et toute une nation Elfe, sans doute, liguée à ses côtés. Celle qui lui a confié le secret de la *Xaria*.

Une pause. Aliya leva un troisième doigt, lança un regard indomptable vers Hugo et Charlie, Mansour et Matthias.

– Et la troisième des choses que nous savons, c'est que vous êtes encore en vie. Vous pouvez boire le Sang-Noir avant lui.

Matthias se leva :

– Partons-nous maintenant ?

– Non. Il vous faut plus de deux jours pour descendre à la source, boire et revenir.

– Mais si Bleunienn meurt, nous ne pourrons revenir à Vahan. Et Derrig Argan est à Rolf.

– Bleunienn tiendra. Elle tiendra si vous ne faites qu'un aller-retour dans votre monde. Et moi, avec mes Hafidas, je tiendrai cet *oihan* jusqu'à votre retour, contre toute l'armée de Rolf s'il le faut. Je ne suis plus capitaine des Mères-de-la-Guerre ; mais je suis Aliya.

Chapitre 46

Ils durent patienter deux jours et deux nuits encore sur l'*oihan*, à attendre que la *Xaria* ramène leurs âmes au *shad*. Plus bas, sur la Marche, les colonnes de Golithes manœuvraient, implacables, et faisaient leur jonction au fil des heures ; elles commencèrent la montée vers eux. « À une semaine de marche, avait dit Aliya » ; et pourtant si proches, apparemment. Elles traînaient derrière elles des machines, balistes et béliers tirés par des *siffales* de trait, qui feraient ployer l'*oihan* en quelques heures.

Eux étaient isolés sur ce piton rocheux, sur ce glacier, entre la Marche livide et la Forêt des Âmes. Ils ignoraient qui avait remplacé Aliya au capitanat, où en était la défense des Landes franches, de Fern. Aliya ne leur parlait pas, elle gardait ses distances, restait au milieu de ses Hafidas ; personne n'apportait plus de nouvelles, depuis son arrivée.

*

Charlie ne quitta pas Bleunienn, pendant ces deux jours et deux nuits, ces vingt heures ; elle chanta sans repos les litanies qui soulagent l'agonie ; elle chanta la musique de l'âme de Bleunienn, qu'elle mêlait de la sienne.

Louane et Ioena servaient les Céridwens, les nourrissaient, repansaient la Gweltaz, allaient chercher de l'eau et des plantes pour les cataplasmes. Et, parfois, Bleunienn, à peine revigorée, essayait d'ânonner avec son élève, qui l'en empêchait :

— Tais-toi. Reprends des forces... Gorge-toi de ma vie, de ma sève, de mon sang...

*

À force d'attendre, sans un mot, assis à ses côtés, Hugo et Mansour finalement firent céder Matthias.

Le Golithe parla, comme on avoue :

— Ce livre... Il existe. Je l'ai lu...

— Le livre sur le Sang-Noir ?

— Oui.

Un long temps de silence.

— Et tu ne nous en as parlé ?

Le mutisme, de nouveau.

— C'est la raison pour laquelle tu te taisais, depuis Derrig Argan ?

Encore le silence ; puis, après un nouvel effort, Matthias répondit :

— Oui. Je suis arrivé ici en Golithe... Et vous l'avez entendu : les Golithes sont ceux qui connaissent le Pouvoir du Sang-Noir, qui veulent le rétablir et le servir librement. Ce sont les soldats du Pouvoir. Si je vous avais parlé, j'aurais dû vous dire tout cela : mon mensonge à propos du livre, mon allégeance au Sang-Noir. Vous n'auriez pas compris...

La voix se teinta de reproche.

— Mais vous ne m'avez pas fait confiance, pas davantage. Quand tu as su, Mansour, qu'il te manquait une moitié de toi-même, puis que tu l'as rencontrée en chevauchant Nidhal, tu t'es confié à Hugo, pas à moi ; quand Hugo a su qu'il était ici pour servir Charlie, vous ne m'avez rien dit. Quand vous vous êtes retrouvés pour libérer Charlie, vous vous méfiiez de moi. Et Charlie ne m'a pas parlé des chants qu'elle entendait.

Ils le dévisagèrent, différemment soudain. Malgré son mutisme, Matthias avait tout vu, tout compris, savait tout.

— Quand on est seul et silencieux, on a tout son temps pour regarder, pour écouter, pour comprendre.

Mansour ne releva pas les reproches. Il le questionna, calmement :

— Que signifie ton allégeance au Sang-Noir, Matthias ? Un serment t'oblige aussi, avec Aliya, et avec nous quatre.

— Oui, j'y ai longuement pensé... mais ça n'est pas contradictoire.

Une première pause.

— Je veux rétablir et servir le Pouvoir du Sang-Noir, comme tous les Golithes. Mais si tous le convoitent, nul ne le possède aujourd'hui - je ne suis l'homme de personne, ni de Rolf, ni de Wulfran. Et j'ai juré à Aliya d'en débarrasser l'Alta à jamais.

Une pause.

— Je tiendrai parole. Je suis un soldat du Pouvoir, mais je suis l'homme d'Aliya, de nul autre. Et je crois encore que nous pouvons rétablir le Pouvoir, avant Rolf. Nous sommes les Quatre.

Hugo voulait le croire. Il sentait dans cette voix une sincérité, et aussi une immense solitude ; il demanda :

— Matthias... Hier, tu m'as sauvé la vie... Puis tu as tué le dernier membre de la Confrérie golithe. C'était un confrère, l'un des nôtres, un type de notre monde.

— Oui.

— Tu... Tu sais que tu es un assassin, désormais, techniquement. Je veux dire... Tu as tué quelqu'un de notre monde.

— Oui. Je suis un Golithe. Je tue ou je suis tué. Et j'irai boire le Sang-Noir.

De nouveau, Hugo le regarda. Avec une nouvelle nuance dans les yeux - un mélange de stupeur, d'incompréhension, d'horreur. Matthias poursuivait :

— Mais si je ne vous avais pas protégés de son arme, j'aurais servi Rolf, comme il le servait en voulant tous nous tuer. Moi, j'ai servi Aliya. Au risque de ma vie.

— Que sais-tu du Sang-Noir ? reprit Mansour, toujours aussi impassible. Que dit le livre ?

— Rien... Pas grand-chose... Je sais que quiconque regardait Wulfran abdiquait sa volonté, que son libre arbitre était vaincu, qu'il devenait un jouet, une marionnette dans les mains du Suzerain des Âmes. Je sais que le Sang-Noir est le Pouvoir - nul ne peut soustraire sa volonté à celui qui le possède. Nul, sauf Danaël.

— Et tu es prêt à servir ce Pouvoir ?

— Oui. Je crois que le Sang-Noir est l'arme la plus grande que nous puissions posséder. Je veux la rétablir. Mais si je suis ici, sur cet *oihan*, c'est pour une raison, la même que la vôtre - nous allons en débarrasser l'Alta. Ensemble.

*

Deux heures avant le retour de leurs âmes, Aliya vint enfin les retrouver.

— Si Rolf sait qu'il reste une Confrérie, il va chercher à vous tuer. Tant qu'il n'aura pas pris Vahan, toutes ses forces seront consacrées à vous chasser, en votre monde... Dites à Iwan que Rolf vous traque en personne - et ne revenez pas sans que votre Egmont soit paré, derrière vous, avec ce qui reste de toute sa brigade.

— Mais comment Rolf saurait, dans notre monde, qu'il n'a pas pris Vahan ? Comment saurait-il qu'il reste une Confrérie ?

— Nous l'ignorons, Hugo. Sans doute a-t-il laissé son plan d'attaque à quelques capitaines, qui dirigent les Légions. Sans doute ses espions vont-ils d'un monde à l'autre, pour l'informer du moment où il pourra passer. Ainsi, il perd du temps, un peu de temps - il leur faut cinq jours, chaque fois, par Oksan-kras, pour gagner votre monde. Peut-être est-ce un répit qu'il nous donne ? Peut-être apprendra-t-il avec un peu de retard que Vahan est tombé, si nous perdons Vahan ?

Mansour la reprit :

— Tu as dit que tu tiendrais Vahan jusqu'à la mort, Aliya.

— Oui, nous nous battrons. Nous mourrons s'il le faut. Et si Vahan chute, il chutera dans un brasier. Nous brûlerons les *daras*, nous consumerons les chênes et vos réceptacles. Si Rolf prend Vahan, il ne prendra ni vos réceptacles, ni la fosse. Quant aux trois autres *oihans*, ceux des Mornes, du Col et des Hodeis, ils brûlent déjà. Ce sont mes ordres, les derniers que j'ai pris comme capitaine des Mères-de-la-guerre.

« Ainsi, si Rolf passe, il devra réussir en une semaine sa route depuis Derrig Argan jusqu'à la source... Il échouera, une fois, deux fois peut-être, dans sa tentative. Mais il finira par parvenir à Elfrea - sauf si vous l'y devancez.

XI

Rolf
(La vérité du Madoc)

Chapitre 47

Ils revinrent dans le *shad* froid et sombre de Compiègne.

Iwan entendit la chute de sa clairière, la situation désespérée sur l'Oihan de Vahan, les ordres d'Aliya : il devait regrouper tous les Egmonts restant derrière eux. Il écouta, de cet air indifférent qui sied aux nobles Elfes. Il se leva :

— Bien. Je reviendrai ce soir. Gall et Elouan veilleront sur vous, pendant mon absence, et je reviendrai avec les Egmonts de l'autre Confrérie. Mais si je ne suis pas de retour parmi vous dans une nuit et un jour...

Il posa sur la table les quatre boules de *Xaria* argentées. Il les regarda de telle sorte qu'ils surent : si leur Egmont manquait, ils devraient passer, coûte que coûte.

Sans paraclet.

*

Le soir vint. Iwan ne revint pas.

La nuit s'étira... Les quatre confrères, qui n'avaient pas dit grand-chose depuis leur retour, concentrés déjà sur l'urgence de repartir et d'accomplir enfin ce pour quoi ils allaient sur l'Alta, commencèrent à peser les risques.

— Il a dû rencontrer les sicaires de Rolf... Ils devaient avoir repéré le *shad* de la Confrérie golithe et...

— Et il ne veut pas les attirer jusqu'à nous.

— Mais si nous passons maintenant, sans Iwan, nous nous exposons... Gall et Elouan ne suffiront pas pour nous défendre. Et Aliya a dit que nous ne devions pas.

— En revanche, si nous ne passons pas très vite, Bleunienn ne tiendra pas. Ses chants s'épuisent d'heure en heure...

— Sans compter les Golithes.

— Elle en avait au mieux pour une semaine, deux jours ont passé quand nous étions là-bas, et vingt heures depuis notre retour...

— Oui. Son temps s'achève.

Charlie venait de prendre part, enfin, à la conversation. Sûre d'elle, affirmative. Comme si même ici, elle entendait l'agonie de la Gweltaz.

Elle dit :

— Je vais retourner sur l'Alta. J'apprendrai le chant de la *Xaria*, pendant les heures qui restent à Bleunienn. Et j'accomplirai les chants, pour que vous reveniez, quand Iwan reparaîtra.

— Je viens avec toi.

Hugo avait parlé sans réfléchir. Il argumenta, *a posteriori* :

— Si l'*oihan* est attaqué par les Golithes dans les heures qui viennent, le Madoc devra se tenir près de sa Céridwen.

— Non.

Mansour regardait Hugo, impératif :

— Non, Hugo, tu resteras ici. Tu es le seul à être inutile, là-bas, avec tes moignons... Tandis qu'ici, tu as des mains...

— On ne peut pas la laisser passer seule !

— Matthias et moi allons passer. Nous pouvons défendre l'*oihan* avec Aliya, ce sera deux combattants de plus aux côtés de l'escorte. Et nous protégerons Charlie, je te le jure.

— Mais Aliya a dit que...

— Je sais, Hugo... Mais tu resteras derrière nous pour nous protéger. Tu attendras Iwan. Et si notre Egmont n'est pas revenu dans douze heures, passe à ton tour, nous descendrons jusqu'à Elfrea sans filet.

*

Ils firent ce que Mansour venait de décider pour eux. Immédiatement. Pour ne pas se donner le temps de le regretter.

Les trois prirent la *XariaEnea*.

Hugo vit leurs corps s'affaisser sur eux-mêmes, dans les canapés, comme brutalement terrassés par un sommeil profond, narcotique. Comme tués par un poison aussi pur que la foudre. Il les réinstalla, l'un après l'autre, la tête posée en arrière – moins impressionnants, ainsi. Son doigt passa sur la joue de Charlie, pour une caresse.

Et il demeura seul, dans le silence du *shad*.

Chapitre 48

Le jour se leva.

Ils respiraient tous les trois, visiblement. De temps en temps, les paupières de l'un d'eux clignaient, comme s'il était en proie à un rêve, dans un sommeil paradoxal. Les organes vitaux continuaient leur travail, le jeu inconscient des neurones et du cerveau aussi ; rien de la biologie ne s'arrêtait – ni le souffle vital. Mais l'âme n'y était plus.

Qu'étaient donc ces corps sans âme ? Qu'étaient ces âmes, dans l'autre monde ? Toutes les questions que Hugo avait réussi à éviter depuis six semaines lui revinrent devant le spectacle de ses trois amis étendus sur les deux canapés.

Qu'était-ce que l'âme ? Qu'est-ce qui faisait de nous des êtres différents, chacun, en dépit des agrégats semblables de cellules qu'étaient nos organes, nos boyaux, nos sangs, nos cerveaux ; en dépit de ces savantes constructions biologiques qui nous rendaient si jumeaux ? Quel était-il, ce supplément, cette infime différence, cette nuance blottie Dieu sait où, et qui rendait chacun de nous inimitable, irremplaçable ?

Il ne répondrait pas à ces questions. Pas maintenant, sûrement, et sans doute jamais. Il ne savait que ceci : il aimait Charlie, corps et âme ; ce corps qui reposait ici, cette âme qui, là-bas, lui échappait, et vivait une expérience qu'il ne comprenait pas. Quels que soient les étranges désirs, les mystères, les secrets de Charlie, il apprendrait à les aimer, sans comprendre.

Pouvait-il dire que c'était elle, son âme ? À cette heure, il s'en voulait seulement de ne pouvoir la protéger, de l'avoir laissée courir les risques, sur l'*oihan* assiégé, tandis qu'il demeurait en arrière, sur le *shad*. Mansour l'avait dit : là-bas, il était inutile. Mais ici ?

*

Matthias s'épousseta et sortit de la fosse étroite de Vahan. Sans un mot pour ses deux compagnons, sans un regard pour Bleunienn, il se dirigea vers la palissade ouest, où les guetteuses des Cervières maintenaient leur veille.

Le Golithe au bassinet désormais grand ouvert se pencha par-dessus la palissade que les Hafidas avaient redressée. La légion de Rolf avait progressé en quelques heures, on apercevait distinctement ses feux dans la nuit, une nuit sans étoiles – une forêt de nuages noirs portés par un vent d'est courait depuis la mer d'Arjun, et s'apprêtait à couvrir la Marche.

Aliya, qui guettait elle aussi aux remparts, se tourna vers le garçon, sans commenter son retour. Elle dit :

— Ils préfèrent se regrouper avant de lancer l'assaut. Ils ne sont pas parvenus à hisser sur la Marche leurs machines de guerre, mais ils seront ici en masse dans deux jours, tout au plus. Il faut que vous descendiez dès aujourd'hui dans la forêt.

— Nous ne pouvons pas. Hugo est resté en arrière, pour attendre Iwan. Il passera au plus tard dans douze heures, un jour et deux nuits sur l'Alta.

— Votre Egmont n'est plus là pour protéger votre passage ?

Le Golithe secoua la tête. Lui aussi se demandait ce que cette absence signifiait.

*

Hugo regarda sa montre : sept heures avaient passé... Soudain, il y eut du bruit, à l'extérieur du *shad*.

Des coups, aurait-on dit. Un ou deux cris étouffés, peut-être. Hugo se leva, regarda autour de lui, se pencha vers la fenêtre. Se trompait-il ? Avait-il vraiment aperçu un mouvement, dans les fourrés ? Rolf ? Ses sicaires ? Il regarda de nouveau dans la pièce, cherchant une arme, quelque chose pour protéger ses amis ; quelque chose qu'il aurait dû se préoccuper de trouver beaucoup, beaucoup plus tôt.

Le silence. Il alla dans la cuisine, prit un couteau de boucher, revint... Fallait-il sortir ? Rester ?

De nouveau, après de longues minutes, il perçut un cri étouffé, dehors, et cette fois du métal qui cogne contre du métal. Que faisait Iwan ? Où étaient Gall et Elouan, les protecteurs que leur Egmont leur avait promis ? Avaient-ils entendu ces bruits, comme lui ?

Il fit deux pas vers la cuisine pour regarder par la fenêtre. À ce moment, la porte d'entrée s'ouvrit, explosant sur ses gonds.

*

Charlie tenait Bleunienn dans ses bras, et elles chantaient à tour de rôle.

Le jour filait, la course du soleil inexorable, et quelque chose dans l'air indiquait qu'à la fin de cette course, une vie s'évanouirait.

La Céridwen des Connor prodiguait, par l'incantation, d'ultimes forces à la Céridwen des Gweltaz. Puis, celle des Gweltaz appelait par son chant l'âme de Hugo, vers la fosse à *Xaria* de l'Oihan de Vahan. Jusqu'à ce que le souffle lui manque. Elle s'arrêtait alors, en pleine incantation, et sa poitrine luttait, si violemment qu'on entendait le cœur battre à plusieurs mètres tandis que la cage thoracique se soulevait, recherchant l'oxygène. Le soubresaut irrégulier, affolé, de ce cœur s'étirait, se suspendait en longues secondes de silence, avant que la pompe ne consente, une fois de plus, à relancer encore le sang dans les artères.

Chapitre 49

Le colosse qui entra dans le *shad* faisait deux mètres, sans doute. Il s'empêtra un instant dans la porte du *shad*, effondrée, puis la piétina...

Hugo le vit depuis l'angle mort du salon.

Une armure noire de *kraast*, hérissée de pointes sur chaque articulation. Une bi-hache à la main, gouttant encore de sang - le sang de qui ? Sur son plastron, or gris sur le *kraast*, le blason au loup gueule ouverte, dévorant le corbeau deux serpents autour du cou, qui constituait ses armes, son nom, sa maison. Il portait un collier de *kraast* et d'or, sur l'armure, aussi discret qu'une chaîne de moto...

La première pensée de Hugo fut :

« C'est Rolf. »

La seconde :

« Putain, il a dû se faire remarquer, en se baladant comme ça dans les rues de Compiègne ! »

La troisième :

« Je suis mort. Nous sommes tous morts, sauf si Iwan... »

*

Matthias vint trouver Mansour, à l'écart, entre les *daras* et les remparts.

— On ne peut plus attendre... Dès que Bleunienn sera morte, il faut que nous partions. Il faut que tu convainques Aliya de nous confier la mission, à nous trois.

— Sans Hugo ?

– Sans Hugo. Nous n'avons pas besoin du Madoc pour réussir, et à chaque heure qui passe Rolf se rapproche.

– Pourquoi ne vas-tu pas toi-même en parler à Aliya ?

– Elle ne m'écoutera pas...

Il donna un coup de menton vers l'ouest, et la Marche.

– Ceux qui campent là-dessous sont des Golithes, comme moi. Tandis que toi, Mansour, tu es une Cervière... Une des leurs. Il faut que tu lui parles.

– Je verrai. Nous verrons... Bleunienn n'est pas morte.

*

Rolf ne l'avait pas vu, pas encore.

Il était tête nue. Ses longs cheveux blonds lui coulaient dans le cou. Ses tempes étaient blanches, rasées, comme le sommet du crâne jusqu'à la moitié du cuir chevelu. Ses yeux cerclés de rouge étaient cruels, sa peau blafarde, parcheminée comme celle d'un vieillard.

Quelque chose d'un vampire médiéval, mais trop blond, trop vieux ; trop fort aussi.

Hugo songea : « Pour l'immortalité des Temps... Ce type a l'immortalité, cadeau spécial de Danaël *himself*... Il est invulnérable. »

Pendant qu'il pensait en accéléré, ses yeux se posèrent sur le couteau dérisoire qu'il avait en main - rien à faire avec ça ! Hugo recula lentement vers la cuisine... Il recula sans un bruit, sans quitter Rolf des yeux...

Il buta dans la table basse de verre qu'il avait oubliée, sur son chemin. Il tomba à la renverse, en plein dans le plateau de verre qui explosa en mille débris. Rolf se tourna vers lui, le vit, eut un sourire cruel. Ses dents étaient pointues, il les limait en crocs.

« Un warlord... Tu es face à un warlord ultime, et tu te casses la gueule, le cul dans une table ! » Ce fut la dernière pensée de Hugo avant la première gifle du gantelet de *kraast*.

*

Les doigts de Charlie passaient sur le front, sur les tempes, sur les yeux de la Gweltaz - elle savait qu'elle soulageait Bleuniennn, elle savait que c'était un peu de baume, un simple baume offert à une agonisante.

Elle ne pouvait même pas se dévouer tout entière, corps et âme, esprit et pensées, à la survie de Bleunienn. Pendant que la Céridwen des Gweltaz lançait son ultime chant devant la fosse, Charlie l'écoutait, répétait avidement à voix basse les mots, les intonations. Dans une heure, peut-être deux, c'est elle qui devrait psalmodier pour appeler Hugo. Et elle voulait que Hugo revienne. Elle avait besoin de son Madoc, plus que jamais.

*

— Finissons-en, maintenant !

Les oreilles de Hugo bourdonnaient. Le sang coulait de son nez dans sa bouche, il avait une ou deux dents cassées, ses lèvres étaient dures comme du carton, du plâtre. Ses pommettes en feu, écorchées par le métal et les coups, cuisaient. Ses membres étaient douleur.

En quatre gifles, sans un mot, Rolf l'avait fait voler quatre fois dans la pièce, jusqu'au mur de la cuisine. Et maintenant, Rolf le regardait avec une colère amusée, Rolf jouait avec lui.

« Tu as pris quatre baffes, et tu veux déjà en finir... », songea Hugo.

Il savait maintenant qu'il n'était pas à la hauteur, qu'il ne serait jamais à la hauteur de Rolf. Il était une chose recroquevillée contre le mur, par terre, les yeux sur ses pieds pour ne pas voir venir le coup suivant. Une chose pantelante qui espérait juste échapper à la prochaine gifle. Une chose prête, pour ainsi dire, à supplier ; mais ça, il ne le voulait pas. Ne pas demander pitié, puisqu'il ne l'obtiendrait pas. Ne pas s'avilir.

Ils avaient perdu. Autant en finir vite.

Le coup suivant ne venait pas. Son adversaire marchait dans la pièce, lentement, comme un grand prédateur à l'affût d'une proie. Hugo releva les yeux, avec prudence, centimètre par centimètre. Rolf s'était désintéressé de lui. Rolf était entre les deux canapés, la bi-hache posée sur l'épaule comme un bûcheron. Il regardait les trois corps endormis, les trois confrères sans âme.

*

Mansour contemplait depuis de longues minutes le corps étendu de Hugo le Madoc, dans la fosse à *Xaria*.

— Qu'est-ce que tu fous, Hugo ? Qu'est-ce que tu fous ? Il faut que tu arrives, vite, avant que Bleunienn meure. Il faut que tu arrives avant que tout dépende de Charlie, tu le sais. Tu ne peux pas faire peser toute l'Histoire sur elle seule. Sur nous seuls.

*

— Hiw hiw hiw.

Rolf éclata de rire, un rire suraigu.

— Hiw Hiw hiw.

Un rire incroyable de fille hystérique, trop étriqué pour le volume de sa cage thoracique, pour la largeur de ses épaules. Et le vampire blond immortel regarda de nouveau Hugo, les petits yeux cruels le saisirent, avec cette fois tout l'amusement du monde dans la lueur blanche des pupilles.

Il laissa tomber sa hache de l'épaule dans sa main gauche.

— Alors c'est ça... C'est ça ?

Sa voix était comme son rire : aiguë, fluette presque, féminine, et d'une inquiétante sensualité ; d'une cruauté se délectant d'elle-même. Il se retourna brusquement vers les trois dormeurs, leva la bi-hache à deux mains au-dessus de sa tête, l'abattit - elle fendit en deux le canapé vert, à vingt centimètres de Mansour. Le divan s'affaissa comme un navire coupé en deux dans un naufrage. Les corps de Mansour et de Matthias roulèrent l'un sur l'autre.

— C'est ça qu'Aliya et ses Elfes espéraient m'opposer ? Un Maure, une pucelle, et deux écuyers mal dégrossis, qui n'ont pas même la musculature de simples laboureurs... Hiw hiw hiw.

Rolf avait rejeté le visage en arrière et riait, riait, ivre de son triomphe. Puis, il fit quatre pas vers Hugo.

*

Mansour se pencha sur le visage de la Céridwen des Gweltaz, ne perçut pas un souffle.

— Je crois qu'elle est partie.

Ioena et Louane, Aliya et Jeson, Morjane, Earvin et Matthias se tenaient en cercle autour d'eux - Mansour la Cervière était agenouillé devant Bleunienn, qui gisait dans les bras de Charlie. La jeune fille avait des larmes plein les yeux. La main du Victorieux passa sur les paupières de Bleunienn, les referma. Le crépuscule du soir avait emporté une vie avec lui.

Ioena dit :

— Si vous réussissez, Bleunienn aura ses runes parmi celles de Shaelynn. Son sacrifice permettra que cette guerre s'achève... Si vous réussissez...

Mansour se retourna vers la Connor :

— Nous réussirons, Métig. Charlie, pourras-tu accomplir le chant, appeler Hugo ?

*

— Et toi, toi, tu n'as même pas osé les accompagner pour l'ultime étape !

Rolf hurlait, à un mètre du visage de Hugo.

— Tu as été trop lâche pour cela ! Vermisseau !

Hugo ferma les yeux. La cinquième gifle vint finalement, mais immédiatement ensuite, sa tête ballottée par le coup fut soulevée par les cheveux, littéralement. Et Hugo dut lutter pour que ses jambes le portent, plutôt que de se laisser traîner.

Il entendait la voix.

— Hiw hiw hiw... Les lâches ont droit à une jouissance particulière, une torture raffinée ; celle de mourir en dernier, lourds de leurs remords.

Il avançait, traîné, yeux fermés, vers les canapés.

— Puisque tu n'as pas eu leur courage, tu vas me voir éventrer tes amis, tu mourras en dernier. Regarde ! Regarde, je te dis !

*

Ils la regardaient tous, silencieux. Dans la clarté rougeoyante du couchant, Charlie, à travers ses larmes, vit dans tous leurs yeux impatients que cela dépendait d'elle. L'Histoire. Elle sut qu'il ne s'agissait plus seulement de tenir une vie par son dernier souffle, que l'issue de la guerre dépendait de son chant. Elle regarda Bleunienn, son visage paisible dans la mort, et dit :

— Je chanterai pour appeler Hugo.

*

— Par lequel commencerai-je, des trois qui ont pensé boire le Sang-Noir avant moi ? Par lequel ? Choisis, vermisseau ! Dis-moi !

La pointe de la bi-hache, au bout de la main droite du Féodal, s'arrêtait successivement sur chacun des trois corps endormis, glissait sur eux comme la dernière caresse du serpent pour ses proies.

Les jambes de Hugo ne le portaient pas, il ne tenait debout que par les cheveux que Rolf empoignait de sa main gauche ; il était sur la pointe des pieds.

— Le Maure ? Le maigre ? Ou la pucelle ? Lequel ?

Hugo se cabra lorsque la hache s'arrêta sur le front de Charlie.

— La pucelle ? hiw hiw... Tu voudrais que j'épargne la pucelle, que je la garde pour la fin ? Hiw hiw, hiw hiw.

D'un simple mouvement du bras gauche du colosse, Hugo vola de nouveau, à trois mètres. Dans les débris de la table brisée sous son poids.

— Alors regarde, garçon, regarde ce que Rolf fait aux pucelles qui osent le défier.

Rolf jeta sa hache. Les deux mains du Féodal fouaillèrent sous son plastron, défirent une ceinture de cuir, puis deux autres lanières. Une jambière tomba, puis l'autre.

— Regarde comment le Seigneur-Loup sait forcer celles qui osent lui résister.

*

Le visage de Charlie, concentré et absent à la fois. Innocente du danger. Les yeux de Charlie, étrangement tournés vers un secret enfoui à l'intérieur d'elle-même - le chant de la *Xaria*, la Plante des Âmes...

Charlie chantait. L'incantation demandait qu'elle cherche loin, très loin dans les profondeurs, pour entendre retentir l'âme errante qu'elle appelait.

Elle la connaissait, cette âme, cette vie. Par le cœur. Quand Hugo reviendrait, elle n'aurait pas besoin de poser les mains sur l'écorce, elle n'aurait pas besoin de se concentrer pour distinguer parmi tous les chants, parmi toutes les musiques des âmes errantes, celle qu'il faudrait appeler. Elle reconnaîtrait immédiatement cette âme-là.

Cela faisait des jours, des nuits, des semaines qu'elle écoutait cette âme chanter près de la sienne. Depuis qu'elle avait perçu la musique de la sève, la musique du sang et le chœur des âmes, à Derrig Argan, elle n'avait cessé d'écouter, attentive, la vie de Hugo s'écouler, et battre, et lui livrer ses secrets...

Chapitre 50

Mansour dit :

— Je parlerai à Aliya quand le soleil sera tout à fait levé... Laisse encore une chance à Hugo. Nous sommes quatre, Matthias, nous avons avancé à quatre jusque-là. Et si nous le pouvons, nous irons à quatre jusqu'à Elfrea.

— Non, nous n'avons pas jusqu'à l'aube. Va lui parler maintenant, que nous nous préparions... Et si à l'aube Hugo n'est pas venu, alors nous partirons.

*

« Un colosse... Un colosse a des pieds d'argile... »

Au lieu de la rage et de la peur, ce fut la lucidité qui monta après une grande inspiration ; et qui éclaircit tout, soudain. Hugo vit clair.

Il se souvint en un éclair de toutes les histoires lues cent fois, et des conseils de Mansour. La vision périphérique. Les faiblesses de l'adversaire, qui sont tes forces. Frapper là où s'appuie celui qui te terrasse.

« Un colosse aux pieds d'argile. » Ce furent ces mots qui lui vinrent, et qui déclenchèrent tout.

Il sentit le verre de la table, tranchant sous ses mains. Il saisit un morceau acéré, le serra si fort que ses paumes, ses doigts s'ouvrirent sous cette lame.

Il plongea en avant, à quatre pattes, comme le vermisseau qu'il était. Vers Rolf qui s'était approché de Charlie, dépenaillé, barbare...

En un plongeon, il fut à ses pieds. L'autre avait entendu bouger et se retournait en riant, pour le balayer une nouvelle fois d'un revers. Mais le verre tranchant frappa une fois, deux fois, avant que Rolf ne comprenne. Sur les chevilles sans jambières. Précisément. Sur les tendons, les deux tendons d'Achille, d'un seul mouvement. Hugo les vit s'ouvrir, il vit la peau céder sous le verre, puis la chair rouge, et les ligaments blancs des tendons, presque à fleur de peau. Sectionnés net.

« Un colosse aux pieds d'argile... »

Sans tendons d'Achille, plus rien ne porte un homme. Plus rien ne peut lui permettre de se tenir debout. Fût-il un colosse, fût-il immortel, fût-il le Féodal de Waltraud, le fils et l'héritier du Suzerain des Âmes. Sans tendons d'Achille, un homme s'écroule au sol à son premier pas, comme un vermisseau.

*

Sur les remparts, cheveux au vent, Aliya ne répondit pas d'abord à la requête de Matthias et Mansour. Elle ne quitta pas de l'œil les feux des chevaliers, à quelque milliers de coudées. Elle leur livra un simple commentaire :

– Les colonnes golithes seront là, demain, à la tombée du jour. Sans doute ne prendront-elles pas le risque de lancer une première attaque à la nuit tombante. Mais je veux que vous attendiez cette nuit, loin derrière nos combattants et nos murs. Derrière l'*oihan*. Il ne faut pas que leurs flèches puissent vous atteindre, s'ils lancent des éclaireurs.

Elle se tourna vers la fosse, devant laquelle Charlie chantait dans la nuit. Puis elle répondit enfin à leur requête :

– Si Hugo ne revient pas demain avant midi, vous descendrez à trois dans la Forêt des Âmes. Vous prendrez ce risque incalculable, vous vous exposerez à la traîtrise, deux pourront s'allier contre un seul, ou tous trahir chacun.

Elle les regardait comme pour les percer à jour, savoir lequel tromperait les deux autres.

— Les confrères sont quatre, mais nous n'avons plus de temps pour la prudence. Et si Hugo ne revient pas, sans doute est-ce parce que Rolf vous a déjà trouvés. Sans doute vos corps sont-ils morts, sans doute vos âmes erreront-elles, dans six jours et à jamais, en votre monde... Demain, avant midi, vous partirez tous trois. Trouvez Elfrea. Dispersez le Sang-Noir. Et qu'importe si ce sont vos spectres qui dispersent le Sang-Noir, ou vos corps qui l'emportent au loin, dans votre monde. Au moins, ainsi, il quittera l'Alta, Rolf ne le boira pas...

*

Rolf était au sol, à quatre pattes entre les deux canapés. Tentant de s'y appuyer pour se relever. Rolf de Waltraud, rugissant, écumant, hurlant de douleur et de colère. Regardant ses chevilles ouvertes, levant vers Hugo des yeux blancs de rage.

— Lâche ! Tu n'as pas pu ! Je suis ton Seigneur... Tu n'as pas pu.

Hugo ne répondit pas. Il s'était reculé comme il avait plongé, vivement, fourbe et rapide, tel un reptile. Et maintenant, il était debout, à trois mètres du Féodal à terre.

Il le regarda, sans même sourire. Il regarda ses trois amis qui dormaient, et qui n'auraient dans un instant plus rien à craindre, qui n'auraient plus personne pour les menacer dans leur dos.

Il avait quelque chose à finir. Il se sentait parfaitement calme, d'une sérénité inconnue.

Il prit la bi-hache de *kraast* que Rolf avait lancée. Il respira. Mansour avait dit : « Reste lucide, ne laisse pas la haine t'aveugler. Frappe sans haine. »

Il souleva l'arme noire, très haut au-dessus de sa tête.

« Frappe sans haine, mais frappe pour tuer. »

Il entendit le rire, le rire fou :

– Hiw hiw hiw, frappe, frappe tant que tu veux, vermisseau ! Je suis immortel, je suis le...

Le premier coup, en s'abattant, fendit le crâne de Rolf et lui coupa la parole. Le deuxième, une fois que le corps se fut affaissé complètement, lui coupa beaucoup plus : la tête se décolla du corps, dans une éclaboussure de vermillon poisseux, et cette tête immortelle roula à un mètre du corps du Féodal.

Hugo s'en approcha, et la poussa du pied, à l'autre bout de la pièce, de peur que le sortilège du mage Danaël permette à ce corps mort de se rassembler.

Chapitre 51

Il resta longtemps devant la tête tranchée. Elle gardait les yeux ouverts, mais à la façon des défunts – écarquillés sur rien. Il finit par se convaincre que l'Immortel était mort – peut-être le cadeau de Danaël ne s'appliquait-il qu'à l'Alta ? Peut-être. Juste avant qu'il donne le premier coup de hache, le Féodal avait ri, comme s'il s'attendait à ne pas être vulnérable – Rolf le Loup ne savait-il pas lui-même qu'ici il était mortel ?

Par précaution, Hugo fouilla l'armure au loup gris, sur le corps sans tête. Il trouva dans une bourse en cuir six boules de *XariaEnea*, les emporta à la cuisine, où il les brûla sur la gazinière. Les boules moirées émirent une vapeur bleue, puis verte quand la flamme les lécha, avant de se consumer entièrement. Il glissa sa propre boule de *Xaria* dans sa poche.

Rolf ne passerait pas. Même si la tête finissait par retrouver le corps, Rolf ne passerait pas.

L'Alta ne craindrait plus rien. Ni les confrères.

Plus rien ? Hugo frissonna : et les sicaires ? En restait-il, de ces tueurs qui menaçaient la Confrérie ? Rolf avait réussi à pénétrer dans le *shad*, ce qui signifiait que les Elfes noirs étaient morts. Combien en restait-il, de ses meurtriers ?

Il écouta, à travers la porte arrachée. Il n'y avait plus un bruit, dehors.

Il sortit dans le jardin, la bi-hache pesante en main droite. Il ne lâchait pas l'arme sanglante de sa victoire. Il n'avait plus peur – quoi qu'il arrive, Rolf de Waltraud ne boirait pas le Pouvoir d'Elfrea. Il l'avait emporté.

Deux corps gisaient sur la pelouse, presque au pied du perron. L'un d'eux était Iwan, le torse fendu d'un coup. Leur Egmont était arrivé au bout de son épuisement, loin de son arbre. Il n'avait rien pu faire contre Rolf, il n'avait pu qu'offrir son corps, en opposition contre la marche du Féodal. L'autre corps était celui d'un des sicaires, une dernière flèche d'Iwan dans l'œil droit.

Hugo fit le tour du jardin. Dans les buissons, il trouva les corps d'Elouan et Gall, les deux autres Elfes noirs, et de ceux qu'ils avaient combattus jusqu'au bout. Une dizaine de sicaires, tous morts.

Il n'y avait plus âme qui vive.

On s'était massacré pour entrer dans ce *shad*, ou pour le défendre. Iwan et Rolf, manifestement, avaient été les deux derniers à survivre, et le Féodal l'avait emporté, dans le dernier combat. Jusqu'à ce qu'il croise Hugo, et qu'il meure à son tour. Il n'y avait plus d'ennemis.

Hugo prit une ultime précaution, fouilla Iwan, puis les deux autres Elfes noirs, trouva encore huit boules de *Xaria*. Il retourna à la cuisine, brûla la plante de nouveau. Sans véhicule vers l'Alta, Waltraud avait perdu ; et nul lieutenant de Rolf ne pourrait prendre la suite de son maître. Puis, Hugo fit ce qu'il devait : il traîna tous les corps à l'abri du sous-bois, pour qu'ils n'attirent pas l'œil d'un promeneur imprévu, apercevant des morts dans le jardin. Il entassa les onze tueurs ; il allongea les trois Elfes à l'écart, recouvrit ces trois corps-là de branches qu'il coupa sur le grand chêne. Il les inhumerait, quand ils reviendraient tous.

Il regarda sa montre. Ses amis étaient passés depuis plus de douze heures. Ses amis l'attendaient, et ils ne savaient pas que Rolf avait perdu.

*

L'aube approchait.

Depuis la palissade, Mansour et Matthias virent les premières brigades des Golithes s'approcher de Vahan. Celles qui portaient les hallebardes-rasoirs et les échelles, pour franchir la palissade.

Aliya avait été optimiste, les chevaliers noirs de Randolf avaient marché de nuit : ils seraient à l'*oihan* bien avant le soir. Ils étaient des centaines. Ils n'étaient que l'avant-garde.

— Il faut qu'on parte, maintenant...

*

Hugo entra de nouveau dans le *shad*, regarda la tête de Rolf. Elle n'avait pas bougé. Elle ne bougerait plus. Il ne ressentait ni surprise, ni horreur devant ce trophée sanglant. Il se sentait aussi calme que s'il lui eût été parfaitement ordinaire de tuer, puis de décapiter un ennemi à la bi-hache.

Il lâcha l'arme, s'approcha de ses trois amis qui dormaient, sans leurs âmes. Ils ne risquaient plus rien, plus rien ici. Grâce à lui. Il redressa tant bien que mal Mansour et Matthias sur le canapé fendu. Sa main passa sur la joue de Charlie, comme voici quelques heures, pour une caresse. Elle n'avait plus le même sens.

Il avait sauvé Charlie. Il n'était plus seulement un Madoc dévoué, prêt à mourir. Il était Celui-qui-se-bat-pour-la-vie-de-Charlie, Celui-qui-est-prêt-à-tuer. Et Celui-qui-triomphe.

XII

Elfrea
(Quatre âmes)

Chapitre 52

— Rolf est mort.

Ce furent ses premières paroles, quand il sortit la tête des feuilles. Charlie avait crié en l'apercevant :

— Hugo !

Était-ce la joie de le voir ? Ou seulement celle de constater que ses chants avaient permis à l'âme de son Madoc de trouver son chemin ? Qu'importe. Pour la première fois sur l'Alta, la Céridwen avait regardé le Madoc, et elle lui avait donné son nom : « Hugo ! » Les deux autres confrères s'étaient précipités, incrédules - juste à temps, Hugo arrivait juste avant qu'ils s'en aillent ! Et Hugo dit les premières paroles, les seules qui comptaient :

— Rolf est mort. Je l'ai tué. Je lui ai tranché la tête.

Matthias secoua la tête :

— Il ne peut pas... Les Féodaux sont immortels.

— C'est ce que j'ai pensé, d'abord. Mais l'immortalité était un cadeau de Danaël sur l'Alta, nulle part ailleurs.

Un sourire s'élargit sur le visage de Mansour :

— Ainsi, c'est toi, le Madoc, qui est venu à bout de Rolf... Toi, le pauvre guerrier sans mains.

Le Victorieux secoua la tête, goûtant l'ironie de la situation, digérant peut-être aussi sa déception de ne pas être celui qui...

— OK, peu importe. Maintenant, on y va, dit Matthias. Ne dis rien à Aliya.

Hugo le regarda, interloqué.

— Tu es dingue ! Elle doit savoir que...

— Si elle sait, nous n'aurons plus aucune raison de descendre dans la forêt ! Nous n'irons pas jusqu'à Elfrea !

Matthias et Mansour se penchèrent vers Hugo. Le Victorieux avait la même attitude fermée que celle du Golithe. Le Madoc se releva, secoua les feuilles qui le recouvraient :

— Pas question, nous lui avons prêté serment, et nous devons... Elle doit savoir que...

— Nous lui avons prêté serment de boire le Sang-Noir, Hugo. Et c'est ce que nous allons faire. Que Rolf soit mort ou pas.

C'est Mansour, cette fois, qui tentait de le convaincre.

— Nous n'avons pas fait toute cette route pour nous arrêter ici, sur l'*oïhan*. Juste avant la dernière marche.

— Nous sommes venus pour le Sang-Noir, et nous irons jusqu'à lui, renchérit Matthias. Nous sommes les Quatre.

— Et nous avons mis nos quatre peaux en jeu cent fois, précisément pour cette minute. Et maintenant, au dernier moment, on annule tout et on repart ?

Mansour le regardait ardemment.

— Toi, Hugo, tu faisais ça juste pour sauver l'Alta ? Franchement, juste pour l'Alta ? Tu n'as rien à te prouver, tu te fous de l'Histoire, de ta place dans l'Histoire ?

Hugo jeta un œil en coin à Aliya, qui guettait sur les remparts, leur tournant le dos. Sans doute avait-elle vu qu'il était revenu. Sans doute attendait-elle qu'il se présente devant elle. Et lui, il allait lui mentir ?

Il dit :

— Charlie ?

La Céridwen sursauta – elle s'attendait à ce qu'ils tranchent tous les trois. Mais Hugo la regardait, elle. Alors, les yeux noirs de Charlie perdirent leur étrange distance ; elle regarda à son tour *vraiment* son ami, qui quémandait son avis. Il y eut entre eux un échange d'une rare, d'une indicible intensité – et Hugo sut. Il sut que la Céridwen avait chanté pour lui, pendant tout ce temps, pour faire venir son âme ; pendant que lui, il risquait sa peau et tuait, juste pour elle. Ils étaient les Deux ; ils étaient deux, mais un seul.

*

Charlie entendit l'âme de Hugo. Elle entendit la fierté, le chant de triomphe de ce qu'il venait d'accomplir, pour elle. Puis, à côté, en contrepoint sauvage, elle entendit la musique inquiète de l'âme de Mansour, l'ardent désir de gloire, l'appel du triomphe. Elle entendit le cœur de Matthias, la menaçante symphonie qu'elle percevait depuis Derrig Argan, mais que le Golithe avait su mettre en sourdine si souvent, depuis des jours ; Matthias qui leur avait sauvé la vie à tous deux, face au Golithe paralysé ; Matthias qui avait juré à Aliya...

C'était ainsi : depuis Derrig Argan, Charlie *entendait* l'âme de ses confrères, comme de tout être vivant. Elle était Céridwen. Et elle compatissait à chacune de ces trois âmes.

Elle dit :

– Hugo, tu as tué Rolf, et moi, j'ai appelé ton âme. En venant sur l'Alta, nous n'en espérions pas tant. Mais Mansour et Matthias, eux, attendaient plus, ils n'ont pas eu ce qu'ils espéraient... Ils méritent Elfrea, et nous les accompagnerons.

Une pause.

– Tu dois mentir à Aliya, Hugo.

*

Techniquement, il ne « mentit » pas ; il garda pour lui-même une part de vérité :

– Iwan est mort, toute la brigade est décimée. Mais Rolf ne peut plus trouver notre *shad*, j'en suis sûr.

Aliya le regarda, avec dans les yeux quelque chose - un doute ?

À quelques mètres derrière Hugo, les trois autres préparaient déjà leur harnachement en vue de la dernière étape.

– Nous allons descendre dans la forêt, maintenant, ajouta Hugo.

– Oui, hâtez-vous. Les Golithes approchent, ils seront dans deux heures sur l'*oïhan*... Nous les retiendrons tout le jour, nous brûlerons les *daras* derrière vous, et nous décrocherons par l'Échine du Dragon, cette nuit, pour regagner les Landes franches et la plaine d'Alaine. L'escorte de Ioena, quant à elle, reprendra la route des Confréries, pour informer Shaelynn et la Forêt elfique... Dans trois jours, toutes les nations des Mères-de-la-guerre sauront que les Quatre sont entrés dans la Forêt des Âmes.

Une fois de plus, Aliya se pencha sur le sol pour dessiner cette carte qu'il connaissait si bien.

— Quand vous aurez bu, remontez vers le nord. Vahan sera tombé dans les mains des Golithes. Nous vous retrouverons à Maroine, à la sortie de la Forêt d'Elona-ha, sur les Landes franches.

Elle baissa la voix, et dit :

— N'oublie pas ce que tu as promis, Hugo. Si quelqu'un boit seul, tue-le.

Puis, elle cria, d'une voix forte, pour l'escorte, les Hafidas, et pour la Confrérie elle-même.

— Rolf n'aura pas le Sang-Noir. Les Quatre entrent dans la forêt avant lui !

*

Avant d'entamer leur descente vers la forêt, il restait une tâche que Hugo aurait préféré ne jamais accomplir. Mais il le devait aux Elfes noirs, et à son escorte.

Jeson et Earvin, Ioena et Louane, les derniers qui restaient, s'étaient regroupés pour les voir descendre ; leur mission s'achevait à cet instant. Même Morjane avait quitté pour quelques instants ses sœurs de chevauchée, elle était avec eux. Le Centaurien et la jeune Connor, le tueur de Fern, la Cervière et la Métig avaient dérogé aux règles distantes de l'étiquette elfique – ils prenaient dans leurs bras, l'un après l'autre, les trois confrères, en attendant Hugo...

Le Madoc vint vers eux, et dit simplement les mots qu'il avait préparés :

— Désormais, Earvin et Morjane ne sont plus les seuls. Vous avez tous perdu un frère dans cette aventure avec nous.

Ioena et Louane se regardèrent un instant, puis il vit dans leurs yeux qu'elles venaient de comprendre. Il vit sur le visage d'Ioena une souffrance insondable, muette, inconsolable. Il vit sur les traits de Louane une horreur incrédule - elle avait pâli comme une morte ; elle perdait un frère, mais aussi celui qu'elle aimait, celui pour qui elle était prête à partir pour les Landes franches, à sacrifier son arbre.

Elles ne dirent pas un mot. Comme il sied à des Elfes.

Hugo ajouta :

— Ils sont tombés face aux derniers sicaires de Rolf, pour sauver nos vies. Nous boirons le Sang-Noir, en souvenir de leur sacrifice, de celui d'Elma, de la mort de Charazed...

Il se tourna vers Jeson :

— Nous le boirons à la santé du dernier des Hybrides.

Il était leur porte-parole, maintenant, il ne craignait plus de parler au nom des Quatre, de sa Confrérie. Il avait tué Rolf, il était Hugo le Triomphant.

— Nous retrouverons Aliya à Maroine, sur les Landes franches. Nous ne vous verrons plus sur l'Alta.

— Si.

La voix de Ioena était voilée par la douleur, mais elle restait impérative.

— Si, vous vous retrouverez. J'irai seule à Shaelynn prévenir les nations de La Race. Louane, Jeson et Earvin accompagneront les Cervières à Elona-ha. Vous leur direz ce que vous avez fait, pour qu'ils entendent ce que valait le sacrifice des nôtres... J'ai dit.

Morjane ajouta, en regardant Mansour :

— Nidhal t'attendra.

Alors, sans un mot, Louane s'effondra, s'évanouissant de chagrin.

Chapitre 53

Ils commencèrent la descente vers le nord-est, vers Elfrea. Hugo se sentait heureux, différent – maintenant, il ne marchait plus en arrière. Il avait tué Rolf. Des quatre, il était le héros, le seul, pour quelques heures au moins. Dans les plaisanteries et les bourrades de Mansour, dans le regard biaiseux de Matthias, il percevait la pointe de jalousie – elle lui conférait un surcroît d'orgueil.

Ils rencontrèrent les Marches, après deux heures de progression, environ deux mille coudées de dénivelé au-dessous de l'*oihan* ; une trentaine de grandes marches, moins hautes et beaucoup plus larges que celles de l'Igon-ar-Hodei.

Ioena les avait avertis : « Ce sont les dernières coudées avant l'entrée... »

Sur ces marches, des runes elfiques, l'alphabet des Cervières et les deux alphabets des Humains (Féodaux et Prêtres) indiquaient le sortilège de Danaël : *« La Forêt livide est aux âmes errantes, le Sang-Noir n'est à quiconque. »*

Ils franchirent les Marches, une à une. À la dernière, Mansour se tourna vers les trois autres :

— Il ne reste qu'à espérer que nos amis ne se soient pas trompés. Si le sortilège n'autorise pas l'entrée aux âmes errantes, nous sommes morts.

À une centaine de coudées devant eux, avec les premiers arbres, la forêt commençait. Ils se resserrèrent, pour y entrer de front, en même temps. Dans le mouvement, le moignon de Hugo frôla le dos de la Céridwen. Et Charlie se serra, se blottit contre lui, son protecteur – bien plus que son Madoc.

*

Dès qu'ils furent entrés sous les premières frondaisons, Charlie sut que cette forêt-là était morte à jamais - elle n'entendait ici le chant d'aucun des arbres, ni le battement de la sève dans les branches, ni le murmure des feuilles.

L'essence de ces arbres avait brûlé, comme les âmes des Humains, des Elfes, de toutes les créatures qui s'y trouvaient - des spectres. C'était une forêt fossile, même si chaque feuille gardait une couleur d'un vert sombre. C'était comme une vie congelée. Il n'y avait pas un cri d'animal, pas même le chant du vent. Tous les chœurs, tous les bruissements, tous les battements de vie (tout ce qui la retenait loin des confrères, accaparée par les chants qu'elle découvrait et répétait) venaient de cesser. C'était une forêt sans essence, sans existence, sans une âme qui vive, à part les leurs.

Charlie eut peur, soudain. Elle se sentit terrifiée, plus glacée encore que dans les bambous de *mélorg* ; davantage, même, que pendant l'agonie de Bleunienn. Cette fois, il n'y avait plus un bruit, plus un souffle, plus une vie. Le silence d'un sépulcre.

— Charlie ?

Elle se tourna vers Hugo, dont elle serrait le biceps à le broyer. Elle ouvrit la bouche pour lui dire ce qu'elle ressentait, mais à ce moment, la chose se produisit.

*

Ils sentirent un vent tiède, une chaleur légère, suivie la seconde d'après par une touffeur ; puis ce fut comme une brûlure. Intense.

Ils furent éblouis par une lumière blanche.

Il y eut un vacarme, quand l'armure de *kraast* de Matthias se démantibula, et tomba en pièces, une à une, sur le sol. Les armes de Mansour fondirent à sa ceinture et tombèrent également. Le bois de l'arc craqua, se fendit, s'enflamma. Ils étaient entrés dans une nuée ardente, éblouissante qui leur mordait les chairs, les brûlait à vif, allait les consumer.

Ils furent exposés de plein fouet au feu du sortilège du mage Danaël.

*

Le sortilège les éprouva, mais ne voulut pas d'eux. Il les mit à nu, les fouilla, mais finalement les reconnut.

Sous sa langue de feu, cependant, ils furent nettoyés comme le métal fin : ils se retrouvèrent sans protection, sans cuirasse et sans armes. Tout ce qu'ils avaient porté en prévision du combat contre les spectres, les provisions aussi, les cartes de la forêt, les plantes et précieux talismans de Charlie, tout brûla. Hugo et Matthias se retrouvèrent dans leur tunique de cuir et de laine, qu'ils portaient l'un sous son armure et sa cotte, l'autre sous son pourpoint. Mansour fut sans hachoir, sans fouet, sans carquois ni ceinture. Seule Charlie n'avait pas changé d'apparence, sa robe d'eau fuyante constituant sa seule tenue, toujours aussi vaporeuse. Elle n'avait plus de sandales, cependant, ni ceinture d'ivoire, ni la sacoche d'argent dans laquelle elle portait les plantes.

Ils virent tous que sous son armure de *kraast*, Matthias ressemblait très exactement au Matthias de leur monde.

Ils continuèrent d'avancer, têtes nues, bras, pieds et jambes nus, en chemise. Vulnérables, désarmés.

Chapitre 54

Ils entendirent les bruits, d'abord, partout sous la futaie morte. L'armée morte de Rolf s'ébranlait : les Golithes du passé lançaient leurs ordres, le métal mangé de rouille des armes grinçait, vieilles armures qui se remettaient en route sur les vieux os des morts.

Puis, ils aperçurent des silhouettes, des fumées, des nuées d'un vert glauque – la substance impalpable des revenants. Des soldats tués il y a bien longtemps glissèrent à travers les buissons, derrière les arbres, dans des tintements de chaînes ; des Golithes aux crânes ouverts, à la mâchoire béante, aux yeux noirs, ordonnèrent à la piétaille morte de libérer le terrain, de quitter les positions. Des écorcheurs aux membres manquants, des écuyers éventrés chancelèrent sous le poids de leurs lances. Les Quatre crurent devoir combattre à mains nues ; mais non, ils se trompaient. L'armée de Rolf, se retirait devant eux. On les avait reconnus. Ils n'étaient pas des spectres, des êtres de fumée ; ils étaient des âmes errantes, de chair et d'os. Invulnérables aux épées des fantômes. Inarrêtables, pour des spectres.

Hugo regarda Mansour, puis Matthias :

— Qu'est-ce qu'ils font ? Ils nous fuient ?

— Oui, je crois..., répondit le Golithe blond et désarmé. Peut-être ont-ils peur des Quatre ?

— Ou peut-être simplement redoutent-ils le tueur de Rolf..., lança Mansour dans un sourire moqueur.

Hugo sourit à son tour, malgré l'appréhension face à ce qui s'annonçait.

Un peu partout dans la forêt, les cris, les aboiements des officiers golithes rebondissaient de clairière en clairière, et l'armée des Spectres quittait ses positions, le long de la route ; elle cédait le territoire durement conquis. Ils virent, de loin, toute une colonne de morts, cottes de mailles déchirées, vêtements souillés du sang de leur trépas. À leur vue, la colonne de zombies quitta le sentier forestier dans le cliquetis lugubre de ses armes, de ses cuirasses, de ses os et ses dents.

Elle gagna le couvert.

– Non, Matthias, je ne crois pas qu'ils nous fuient, dit Mansour. Je crois qu'ils libèrent simplement le terrain pour d'autres. Aliya a dit que les spectres de Rolf devaient le protéger, lui permettre d'avancer jusqu'à Elfrea. Ceux que nous voyons campent sur cette route pour l'ouvrir à leur maître... Mais nous, nous ne bénéficierons pas de leur protection. Il va nous falloir affronter autre chose. Une chose si terrifiante que même Rolf avait besoin d'une armée pour la refouler, et passer au-delà. Restons groupés, et prudents.

*

Les démons et les formes que l'armée de Rolf avait repoussés, qu'elle gardait à distance, de ses épées fantômes, découvrirent qu'ils avaient de nouveau le champ libre.

Alors, ils reprirent sans bruit le chemin de leur territoire ; ils réinvestirent en silence la forêt muette, ils s'égayèrent dans tous les abris qu'ils occupaient depuis le sortilège de Danaël ; comme reptiles, comme épidémie de vermines, ils retrouvèrent les buissons d'où l'armée du fils de Wulfran les avait délogés ; les trous, les anfractuosités le long du sentier vers Elfrea.

Ils attendirent leurs proies. Contre les spectres, ils ne pouvaient rien. Ils craignaient leurs épées. Mais contre des âmes errantes...

Les premiers d'entre eux rencontrèrent les confrères à l'heure où la nuit tombe, entre chien et loup ; à l'heure des fauves ; à l'heure où la raison abandonne les esprits, où meurent les mourants. Au crépuscule du soir.

*

Quand Mansour aperçut les démons et les formes, fumées grises et mouvantes sur le sentier de sable, il comprit.

Il dit :

— Jeson m'a parlé d'eux, m'a mis en garde. Ce sont ceux que les Clans libres appellent les Dawud. Fermez les yeux, écoutez-moi. Surtout, ne les regardez pas. Faisons cercle, touchons-nous par les épaules, mais n'ouvrez pas les paupières, quoi que je dise...

Ils formèrent un *squad* autour de lui, yeux fermés.

— Ce que vous allez voir n'existe pas, n'est pas. Ou plutôt, cela n'existe que dans vos esprits, c'est le fruit de nos cerveaux. Les Dawud sont des ectoplasmes, des démons malléables qui se nourrissent des pensées, des désirs, des peurs et des songes des vivants. Ils prennent la forme des productions psychiques de ceux qu'ils croisent.

— Ils savent qui nous sommes ? Ce que nous pensons ?

— Oui, Matthias. Ils savent pourquoi tu es là, mieux que toi-même. Ils savent quels désirs t'ont conduit jusqu'ici. Et ils vont nous faire voir tout ce que nous redoutons, tout ce que nous désirons, tout ce qui constitue l'essence de nos rêves et de nos peurs. Ils sont comme des sirènes : si nous les suivons, séduits, ils nous dévorent ; si nous les fixons, terrifiés, ils nous pétrifient. Si nous les croyons, si nous croyons fut-ce un instant qu'ils existent, cela s'emparera de notre esprit, cela nous rendra fous. Fous d'espoir, de tristesse, de remords, fous de colère contre nous-mêmes... Nous devons avancer sans les voir...

— Nous ne pouvons pas avancer les yeux fermés. Pas dans cette forêt.

— Non, Charlie. Mais nous allons nous relayer. L'un de nous marchera en tête, les yeux ouverts, et tous les autres le suivront, une main posée sur l'épaule de celui qui le précède. En file indienne. Et dès que celui qui a les yeux ouverts sent qu'il faiblit, il passe le relais, et un autre lui succède.

– Et comment je fais, moi, pour poser une main ? Je n'ai que deux moignons !

– Tu te démerdes, Hugo ! Quand vous ouvrez les yeux, concentrez-vous sur votre respiration. Essayez de sentir votre corps. Et oubliez ce qui vous entoure, le plus longtemps possible. Ne regardez que le sentier...

*

La file avança, trois aveugles guidés par un voyant. Le voyant changeait sans cesse, au gré des relais de plus en plus rapides. Et les démons et les formes ne cessaient de changer eux aussi, sous les yeux de celui qui marchait le premier, yeux ouverts.

Leurs silhouettes grises, lumineuses dans la nuit, dansaient devant ses pas, et composaient des scènes en puisant dans les esprits des quatre ; des scènes déjà vues, des scènes déjà rêvées, des scènes désirées. Des scènes arrachées à leurs cerveaux à tous quatre. Produites par leurs esprits.

*

– Hugo, je te passe le relais...

– À toi, Matthias...

Ils virent leurs regrets, leurs chagrins inconsolables. Ils virent leurs remords.

Mansour se tenait à côté du lit de sa mère, qui mourait. Elle lui tenait la main, il n'avait que huit ans. Il ne savait pas quels mots il devait inventer pour dire toute sa peine, alors il se taisait, et elle, elle le tirait par la main, elle l'emportait, elle le tirait sous la terre. Le père de Charlie, avec son autre femme, celle qu'il tenait par la taille, et avec l'autre fille qu'il avait eue de celle-ci ; il regardait Charlie et secouait la tête, sans un bruit – « Je ne te connais plus, tu n'es plus rien pour moi. » L'accident de voiture, Clémence, la petite sœur de Hugo, allongée sur le lit d'hôpital où les siens l'avaient veillée, des jours, où il n'était pas venu, bourrelé de remords - mais cette fois, elle mourait. Ils remontaient le drap sur le corps de Clémence. Ils éteignaient la lumière dans la morgue, Hugo n'était pas là. Léa, la fille, la seule fille avec qui Matthias avait cru que, peut-être... Léa le regardait avec tendresse, et commençait à l'appeler à mots muets, à l'attirer. Léa lisait à voix haute la lettre qu'il lui avait envoyée, et ses copines riaient, riaient. Léa le repoussait d'une main sur son torse.

Mansour encore, à quinze ans, son père qui partait vers l'aéroport, qui oubliait de se retourner à la porte, en s'en allant. La porte se refermait. « Retourne-toi, papa, regarde-moi... »

— Hugo, à toi !

Ils virent leurs cauchemars. Ils virent leurs terreurs pures.

Hugo se levait, il regardait autour de lui - à qui était cette chambre ? Et pourquoi personne ne l'avait-il réveillé, le jour de son examen ? Et il y avait ces bruits, ces bruits qu'il ne connaissait pas, au rez-de-chaussée - était-il seul ? Charlie était nue, nue au milieu de la rue, et tous les passants la croisaient, la rasaient, sans un regard pour elle, morte de honte. Et son corps changeait, il vieillissait, il se ridait. Elle était une vieille femme, nue, décatie, et personne ne la voyait. Et des hommes en blouse blanche venaient brancher des fils, des perfusions, des milliers de tuyaux dans son corps finissant, et toutes les perfusions la vidaient, la vidaient. Mansour était par terre, sur le sol du dojo, et Luc, l'autre champion, comptait, les épaules sur le sol. Et tout le dojo prenait parti pour Luc, hurlait, réclamait la mise à mort, le pouce tourné vers le bas. La mère de Charlie était avec un homme, elle ne le lui présentait pas, c'était comme si Charlie n'existait pas, et quand elle montait à l'étage, elle voyait la porte de la chambre de sa mère se refermer, au bout du couloir. Et elle était seule, seule pour toujours, les bras écartés, elle tournerait mille ans. Le tueur qui poursuivait Matthias avait une tronçonneuse, et il criait sans un mot : « Ça ne fait pas mal, pas mal, tu verras. »

— Mansour, à toi !

Mansour était par terre, il n'était qu'un tronc, il n'avait plus ni bras ni jambes. Et il savait qu'il devait se mettre sur le ventre pour ramper, mais il était comme une tortue retournée, impuissant. Le tigre qui poursuivait Hugo, dans ses rêves, depuis l'enfance, était devant Hugo. Mais cette fois, il mordait vraiment, Hugo ne se réveillait pas quand la gueule se refermait sur lui. Il était mis en pièces. Quelque chose nageait sous Matthias, quelque chose qui avait des dents, et des tentacules aussi, et qui le frôlait. Et la côte s'éloignait, s'éloignait. Pendant des heures. Et l'acide lactique gorgeait ses bras.

— Charlie !

— Ok, je prends le relais...

L'homme qui suivait Charlie dans la ruelle accélérait le pas quand elle accélérait. Elle sentait son souffle. Elle ne pouvait tout simplement pas courir, elle savait qu'elle aurait dû, mais le sol la retenait, des mains qui sortaient du sol, des doigts crochus. Et quand elle se retournait, l'homme avait d'abord le visage de son père, son père à vingt-quatre ans, comme sur les photos de sa naissance. Puis aucun visage, un visage sans trait, et elle sentait la main se poser sur son épaule...

— Matthias...

Tous leurs cauchemars... Quand, épuisé, le voyant appelait la cécité, comme l'angoisse appelle l'oubli, un aveugle prenait le relais ; un aveugle voyait à son tour. Mais même quand le voyant avait fermé les yeux, les paupières closes à se faire mal, le souvenir des scènes continuait de dérouler des silhouettes grises, dans son crâne hanté.

Cela dansait, dans la boîte crânienne. Cela rendait fou.

— Mansour ! Cela n'existe pas ! Ferme les yeux, respire !

Ils virent ensuite tout ce qu'ils auraient voulu ignorer. La violence, la peur, la cruauté de chacun, ce qui se terrait en chacun.

— Respire, Hugo ! Respire !

Était-ce possible ? Était-ce en chacun d'eux ? Ce mal se cachait-il vraiment, tapi, dans leur boîte crânienne ? Était-ce cela qu'appelait le Sang-Noir en chacun ?

— Je n'en peux plus, je vais...

— Ferme les yeux, Matthias !

— Charlie, marche les yeux fermés !

*

Ils avancèrent des heures, en relais de plus en plus courts.

Les yeux tentant de ne rien voir, rien sinon le sentier. Le cerveau essayant d'être mort. Le regard rivé, fixe. Pour ne pas succomber. Ils virent mutuellement leurs regrets, leurs peurs, leurs rêves et leurs désirs... Ils surent tout des autres, ou tout ce qu'ils crurent comprendre. Ils s'effrayèrent tour à tour des images qu'ils attribuaient aux autres - mais à quel autre ? -, la violence égoïste, l'avidité, la cruauté, le Mal ; tout ce qu'ils ne savaient pas, qu'ils apprirent ou crurent apprendre. Tout ce qui rendait leurs compagnons, comme eux-mêmes, monstrueux. Fous. Animaux nuisibles, prédateurs dangereux, bêtes traquées. Sans plus rien d'humain.

Ou était-ce cela, être humain - éprouver tout cela, savoir que la boîte de Pandore existait, quelque part, enfermée à l'intérieur de soi, et ne jamais, jamais ouvrir la boîte ?

— Charlie, tiens le coup...

— À toi, Mansour !

*

Ils virent enfin, finalement, crûment, ce qu'il y avait entre eux.

— Hugo, à toi...

Il ouvrit les yeux. Il avança, essayant de ne rien sentir sauf le sable pâle du chemin vers Elfrea. Le crâne douloureux, des gestes d'automates, une marche mécanique.

« Le sentier... Concentre-toi sur le sentier... »

Il vit alors Charlie, nue, devant lui. Charlie, sa Charlie. Il reconnut son visage, ses cheveux courts ; il sut que son ventre était d'un brun de caramel, même si c'était une seconde avant une silhouette de fumée grise... Il s'attarda une micro-seconde, sur la grâce de ses mouvements ; il vit ses seins nus, ses hanches souples, il les avait si souvent imaginés, maintenant il les voyait... « Ferme les yeux ! » Mais il ouvrit de nouveau les yeux, juste une micro-seconde, comme hypnotisé.

Il vit Charlie, habillée cette fois de l'habituel baggy, du tee-shirt d'escalade un peu trop court. Elle était de dos. Elle enlaçait quelqu'un. La silhouette de fumée grise de Matthias enlaçait celle de Charlie. Et Matthias le regardait, lui. Et il riait, riait...

« Ferme les yeux ! » Les ouvrir, une seconde, pour savoir...

Charlie, Matthias, ils s'embrassaient, maintenant, debout, sur le sentier, et Mansour la Cervière regardait Hugo, hilare, il riait, riait... « Ils savaient tous, pour Charlie et Matthias... Ils savaient tous... », murmura une voix en lui-même. Une autre répondit : « Ferme les yeux ! C'est faux ! Cela n'existe pas ! » Les ouvrir, encore, juste une seconde. Savoir...

Ils avaient disparu. À la place du couple, c'était Mansour, agenouillé sur lui. Mansour le Victorieux, cette fois - le garçon, le combattant ultime, plus la Cervière. Et lui, Hugo, était un Madoc manchot. Bloquant ses deux moignons, Mansour le regardait, le dominait, le maintenait sous sa puissance. Mansour plongeait sa main dans le ventre du Madoc, la main y entrait comme dans du beurre fondu, elle fouaillait longtemps. Elle en sortit un lacis de boyaux, des dizaines de fils, d'entrailles, se mit à les jeter hors du corps, en riant, riant...

— Hugo, ça va ?

— Oui, je...

— Tu as crié ! Ferme les yeux Hugo, ferme les yeux ! Je prends le relais !

Juste avant qu'il n'obéisse et laisse Charlie la Céridwen prendre sa suite, il regarda encore une seconde les silhouettes grises. Charlie et Matthias, enlacés contre un arbre. Matthias le Golithe, en armure de *kraast* ; Charlie la vraie Charlie, la Charlie caramel qu'il aimait, appuyée contre le tronc, enlacée avec le Golithe, qui le toisait. Et maintenant c'était elle, elle livrée à un autre, qui semblait murmurer : « Je ne t'aimerai jamais. » Et qui le regardait. Et qui riait, riait...

*

Cela dura des heures. Puis Matthias cria :

— Ils s'en vont ! Le jour se lève, et je vois la clairière !

— Tu es sûr ? Ce n'est pas une silhouette ?

— Non, c'est vrai, cette fois ! Nous avons réussi !

Matthias les guida pendant cinquante mètres encore, les mains sur les épaules, aveugles volontaires, en file indienne. Puis ils ouvrirent tous les yeux, en même temps, sous la lumière qui toucha leurs paupières closes. À travers les branches des ultimes arbres qui les séparaient de la clairière, les premiers rayons du soleil venaient de frapper leurs visages.

Ils étaient à Elfrea.

Chapitre 55

C'était une clairière vivante.

Sitôt franchie l'orée, Charlie entendit la sève jaillir dans l'herbe couverte de rosée du matin, qui fumait au soleil. Elle entendit les mousses. Elle entendit la lourde respiration de la terre gorgée de racines, se reprenant à battre sous la chaleur des premiers rayons d'aube. C'était une clairière vierge, exempte du sortilège, une clairière offerte aux vivants, dans la forêt éteinte.

Dans ce périmètre irrégulier cerné par les arbres, il n'y avait que de l'herbe ; et la source, en son centre. Une sorte de monticule, un promontoir de terre, cratère débordant autrefois d'une eau claire qui jaillissait du sol, comme un puits de fraîcheur remontant de la terre. Comme une coupe préparée par la forêt, fontaine suffisamment haute (à mi-poitrine) pour qu'on y porte ses lèvres sans s'agenouiller, juste en se penchant. Mais de cette vasque offerte, rien ne ruisselait plus depuis trois siècles ; le ru qui, longtemps, était né d'Elfrea, et avait coulé, autrefois, vers la mer, s'était asséché. Il n'y avait plus qu'une rigole de terre sèche, le lit d'une eau enfuie, là où naissait autrefois la rivière, puis le fleuve.

Ils avaient réussi.

— Elfrea ! dit Hugo.

— Le Sang-Noir ! dit Matthias.

— J'entends une musique, dit Charlie.

Ils ne l'entendaient pas, les trois autres ; mais dans ses oreilles à elle, bientôt, elle supplanta les chants de la sève jeune, les murmures des plantes et de la terre sur laquelle ils marchaient. C'était la pompe d'un cœur, ralentie, lourde, oppressée, qui montait de la vasque ; c'était une attache poisseuse et rauque à la survie, sans légèreté ni grâce. Cela se débattait comme on rue entre des parois qui étrécissent, c'était parfois recouvert par les cymbales du deuil, c'était un animal noirâtre qui respire et gargouille avant la noyade, et dont le cœur s'accélère parce qu'on va le sortir de la gangue où il se débat - où il se débattait depuis trois cents ans.

— Cette musique, c'est... C'est celle du Mal..., dit encore Charlie.

Ils avancèrent.

Ils se penchèrent, ensemble, sur la fontaine.

À la place de l'eau claire qui avait coulé ici, avant Rolf, la coupe était pleine d'un liquide fumant. Noir, huileux. Trouble, à la moire rougeâtre. Hugo sut que ce liquide était tout ce dont il s'était lavé dans le lac cobalt, son exact contraire. Il sut que ce sang était la peine, le fiel, l'amertume - l'asservissement, la déchéance et la salissure de toute âme qui y serait soumise.

Il regarda les trois autres - Charlie avait fait un pas en arrière, les mains sur les tempes, comme oppressée ; les yeux de Matthias brillaient de convoitise ; la fierté, la joie, l'honneur avaient transfiguré le visage de Mansour la Cervière. Il repensa à ce qu'il avait vu cette nuit, aux démons dansants, à ces pantomimes de fumée où les corps et les âmes de ses amis, et la sienne, s'avilissaient. Était-ce mensonge, simulacre ? Était-ce la vérité ? Ces images étaient si violentes, il avait senti monter en lui une pulsion, une rage, une envie de les tuer. Qu'allait-il se produire, s'il leur faisait confiance et s'ils essayaient de...

Ce fut à cet instant que cela se produisit.

Matthias se précipita, attrapa les parois de la vasque de terre, plongea la tête dans le Sang-Noir, et but. But franchement, goulûment. Suffisamment pour qu'ils voient le niveau de la vasque baisser, progressivement.

Il releva la tête, la rejeta en arrière pour respirer - pour boire l'air aussi avidement qu'il s'était gorgé du sang de

Wulfran. Son visage était poisseux ; des serpents de liquide noir, épais, coulaient de ses cheveux. Il avalait l'air, yeux fermés, offert au soleil.

Puis, au lieu de s'écarter, de laisser Mansour ou Charlie se pencher à leur tour, il replongea la tête.

*

Mansour fit deux pas, attrapa violemment Matthias par les cheveux, le tira en arrière. Son mouvement fut sec – la tête du Golithe prit un angle étrange, tout le corps le poussant vers la vasque, la main du Victorieux l'en empêchant. Matthias gardait la tête hors du sang, même s'il voulait à toute force y replonger.

Alors, le Golithe blond hurla. Il hurla comme quelqu'un qu'on prive de son dernier espoir. Sa main fut sur Mansour, le repoussa maladroitement, appuya, frappa – le Victorieux fit deux pas en arrière, ne relâchant pas sa main dans ses cheveux. Il recula encore, entraînant Matthias, puis il l'enserra dans ses bras, se fendit, et se laissa tomber avec son prisonnier.

Mansour devait savoir comment, quand ils roulèrent, il se retrouva sur Matthias, les deux mains plaquant les poignets du garçon, l'immobilisant d'un genou sur le torse.

*

Hugo se souvint des démons, des formes : quand Mansour l'avait tué, tout à l'heure, il avait fait ainsi ; l'avait immobilisé, à genoux sur lui, puis il avait plongé sa main dans son ventre pour en sortir les lacets embrouillés des entrailles. Il sut ce qui allait se produire. Il ne put supporter cette image, de nouveau – et cette fois, réelle.

Il cria.

— Lâche-le, Mansour ! Lâche-le, je t'en prie...

La Cervière se tourna vers lui, l'air de ne pas comprendre.

— Tu l'as vu... Il allait boire tout... Aliya a dit que...

— On s'en fout ! Aliya a dit qu'il fallait qu'on se tue les uns les autres... Mais je lui ai menti. Menti pour vous ! Et toi, maintenant, tu veux tuer Matthias...

Charlie et Mansour le regardaient, stupéfaits. Il sentit que deux torrents de larmes coulaient sur ses joues. Il sentit qu'il en gardait une réserve inépuisable, dans son ventre, que tous ses nerfs étaient à fleur de peau.

— Tu veux le tuer ? Et après, ce sera moi ?

Hugo ne hurlait plus, mais il aurait voulu - les mots sortaient à voix basse, saccadés, comme une lave discontinue entre ses dents.

— Et toi, Charlie, toi aussi tu as voulu qu'on mente à Aliya, pour eux, pour eux deux, alors que moi j'avais... Et maintenant... Maintenant, j'ai ces images... Tu aimes qui, hein, Charlie ? Mansour, Matthias ? Ou moi ?

Charlie s'approcha, à pas lents :

— Calme-toi, Hugo... Personne ne veut te faire du mal... Personne ne va...

— Laisse-moi !

Hugo fit trois pas en arrière. Il voulait fuir leurs mensonges. Mansour se redressa pour le retenir, ne laissant qu'un genou sur Matthias.

— Laissez-moi !

Ne plus voir ces visages. Ne plus voir tous ceux qui le trompaient.

— Hugo, ce que tu as vu, ce n'est pas vrai..., dit encore Charlie en esquissant un mouvement du bras vers lui.

Mansour renchérit :

— Ce que tu as vu, nous ne l'avons pas fait, nous le souhaitions peut-être mais...

Hugo recula encore de deux pas. Sortir de cette clairière. Le Victorieux bascula vers l'avant, poussé brutalement par Matthias.

*

Cela ne prit qu'une fraction de seconde.

Le Golithe poisseux, dégoulinant de sang, repoussa son geôlier distrait par Hugo, se redressa sur ses pieds. Il balança un grand coup de pied dans le ventre de Mansour encore à terre ; il bondit en deux pas derrière Charlie.

Ses deux mains se fermèrent comme des serres sur le cou de la Céridwen.

Le visage de Charlie vira à un rose presque rouge - une couleur terrifiante, chez une Elfe.

Ils entendirent le bruit que faisait la trachée de leur amie, à la recherche de l'air.

— Lâche-la, putain ! cria Hugo, en faisant un pas vers eux.

— Ah ah ah ! Tu l'entends s'asphyxier, ta copine ? Tu l'entends ?

Le rire de Matthias était celui d'un fou.

— Fais un pas et je lui brise la nuque.

Hugo s'arrêta.

Mansour se relevait lentement, très lentement, en se massant le ventre ; yeux mi-clos.

— Vous voulez entendre comment je joue de la musique sur les poumons d'une Elfe ? dit Matthias, narquois.

Il resserra son étreinte, puis desserra - le gargouillis atroce de la trachée en quête d'air, puis la pompe puissante des poumons qui se regonflent, produisirent effectivement une « musique », un sifflement. Celui de l'agonie.

— Ne m'obligez pas... Ne me forcez pas... Laissez-moi boire, ou vous ne rentrerez qu'à deux. Laissez-moi boire, puisque c'est mon destin. Je suis Matthias, je suis le nouveau Suzerain des Âmes.

Mansour commença de parler à Hugo, à voix haute, très calmement, comme si Matthias n'était pas là.

— J'ignore ce qui lui arrive... Peut-être le Sang qu'il a déjà bu altère son esprit... Mais on ne peut le laisser boire.

— Et Charlie ?

— Charlie ira bien, je te le jure.

— Ah ah ah ! tu le jures ?

De nouveau, le bruit de la trachée qui s'écrase, l'Elfe devint rosâtre, on entendait le bruit de l'air cognant sur la paroi, en fond de gorge, le cri qui s'étouffait en remontant du ventre.

Charlie tomba sur ses genoux. Ses paupières vacillèrent, le manque d'oxygène lui faisait perdre conscience.

Mansour dit, toujours à voix haute, toujours aussi calme :

— Si tu veux combattre, il faut que tu analyses la situation, Hugo. Matthias a les mains crispées sur la gorge de Charlie. Il n'est pas en situation de disponibilité, il serre les mains, les bras tendus. Il n'est prêt à lâcher Charlie pour rien au monde.

Matthias allait répliquer, mais Mansour dit :

— C'est maintenant.

*

Le Victorieux fut sur le Golithe, et réussit dans le même temps, sans qu'on sache comment, à être *derrière* lui ; le coude droit replié sur la gorge écrasant le cou, la main gauche crochue sur le visage cherchant les yeux, puis s'y enfonçant.

Matthias hurla de douleur, l'ennemi dans son dos. Mais il ne lâcha pas Charlie.

— Lâche-la, lâche-la et tu vivras !

— Mansour, elle meurt ! hurla Hugo.

La peau de Charlie, rose vif l'instant d'avant, venait de tourner au gris blême. Ses lèvres étaient bleues. Hugo fut devant elle, à genoux, essayant de tirer sur les mains de Matthias aussi enfoncées dans le cou que des griffes. Mais avec ses moignons, c'était inutile... À moins que... Il pencha le visage, et mordit, mordit à pleines dents les mains de Matthias - les cartilages craquèrent, mais les mains ne lâchèrent pas.

— Aaaaaah aaaaah... Elle va creeev...

Charlie s'était affaissée, asphyxiée. Matthias ne pouvait plus rire ou hurler, suffoquant à son tour. Mansour, dans son dos, l'oppressait. Soudain, il y eut un coup bref du Victorieux, une manchette sur l'un des bras de Matthias, qui se raidit, mais ne se brisa pas. Un coup sur l'autre - *idem.*

Alors Hugo, toujours à genoux, entendit la voix de Mansour, d'une infinie tristesse :

– Il est en tétanie... Je ne peux plus rien... Je dois... Pour Charlie...

Le Madoc releva la tête.

Il vit un voile passer sur le visage de Mansour. Il entendit le bruit net, cassant que fit la nuque de Matthias, quand la Cervière tourna son coude droit vers l'arrière – il vit aussitôt la tête de Matthias tomber sur le côté, comme celle d'un animal mort – le coup du lapin.

Le Victorieux attrapa la tête molle par les cheveux blonds. Avec la main gauche il cassa l'étreinte des bras de Matthias sur le cou de Charlie. Cette fois, les griffes s'ouvrirent, les mains lâchèrent. Et Charlie inconsciente tomba en avant, dans les bras de Hugo.

Chapitre 56

Ils attendirent pendant presque tout le jour, assis tous les deux dans la clairière, à côté d'elle allongée. Elle avait ouvert les yeux quelques instants, avait souri. Ils lui avaient dit de dormir tout son soûl. Et maintenant, tous les deux, ils parlaient.

*

– Tu l'as tué d'un seul coup... Il n'a... Il ne s'est pas rendu compte, il n'était plus lui-même.

– Je l'ai tué. Je lui ai rompu le cou.

– Mais tu n'avais pas le choix. C'est ma faute, je t'ai distrait, et... Et je n'ai pas réussi à lui arracher les mains. À cause des moignons.

– Non, ce n'est pas ta faute. J'aurais dû lui briser les bras. Mais je n'ai pas pu, ils étaient comme de l'acier.

– Si tu ne lui avais pas... Charlie serait morte.

– Oui. Oui, probablement. Mais Matthias est mort, et c'est moi qui l'ai tué.

– Il voulait le Sang-Noir. Il le voulait pour lui, pour le rétablir. Et il savait que nous le disperserions. Il a choisi, Mansour... Il savait que nous devions l'empêcher, et...

– Je l'ai tué, Hugo. Je l'ai assassiné.

*

– Je... Quand tu étais sur lui, à genoux, j'ai revu les images... Dans la forêt cette nuit, ton ectoplasme tuait le mien. Tu étais à genoux, comme ça, sur moi. Et tu m'arrachais les entrailles.

— Tu as parlé de Charlie, aussi...

— Oui. Elle était avec Matthias. Elle l'embrassait, elle se riait de moi, et lui aussi, et toi. Qu'est-ce que ça veut dire ?

— Je ne sais pas. Ce que nous avons vu naissait de nos esprits. Du mien, du tien, de celui de Charlie et de Matthias. C'étaient nos peurs, c'étaient nos désirs, c'étaient nos remords, nos terreurs... À tous. Et on ne peut savoir à qui appartenaient les images que tu as vues, cette nuit.

Mansour tourna les yeux vers lui. Des yeux d'un marron profond, des yeux perdus et en même temps d'une gravité sans fond.

— Consciemment, je n'ai jamais eu le désir de te tuer, Hugo. Et je n'avais aucune intention de tuer Matthias non plus. Mais est-ce que tu as vu mes pensées inconscientes ? Je n'en sais rien. C'est... C'est comme un rêve, Hugo. Des fois, dans tes rêves, tu fais des choses que tu ne voudrais pas faire *dans la vraie vie*.

Il secoua la tête.

— Moi, *dans la vraie vie*, je viens de tuer Matthias.

*

— Peut-être craignais-tu que je te tue ? Peut-être y pensais-je ? Ou peut-être as-tu vu ce que Matthias espérait faire, une fois qu'il aurait bu le Sang-Noir : m'ordonner de te tuer, et embrasser Charlie ?

— Et peut-être était-ce dans la tête de Charlie...

— Oui... Mais nous n'en saurons rien.

*

— Nous ne le saurons pas, Hugo, et ça n'a aucune importance. Peu importe ce dont j'ai rêvé, ce que tu as désiré contre ton gré, ce qui se cache dans l'esprit de Charlie... Peu importe. Oublie ce que tu as vu, n'en parle jamais avec Charlie... Ce qui compte, c'est ce que nous avons fait, délibérément, ce que nous avons choisi. Toi,

Matthias, elle et moi. J'ai choisi de tuer Matthias, consciemment. Parce qu'Aliya l'avait ordonné, parce qu'il fallait sauver Charlie, pour plein de bonnes raisons... Mais j'ai *choisi* de le faire, Hugo.

*

À la tombée du soir, ils réveillèrent Charlie. Elle avait retrouvé ses « couleurs » elfiques - blanche, pâle, mais d'un blanc plein de santé.

Mansour dit :

— Nous ne saurons jamais si Matthias comptait boire seul, depuis le début. Ou si c'est le Sang bu qui a éveillé en lui cette folie, cette avidité. Mais nous devons boire, ensemble. En même temps. Pour que cela ne se produise pas, de nouveau, pour l'un d'entre nous.

Ils se penchèrent, tous les trois en même temps, sur la vasque d'Elfrea aux deux tiers pleine du liquide noir et gras. Avec appréhension, ils prirent ensemble une inspiration. Puis, ils plongèrent leurs trois visages dans le sang de Wulfran, le dernier, l'ultime Suzerain des Âmes.

XIII

À l'orée d'Elona-ha
(Ceux-qui-s'en-retournent)

Chapitre 57

Après qu'ils eurent bu, après avoir vidé la vasque, Mansour dit simplement :

— C'est fait. En route.

Ils abandonnèrent le cadavre de Matthias le Golithe sur l'herbe de la clairière d'Elfrea. Matthias le *fantasy geek*, Matthias l'être humain qui n'était pas golithe devait gésir dans une maison de Compiègne, le cou horriblement rompu. C'est à ce corps-là qu'ils rendraient hommage...

*

Ils marchèrent vers le nord, à travers la forêt : la route était aisée, il suffisait de garder à portée de vue l'Échine du Dragon, au-dessus des frondaisons des arbres morts et feuillus. La barre formidable du massif de quartz, de rocs, couronnée d'écailles de *kraast*, les emmenait droit vers le nord et la Brèche de Maroine.

Après une nuit de marche silencieuse, sans un mot ou presque entre eux, ils rencontrèrent une cité morte.

— Carlen. La capitale du seigneur Wulfran..., dit Hugo en enjambant ce qui ressemblait aux fondations d'une première muraille.

Il n'en restait que des pierres, elle avait été brûlée, rasée, et nulle végétation n'y avait repoussé depuis la dévastation. Ils marchèrent tout le jour dans les ruines. Ils ne disaient rien. Ils ne se sentaient pas vainqueurs. Chacun des trois taillait sa route entre les blocs de pierre, en proie à ses propres démons. Charlie : hantée par les lumières qui avaient tourné devant ses yeux, par l'air que réclamait son cerveau au moment où sa trachée se déchirait, par le monde qui s'était éteint, autour d'elle - par ses dernières pensées, juste avant qu'elle croie mourir sous les griffes de Matthias. Mansour : habité par le bruit sec de la nuque, et par le corps qui s'était soudain affaissé comme un chiffon sous son étreinte. Et Hugo : incapable encore de se départir des images terrifiantes, de ses pires cauchemars dans la nuit ; Hugo qui mâchait et remâchait les mots de Mansour, en avançant.

« Peu importe ce que nous cachent nos esprits. Ce qui compte, c'est l'âme, la force d'âme. Celle qui nous fait parler, et tenir parole, celle qui nous fait agir. Ce qui compte, c'est ce que nous avons fait, et ce que nous ferons. »

C'est chacun dans ses pensées qu'ils traversèrent les ruines de l'immense Carlen.

*

Une deuxième nuit tomba. Ils laissaient derrière eux la cité maudite, ils retrouvèrent la forêt épaisse. Alors, alors seulement, Hugo se décida.

Il s'arrêta, se tourna vers les deux autres qui le suivaient, et dit :

— Nous venons de traverser Carlen... Et à notre tour, nous avons vaincu le Sang-Noir, comme Danaël quand il a pris cette ville. Nous avons gagné...

Il regarda ses deux amis.

— Nous sommes vainqueurs, absolument. Comme le fut Danaël. Nous avons tué Rolf, et dispersé le Pouvoir. Nous avons tenu parole, nous sommes allés au bout de la mission, nous avons terminé la guerre du Neuvième Tome.

Les deux autres le regardaient, sans comprendre où il voulait en venir...

— Et pourtant, nous avançons comme si nous avions été vaincus. Sans un mot...

Le Madoc se tourna vers Mansour :

— Tu auras un récit sur tout le corps, Mansour. Tu as changé le cours de l'Histoire, tu as arrêté une guerre. J'ai tué Rolf, mais toi, tu as éteint à jamais la menace du Sang-Noir... Et tu nous as sauvé la vie, à tous les deux. Jamais nous n'oublierons, Mansour, Mansour le Victorieux. Tu auras des tatouages si grands que nul ne pourra rivaliser avec toi, à part Aliya peut-être.

Mansour esquissa un sourire, le premier depuis la clairière. Un sourire comme la naissance de quelque chose, comme le soleil qui se lève. Un sourire qui commençait de ressembler au visage du guerrier, après la victoire.

Hugo se tournait déjà vers Charlie :

— Quant à toi...

Il hésita une seconde, encore, à la recherche de ce « supplément d'âme » qu'il lui fallait pour tuer définitivement *la menace.* Puis il se lança.

— À toi, ma belle, ma Charlie, mon âme, je vais te dire ceci : puisque nous allons vers les Landes franches, puisque nous y sommes presque, nous ne sommes plus tenus par les règles elfiques des Connor. Nous avons le droit de nous aimer comme il nous plaît.

Mansour eut un sourire différent - complice. Charlie la Céridwen, quant à elle, regardait son Madoc avec une attention inhumaine. Comme jamais.

— Alors, je vais demander à Mansour de continuer sa route un peu plus loin. Et à toi, si tu le veux, si tu le veux vraiment, je vais te demander de rester en arrière avec moi, parce que je voudrais t'embrasser tranquillement.

Une moue, un peu embarrassée - ou pleine d'humour.

— Et pour ce baiser, je vais essayer de ne pas être ridicule, parce que ce n'est pas si facile, crois-moi, d'embrasser quand on n'a pas de bras.

Le visage de la Céridwen s'illumina à son tour d'un sourire - incroyable, radieux, solaire. Et dans les yeux noirs qui se plissaient, Hugo reconnut ceux de l'autre Charlie ; celle qui avait attendu ces mots si longtemps, là-bas ; celle qui voulait par-dessus tout qu'il la serre dans ses bras. Quand Mansour se fut éloigné, en souriant et sifflotant, les moignons firent tant bien que mal leur office pour attirer la Céridwen sur la poitrine du Madoc ; mais leurs lèvres, elles, n'eurent aucune peine à se trouver.

*

Ils firent un feu dans la Forêt des Âmes, cette nuit-là, pour chasser les fantômes et les souvenirs les plus amers. Ils parlèrent de tout ce qu'ils venaient de vivre. Ils commençaient tout juste de réaliser.

Ils avaient bu le Sang-Noir, et rien ne s'était passé. Ils s'étaient attendus à se sentir envahis par le Pouvoir du Suzerain, un sentiment de puissance, à connaître le Sang-Noir qui palpitait ou se glaçait dans leurs veines. Ils s'étaient attendus à ce que leurs esprits ou leurs corps chavirent ou hurlent ; à endurer le mal, comme un acide qui ronge, ou à ressentir le Pouvoir, le Pouvoir absolu, décharge d'euphorie. Mais il n'y avait rien eu, rien.

– Et maintenant, il nous reste trois jours... Trois seulement, quatre et demi pour toi, Hugo. Et nous quitterons l'Alta à jamais.

Mansour avait dit cela avec dans la voix un regret infini.

– Tu voudrais rester ? Tu veux toujours rester ?

– Oui. Je donnerais ma vie pour pouvoir revenir. Chevaucher Nidhal. Revoir Aliya, combattre à ses côtés...

– Et ton père ?

C'est Charlie qui avait posé la question.

– Ton père, tu pourrais l'abandonner ?

– Avec mon père, c'est une chose entendue depuis longtemps... Depuis qu'il est parti à New York, quand j'avais quinze ans. Je ne l'ai pas suivi, à l'époque, à cause d'un maître que j'avais, dans mon dojo à Paris. Et nous en avons parlé, alors, avec mon père, je crois qu'il a compris : je suis un combattant, ce que je veux, ce n'est pas un métier ou une technique ; c'est le pays où je pourrai accomplir ce que je cherche, devenir le Victorieux. Il sait que je cherche l'endroit où je serai un guerrier. Il sait que lorsque je l'aurai trouvé, je partirai...

Charlie soupira :

– Il t'aime, même si tu pars... Il t'aime pour ce que tu es.

— Sans doute. Mais je l'ai aimé aussi, alors qu'il est parti, qu'il m'a laissé, seul, à quinze ans, sans mère, sans personne à part Ida. Ta mère ne t'a pas laissée tomber. Lui, il ne s'est pas occupé de moi, n'a pas veillé sur moi, il a choisi son boulot plutôt que moi ; et moi, si je le pouvais, je choisirais mon pays, aujourd'hui, contre lui.

Une pause.

— Nous avons un accord, il en a eu sa part. Et moi, j'attends la mienne. Ou plutôt, je l'ai trouvée, mais elle m'échappera dans trois jours...

Une pause, encore ; il releva la tête, plongea son regard dans les leurs.

— Et vous, que direz-vous à vos parents ? Vous vous voyez rentrer, reprendre le lycée, passer le bac ? Devoir vous rencontrer en cachette jusqu'à ce que la mère de Charlie lève sa punition ?

— Non. Je dirai à maman que j'aime Hugo, et qu'il m'aime. Et que je ne peux pas être privée de lui, même si elle pense que c'est pour mon bien.

— Tu crois qu'elle t'écoutera ?

— Tu ne connais pas Charlie, sourit Hugo. Si elle décide de te convaincre...

Il couvait la Céridwen du regard amoureux et amusé qu'il destinait à l'autre Charlie - la fille du soleil.

— Et toi, Hugo ?

Mansour le regardait curieusement.

— Toi, tu te vois rentrer au lycée, et reprendre tout comme avant, alors que tu as tué Rolf ?

— Non... Non, je ne reprendrai rien comme avant. J'ai trouvé mon pays, et j'y resterai...

Charlie et Mansour le regardèrent, interloqués.

— Charlie est mon pays, comme l'Alta est le tien. Ma vie est à elle, aussi longtemps qu'elle en voudra.

Hugo sourit.

— Le reste m'importe peu, je dois le reconnaître...

*

Charlie et Hugo passèrent la nuit l'un contre l'autre, simplement enlacés. Maladroits, et timides encore. Mais cette nuit était comme un présent : *la menace* était morte. Au matin, Mansour leur sourit, et dit :

– J'ai rêvé que je voyais Aliya. Et elle-même écrivait sur ma peau le récit de la Source d'Elfrea. Pressons le pas, je veux être à Maroine aussitôt que possible – je veux qu'elle ait le temps de tout tatouer avant notre départ.

Chapitre 58

La deuxième journée de remontée vers le nord fut plus joyeuse et bavarde. La gravité les habitait encore – le souvenir de Matthias ; savoir que dans leur sang coulait le sang de Wulfran ; le sentiment de vivre d'ultimes heures sur un monde qu'ils ne pourraient plus toucher. Mais ils avaient retrouvé la joie et l'amitié, sinon l'insouciance.

Au milieu de la troisième nuit, mieux étoilée, ils virent que le massif sur leur gauche se rompait, qu'une faille s'ouvrait vers l'ouest : la Brèche de Maroine.

Ils prirent cette direction.

Soudain, Charlie porta la main à sa tempe, chancela. Hugo se précipita :

– Tu veux qu'on se repose ?

– Non, c'est seulement les chants. La musique. La forêt parle, de nouveau... J'entends la sève, la terre, le souffle des mousses. J'entends la vie.

– Nous sommes sortis de la Forêt des Âmes, dit simplement Mansour. Nous sommes dans Elona-ha.

*

– Tu n'imagines pas... Je perçois le souffle de ces arbres, la respiration de la terre. J'entends la sève monter dans chaque branche. Et vous aussi, j'entends le sang battre dans vos veines, je le sens comme un rythme.

– C'est pour cela que tu te taisais, tout ce temps ? Pour entendre ?

— Pas seulement, non... Mais voilà : je suis une Céridwen, je dois entendre, entendre et écouter la vie de tous, de tous ceux qui m'entourent. Pour veiller à l'équilibre, à la préservation de chaque souffle, de chaque rythme. Et tous m'importent, parce que je suis une Céridwen.

— Et tous se valent ?

Elle lui jeta un regard en apparence toujours aussi lointain, mais soudain malicieux.

— Non, bien sûr... J'ai écouté le rythme d'un cœur qui m'a accompagné tout du long. Le sang d'une âme qui m'était chère. Et j'ai su qu'elle ne battait pas seulement selon la pompe du cœur, quand je l'ai soignée à l'Oihan du Col du Dragon. Je l'ai entendu battre, presque à rompre, simplement au frôlement de mes doigts. Alors, j'ai su que je ne m'étais pas trompée, que j'avais un empire sur cette âme.

Ils marchaient tous les deux dans la forêt nocturne, odorante des parfums de l'été finissant, à quelques coudées derrière Mansour.

— Si tu l'as su, si tu as su que mon âme battait sous tes mains, pourquoi n'as-tu rien dit ?

— Une Céridwen ne parle pas, elle écoute. Puis elle chante, pour soulager celles et ceux dont le chant s'affaiblit.

— Mais quand nous sommes rentrés... Quand nous nous voyions au lycée, et que tu étais si lointaine, pourquoi te taisais-tu ?

— Je continuais d'écouter. Il n'y avait plus qu'un cœur, qu'une âme que j'entendais battre quelques instants par jour, à mes côtés. Il n'y avait plus que toi, rien d'autre, rien de la forêt qui me manquait tant, rien de tout ce que je savais... Je n'avais plus qu'une âme à entendre. Mais je ne voulais rien dire avant que cette âme ne parle elle-même.

Elle se tourna vers lui, les yeux brillants dans l'obscurité.

— Ce que j'avais entendu dans ton âme, Hugo, je ne voulais pas te le voler. J'attendais que tu me le donnes. Au moment que tu déciderais, si tu te décidais enfin.

*

Ils furent à Maroine, à l'orée d'Elona-ha, le lendemain. Le soleil en était à son bref zénith, il ne leur restait plus qu'un jour et demi. Une poignée d'heures, en fait. Seules quelques pierres entassées signalaient l'endroit. Maroine était un cairn plus haut que tous ceux qu'ils avaient vu jusque-là, un cairn dressé pour les Hybrides massacrés par Wulfran jadis, trois jours après la bataille d'Hegoa-ar-Madalen.

Un tertre de pierres entouré de sycomores. Personne ne les y attendait.

*

Ils ne les virent arriver qu'au soir ; ils aperçurent un nuage de poussière, loin vers l'ouest, sur la plaine d'Alaine, cette steppe poussiéreuse qui constitue l'essentiel des Landes franches. Cela progressait vite, cela allait à une vitesse supérieure à celle d'un Elfe qui court. Qui arrivait ? Ami, ennemi ? Mansour dit :

– Cachons-nous, jusqu'à ce que nous sachions à qui nous avons affaire...

Ils montèrent tous trois dans un arbre. Hugo ressentait au ventre une curieuse appréhension : la crainte de tout perdre, alors qu'ils venaient de tout gagner.

Qui redoutaient-ils, au fond, maintenant ?

Les Landes franches étaient amies, alliées, à moins que les Golithes ne les aient prises au cours de ces dernières heures, foudroyants. Mais, si même il s'agissait des hommes de Rolf, ils ne les craignaient plus, ils n'auraient pas à les combattre ; il leur suffirait de se cacher pendant cette nuit et le prochain jour, pour que Mansour et Charlie repartent ; et ensuite, pendant encore un jour et une nuit, et ce serait au tour d'Hugo.

Attendre, se cacher... Désormais, le Sang-Noir était dispersé, Rolf mort. Pas question de prendre le moindre risque. Pas question de mourir en vainqueurs au moment du triomphe.

Le nuage s'approcha, ils distinguèrent des silhouettes ; il leur sembla que c'étaient des cavaliers entourés de créatures fauves.

Une voix de stentor, qu'il connaissait très bien, s'adressa à eux, depuis le pied de l'arbre :

– Vous pouvez descendre. Ce sont les nôtres, Morjane est partie dès cette nuit, au galop, les prévenir que vous arriviez à Maroine...

Ils regardèrent au pied du sycomore : Louane, Earvin, Jeson levaient les yeux vers eux. Le Centaurien avait l'air amusé.

– Si nous avions été des ennemis, vous seriez morts depuis longtemps, reprit-il. Vous faites un vacarme du tonnerre, depuis que nous vous suivons dans Elona-ha. Matthias n'est pas ici ?

*

Ils se laissèrent glisser le long de l'arbre.

Jeson leur dit, en regardant Earvin du coin de l'œil :

– Nous devons savoir... Le Pouvoir du Sang-Noir accorde un empire sur les âmes à ceux qui le possèdent. Quiconque vous regardera devra se soumettre, il abdiquera sa liberté et sa conscience ; d'un regard sur lui, vous pourrez en faire un serf, un esclave. Nous ignorons dans combien de temps cela se produira, mais nous savons que le Pouvoir est immense. Alors, nous devons savoir : le possédez-vous entièrement ce Pouvoir ? Ou Matthias a-t-il bu ?

– Il a bu sa part, à la source, dit Mansour. Et ensuite...

– Ne racontez rien d'autre. Le reste du récit, vous le devez à celle qui a reçu le serment. Aliya arrive, répondit Jeson.

– Et vous le devez également à Hedda, la gouverneure de Fern, dit Earvin.

– Et à toutes les nations des Mères-de-la-guerre, ajouta Jeson.

Louane ne dit rien, mais Hugo vit qu'elle les regardait - lui, Charlie, et la façon dont la Céridwen se serrait contre le Madoc. Il y eut dans le regard de la jeune Elfe une étrange gamme de sentiments, comme un ciel changeant - la joie pour son ami Madoc ; la douleur, à surprendre ce bonheur dont elle était témoin, et dont la mort d'Iwan l'avait privée ; les questions, sur Matthias, sur eux quatre...

Le nuage de poussière n'était plus qu'à quatre centaines de coudées. Ils virent qu'il s'agissait d'une colonne de cavalerie, lourdement armée, chevaliers et chevalières têtes nues dont les gonfanons flottaient, aux mêmes armes que celles qu'Earvin portait sur son pourpoint - la cavalerie de Fern, galopant pour les honneurs plus que pour la bataille, les étendards aux bras.

Une centaine de guerriers et guerrières, aux cuirasses de métal d'un blanc d'aluminium sous le soleil déclinant, les cheveux au vent.

Et tout autour de cette colonne, une vingtaine de Cervières, zigzagant, se croisant, comme des chiens de bergers. Elles furent bientôt suffisamment proches pour qu'ils reconnaissent parmi elles quelques-unes de celles qui s'étaient emparé de l'Oihan de Vahan. Et Morjane sur Sadhok. Et Nidhal, le dos vide. Et galopant parmi elles, le soleil dans le dos, sur Nadir : Aliya.

Chapitre 59

Les lions-cerviers soudain décrochèrent, laissant à la colonne cuirassée quelques coudées d'avance ; la ligne de chevaliers se déploya d'abord en une ligne impressionnante, qui devint ensuite un demi-cercle dont les deux extrémités se refermèrent autour d'eux et du cairn. Cela se fit au pas, comme le déploiement d'une cérémonie.

L'escorte ne bougeait pas. Hugo, Charlie et Mansour attendaient.

Derrière les chevaliers de Fern, les Cervières s'étaient arrêtées, elles aussi – on entendait leurs rugissements, celui de Nidhal qui appelait sa Cervière. Le demi-cercle de chevaliers s'ouvrit, en son centre, pour laisser passer Aliya, qui avait bondi de Nadir. Derrière elle, une autre femme mit pied à terre, une femme qui s'avança à ses côtés, vers eux, entre les deux ailes de la cavalerie déployée.

La femme était tête nue, cheveux de neige au vent. Son corps était enfermé dans une armure, comme tous ceux de sa troupe – mais cette armure de métal blanc rehaussée de gravures d'or, et d'entrelacs de *kraast*, indiquait la puissance de celle qui la portait (et si cela n'avait pas suffi à signifier son rang, le fait qu'elle fût entourée de quatre des « tueurs de Fern » l'aurait indiqué). C'était Hedda, gourverneure de Fern, désignée par toutes les femmes de la Cité libre des Landes franches pour présider d'un gantelet de fer, six ans durant, aux destinées de leur ville. Celle à qui tous et toutes, parmi les Humains libres de Fern, obéissaient aveuglément. Hedda, membre du conseil de Shaelynn, du capitanat des Mères-de-la-guerre – et à ce titre la plus illustre en noblesse et puissance, parmi les Humains qui échappent aux trois Féodaux.

Elle avait un visage étrange, cheveux blancs et rides malgré ses traits pourtant encore juvéniles, des yeux ardents sur un corps qu'on devinait rompu et souple – comme une trop jeune vieillarde, ou une adolescente usée prématurément. Earvin et Jeson leur avaient dit, lors d'un campement naguère, qu'elle gouvernait Fern depuis quinze ans (sa troisième élection voici trois ans serait la dernière, comme le prévoyait la Charte de la Cité)... Et Hugo sut que ces quinze ans de soucis, de responsabilités, de gouvernance avaient usé prématurément son visage, et blanchi ses cheveux. C'était le poids de son peuple, non celui de son âge, qui l'écrasait. Mais Hugo sut aussi, à la voir, que Hedda vivait pour cette charge. Elle avait l'orgueil plus que l'arrogance, l'autorité plus que la vaillance, la froideur cruelle plus que la sauvagerie – contrairement à Aliya, elle était femme de pouvoir.

Elle dit :

— Je suis Hedda. Et vous devez être les Quatre...

À ces mots, Louane s'écarta d'un pas. Aliya, qui marchait dans les pas de la gouverneure, rectifia :

— Ils sont trois, gouverneure. Mansour, Hugo et Charlie. Il y avait un Golithe avec eux, Matthias, mais il manque...

Un mouvement de menton, un sourire :

— Et celle-là est Louane, la jeune Connor de leur escorte.

Puis, après une pause, Aliya dit à Louane :

— Approche-toi, Métig.

L'archère des Connor fit cinq pas vers les deux femmes.

— Puisque ceux de tes Nations combattent pour libérer leur forêt, et que tu es la seule Elfe sur les Landes, tu recevras leur témoignage ; tu représenteras La Race.

Louane rougit de cet honneur. Jeson s'élança à son tour vers elle, devançant l'appel.

Les Trois leur firent face : Jeson et Louane, Aliya et Hedda – toutes les nations et toutes les races du capitanat des Mères-de-la-guerre. Tous ceux qui incarnaient la lutte contre Rolf sur l'Alta, qui les avaient fait venir.

Hedda dit seulement, à voix très haute :

— Ainsi, les Quatre ne sont que trois ?

Et ils surent que le moment était venu de parler, raconter.

*

Ils firent le récit, tous trois, à tour de rôle, l'un prenant la suite quand l'autre s'arrêtait. Ce fut une narration sobre et brève - la Forêt des Âmes, les spectres de Rolf qui s'écartent et les livrent aux démons ; la source ; Matthias ; et finalement le Sang-Noir.

Aliya posa alors la première question, celle que Hugo redoutait :

— Quand vous êtes descendus, saviez-vous déjà que Rolf était mort ? La rumeur court depuis hier, et partout, ses Légions golithes se sont débandées.

Hugo ne chercha ni à biaiser, ni à mentir. Il dit simplement :

— Oui. Nous savions que Rolf était mort. J'ai tué le fils de Wulfran dans le *shad* où j'attendais le retour d'Iwan. Et ensuite, nous sommes descendus boire le Sang-Noir.

Il vit la surprise dans les yeux de tous ceux qui l'entouraient, la stupeur dans le regard de Louane et Jeson, de Hedda. La gouverneure balbutia :

— Mensonges ! Le Féodal ne peut pas...

— Être tué ? Je le croyais aussi. Mais je lui ai coupé la tête voici près de cinquante heures. Six jours de l'Alta.

De nouveau, une rumeur, incrédule, mais aussi respectueuse, cette fois...

— Pourquoi avoir bu, alors ? Pour posséder ce que convoitait Rolf ?

Hedda posait les questions à son tour, mais son ton était dur, différent de celui d'Aliya. Mansour répondit :

— Nous avions juré à notre capitaine que nous irions jusqu'à Elfrea. Nous l'avons fait. Nous avons tué Rolf, et nous avons dispersé la menace du Sang-Noir.

*

Ils s'étaient attendus à un triomphe sans ombre.

Mais la conversation leur échappa. Jeson se tourna vers Hedda, et se mit à lui parler comme on plaide, comme on défend des accusés :

— Ils ne représentent plus aucune menace pour l'Alta, Hedda. Matthias a bu, et ils ne l'ont pas saigné comme Wulfran à Carlen. Son spectre emporte sa part du Sang-Noir, une part du Pouvoir. À trois, ils ne nous menacent pas.

— Et s'ils revenaient ? S'ils revenaient tous trois, par Oksan-kras, et qu'ils s'entendaient avec le spectre ? Ou s'ils avaient menti, et que le quatrième n'avait pas bu ? Peut-être possèdent-ils le Pouvoir... Peut-être ne s'est-il pas encore manifesté.

— Nous en avons déjà parlé, Hedda, répondit Aliya. Ils ignorent où se trouve Oksan-kras, et certains Humains l'ont cherché des décennies sans la trouver. Quant à la chance qu'ils reviennent et retrouvent le spectre de Matthias, elle est nulle, pour ainsi dire.

— Je gouverne une cité qui n'a que faire des chances nulles, *pour ainsi dire*. Je gouverne pour donner à ma cité des certitudes, pour lui garantir la survie et la sécurité. À jamais.

— Hedda ! Si tu fais ce que tu projetais, il y aura deux spectres au lieu d'un. Il y aura de nouveau un peu de sang, dans la vasque de Danaël. Mais le danger existera toujours, Hedda, que tu les épargnes tous ou que tu en sacrifies un...

Les Trois comprirent alors de quoi parlaient entre eux Jeson, Hedda et Aliya : de leurs trois vies ; de la nécessité de tuer l'un d'entre eux, pour s'assurer à jamais de la dispersion du Pouvoir...

Mansour fit un pas en avant. Les quatre tueurs qui encadraient Hedda se tournèrent vers lui, le braquèrent de leurs arbalètes. Il y eut encore le bruit d'un cinquième cran qu'on desserre, derrière le dos des trois confrères.

— Gouverneure, j'attends vos ordres...

Ils se retournèrent. Earvin avait son gant-arbalète pointé, à quelques centimètres du dos de Charlie.

– Earvin ! cria Jeson en tirant son marteau de ses fontes.

– Hedda ! cria Aliya en se tournant vers elle.

*

Ce furent dix secondes électriques, dix secondes de silence tendu, où n'importe quel geste pouvait tout enflammer. Charlie tournait le dos au carreau d'Earvin. Earvin aurait le temps de tirer, une fois, deux fois... Jeson, le marteau brandi, tuerait ensuite Earvin, mais trop tard pour sauver les trois confrères.

Un geste, un mot pouvait tout faire basculer. C'est Aliya qui parla. Elle répéta, comme une avocate supplie le jury :

– Le danger existera toujours, Hedda... Tu ne peux l'éliminer. Le Sang-Noir est dispersé, mais qui sait si ce qu'il appelle, dans chacune de nos âmes, ne se réveillera pas... Qui sait si le Mal, la soumission, la bassesse et le meurtre, ne frapperont pas, demain, sans lui ? Nous ne savons qu'une chose : le Sang-Noir ne sera pas reconstitué, ces trois-là m'en ont fait le serment, et ils sont allés jusqu'à Elfrea pour tenir ce serment.

– Ils t'ont menti, ils sont descendus alors que Rolf était mort ! Et de même, ils peuvent revenir sur l'Alta !

– Ils m'ont trompée, oui... Mais ils ont respecté le serment qu'ils avaient fait. Couvriras-tu tes mains de leur sang, du sang des héros qui sont allés à Elfrea ? Seras-tu dans l'Histoire celle qui tua les Trois, celle qui fit assassiner les héros ?

– Les Nations elfiques ne scelleront plus d'alliances avec Fern si tu commets ce meurtre.

C'était Louane qui venait de parler. Manifestement, elle ne connaissait pas, auparavant, les termes de cette conversation que le Centaurien, la capitaine et la gouverneure avaient entamée à Shaelynn, naguère. Mais maintenant qu'elle avait compris de quoi il retournait, elle prenait parti.

Hedda la regarda, avec dédain.

— Écoute-moi, Métig. C'est une de tes nations qui a trahi le capitanat, et livré à Rolf le secret de Derrig Argan. C'est ta propre nation, celle des Connor, qui a fabriqué la *Xaria*. Et c'est à cause de vos diableries que Rolf a failli entrer dans la Forêt des Âmes. Alors, crois-tu vraiment que l'alliance des Nations elfiques m'importe ? Penses-tu que je m'en soucie ?

Louane broncha, mais Hedda enfonça le clou :

— Cette alliance a mis Fern dans un péril plus grand que tous les autres, c'est à cause d'elle que Rolf a rompu l'équilibre de l'Alta, et que s'est réveillée la guerre du Neuvième Tome... À cause de cette alliance, et du plan conçu par un capitaine que nous nous étions choisi, par erreur.

Elle s'était tournée vers Aliya, et la regardait avec le même mépris mêlé d'hostilité.

— Tu n'es plus capitaine, Aliya. Il n'y a plus de capitaine, et le conseil des Mères-de-la-guerre est dissous. Fern est seule, et Fern choisira seule. Et si le sang des héros retombe sur Hedda, peu m'importe, pourvu que Fern y gagne sa sécurité.

— Tu te trompes, Hedda !

La ligne de chevaliers tressaillit, les lances s'abaissèrent. Jeson et Louane, Aliya et Hedda, tous se tournèrent vers Mansour, qui venait de parler d'une voix forte ; insolente. Qui venait d'oser défier la gouverneure.

— Cette guerre, c'est Rolf qui l'a ouverte, par son désir de s'emparer du Sang-Noir. Et ce sont les traîtres, parmi une Nation elfique, qui lui ont livré ce secret. Mais les Connor ne sont pas à blâmer, eux qui ont perdu Derrig Argan pour le salut de tous. Et c'est Aliya, par nos bras, qui a préservé l'Alta de la menace du Sang-Noir, à jamais... Aliya que vous n'auriez jamais dû cesser de considérer comme votre capitaine.

Hedda l'interrompit :

— Tu n'es pas de notre monde, il ne t'appartient pas de...

— Tais toi, Hedda ! rugit Jeson. Au nom des anciens Hybrides qui régnèrent sur l'Alta bien avant les Humains et les Elfes, je dis : que Mansour parle, et que tous l'écoutent.

La voix de Mansour résonna alors, forte et claire, pour parvenir jusqu'aux Cervières.

— Tu as raison, Hedda, je ne suis pas de votre monde... Je suis Mansour. Je suis le Victorieux. Je suis entré dans la Forêt d'Elfrea, j'ai affronté les démons de la forêt. J'ai tué celui qui était un ami pour préserver l'Alta de la menace du Sang-Noir. Et je l'ai fait pour ton monde, qui ne vaut pas mieux que le mien : dans notre dos, à cette minute, il y a un traître que nous croyions notre protecteur ; parmi vous, il y a des félons et des assassins, dans tes propres rangs comme dans ceux des Elfes... Et il y a des chefs, comme toi, qui envoient leurs soldats à la mort, puis qui veulent les punir, quand ils reviennent en héros.

Mansour cracha par terre.

— Ton monde ne mérite pas mon sacrifice, Hedda. Et pas plus le conseil de Shaelynn. Seule Aliya le mérite, et ceux de notre escorte qui sont à nos côtés, et notre Egmont, notre Métig, ceux des Connor...

Hedda fit un pas vers lui, la main à l'épée, pour répondre à l'insulte - mais Aliya fit un pas elle aussi, et Jeson, puis Louane, pour se placer entre eux. Les quatre tueurs avancèrent. Chacun se regarda, se jaugea.

— Qu'ai-je dit qui ne soit vrai, Hedda ? Tu veux t'assurer que nous ne pourrons pas rétablir le Sang-Noir, au prix de notre vie ? Mais sans nous, oublies-tu que c'est Rolf que tu devrais affronter ? Rolf et le Pouvoir ?

Mansour tendit une main devant lui. La main droite.

— J'ai tué. Et je retuerai, demain, quiconque cherchera à rétablir le Sang-Noir. Je le jure sur cette main qui a tué Matthias, qui a servi Aliya. Je le jure : cette main tuera celui qui voudrait rétablir le Sang-Noir, même si ton monde ne mérite pas mon serment...

Sa dextre tremblait un peu - cette main droite qui avait rompu le cou de Matthias.

— Et maintenant, écoute encore, Hedda. Écoutez tous ! Nous sommes les Trois, et nous ne reviendrons pas sur l'Alta ensemble. Nous ne passerons pas par Oksan-kras, tous trois. Parce que nous serons dispersés.

« Entendez tous !

« Je suis Mansour, je suis le Victorieux. J'ai bu le Sang-Noir, et voici ce que je ferai, en gage, pour votre sûreté : je resterai parmi vous. Au milieu des Cervières d'Aliya. Sous la garde de Jeson, le dernier des Hybrides d'Hego-ar-Madalen, qui sera le garant de ce serment. Qu'il me tue, si je mens ! Et si tu souhaites, à ma mort, qu'on me saigne et qu'on verse mon sang dans la Source d'Elfrea, il en sera ainsi. Alors mon spectre ne rejoindra pas celui de Matthias. Vivant, je serai parmi les Cervières. Mort, mon corps sera à toi, et à tous ceux de Fern. Et mon sang, à la vasque. J'ai dit.

Puis, profitant de la stupeur, il dit encore, dans un souffle :

— C'est maintenant, Hugo !

*

Il y eut une seconde d'incrédulité. Une seconde, une seconde seulement - mais durant cette seconde de stupeur, Hugo avait esquissé le geste que Mansour lui commandait : il avait fait deux pas vers Hedda, pour les distraire tous. Earvin se tourna vers lui, aussitôt, par réflexe, et aussi les quatre autres tueurs - un instant, une fraction d'instant. Et à l'issue de cette seconde d'inattention, Earvin avait le cou pris dans l'étau des bras d'une Cervière sans ceinture ni hachoir, d'une Cervière désarmée l'instant d'avant ; Mansour la Cervière pointait le bras cassé du tueur de Fern, et son gantelet-arabalète, vers la gouverneure...

— Choisis, Hedda ! Crois le serment que je fais sur le sang de Matthias. Ou donne l'ordre de tuer l'un de nous. Mais alors, cet ordre sera ton dernier pour Fern, et tu le donneras sur ton propre sang. Choisis.. Puisque la sécurité de ton monde mérite notre mort, mérite-t-elle la tienne ?

*

Il y eut encore une seconde, puis deux, puis trois. Et soudain, quelque chose passa dans le regard orgueilleux de Hedda, quelque chose qui ressemblait à un renoncement, peut-être une défaite.

— Qu'il en soit comme tu as dit, Victorieux. Ta vie sera dans les mains des Cervières, sous le marteau de Jeson ; et ta mort te livrera à ma cité. Je le jure sur Fern, et sur le nom d'Orla.

Toutes les épaules se relâchèrent - toute la tension insupportable. Mansour sourit, un sourire éclatant - il était le Victorieux. Il relâcha Earvin, qui tomba à genoux devant lui, le bras pendant ; vaincu lui aussi.

Chapitre 60

Il y eut une dernière nuit, un dernier jour.

Ils ne quittèrent pas Maroine. Hedda et sa cavalerie retournèrent vers Fern, où les attendaient les ultimes batailles contre les légions débandées de Rolf ; et les premières batailles qui suivraient, les guerres où les deux derniers Féodaux s'affronteraient, où Fern devrait s'allier, rompre des alliances, mentir et ruser pour survivre, pour demeurer un point libre sur la Carte de l'Alta. La fin des guerres du Neuvième tome... Hedda avait laissé trois tueurs, qui seraient les gages de l'ultime cérémonie. Mais Earvin le traître était parti.

Les Cervières n'accompagnèrent pas les chevaliers à l'armure blanche ; le gros de la troupe des Hafidas partit vers les grottes de Madani et le village troglodyte où les Clans libres attendaient l'issue de cette guerre. Elles annonceraient la victoire des Trois et le retour d'Aliya. Seules Aliya et Morjane demeurèrent. Et Jeson, et Louane également.

*

Il y eut un feu, un grand feu clair qui ne se cachait plus sous les pierres, un vrai feu de bois, de sycomores et de vignes sauvages. Il y eut un repas de fraternité, pris sous le signe des étoiles. Ici, même les Elfes mangeaient les plats des clans, plutôt que leurs herbes insipides.

Sur les deux jambes, sur les deux bras de Mansour, jusqu'aux épaules, il y eut un récit – le Victorieux avait vaincu la forêt, avait bu à Elfrea, avait tué l'ami pour respecter le serment ; il avait dispersé le Sang-Noir ; le Victorieux avait défait Hedda et rétabli le capitanat d'Aliya ; il avait épargné quand il le pouvait, combattu quand il le devait, tué quand il n'avait pu l'éviter.

Il reçut les récits. L'alphabet courait sur sa peau. Sa geste courrait dans les tomes de la Grande Bibliothèque du Tribunal de Paix. Il reçut aussi quelques phrases, qui lui couvrirent la moitié gauche du visage. Honneur dévolu seulement à celles qu'Aliya estimait ses égales : trois phrases qu'elle tatoua elle-même, et qui disaient : *« Il est le Victorieux. Il but le Pouvoir et tint le Serment. Le Pouvoir est en lui, car il l'a dispersé. »*

Mais le corps de la Cervière garda son torse intact pour les récits suivants, ceux que le Victorieux allait écrire en restant sur l'Alta.

Il y eut deux autres récits tatoués, encore, deux brefs récits. Sur deux chevilles elfiques.

Pour la première, la seule fois (Jeson excepté, mais Jeson le Centaurien est une exception si rare, si singulière sur l'Alta, qu'il ne peut être compté), deux autres que les Cervières reçurent le droit de recevoir un tatouage. Sur leurs deux chevilles, Charlie et Hugo porteraient désormais les noms qu'on lirait dans les chroniques du Tribunal de Paix, à Lexie – le nom de leur Confrérie, « les Quatre » ; le nom sous lesquels on les connaîtrait, « les Deux qui faisaient un » ; et le nom de chacun : « le Madoc qui tua Rolf » et « la Céridwen qui appela et chanta, sur l'Oihan de Vahan ». Chacun reçut trois noms, et le récit montait de la cheville jusqu'au milieu de la jambe. Charlie regarda Hugo, sourit :

– Je suis sûre que maman va adorer mon tatouage new-yorkais...

*

Aliya s'expliqua : à Shaelynn, quand le capitanat avait décidé de lever les Confréries, ils avaient déjà eu la conversation de Maroine. Hedda exigeait que la vie d'un des quatre soit prise, pour qu'ils ne puissent rétablir, dans leur monde ou sur l'Alta, le Pouvoir du Sang-Noir. Aliya avait refusé, au nom du serment que les confrères feraient ; les deux femmes s'étaient violemment affrontées... Et la question avait été remise à plus tard, vu l'urgence.

— Voilà pourquoi après Elfrea, je vous avais fixé rendez-vous à Maroine, non à Fern. Morjane devait me prévenir de votre retour, et Jeson aurait alors neutralisé Earvin...

Un sourire de l'Hybride.

— Mais quand ils ont vu que vous n'étiez que trois à sortir d'Elona-ha, nos plans ont changé. Je ne pensais pas que Hedda demanderait encore une vie en gage de sa sécurité. J'ignore pourquoi elle l'a fait, sinon parce que les grands exigent toujours un sacrifice en gage de leur pouvoir... Un sacrifice d'autrui. J'ai commis une erreur, une de plus... Une erreur qui a failli vous coûter la vie. J'aurais sans doute pu vous avertir, à Shaelynn.

Elle secoua la tête.

— Je suis une guerrière, une Cervière, mais je ne suis pas celle qu'il faut pour capitaine à l'Alta. Vous qui m'avez prêté un serment, je n'étais pas digne de recevoir vos vies ; seul Mansour a su les préserver.

— Mais nous t'avons menti, nous aussi.

— Oui, vous aussi. Tous m'ont trompée, sauf les Hybrides, les Connor, et mes Hafidas.

Elle disait cela sans amertume, comme un constat. Elle était heureuse de retrouver le combat sur Nadir, et d'avoir quitté à jamais la grotte de Shaelynn, ses intrigues et ses trahisons.

Hugo posa la question qui les taraudait tous :

— Pour Matthias, savais-tu ? Savais-tu qu'un Golithe voudrait forcément rétablir le Sang-Noir ?

— Non, rien n'était forcé...

Elle les regarda, intensément.

— J'ai prévenu Matthias. Il était fasciné par le Pouvoir, comme les autres Golithes, mais je l'ai prévenu : il pouvait le partager, il pouvait le disperser, ou le rétablir... Il avait le choix, nul n'est soumis à une autre servitude que sa propre conscience. Je pense qu'il s'est posé la question jusqu'au bout, peut-être a-t-il hésité jusqu'à Elfrea.

La voix baissa.

— Et je l'avais prévenu que s'il choisissait le Sang-Noir pour lui, vous le tueriez. Il a choisi, en connaissance de cause. Son sang retombe sur lui, ni sur moi, ni sur toi, Mansour.

*

Alors que les braises noircissaient, au lever du soleil, Hugo demanda à Mansour :

— Ce que tu fais en restant, ce n'est pas un sacrifice ? C'est vraiment ce que tu souhaites ?

— Oui. Je vous l'ai dit, la nuit d'après Elfrea, la nuit où j'ai rêvé d'Aliya : mon pays est ici. Ici, je serai le Victorieux.

— Même si tu y restes un étranger ? Même si tu y es plus ou moins prisonnier ?

— On ne retient pas prisonnier une Cervière, pas sur Nidhal...

— Et tu ne retourneras plus dans notre monde, jamais plus ? Et ton père, vas-tu l'avertir ?

— Comment ferai-je, depuis l'Alta ? Vous lui écrirez une lettre, si vous le voulez bien. Vous direz ceci : Mansour vous fait savoir qu'il a trouvé son pays, l'endroit où il sera le Victorieux. Il vous fait savoir qu'il est heureux, et qu'il vous aime.

Une pause, puis Mansour ajouta :

— La dernière fois que nous nous sommes vus, avec mon père, à New York, nous nous sommes violemment engueulés. Il défendait son métier, la diplomatie, et moi je lui ai dit qu'il vivait dans un monde de mensonges, de duperies, de faux-semblants. Que l'honneur ne se négociait pas. Il m'a répondu ceci, pour finir : « Puisque tu veux combattre, puisque tu veux devenir un guerrier, qu'au moins tu te battes au service de la justice, de la paix, pas de la gloire... »

La Cervière regarda Hugo et Charlie - elle les regarda, en leur demandant implicitement quelque chose, une réponse. Le Madoc lui répondit :

— Nous écrirons à ton père, Mansour... Nous lui dirons que tu es devenu un guerrier, que tu es enfin le Victorieux. Et que tu t'es mis au service de la paix plutôt que de la gloire.

*

Vers le dernier soir, l'un des trois tueurs apporta à Jeson une fiole de terre cuite, bleue, et lui parla à l'oreille. Le Centaurien vint vers eux tous :

— Ceci est un poison, un poison dont seuls les tueurs de Fern possèdent l'antidote. Tu dois le boire, Mansour. Il paralysera ton sang, éteindra ta conscience, même après ton retour chez toi. Leurs sicaires viendront alors te chercher dans ton *shad* ; et ils amèneront ton corps endormi ici, à Maroine, où nous les attendrons. Alors, ils te donneront l'antidote, te libéreront du poison, et tu demeureras parmi nous.

Mansour se leva, regarda Aliya :

— Nidhal... Quand je reviendrai, il me reconnaîtra ?

— Je l'ignore. Mais tous les lions connaissent par instinct les récits qui sont écrits sur la peau de leur Cervière. Sans doute te reconnaîtra-t-il...

— Et s'il me reconnaît, pourrais-je chevaucher parmi les Hafidas, moi qui serai un homme ?

— Seules jusqu'ici des femmes avaient chevauché les cerviers, seules celles qui avaient reçu des récits. Mais que Nidhal t'accepte ou qu'il te refuse, tu seras l'une des nôtres parmi nous, Mansour. Tu es le Victorieux.

Un sourire éclatant. Il prit la fiole, en brisa le cachet, la but d'un coup. Son corps s'affaissa sur le sol, comme mort. Les tueurs de Fern partirent annoncer à Hedda que l'ordre avait été exécuté.

*

L'âme de Charlie partit, au soir.

Hugo lui avait dit de l'attendre, au *shad*, pendant les douze heures qui suivraient, mais de se réfugier à l'étage, de dormir.

— Ne va pas dans le jardin, où gisent les cadavres des sicaires et de deux Elfes noirs. Ne reste pas non plus dans la pièce où tu reviendras, à côté des restes de Rolf et d'Iwan, du corps sans vie de Matthias, du corps sans conscience de Mansour. Je ferai le ménage...

Hugo resta à Maroine, seul avec les restes de son escorte, quelques heures de plus. Douze heures de son monde. Deux nuits et un jour de l'Alta. Au début de la deuxième nuit, il vit que l'on disposait sur un bûcher les réceptacles de Mansour et de Charlie, qu'on allumait le feu. Ils ne reviendraient pas. Il ne reverrait jamais la Céridwen qu'il avait embrassée, ni la Cervière qui était son amie. Devant le bûcher qu'on embrasait, il dit à Louane :

— Je ferai de même pour Elouan et Iwan, là-bas.

— Non. Nos Elfes sont déjà partis, sous la conduite d'Ioena, vers votre *shad*. Ils ramèneront Elouan et Iwan ; ils les inhumeront sous Nedeleg, dans les murs de Shaelynn, avec les autres Elfes noirs que nous retrouverons. Ils auront leurs cairns dans la Perle des Nations.

— Combien de temps pleureras-tu ?

— Je l'ignore. Je retournerai à Shaelynn, je dirai ce que vous avez fait devant toutes les Nations elfiques. Je trouverai les traîtres, parmi notre Race, ceux qui ont livré le secret des Connor ; nous en avons fait le serment, avec Ioena, sur la tête de nos frères. Puis, je reviendrai ici...

— Sur... sur les Landes ? Loin de Derrig Argan, loin de ta cataracte ?

— Oui. La liberté est plus chère à mon cœur qu'une vie longue près de mon arbre. Et qui sait - peut-être se trouvera-t-il quelqu'un, Humain, Elfe, ou même Hybride, qui me rendra goût à l'amour ?

— Qui sait ?

Hugo avait conclu d'une voix presque inaudible. Les branches craquèrent, le bois flambait maintenant. Le feu monta très haut dans le ciel de l'Alta. Hugo prit Louane par l'épaule, avec son moignon, la serra contre lui, comme on le fait d'une amie très chère. Comme jamais une Elfe ne le ferait, parce que les règles de La Race l'interdisent. Mais Louane glissa sa main dans le dos de Hugo, le serra à la taille. Et ce fut ainsi, enlacés, bras dessus bras dessous avec une Connor, le feu mangeant les restes d'une Cervière et d'une Céridwen, qu'il passa sa dernière nuit sur l'Alta.

Épilogue

Charlie ne l'attendait pas dans la chambre du haut de leur *shad*, comme il était convenu.

Quand il ouvrit les yeux, elle était à son chevet, agenouillée devant son canapé. Elle sourit, et dit :

— J'ai entendu ton âme revenir, mon Madoc...

— Il va falloir que tu arrêtes de m'écouter aux portes, si tu veux que je te surprenne de temps en temps, sourit-il à son tour.

Il se releva, regarda autour de lui. Charlie avait jeté un drap sur le corps de Rolf, et sur sa tête détachée aux yeux grands ouverts, accusateurs. Elle en avait posé un autre sur Matthias, qui avait roulé à terre. Hugo se pencha sur le *fantasy geek*, souleva le suaire : le visage de Matthias était blanc et blême, lèvres exsangues, avec cette tâche noirâtre au niveau du cou et de la nuque, là où les vertèbres avaient cédé.

Charlie avait allongé Mansour sur le deuxième canapé. Il semblait dormir. La jeune fille eut une nouvelle ébauche de sourire :

— J'ai espionné son âme, à lui aussi... Le poison la paralyse, mais j'ai entendu malgré tout la musique de la victoire. Il vit. Il vit, il est heureux et il triomphe. Il va retourner dans son pays... C'est sans doute mieux ainsi.

Hugo regarda le visage de son ami, yeux clos, les arabesques noires s'enroulant sur la partie gauche du visage, du front jusqu'au menton.

— Pourquoi faut-il qu'il s'exile ? Il était notre ami.

— Oui.

Une pause.

— Et il faut lui souhaiter le meilleur, même si nous aurions préféré qu'il se contente de moins... Qu'il se contente de notre monde.

*

Avant de sortir, Hugo regarda, une dernière fois, son champ de bataille dans la pénombre. Leurs morts, et leurs blessés. Leur ami exilé. Tous ces corps...

Il n'y avait pas besoin de « faire le ménage ». Les Elfes noirs arriveraient, ils récupéreraient les Egmonts et les porteraient vers Shaelynn. Puis les tueurs de Fern viendraient, ils emporteraient Mansour, pour qu'il donne là-bas toute sa mesure... Et puis, sans doute, alertée par ces allers et venues, la police débarquerait à son tour. Elle trouverait le corps de onze sicaires et d'un Féodal sans tête, douze types vêtus à la mode médiévale, et massacrés. Elle ne pourrait les identifier.

Celui à qui les inspecteurs pourraient donner un nom, en revanche, ce serait le jeune homme, le *fantasy geek* au cou rompu. Une victime de plus, dans cette étrange épidémie de meurtres...

Une dernière victime. Mieux valait ne pas enterrer Matthias, ne pas l'honorer – quand la police le fouillerait, sortirait ses papiers, comparerait le visage et la photo tirée de son portefeuille, sa famille saurait au moins ce qu'il était devenu. Il fallait qu'on trouve le corps.

Au pire, si personne ne remarquait rien, Hugo appellerait, dans une semaine. Il signalerait le *shad*, une maison où il se passait des choses suspectes. Il appellerait d'une cabine, brièvement. Et moins ils toucheraient Matthias, aujourd'hui, moins ils risquaient que la police remonte ensuite jusqu'à eux – à cause des empreintes, de l'ADN, de tout ça.

— Tu n'es pas allé dehors, au moins ? demanda Hugo. Tu n'as pas touché les cadavres ?

Charlie secoua la tête :

— Juste les draps...

— OK. On s'en va, miss...

*

Ils sortirent dans le jardin, dans la nuit d'avril. L'air frais leur fit du bien, un air encore chargé de quelques souvenirs frissonnants d'hiver, mais vibrant déjà d'une tiédeur qui les réchauffait un peu - le printemps. Le vent bruissait dans les feuilles. Ailleurs, partout ailleurs, des milliers de lycéens, au cœur de cette nuit, songeaient au bac, aux vacances, à leur avenir, à la vie, à l'amour...

Hugo regarda Charlie :

— Tu entends la sève, les racines ? Tu entends la terre qui respire ?

— Non. Je ne les entendrai plus.

— Ils vont te manquer, miss ?

— Pas si tu restes avec moi. Pas si j'entends toujours ton âme battre avec la mienne.

Elle eut un air malicieux.

— Pas si tu m'accompagnes, et qu'on affronte ma mère tous les deux.

Il la regarda. Charlie. Sa Charlie. Pas une âme errante dans le corps d'une autre. Pas une héroïne un peu virtuelle, à qui il aurait sauvé la vie en combattant un colosse médiéval ; de qui il aurait douté, à cause des démons, dans une forêt morte. Pas ce personnage de roman qu'ils avaient tous été, pendant quatre passages, 240 heures si brèves, si étranges, si charnières dans leur vie.

Non.

Charlie. La jeune fille à la peau brune, aux yeux noirs, aux cheveux coupés courts, un saphir dans le nez pour accrocher la lune. La fille de l'Espagne, des romans et du plein air, la fille du soleil et de la montagne, si vivante, si vraie. Charlie de la Sierra. Celle qui prenait la position du lotus en s'étirant comme un chat, en lui dévoilant un ventre caramel. Celle qui mentait à sa mère, qui faisait de l'escalade et, quelquefois, le mur ; du ski et de la poésie, qui troussait des romans ; celle qu'il admirait, mais qui l'intimidait autant dans la vraie vie que dans celle de l'Alta. Celle qu'il avait cru perdre, à cause de *la menace* ; puis à cause des démons ; puis à cause de Matthias. Charlie, son âme...

Il se demanda si le baiser qu'ils avaient échangé à Carlen, et si la nuit qu'ils avaient passée dans la Forêt des Âmes, « valaient » – si on pouvait considérer qu'embrasser un réceptacle, quand soi-même on n'est qu'un avatar, c'était *vraiment* embrasser.

Dans le cas contraire, le baiser qu'il allait lui donner, maintenant, sous la lune serait le premier. Techniquement.

Lexique des principaux termes de l'Alta employés dans ce récit

Bref abrégé elfique

Barban, Barbane : « étranger ». Toute personne (c'est-à-dire tout animal doué de langage) qui n'appartient pas au monde elfique. Pour se désigner entre eux, par opposition aux Barbans, les Elfes s'appellent : La Race, Odran tugdual (le peuple des Livides), Ceux-des-arbres ou Le Peuple des Cataractes.

Céridwens : dans l'Idiome, ce mot signifie « poétesse heureuse ». Les Céridwens sont les prêtresses des Neuf Nations. Elles veillent sur la vie et la mort des Elfes et de leurs arbres, et accomplissent les chants sacrés qui purifient les eaux des cataractes, soignent et guérissent les êtres vivants, régissent toutes les cérémonies d'initiations et tous les grands actes de chaque Nation elfique.

***Daras* :** les chênes sacrés. Plus petits que les chênes que nous connaissons, ils sont d'une longévité quasi infinie. Ces arbres sont indispensables à toute cérémonie accomplie par les Céridwens. On les retrouve, en bosquet, dans les clairières des Neuf Nations, et sur les *oihans*, hors de la forêt.

Egmont : « épée protectrice ». Certains Sloanes et Searles elfiques, regroupés en brigades, ont la charge d'escorter les Barbans dans la partie de la forêt ressortissant des Cinq Nations ouvertes. Choisis parmi les meilleurs archers de La Race, les Egmonts (mâle) et Métigs (femelle) commandent une escorte mixte, qui veille au respect des usages elfiques et, secondairement, à la survie de leurs hôtes.

Hazal **:** l'un des deux arbres à arc des Elfes, avec l'*ivor* ; le *hazal* est un noisetier rouge à feuillage persistant, dont les Rowan utilisent les fourches, et parfois le tronc, pour leurs armes – des arcs de deux mètres cinquante. Le bois souple du *hazal* est également utilisé pour les structures des tentes de voyage.

Idiome (L') : la langue commune à toutes les nations de tous les mondes elfiques. Chaque nation utilise également un ou plusieurs « parlers », et certaines castes elfiques, prêtresses et Jekels notamment, ont leurs langues propres. Mais tous utilisent la même langue écrite, l'Idiome ancien, écrit en runes elfiques.

Ivor **:** l'autre arbre à arc des Elfes de l'Alta. L'*ivor* est une variété d'if forestier, sombre, dont les branches servent aux arcs courts.

Jekels : les chefs, mâles ou femelles, qui président aux destinées d'une des Nations elfiques.

Madocs : littéralement, « Ceux-qui-sont-bons ». Ce sont les « suiveurs » et les « boucliers » des Céridwens : les mains tranchées en souvenir des suppliciés d'Hegoa-ar-Madalen, mais surtout pour ne pas pouvoir s'arroger la puissance des chants, ils n'ont d'autre fonction que de veiller sur elles, et de se sacrifier au besoin pour leur survie.

Métig : « protectrice résolue » (voir Egmont).

Searle : « défenseur ». Ce sont les combattants elfiques, chargés de la défense des Cinq Nations ouvertes. Essentiellement archers, les Searles (et leurs équivalentes féminines, les Sloanes) combattent depuis les arbres, sauf lorsqu'ils sont hors de leur territoire. Généralement regroupés en brigades « nationales » d'une trentaine de combattants (quinze frères et quinze sœurs), ils peuvent constituer des « brigades mixtes » dans le cadre d'opérations décidées par le capitanat des Mères-de-la-guerre.

Shad **:** « abri ». Tout lieu où les Elfes s'estiment suffisamment protégés hors de leurs clairières, et notamment ceux où ils se réfugient pour des incantations. Ici, les lieux utilisés par les confrères pour leurs passages.

Sloane : « guerrière » (voir Searle).

Langue des Hybrides

Baran **:** grand ruminant des plaines à fourrage, élevé pour sa peau dont on fait le cuir, sa viande grasse et rouge, ses cornes recourbées comme celles du bélier ; le lait de la femelle est en revanche impropre à la consommation.

Caprax **:** sorte de bouquetin, à la laine épaisse, élevé en troupeaux sur la plaine d'Alaine, et dont le lait sert à faire les fromages aigrelets qui constituent la protéine de base des Landes franches. Sa chair est séchée et consommée en pemmican.

Hodei **:** nuages.

Kraast **:** terme dont on ignore l'origine (naine ou hybride), mais qui existait déjà sur l'Alta à l'arrivée des Elfes, puis des Humains, pour désigner le métal noir, dur et mat dont on faisait les meilleures armes. Quasiment impossible à travailler, sauf pour les Nains.

Mélorg **:** (ou bambous de *mélorg*) « d'un noir plus sombre que la mort même », nom des bambous vivaces qui poussent sur l'Ibar-os-Hodei.

Oihan **:** mot qui signifie « petit bois », et qui a été repris dans la langue elfique. Il s'agit d'un bosquet d'au moins quatre *daras*, qui permet par exemple aux Céridwens elfiques d'exécuter leurs chants hors de la Forêt elfique. La « route des Confréries » passe par quatre *oihans* pour permettre aux âmes errantes de retrouver leurs « réceptacles » à chaque passage.

Siffale **:** terme hybride abâtardi dans le langage humain. Croisement du cheval et d'un pachyderme disparu de l'Alta, le *siffale*, monture ou animal de trait, est l'animal par excellence dans le monde des Féodaux : il sert à la guerre, pour les lourds travaux, pour les cérémonies. Carnivore et carnassier, il est d'un dressage très délicat.

Urods : terme commun à toutes les langues, mais dont l'origine est sans doute hybride. Il signifie littéralement « Ceux-qui-sont-du-dehors », et désigne juridiquement les bannis enfermés sur la Marche livide, puis, plus largement, toutes les créatures de la Marche

XariaEnea **:** « Celle-qui-m'élève » ; la plante, qui pousse exclusivement dans la clairière de Derrig Argan, porte un nom venu de l'ancienne langue hybride, comme toutes les herbes de l'Alta.

Langue des Clans libres

Hafidas : « Celles-qui-protègent », pour désigner les Cervières affectées à la protection des héros.

Dawud : « voyageur nocturne », les démons et ectoplasmes qui se nourrissent de la substance mentale de ceux qu'ils croisent.

Keziah **:** arbuste épineux qui produit des épices.

Origine des principaux noms et toponymes utilisés dans ce récit

PRINCIPAUX NOMS ET TOPONYMES ELFIQUES UTILISÉS DANS CE RÉCIT

Noms

Nota : Les frères et sœurs portent des prénoms dont le sens est identique.

Aidan : « petit feu forestier ».

Aourell : « faite de l'or le plus pur ».

Bleunienn : « fleur blanche ».

Fergus : « le choix ».

Gall : « dont les vertus sont héroïques ».

Ioena, Iwan : « l'if dont on fait les arcs ».

Louane, Elouan : « lumière dans sa nation ».

Toponymes

Coinne : « la rencontre ».

Derrig Argan : « petit cours d'eau argenté », la clairière de la Dixième Cataracte.

Donon : « le mur ». La falaise qui monte d'est en ouest jusqu'au Cirque de Donon, et ce cirque lui-même. Limite de la Forêt des Cataractes.

Erell : « la porte de l'extrémité », porte par laquelle les Elfes sont entrés dans l'Alta.

Kyrian : « le lieu du qui-vive », principale porte d'entrée des Urods dans la Forêt des Cataractes.

Nedeleg : « le lieu de la naissance », Première Cataracte qui arrose Shaelynn.

Odran-Shad : « le dernier abri des Livides », dernier couvert de la Forêt elfique avant les grandes plaines humaines.

Shaelynn : « palace féerique », la capitale de la Nation rêvée.
Teacht-chun-Céille : « la clairière du rendez-vous ».

Les Cinq Nations (« tugdual »*) ouvertes*
Les Connor – « Les guerriers de la lisière ».
Les Guirec – « la nation qui porte l'ambre ».
Les Gweltaz – « Ceux-qui-gardent-une-longue-chevelure ».
Les Keilan – « le peuple élancé ».
Les Rowan – « La nation écarlate ».
Les noms des Quatre Nations cachées sont tus aux Barbans. Nous ne les publions donc pas ici.

Noms et toponymes issus des langues anciennes des Hybrides

Nom
Jeson : « dont le marteau guérit toute maladie ».

Toponymes
Le peuplement hybride étant le plus ancien dans les plaines et plateaux de l'Alta, leur langue a donné ses noms à tous les endroits connus, hors les villes et clairières de chaque peuple.

Alaine : « sous l'éclat du soleil », principale steppe des Landes franches.

Alsander : « défense de l'humanité », en langue des Grands Hybrides. La grande plaine de fourrage qui constitue le centre des terres humaines.

Arjun : « blancheur de l'aube », mer de l'Est.

Elona-ha : « là où se mesura la compassion humaine », forêt située sur la Brèche de Maroine, où les Golithes et leurs *siffales* pourchassèrent les derniers Hybrides.

Hegoa-ar-Madalen : « tertre du Sud » (des Landes franches, situé donc au nord-ouest !), où se livra la grande bataille entre Wulfran et la coalition hybrido-elfique.

Igon-ar-Hodei : « l'ascension sur les nuages », escalier de pierre au sud du Cirque de Donon.

Ibar-os-Hodei : « la vallée des nuages », territoire des Grands Hybrides.

Lexie : « défense de l'humanité », en langue des Petits Hybrides.

Oksan-kras : « Richesses hospitalières du kraast », premiers mots hybrides que les Humains maîtrisèrent (en le déformant) quand ils découvrirent l'Alta, voici environ trois mille ans. Et du coup, le nom qu'ils donnèrent à la porte par laquelle ils sont entrés.

Noms et toponymes issus des langues des Clans libres

Noms

Aliya : « la Sublime ».
Charazed : « la femme des Hautes Terres ».
Morjane : « belle comme le corail ».
Nadir : « précieux, rare ».
Nidhal : « le Combat ».
Sadok : « d'une franchise de cristal ».

Toponymes

Madani : « le Village », site troglodyte où les Clans se réfugient l'hiver et en cas de menace.

Maroine-ha (ou Maroine) : « tertre de quartz où reposent les restes des combattants ».

Toponymes de la langue des Royaumes nains

Les Nains ont nommé tous les principaux lieux de la montagne qu'ils occupent depuis la nuit de l'Alta.

Burak : « Aux dix mille sources », nom du glacier qui pourvoit toute l'eau de l'Alta.

Khoren : « soleil éteint », nom donné au canyon qui traverse l'Échine du Dragon entre Ibar-os-Hodei et les Mornes de Burak.

Vahan : « le Bouclier », passage au nord de Burak, vers la Forêt des Âmes.

Noms et toponymes issus de la langue des Féodaux, des prêtres et de Fern

Noms

Earvin : « l'ami », treizième tueur de Fern.

Elma : « le heaume protecteur », onzième tueuse de Fern.

Hedda : « la riche combattante », gouverneure de Fern.

Orbert : « le Cupide », féodal d'Otilia.

Rolf : « le Loup renommé », féodal de Waltraud.

Thierno : « le Gouverneur du peuple », fils aîné de Wulfran, et féodal d'Almeria.

Wulfran : « le Corbeau », Féodal de Carlen.

Toponymes

Almeria : « la Laborieuse », cité de Thierno.

Arman-du : « place bien armée », entrée fortifiée qui est la principale porte dans le Limes, et l'entrée de la route du *kraast*, dans la Marche.

Carlen : « la Puissante », cité de Wulfran dans la Forêt des Âmes.

Elfrea : « qui garantit la paix des peuples », seul toponyme issu de la langue des prêtres de Lexie ; source où fut versé le Sang-Noir.

Fern : « l'Aventureuse », seule grande cité humaine sur les Landes franches.

Otilia : « la Prospère », cité d'Orbert, au sud-ouest de l'Alta.

Waltraud : « la Belliqueuse », cité de Rolf, et principal port humain sur l'Alta.

Danaël est un nom issu de la langue alchimique, qui ne s'orthographie dans aucune langue de l'Alta et signifie : « Je suis le jugement des dieux. » L'origine et la signification du mot golithe sont inconnues.

Remerciements

Mes remerciements vont d'abord à mon éditrice, Marie-Ange Richermo, qui a su que l'Alta existait alors que je ne l'avais pas encore défriché, et qui a continué d'y croire quand nous l'avons parcouru ensemble.

Merci également à Claire Renaud, sans qui je ne me serais pas lancé dans ce récit, et à Sarah Malherbe, sans qui je m'y serais sans doute perdu.

Toute ma reconnaissance va aussi à ceux qui ont lu cette quête au fur et à mesure de son « invention », et notamment à ma Confrérie de lecteurs : Lucien et Jeanne Cauchy-Chailloux, Alexis Violland, Thomas Faugeroux. Merci aussi à Julien « kitouf » et Pierre « biclouze », experts elfiques, pour leurs conseils, suggestions, précisions et encouragements.

Enfin, bien sûr, ma gratitude et mon amour vont avant tout à Juliette, ma première lectrice, qui m'accompagne depuis nos dix-sept ans.

Et à mes enfants :

Théophile et Madeleine, qui ont lu cette histoire avant tout autre ;

Sarah qui la lira un jour ;

et la petite Louanne, qui pointe son nez...

« Loi n° 49-956 du 16 juillet 1949 sur les publications
destinées à la jeunesse. »

Cet ouvrage a été composé par
Nord Compo (Villeneuve-d'Ascq)
et imprimé par **Bussière**
à Saint-Amand-Montrond (Cher)

Achevé d'imprimer en août 2008.

Dépôt légal : août 2008. – N° d'édition : 14352.
N° d'impression : 082279/1.
Imprimé en France